海平 著

呼唤随风而逝

我有所念人 隔在远远乡

花城出版社
中国·广州

图书在版编目（CIP）数据

呼唤随风而逝 / 海平著. -- 广州：花城出版社，
2025. 5. -- ISBN 978-7-5749-0345-6
Ⅰ. I267

中国国家版本馆CIP数据核字第2025UT8191号

呼唤随风而逝
HUHUAN SUIFENGERSHI
海平/著

出 版 人	张　懿
责任编辑	夏显夫
责任校对	李道学
技术编辑	凌春梅
封面设计	荆棘设计
出版发行	花城出版社
经　　销	全国新华书店
印　　刷	深圳市福圣印刷有限公司
开　　本	787毫米×1092毫米　16开
印　　张	18.5　　1插页
字　　数	288,000字
版　　次	2025年5月第1版　2025年5月第1次印刷
定　　价	68.00元

版权所有·侵权必究。如发现印装质量问题，请与出版社联系。
购书热线：020-37604658　37602954

前　言

2000年前后，我在南非生活工作了8年多。回国20年来，那在异国他乡曾经历过的3000个日夜，就成了随时从风中飘来的影像片段。在脑子里回映，时断时续，没头没尾。先只是有点小得意，品着逝去时光中的别样滋味，能自我感觉到生命中的丰富和充实。待天长日久，那些真实的镜头在记忆里积攒得多了，竟成了些气派。就像流淌的小溪，汇成了江河，做汹涌的水势冲涌堤坝。肚子里的南非故事越回想越多，自然而然地就在亲友相聚时，随口说上一段。没想到这些异国他乡、万里之遥的故事，却引起了大家的普遍兴趣。还有人就我说的内容生出联想，纷纷打问有关南非的一切，从时局变化到生活小节，不一而足。

显而易见，"和世界文化接轨"的观念，在中国早已不是一句空话，国人张大眼睛看世界，关心全人类共同的命运。

如此让我萌生了写作的念头，历三年成书。

这本书中的内容大致分为三部分，共分12个小题：第一部分客观地描述南非独具特色的自然风貌和真实生活，如《北悬崖》《车说》《彩虹美食》《小镇》《太阳城》；第二部分讲述在南非侨居期间，身边活跃的人和发生的事，如《呼唤随风而逝》《马哥山庄》《迷路川斯凯》《枪友》《老侨大哥》；最后一部分，是对异国生活中，同样会出现的困惑的思考，那些生死、爱憎、美丑的心灵辩驳，是人性方面苍老的主题，却永无标准答案，如《我的教授学生》《小皇上》。

创作没有受时空的限制，各自独立，自然成篇，只是随意聊那些有关南非的趣事。书写甚至也没严格遵守体裁的章法，随心所欲。其实，不论怎么写，也得有人读才行。呈上这中国人看南非的数十万字，看读者能不能给个"小红心"。

海　平
2024年5月于海口

目 录
contents

北悬崖　　　　　　001

车说　　　　　　　019

呼唤随风而逝　　　046

马哥山庄　　　　　121

迷路川斯凯　　　　138

我的教授学生　　　154

小皇上　　　　　　185

彩虹美食　　　　　201

小镇　　　　　　　226

枪友　　　　　　　250

老侨大哥　　　　　262

太阳城　　　　　　282

北 悬 崖

南非约翰内斯堡的北门里，有一处起伏海拔百米的小山。小山的东南余脉平缓漫荡，一路去迎合繁华的城市中心，最终心甘情愿地放下身段，与近郊平合在一起。另一路西去跳荡了一下，变作更加低缓的狐狸丘（fox hill），渐渐隐退于无形。小山的正北，巨石嶙峋，刀削斧劈，几成绝壁，是为北悬崖（Northern cliff）。

一提起北悬崖，约堡的黑人、白人、印地人、华人无人不知、无人不晓。

"啊哦，知道知道……"

人们恍然间说起北悬崖，大都露出欣喜和赞赏的神情，无不津津乐道。不过，外人一般说的北悬崖是泛指那座小山绝壁波及的一片地域，不似我一心强调的山北顶上的真悬崖。无论见了多少人，缘何说起北悬崖，我都会不由自主地引着话头儿，着意提起那处山崖的高阔和险峻，流露出几分夸赞之外的炫耀。最后前后呼应着，说到自己的 house（房子），就在那处崖顶挂着，和相挨着的两位邻居一块儿，自然而然成了悬崖上的景致。记得那几年里，很是有几张拍摄约翰内斯堡的风景明信片，那其中北门一带的鸟瞰中，就真有北悬崖上我的家。

南非高原的东北方向，那个最初发现了钻石的小村庄，历经百年，开发兴旺，经济飞腾，一举而成为世界四大珠宝、黄金市场之一。约翰内斯堡声名鹊起，不断拓展，成了南非第一大城市。在接下来的又一个百年间，城市格局不断拓展，四至纵横百里，尽是高原上的一马平川。唯有北悬崖身姿妙曼，拔地而起，为城市延宕变幻、错落有致点缀了灵气，成了大约堡沙盘中的"眼"，一派万象林立建设中的地标。

第一次登上北悬崖，一时怔住。那些一览众山、心旷神怡……之类的词儿，压根儿就没来脑子里闪过。唯一强烈的感觉倒是，这怎么如此熟悉？半生漂泊，浪迹天涯，登上这异国他乡的悬崖峭壁，怎么一点也不陌生？我的故乡全不如此，那里松江侧畔，大多日子里冰天雪地。我后来举家迁徙过去的南方海岛，则终年阳光明媚，炽热绚丽。数数走闯半生，历经过的江河山川，似也都不是这个样子。莫非，我在梦中来过这里？

我就那么心存一点疑惑，站在似曾相识的北悬崖上。感觉好像这里早有个位置，千百年来就为我预备下了，等待着我的到来。原来，在生命历程中曾很被看重的一些时空场里，自己还只是个一闪而过的角色，大多在其中临时落脚委顿。纵横万里，浪迹漂泊，闯到南非来，有意无意间，登上的这北悬崖，竟让我感到亲切熟悉。

高原赤裸裸的太阳，金光四射，照耀着不远处五光十色的城市。阳光再向北延宕开去，轻抚着郊外的树木、道路、桥梁、田野……直到遥远的地平线上，打出了一条无限延长的闪亮。越远的地方，天地的色彩就越发变幻不定，其中还时常缭绕着薄薄的青雾。山崖下，宽泛的远近，有丝丝缕缕的声音传过来，听着有些熟悉，但又分不清那些响动都发生在哪里。耳边的杂音间，突然爆出了一声长鸣，"呜——"清晰而洪亮。这次知道，是那趟著名的蓝色列车，扭动着身子从黑洞洞的隧道里爬出来，正开启驶往开普敦的长途，发出了呼唤的笛声。

北悬崖下排布的世界，辽阔高远，无边无沿。高速公路上活动的车辆，看上去都像挪动的甲虫，憨厚笨拙，无声无息。只是偶尔有车窗玻璃上反射的金光，晃动得迅速，一眨眼就又不见了。那道金光在瞬间提醒我，这几乎默然的世界，实际上充满了鲜活的涌动和勃勃生机。

我站在小山顶，俯身摸着北悬崖粗粝的岩石，心中响起一个不大但又坚定异常的声音：这儿大抵是我的归宿了。否则，这种无端的熟悉和瞬间来临的情分，怎么说得通？南非有桌山名胜，我曾乘缆车登顶。那里面朝大海，风光无限。我也去过好望角，居高临下，凝望大西洋和印度洋相互汇集的汹涌波涛。而今我却恋栈这不起眼儿的北悬崖，一见钟情，赤诚心地，我真就爱上了约翰内斯堡这小小的"Nothern cliff"（北悬崖），久久不肯离去。

我徜徉在悬崖顶上，东瞅西望，想全面看看这座小山，可到底像个什么？终于，张望得久了，我断定这美丽峻峭的北悬崖，正像一条昂首蹿出水面的飞鱼。这形象在我眼中腾身而起,发出在空气中划过的响亮啸音,鲜活而勇健,活生生定格在雄伟辽阔的南非高原上。难怪它生动而又漂亮,让我感受到那么多的亲切和灵气。

漂亮的北悬崖上,房子也都漂亮。不知是否有意,北悬崖上那些依山而建、参差错落的房子,都凸显着设计上的别出心裁。似乎有意于此的房屋开发,都尽量施展才华,经意设计创造,精心装点打扮这座难得的小山,暗自较量着,彼此斗美。

北悬崖上的房产,交易活跃,许多房屋精品,时常在这里买进卖出。通常日子里,开车往返于街区,常见路边草地上,插有半张报纸大小的牌子,上面打印着"FOR SELL"(出售)。那就是卖房子的广告,广而告知路过的众人,牌子旁边的那幢房子,是代售的商品了。再或是牌子上印了"SOLD"(已售)。那就是交易完成,旁边的房子已经易主,里面住进了新的居民。

每每到周末,"FOR SALL"(出售)的房子就都开放,任人参观。笑容满面的男女"agent"(经纪人),显得温文尔雅、礼貌周到。他们拉起成串的小彩旗,竖起欢迎的横幅,躬身邀请所有来访的客人进入代售的"house"(房子)里参观。所有关于房屋买卖交易的过程,都由经纪人从头到尾完成,他们的工作具有法律上的效力。房子的主人,只要把出售房子的事情交给经纪人就可以了。眼下,那些卖方房主,大都是利用周末闲暇全家出游,腾出空房子,让经纪人展示给买方。买房子也十分方便,只要在现场看好房子,觉得称心如意,再谈定价格,就可以在房屋买卖的合同上签字过户。那些合同都是统一格式,百年来始终如一,不会出现纰漏。经纪人的工作甚至包括帮助买主申请银行贷款,而且十拿九稳,从不落空。

自我们从东开普搬来约堡,就在"Nothern cliff"(北悬崖)山脚下的"fierland"(菲尔兰德)小区里找了一处租房,临时栖身度日。因为两下里挨近,来去很方便。山上景色丰富,地势起伏生动,常逗引得我们开车出门,宁可绕到北悬崖上走。

每当周末,那里都人来人往,热闹异常。一打问才知道,山上有那么多的房子在买卖交易。这更吸引了我们,于是就开了车上山,特意去看那些待售的漂亮房子。时间一长,看房子成瘾,逢周末必去。看着看着,也就逐渐了解了房产的看点和取舍选择。

经纪人手里都有按年份编撰的小册子，上面对于"Nothern cliff"（北悬崖）区间的所有房屋，都有年代、风格、结构，甚至交易的记载。一座座房子，就像有了身份证，有了传记，有了文化的内涵，已经早就不仅仅是一件商品，更不是一堆砖瓦水泥了。

"FOR SELL"（出售）的房子，并不是单靠粉刷、装修、翻新就能提高售价的。很多人就对六十年代的风格情有独钟，认为那个时代的房屋设计，有延续现代艺术的传统，甚至能够想见文艺复兴时期的影子。我们在从前见惯了千篇一律的样式，自然看不出国外建筑在年代风格上的异同。但是，有很多漂亮的房子还是能引起我们的青睐，美的东西有时候说不清，但能让人感觉得到。

见过把房子建盖得类似《一千零一夜》中，"阿里巴巴和四十大盗"所居秘所的洞穴样子。随着经纪人在怪诞的房间里面穿行，有时候简直要爬着穿过门廊前的树屋。面临着众多五彩的镜子，似乎只要高声念咒"芝麻芝麻开门"，就能见到无尽的珠宝。房产经纪人告诉我们，这一家的七个孩子，就是在这样演绎着阿拉伯神话的房子里面玩耍着，渐渐长大了。据说，那个老父亲，还曾经在这样的房子里，天天为孩子们选读一段神话故事，哄他们安然入睡。

有一幢房子，几乎照搬美国总统的官邸，看上去就是成比例缩小了的白宫。或许是诚挚的爱国者，虽说到了遥远的非洲，还怀念美利坚？No（不），引路的"agent"（经纪人）笑着摇头搭话说，这家的主人是个印度洋裔。他对政治不感兴趣，也从没去过美国。他只是在一张明信片上见到了白宫的样式，就认定这房子一定结实耐用，看上去又洁白清净，气势不凡，就请人照此设计，建造了北悬崖上的小白宫。

上面这位印度洋裔居民，盖了缩小的白宫居住。却还另外有人专门放大了安徒生童话里的森林小屋，当作婚房。圆木叠墙涂红，小巧门窗饰白。次第均匀的薄石片儿充瓦，像金鱼鳞一样铺在屋顶。烟囱徐徐冒蓝烟儿，进屋见到，壁炉里的劈柴正烧得噼啪作响，墙上挂着这家中年夫妇在年轻时候相依的婚照。照片一旁的电视荧屏上，正是七个动漫小矮人在大声议论……

也有人就喜欢非洲的茅屋。在北悬崖的小山坳里用圆木、茅草、藤条和泥巴，仿着祖鲁国王的行宫，建了像大蘑菇一样，完全黑人风格的房子。进到里面，感觉着在这样的房子里生活起居，倒是十分贴近大自然，只是田野和草木的气味有点重。有趣的是，很多小动物倒识得这样的美妙去处，像珍珠鸡、小乌龟、花鼠一类，经常携家带口来到这里，屋里屋外游荡觅食。

整整一个周末，在北悬崖上转着看房子。总有苏格兰石屋、瑞士城堡、卢浮宫，甚至凯旋门、斗兽场、巴黎圣母院……那些经典建筑的影子在脑海中不由自主地晃过。

漂亮好玩的房子，一幢接一幢，看似不经意，但又恰到好处地遍布在北悬崖各处。好像就在大约堡的北门里，高高举起了一个房展。其中的房屋千姿百态，却没有见过两幢样式相同的，甚至连近似雷同的也从未遇见过。有学问的人说，建筑也是归属在艺术的范畴。那就对了，艺术在于创作，唯此独一无二对美的探求，才真正能让人心生愉悦。笔下描画了众多人物，却千人一面，长得都像双胞胎一样类似，一定不是好画家。如果在偌大一个小区里，坐落着十几幢高楼，不但结构完全相同，连颜色都一般无二。业主走着走着都差点儿错过了自家门庭，心里有多沮丧？

北悬崖上的漂亮房子，千变万化，风格各异。光是里外细看观赏，就令人愉悦，能忘了吃饭。房子是住的，不是炒的，说得对。不过，在北悬崖上，可以为房子再加上一句，美妙的好房子也是为看的，为欣赏的，为视觉上尽情享受的。

经纪人教我们看房子，挑选房子，直言不讳。一幢房子，不论大小新旧，观赏鉴定起来，重点是看厨房和卫生间。

厨房里，从顶棚到地板，从切菜备餐的案头到全家聚餐的台桌，光洁干净，一尘不染。用铜、铁、铝、不锈钢等各种金属打造的许多锅、盆器皿，锃光瓦亮，规则地挨排挂在墙上。通常使用的餐具，如刀叉碗碟一类，是不会随便摆在外面的，习惯上都是把它们放在柜橱里。

主妇一定精心挑选了那盏餐桌顶上的吊灯，"啪"的一下揿动开关，整个厨房就被罩上了均匀和谐的光晕。全家人在一片柔和的光芒中，相排而坐，轻松进餐，能说不是一个家庭最可心的事？

这里的人不懂"民以食为天"的说法，但有趣的是，他们在家居中，奉

"厨房至上",道理其实一样。厨房是妈妈的舞台,是家庭的神殿,是亲人共享的滋味场。白发人思念故乡,最常萦怀不却的,谁说不是从前家中厨房里的饭菜气味?那些看到的漂亮房子,每一家的厨房里,都那么精心地设计环境,纷纷透着温馨平凡,却又真诚劲道的"家"的氛围。有了称心如意的厨房,就有"家"了。家人们无一不渴望着,在一间尽善尽美的厨房里,赏心悦意地坐下来,和挚爱亲朋,共享晚餐。

人们买房子先看厨房,人们卖房子也把厨房精心收拾成看点。厨房的格局品位,就是家的风格标准。

一幢房子,第二能为自己加分的,是卫生间。北悬崖上的住户,都刻意拾掇自己家的厕所。让那个方位里,不仅成为排泄的去处,还具有了放松、减压的功能。他们总是能弄到那些恰到好处的乳、剂、波、液一类的洁净品,把卫生间里搞得香喷喷的。好房子的厕所,真的比居室、客厅、走廊里规格还高,而在其中坐便的一侧随意扔一本惠特曼诗集,真就把卫生间升华成文化一角了。

见过很大一部分房子里,都安装了热水冲洗器,方便人们便后冲洗下身。还有的人家装了小型的芬兰浴,在家里就可以蒸个桑拿。自己的老爸老妈,一直到年近古稀时候,还在冰天雪地的室外如厕,想起来,真是为老人当年的艰难感到心疼。嗨,真愿天下所有家居老人,都能有这样水平的卫生间,都能在体弱多病的老年生活中,享受到真正的人性化卫生设施。

从一户"FOR SELL"(待售)房子的卫生间,能看得出来原主人对生活的追求,也能启发购房人,让他们对自己日后的新生活,充满温馨的向往。

看房子能成瘾,看得日子久了,也撩人动心思。我和妻子看着看着,不约而同就看中了北悬崖上一座三层小楼。按说依我们的经济实力,要想一下子就买下这幢北悬崖上的小楼,财力上实在很有些捉襟见肘。

可我们太喜欢这幢小楼了,它坚实、雅致、风格独特,涂了蓝顶白墙的颜色,就那么矗立在北悬崖的绝壁上,和旁边另外的两幢房子,像一幅油画一样,合成了一处独特的风景。

和经纪人来往得也熟了,言语间,她知道我们喜欢那幢房子,就给我们更多来去的方便。我们几乎每周都去看那幢房子,每次又都着意先开车去北门,再调转车头。打老远的北门公路上,一抬头,就能影影绰绰见到北悬崖上那处白色的斑点。驾车徐徐驶近,"我们"的小楼就越发清晰可见。一直到盘旋而上,终于进了北悬崖顶上的小区,来到它的大门前。

房子的地基,是依着崖顶向下开凿出来的石壁平台,平台刚好符合房子的宽度。房子的大门在崖顶地坪上面,连带着房子的第一层。进了房子的大门,到屋里,再往下还有两层。这个设计,很有点不同寻常。进了房子算是一楼,再走着往下的楼梯,才能到二楼、三楼。高明的建筑设计师,并没有在北悬崖的顶上就地起层往上建盖房屋,而是靠着开凿出来的崖壁平台,开始浇筑了钢筋水泥的框架,从底部的三楼起层,往上建盖了两层,让一楼的立面,刚好超出地面一层。这样的设计施工,使房子几乎和山崖结为一体,显然更能防风防震,坚固耐久。远远地看过去,房子就像结结实实地挂在悬崖壁上。

进了房子往下走,当然,这是对于北悬崖顶端的地坪而言。进了下面的二层楼,尤其是站在那镶嵌的落地大窗前,就感觉着自己被挂在北悬崖的绝壁上了。临窗而立,极目远眺,方圆十几公里的景色一览无余。真实的约翰内斯堡北郊,随着你扫视的目光,像一卷展开的油画,高阔明朗,生动大气,活脱脱呈到了你的眼前。那油画可是活的,那画里也可能有眨动变幻,瞭望和欣赏的眼睛,正端详着北悬崖上,这幢"飞鱼"点睛的房子,和房子中的你。

房子的平地一楼,只有一个大隔断。隔开厨房餐室和迎客大厅。一进门的大厅,名副其实,高阔宽敞。其中除了通常摆放的沙发、茶几以外,很显眼的是沿着一面墙的家庭酒吧,酒吧上面镜子做衬的格子里,琳琅满目,摆满了各种酒水,当然也有咖啡和茶。吧台和高脚凳都依着标准制作,和街角上的那些沙龙酒吧没什么两样,只是让人感到更亲切、更方便。大厅里摆放了一张英式斯诺克台球案子,案子厚重平实,绿色的天鹅绒台面上,随意地散落着红色台球三两枚。如果一时手痒,抄起球杆小试球技,台球滚动相撞的清脆响声,就会"啪!啪!"地在空旷大厅中不断回荡。这家主人还曾特意嘱咐,来看自家房子的都是客人,如果愿意,可以到家庭酒吧那儿,随意自斟自饮一杯,enjoy(慢慢享用)。

厨房在大厅隔壁,和餐室相连。在这里,厨房是开放的,大餐桌和灶台在同一个空间里。家人坐在餐室进餐,可以直视厨房里的操作,亲眼见着

"吱吱"叫着的 lamb chep（羊排）、风味独特的 smoked fish（熏鱼）、热气腾腾的 seafood soup（海鲜浓汤）……从灶台那里像变魔术一样，转眼间就接连不断地被直接端到大桌子上来。

下去二楼，是隔成好几间的起居室，有儿童游戏的，有学生读书写作业的，有家人看电视的。其中最宽大的是主人的书房，书房里有从地到顶，绕了两面墙的书架，上面摆满了各类图书。靠着书架有一个带轮子的精巧小梯子，方便主人在书架上拿取书籍。甚或取了架上书籍，就便倚坐在梯阶上阅读。和书架对应的，就是那面横宽的大窗，大窗简直有两三张双人床那么长大，真不知道，这么大的玻璃是怎么装上去的。站在长大的窗前，也相当于脸朝外站在北悬崖的峭壁上，能横向里无限扫视。目光所及，是约翰内斯堡北门一带的鸟瞰风光，人一下子就有了鹰一样的视觉感受，真实地翱翔在高原晴朗的天空上。大窗子下，有一套小巧的桌椅。能想见，房子的主人，视自己为微小，坐在无垠的书海碧空之间，读读书，写写字，看看天，再探寻无边无涯的视野。知道古代时候，我们中国有哲人和先贤特意隐居在乡间茅庐、深山溪畔，他们栖身世外桃源，仰望星空。而今，眼见着这房子的主人，却也心甘情愿把自己放逐，走进了知识世界，天地之间。这是个深邃自信、喜好读书思考的人。如今，他为什么又要卖掉自己这心爱的居所呢？不得而知。

下到第三层，也是房子的最后一层。最里边是主卧室，主卧室连带着卫生间和衣帽间。屋子里普普通通。但是，干净整洁，规规矩矩。从里边挨着排往外来的，是一溜四个居室。应该是家里其他成员，或是孩子们的卧室了。特殊的是，一下到三楼，房子的底层，凌空向外凸出了一个圆形的平台。平台上有一座小木屋，木屋是用大腿粗细的圆木相互卡紧建成的，很像俄罗斯的林间木屋，只是比例上要小一些。这个平台，和平台上的木屋，成了这套房子的城堡哨所。木屋里真就有架好了的高倍望远镜，还有供枪支射击用的方孔。最有意思的是，木屋里有一架电动绞盘，一按电钮，就有一架铝合金的长梯子，从木屋底下伸出来，慢慢放下去，最后搭在崖下十多米的一座水泥墩上。宽敞平整的水泥墩上，向斜下方挂了粗钢缆的溜索。把一只合成纤维编织的篮子上的定滑轮扣在溜索上，篮子里可以搭载两个人，一溜到底，滑下北悬崖，来到地平面。这个小木屋，一半做了哨所兼悬梯溜索间，而木屋里相隔起来的另一半，则是一处标准的芬兰浴室。浴室里面有能烧热的石头，有浇热石头的凉水，整个浴室内里，散发着白松木材沁人心扉的森林气息。

我们都知道，南非的社会治安一直不大好。房子如此按实际情况而建造，既有实用性，又好玩有趣。这所几乎没有多余空地的崖壁住宅，周边还都预留了一米多宽的围道，听经纪人说起，那是为极特殊时候，防太激烈的山水，以利加大排放。正常情况下，就是看家狗夜巡的通道。

我们被这所待售的房子迷住了，每次去看它，都能激起我们新的想象和从未体验过的感受。买意已决，只是差近一半的款项，让我们为难。

四月里，有好消息传来，Netbank（奈特银行）的一家分行愿意为我们的购房放贷款。接下来事情的进度就顺利起来，不出一个星期，我们就搬进这所梦寐以求的房子里去了。

南非的房价当时很便宜，这么高档的房屋，也不过七十万兰特。按着有关规定，卖掉房子搬离的房主，必须留下电炉灶、冰箱、洗碗机、橱柜等一应笨重实用的设施。我们搬离原住处也是如此，这实在是个好主意，为买房卖房迁居的人带来极大的方便。忙碌完一天，一家人终于坐在厨房里，立即就能开饭。

那晚，我们坐在新家里，举起酒杯，满心欢喜地"燎锅底"。女儿在壁炉台上的大镜子下，发现了前房主留下的一张便条，她轻轻地读给我们听："感谢你们对这幢房子的欣赏，慢慢享受生活，愿上帝护佑你们。"

北悬崖的新生活开始了，尽管每天十分忙碌，但闲下来就能在自己喜欢的房子里起居，在里面生活进餐，在里面读书写字，欣赏山景，松弛心神，分明感受到一种难得的享受。我们的日子，像喷洒了清新剂，又像重涂了色彩，惬意而生动。

我们中国讲究"远亲不如近邻"，这是老话儿，也是真理。其实，和相挨的两家邻居相处着，本身就很有趣。和他们说起，邻居毫不迟疑地表示赞同，还告我说，圣经上也有写"要善待你的邻居"，两下里的文化既有共通之处，又有各自的不同。和那些老外比邻而居，让我们眼界大开。

隔壁的贝尔说自己是苏格兰人，尽管上溯至他祖父的祖父，都是在南非出生。在他的心目中，祖籍地显然高于国家。因为他常在"我是苏格兰人"之后，加上一句"本人持南非和英国护照"。这样做自我介绍，有点啰唆。但他们就这样，我见过的好多白人都如此谈吐。如果真正翻译这样的口语，里面包含了很多西方文化上的特点："我的祖先来自苏格兰，我本人持有南非和英国的双重国籍。"这样聊天，刚开始常常让我们这些视国家为最高神圣的中国人有点摸不着头脑。时间长了，也就理解，他们都崇尚人权、彰显个性，先说"我"。这并不等于他们轻视或是菲薄自己的国家和政府。事实上，他们都是情感真挚的爱国者，视南非为自己心中唯一神圣的祖国。很多上一辈的南非白人，都曾为国家挺身而出，直接参加了第一、第二次世界大战。

苏格兰人贝尔，世居南非。他生得金发碧眼，身材高大，经年都穿着一身牛仔装，是那种一眼就认得出来的老外。他不光是长着金色的头发，细看那张脸，凡有毛的地方，都是那种浅黄色。胡子不消说，一把金光闪闪。连眼睫毛都是这颜色，眨眼时候一忽闪，两排浓密的小金毛像小刷子似的，上下翻飞。蓝眼睛也很有点特殊，让人想到那些同样颜色的玻璃。认识他以后，有了近距离观察的条件，细看之后，发现他那蓝眼睛的光泽变化多端。那蓝色有天然的漂亮，但也有天然的暧昧，缺乏我们黑眼睛的关注和坚定。若是喝了酒，贝尔的蓝眼睛就更迷蒙起来，好像里边蓝光流溢，能流淌出诗篇。

事实上，并未见贝尔作诗，他最爱的是威士忌，时不时就处在酒态中。每当我这位邻居表现出无比的温和与神往，蓝眼睛像宝石一样闪闪发光，就能断定，一准有威士忌在他的生命里燃烧。有意思的是，我几乎看不到他什么时候举杯饮酒。饮酒足够量的时候，贝尔又常常自称为艺术家。我抬杠问他："那么你的艺术作品，在哪里？"

他会一本正经地保持着有教养的绅士风度，抬手伸出食指，指着自己的脑袋说："这里，我的艺术在这里。艺术有两种，你说的那种是表现在纸上、字上、音符上。还有一种艺术，是不表现出来的，但人能感受到它，并且在感受中审美。"

他还说："艺术对应的是文明，文明是增进文化创作的秩序，是文化的典型……"

贝尔的家紧挨着我家，建盖在北悬崖的顶上，是一幢红砖白缝的小别墅。他的房子虽说小得多，却很精致，真就让人想到爱丁堡那一带的标准苏格兰式住宅。房子虽小，也够住。因为贝尔是单身，在北悬崖的小别墅里，上下里外，就贝尔老哥一人。我们几乎都没见过，他有把个女友带回家来的时候。

搬来北悬崖，我们特意邀请贝尔过来聚餐。贝尔很高兴，买了鲜花，大大方方来赴约。他喜欢吃红烧肉，也喜欢我们拌的凉菜，他说中国 salad（凉菜）更爽口。他还按着饮威士忌的方式，品尝中国白酒，一口就把二两六十五度的中国北大荒烧酒闷了下去。结果脸色发白，人好像也坐不住了，往下直出溜，可把我们吓坏了。好在接着又让他喝了一小碗甩袖汤，人才总算又恢复了正常。

从此以后，聪明的贝尔，倒学会了像我那样，小口地品中国高度白酒，龇牙咧嘴地咽下酒去，就赶紧寻小菜吃，嘴里还说着刚学会的中国话："得压压酒儿。"

贝尔后来也约我去他家里小酌。老外喝酒，不讲究什么菜肴，随便弄点熏鱼、酸黄瓜、牛肉干一类的小菜儿，也能喝得尽兴。贝尔告诉我，他有时候就自己一个人，在浴缸里放好热水，光着屁股躺在卫生间的浴缸里，喝光一瓶真正的苏格兰威士忌。

那个浴缸就在大窗下，他说有时候就像在天上喝酒一样。然后，他又给我说起那个观念："懂得思考和欣赏的，都是艺术家，而且还占着这个世界上艺术家的大多数，至于表现的艺术家，那也是上帝的选择，那是少数的天才。"

他还说："一个帕瓦罗蒂在表演，下面有成千上万的艺术家在观赏，他们都理解他、欣赏他、赞美他的歌声。如果没有这些人，老帕也就不是老帕了，他的歌声对于一群羊来说，和一匹 donkey（毛驴）的吼声有什么区别？"

贝尔絮絮叨叨地说着他的歪理儿，呈给我他那张喝不喝酒都红扑扑的脸庞，还在上面生动地调动五官，尤其是那双蓝眼睛，在平日里似醉的迷离中绽放活泼的光彩。

每当喝到这种程度的时候，贝尔都会从自家墙上摘下一支风笛。是那种真正的苏格兰风笛，有好几根管子，都聚在一个蓝白格子呢的气囊上。贝尔冲我笑笑，把风笛抱在胸前，像抱着一个婴儿。然后，小心翼翼地吹奏一支曲子。我不知道贝尔吹奏的那首苏格兰风笛乐曲的名字和主题，几乎不能体味那其中抒发的情感。而且，感觉风笛奏出来的音色，也不大受听，怎么有点像羊的叫声？

直到有一天，那天天气有点热，我们都敞开了窗子，有小风从山北荡过来，北悬崖上还是那么静谧安然。我的耳边突然就有丝丝缕缕的风笛声穿过来，很好听。那声音像拨动的丝线，又像颤动的金属弦，断断续续地鸣响。让人想到一只蜻蜓在平静的湖面上轻轻点水，像起起落落的小型水上飞机。还让人想到一小群鸽子绕着圈儿，越飞越近，眼看到了跟前，又"唰"的一声，呈U形旋着转了大弯儿，渐渐飞到遥远的天边去了。

风笛果然如其名，驾驭着微风就有了神韵，就空灵而妙曼，还能专门捕捉心绪。贝尔的笛声越是飘荡无羁，就越是能吸引我，听着贝尔的风笛声，我似乎能在脑子里想见苏格兰高地上勇敢的牧羊人，甚至《勇敢的心》中，那些为自由而牺牲的苏格兰斗士的身影和脸庞。时常听着贝尔的风笛，渐渐地就能从中听懂这位蓝眼睛的苏格兰人的心声。

贝尔在山脚下有一个小小的车用电器修理部，他擅长维修那些汽车上使用的电器，并以此为生。他不勤奋，每周只工作四天，他说周六和周日是上帝给的休息日，周五是他自己给自己的休息日。就算这样，他每天也只做半日的工，从上午茶喝完才开始干活，到下午茶喝完，一天的工作就结束了。我曾随他去修理部取东西，看到那不大的小房间里，处处摆满了各种电器和零件。我说为什么不加班加点把这些东西都修好，这样太乱了。贝尔眨了眨蓝眼睛说："工作是永远都干不完的，我不是机器，更不是牛马，我只做上帝给我规定的那份活儿。"

我说："你不是有时间吗？"

贝尔说："是的，但那些时间都是我私人的，我有支配它们的权利。我宁肯在自己的时间里玩，去旅行，去泡吧，或是在自己的家里坐着看风景。"

这些老白，句句话无不体现他们内心里对个性、自由、权利的恪守和尊崇。

贝尔没有做人上人的野心，也没有发大财成为富人的欲望，甚至都没有成家立业过日子的想法。就那么优哉游哉地活着，在北悬崖上下左右晃荡，有时间就喝威士忌，还思考他的艺术。他是个好人，心地善良，从不惹是生非，还有一副热心肠，我们邻居住着，家里的大小事情只要是让他知道了，就总是主动过来帮忙。

很久以后，我才知道，贝尔还是开普敦大学硕士毕业，有英国皇家学位，是一位仿生学专家。可惜，他后来辞去大学里的教职，离开了学校，趁年轻跑到世界各地去玩。最后，落脚在了北悬崖。我问过他，对自己后半生的日子是否后悔过？贝尔笑了笑，眨了眨蓝眼睛，伸出一根食指，在酒杯的威士忌里蘸了蘸，挥手在家里吧台上画了个等边三角形，然后慢条斯理地说："学校里的生活，我不喜欢，像一个三角形的监牢。每天就是从教室到图书馆再到宿舍，这个三角形要画一辈子，最后画成了个头发花白、弯腰驼背的教授。有什么意思？"

说到这儿，他就慢慢地晃头，撇起嘴巴，露出一副不屑的神情。看来，对自己的后半生，他并不后悔，甚至还有几分得意。看着贝尔不卑不亢、不急不缓的神情，我有时候真就想，这人要是在家教严厉的别的地方生长，小时候非让他爸每天把屁股打肿了不可。

我和贝尔是隔壁近邻，在几年的时间里，我们之间宽容友爱，善意相处。应该说，我在这位南非人身上看到了欧洲文化的印记，对他们追求自由、崇尚个性解放的真实心态，有了最接近的感悟。我也看到了这贝尔和我，在东西方文化观念上的差异。同时，我也乐观地想见，东西方文化在不久的将来，随着人们交往的增加，将能积极稳妥地互相交流容纳。

隔着贝尔的小红房子，再过去，那座修了小型塔尖的别墅，是耐森的家。

耐森肤色黑黑的，甚至比南非本地的黑人还黑。但是，他的长相却跟本地黑人完全不同。他生着尖尖的鹰钩鼻子，大眼睛双眼皮，毛发赛漆，十分浓重。耐森告诉我，他是从马达加斯加搬来的，他在那里有成片的山林和土地。搬来南非主要是为了孩子们的学习，马达加斯加的教育条件太差了。耐森有四个孩子，都是女儿，他视自己的孩子为珍宝，每天相陪相伴着女孩们上学、读书、游戏。

除了接送、陪伴孩子们，耐森在剩余的时间里，都是在忙着饲养那些小太阳鹦鹉。是的，他的别墅建盖的时候，就构造了一处室内鸟房。那个房间很大，单独探出来一部分，全部都用厚厚的钢化玻璃搭建。鸟房里边安置了林木、山泉、小喇叭，还有悬挂着的密密麻麻的鸟巢，整个就像大自然里一处山林间的鸟世界。每天早晨，耐森的鸟房里，小喇叭中就传出了马来风格的轻音乐。音乐悠扬而空灵地飘荡在北悬崖的山顶上，不大一会儿，耐森那些小太阳鹦鹉，就叽叽喳喳地醒来，它们从那些童话般的鸟巢里"秃噜秃噜"地张开翅膀飞出来，在轻音乐中落在山泉和水池里去饮水。然后，还大胆地落到水里去，扑拉开小翅膀，往身上淋水洗澡。有时候能赶上东方的太阳刚好喷薄而出，金色的阳光正好照在那些小鸟身上，那些蓝、黄、红各色的小鹦鹉，用翅膀撩起的水雾中，竟映出了一弯盘大的彩虹。耐森的家园，一下子成了我们北悬崖上最丰富斑斓的乐园。耐森的小鸟除了晚上会被关在房子里，整个白天都是自由的，它们在敞开的门窗间来回出入，令我惊讶的是，从没见他的小鸟丢失过。

　　有一次，耐森笑得合不拢嘴，拍着我的肩膀，拉着我到他家里去。他打开一只篮子上盖着的毯子，让我看刚刚孵出来的小鸟。那两只小鹦鹉，还不及半个拇指大小，眼睛都没睁开，浑身上下除了头顶和尾巴有几点黑毛茬儿，整个身子都是光秃秃、红鲜鲜的，实在难看，一点都没有通常见过的小鸡雏那样，毛茸茸、呆萌萌的好玩儿。耐森见我似乎不大欣赏他的小鸟，就赶紧解释说："快了，等两天，都长出了羽毛就好看了。"

　　三个星期过后，耐森又过来串门，这次他从衣袋里掏出了两只鹦鹉小雏。眼下的小鸟，已经长成了半达子鸟，羽翼丰满，色彩纷呈。这次耐森看我十分赞赏他的小鸟，就哈哈大笑起来，还说，美好是需要耐心等待的。

　　耐森说着就把这两只小鹦鹉送给我们，我推辞，但旁边的女儿却高兴得像得了金雀一样，还点头行礼致谢，理所当然地收下了。从此我们家里开始养起了一对绿色的小鹦鹉，女儿把平台木屋里整理出一角，算作鸟屋，还给起名字，称它们小绿豆。这下好，我们和耐森成了小鸟亲戚。有意思的是，随着我们和耐森两家来往走动，他家的小鹦鹉也不断地飞到我们家里的小鸟房来里。看不出那些飞来做客的小鸟，都是小绿豆的什么七大姑八大姨，反正它们互相都十分亲密，家长里短，"叽叽喳喳"大声聊天，还互相梳理羽毛。有时候也会出现意外情况。也不知道那些小鸟说到什么，观点好像不一致了，两下还会大声争吵起来。吵得急了，还不顾交情，拂袖而去，一气之下，"秃噜秃噜"仨一群俩一伙飞回到耐森家的大鸟房里去了。不过也不用太搭理它们，因为，用不了多久，一转眼的工夫，家里鸟屋的树枝上又落满了小绿豆的亲友，人家也不知道什么时候，又和好如初了。

每个星期日，耐森的两个大一些的女儿，都会到我家里来，让我的女儿帮助她们补习数学。耐森的二女儿拉娜和我的女儿是同校学友，都在 Breachihaose（布瑞赤毫子）教会女校里读书，我的女儿比拉娜高一年级，算是拉娜的学长。

女儿刚入学的时候，曾经在课堂上回答过数学老师的提问，5 的 5 倍是多少？女儿根本没思考就答 25。老师很是有点惊讶，接着又问了，那么再乘以 5 呢？女儿接口答道，125。老师走到女儿身边，仔细端详这个中国学生一番，晃了晃头，有些迟疑地自言自语："这是怎么算出来的呢？怎么比计算器还快呢？"

这下子不得了，学校里开始疯传，中国孩子都是数学天才，咱们学校就来了一个……

等过了一段时间，我和女儿才弄明白，原来外国的小学生，都不背诵乘法口诀，只会加法，遇到两数相乘，也是一个一个地相加，得出结果。中国学生小学读一年级时，就把乘法口诀背得滚瓜烂熟，现在都上中学了，遇到这种 $5×5=25$ 的问题，不是太小菜一碟儿了？

本来把事情的原委都跟耐森说清楚了，但是，这位马达加斯加籍的邻居偏不信有乘法口诀一说，还说："在马达加斯加那里也有华人，他们的脑子天生就是计算机，做生意算账眨眼就来，还从无错误。"

还说："看在邻居的份儿上，帮帮我的女儿，让她的数学成绩提高上来，以后要是考医科大学，数学不好是万万通不过的。"

没办法，只好答应他。于是，每个星期日的上午，就有两个小时的时光，两黑一黄的三个小姑娘，就在我们家那个木屋里，一边爬上爬下地玩耍，一边大声背诵乘法口诀："一一得一……九九八十一。"几个星期下来，两个马达加斯加小姑娘，不但都成了数学上的"天才"，语言上还大有提高，都能说日常的中国话了。

耐森爱好钓鱼，每周都会寻两个安静的下午，收拾好渔具，开车出去，到约堡郊外的大湖去垂钓。但是，我却从未见到他把渔获带回家来。总是去时只见渔具，回来时，人手里还是那些家什，不见鱼的影子，再看他人，倒是一副快乐满足的样子。实在按捺不住好奇，我就向他打问起这事来。耐森却只是笑了笑，捋了捋嘴唇上的黑胡子，说下次带你去钓鱼，到时候你就知道了。

这次随着耐森去,看他钓鱼。南非的淡水鱼资源很是丰富,约堡西郊的这片宽阔的湖水里,鲤鱼成群。用玉米粉做成饵,挂在鱼钩上,甩下去不大一会儿就有鱼儿上钩。现在眼见着,红白相间的浮漂儿陡然从水面沉了下去,耐森手法老到,手腕一抖,钩住了鱼儿,再慢慢地溜它,等到鱼儿耗尽了力气,耐森再手持抄网,一下子就准确地把鱼儿抄上岸来,一看还真是一条三斤往上的大鲤鱼。看上去耐森的钓技十分娴熟,并无丝毫差池。

耐森钓上来大鱼,自己也是十分兴奋愉悦,笑得黑胡子都撅起来了。只不过,他接下来就把那条大鱼从钩儿上摘下来,一甩手又扔到水里去了。

我大惑不解,问道:"为什么不拿回去,做成佳肴给家里人吃呢?"

耐森说:"我们都不吃淡水鱼,只吃海鱼。"

这可是个什么道理?我于是啰里啰唆地述说起红烧、清蒸、干炸等各种烹鱼的绝招儿,还问道:"莫非你们在吃鱼上,还有什么忌讳吗?"

耐森放下鱼竿,认真地听我说了一大堆,终于皱了皱浓重的眉毛,捋了捋胡子,嘟嘟囔囔地说:"也不是有什么忌讳,主要是我们不会做。我老婆也试着煮过,结果又腥又有刺,从锅里捞出来,简直就像什么小动物的尸体,让人恶心,最后只好放弃。"

我笑了,接着就鼓励耐森:"不妨钓两条三四斤重的,咱们带回家,由我亲自上灶,做一顿红烧大鲤鱼、熘鱼段、五香鱼头……一顿纯鱼的晚餐给大家品尝如何?"

耐森半信半疑,但还是点头同意了。

夕阳西下,我和耐森安排的鱼宴开席,我家的大餐桌上,各色鱼品菜肴琳琅满目,香气扑鼻。我们把贝尔也请了过来,他说也是从未见过烹饪淡水鱼的,结果,一见到满桌子的鱼,蓝眼睛里立即放光。他叉起一块鱼段儿,仔仔细细地放在眼前端详,最后断定,可食,且美味,于是就吞在嘴里,闭了眼睛细品,须臾,睁开眼睛,放着蓝光,咀嚼吞咽,一气呵成,发声大叫"delicious!delicious!(美味!美味至极!)"。

耐森不喝酒,举起斟满橙汁的玻璃杯,为鲤鱼干杯!为伟大的中国菜干杯!我们三家十口人,团团围坐,品尝鱼宴,欢声笑语,入夜不衰。凉爽的山风,徐徐穿堂而过,屋里屋外,灯光闪烁,明亮如昼。远看北悬崖下,已经亮起了星星点点的灯火。最热闹的北门 centre（中心）那里，华灯初上，霓虹明灭，成了一众星火中最璀璨的银河。弯曲着连成串的，是"帝爱夫-马兰"大道上的路灯。而成串又游动蜿蜒不绝的，是 N1 高速公路上夜奔的车河。

我们能透过这灯光闪耀，感受到世界和生灵的气息，似乎能在这北悬崖上，探出自己的手臂，触摸到天地人间的脉动。那些灯光闪耀处，也一定有人，正抬头注视着北悬崖上，有明亮的灯光闪烁，人心搏动。

我们在南非约翰内斯堡的北悬崖居住了几年，再从那里搬到开普敦，和女儿一家团聚。搬离的日子近了，一切都已经打点完结，我站在空荡荡的大厅里，望着吧台旁边大镜子里的自己。我还是那个我，只是两鬓染霜、发际延宕。我感到内心空落，似乎比出国时候还显得心里没底，我就这样失去这可爱的房子，永别北悬崖啦！想想又感到充实，几年岁月，平凡而又深情，北悬崖被我刻印在心中，不可磨灭啦！

耐森先生两口子，泪眼婆娑前来送别。耐森夫人手捧一块粉色的宝石相送，她告诉我们，这是耐森前几年离开马达加斯加时，选购的粉水晶。当时买了五块，家里四个姑娘每人一块，剩下的这块，就送给我们的女儿做纪念。愿她永远美丽，和她的先生、小宝宝平安健康。粉水晶美极了，娇贵的粉中显出紫色的大气。一块拇指大小的晶体，托在手掌上，看上去好像颤巍巍的，成了快融化了的果冻。这礼物太重，我和妻子不知如何是好，一再推托婉拒，但是，眼看着耐森夫妇是一片诚心，请求似的让我们收下礼物。我们最后只好收下了这颗硕大的粉水晶，答应转交给女儿。万分感谢之余，我和妻子合计，拿了一只翡翠手镯反赠给了耐森太太。耐森太太看着碧绿的手镯，眼睛睁大，双手合十，大声道谢。她说早就听说过，中国的手镯漂亮，没想到还会这么美。临别之际终于到来，耐森家的小姑娘们泪眼婆娑，我左手搭着耐森，右手搂着贝尔，三个人站在北悬崖上摄影留念。

车子启动了，我的好邻居们挨排站在路边，挥手告别，耐森太太戴着绿手镯，高举双手，大声祝愿我们一路平安。我看到耐森太太手肘上的绿色手镯，闪动着细腻柔和的光泽。

车子转过山脚，眼看就驶上 N1 高速公路，妻子突然开口："看！"原来是一群红、黄、绿各种羽色的小太阳鹦鹉，从耐森的鸟屋里飞了出来，正应着我的车上鸟笼中小绿豆的鸣叫声，飞快地盘旋到车顶上来了，车里车外，两下里鸟声不断。外面的小鹦鹉，成群结队地飞着，旋着，鸣叫着。在北悬崖下，像有一小朵彩云，罩着我们缓缓前行的车子。

　　我们有心再看一眼北悬崖，就故意绕着山脚的路盘亘环绕一段。敞开的车窗里突然飘过来苏格兰风笛的乐音，笛声犹如一根根虽不相连，但又共同律动的闪亮金属棒，震颤着发出声音。贝尔的笛声似乎染上了颜色，那种浅淡的蓝色。笛声中有温度，暖暖地熨帖着我们的心。我仔细听着那悠扬细腻的笛声，突然感到，其中的旋律似乎很熟悉，又不完全相同。啊哦！想起来啦！这分明就是那首《友谊地久天长》嘛！我转过头问妻子："贝尔吹奏的可是《友谊地久天长》？"

　　她怔了一下："嗯？"

　　再稍待几秒钟，竖了耳朵细听，她终于重重地点头，惊喜地告诉我："没错，贝尔此时此刻在为我们吹奏的，正是这首曲子。怎能忘记旧日朋友，心中能不怀想……Auld lang Syne……（old long since）。"

　　我和我的家人，都熟悉这首曲子，在很多毕业、生日、成人礼的聚会场合，甚至就在中国的春节联欢会上，我们都听见人们和声高唱它。但我们都没想到，这曲子竟是出自一首苏格兰的古老民歌。

　　这次，我们彻底听懂了贝尔笛声中的友情，那细弱委婉的笛声，飘飘荡荡，动人心魄，催人泪下。贝尔在用这深情的笛声为我们一家人送行，并祝福我们一路平安。

　　再见啦！邻居朋友们！

　　别啦！北悬崖！

2023 年 1 月 1 日元旦完稿于三亚
2023 年 1 月 9 日修改
2023 年 7 月 6 日再改
2024 年 5 月 16 日定稿

车　　说

　　人到南非，必备私家车，否则寸步难行。别说开店、办厂、进出口贸易，一应捐税、银行、海关商务，大都相隔较远，须驾车往返。就是居家过日子，一天到头，去超市、酒庄、便利店，选购柴米油盐、鱼肉蛋奶，也离不开车。哪怕进了 vegetabal and frut（蔬菜水果店）里，挑两个西瓜一袋橙，最后还是顺手装车上，一并拉回家。

　　"南非的城市里，扫大街、捡破烂的都开着小汽车。"这说法固然是夸张传言。可在约翰内斯堡、比勒陀利亚、德班、伊丽莎白、开普敦……一众现代化的城市里，"生活中离不开 car（小汽车），就像走路离不开鞋"却也是实话。来到了南非，把别的事务先都放下，去买辆车。等车轮子转起来，一切从头来的新生活，也就开始了。

　　满大街上，有数不过来的车行。奔驰、宝马、land rover（英国路虎）、丰田、雷诺、马自达……很多世界品牌汽车的厂家，在南非这里都设有装配分厂，在当地就生产这些汽车。当然，也就有销售这些新车的车行。车行作为新车代理商，价格公开统一，售后服务到家。买主付了车款，就当场提车，办理相应手续，方便得很。买汽车就像买一件家具、买一套服装一样，实在是很平常的一件事。

　　不过，到头来，人们在车行里买新车的概率并不高。像我们这样的家庭，前后流连南非近十年，只是买过一次小排量的马自达牌新车。其余像奔驰、宝马、三菱越野、丰田皮卡一应家庭用车，都是买的二手车。

　　虽说街头巷尾的修车行，也都明码标价，出售二手车，但我们华人华侨购二手车，都是去二手汽车的拍卖场里成交，举牌拍定自己称心的车子。南非的二手汽车市场十分活跃，成交量远远超过新车，而其中的拍卖售车，要占一半以上。

约堡最大的一家二手汽车拍卖场，在东门外近郊。那里是一片现代化建筑，规模宏大，室内外宽敞，气势不凡，能停放几百辆各种汽车，供拍卖交易。室内主场设有拍卖师喊价落槌的主坛，一众拍客的阶梯座席，还有前面当场展示汽车的平台。

比足球场还大的拍卖场建筑群内，还在边沿上另外设有几家二手汽车代理商的交易洽谈处。他们欢迎人们前来买卖车辆，生意做得活泛。未待来人开口，就先奉上香浓热咖啡。那里随手备着各类汽车的资料，相赠翻阅，信息公开。只要是确定了什么品牌、哪一年出厂，那辆二手汽车的售价也就大致可以确定了。所以，这里并无红头涨脸的漫天喊价，更没有腰斩般的杀价。

所有生产销售的各类汽车，在每年一度出版的汽车年鉴中，明码标价，毫无隐讳。其中没什么讨价还价一类的水分，供掮客贩子在其中蹉跎猫腻。这样的交易形式，让人心明眼亮，感到踏实托底，知道自己大致不会花冤枉钱了。

顺着这些二手汽车交易商的门店一路过去，了解了许多有关二手汽车的具体情况，心中有了数，感觉着就是再来参加拍卖会，也不会吃什么亏了。事实上，二手车的拍卖，不但不会让买主吃亏，还常常会在公开的二手车价格上，再让给买主一部分实惠。因为，拍卖的汽车都是车主出现意外、欠贷、窘急一类的难事，不得已才转卖手中车。他急着变现，在卖价上便宜些许，实在也是拍卖场上理所当然的事，要不怎么叫拍卖呢？

我们最后转到拍卖场里来，是为了提前查找中意的二手车。常常来到足球场般大的室内停车场里，耐心地梭巡。有时候眼前一亮，打老远就见那辆车，亮晶晶的冲自己打飞眼儿。于是，脚下生风，暗地里喜滋滋地奔过去，前后端详。就像年轻时候相对象，先大致瞧瞧人家的脸蛋五官、姿态精神头儿。如果心中一动，眼前车接近自己的想象，袋中银两又与卖价相近。便可招呼近前的服务人员，讨要该车钥匙，开门上车，打火启动。在发动机的运行中，再细细观察车况。人在车上，看、听、摸均可，但不能挂挡驱车，移动分毫。若真是人车有缘，感觉良好，窝在里面都能做白日梦。

如果接着有索性买下的心思，就可再向工作人员讨要有关该车辆的各种证件，一一核实，记下该车编号，就等在开拍的时日，前来举牌报价，竞争一番了。

当然，此时你还只是买家之一。因为，有太大的可能，另外还有对这辆车同样看中，甚或产生更强烈欲望购进者。到时候两个或多个买车人，在大庭广众之下，公平竞争，谁出的价高，最终车落谁家。

拍车人也有看了汽车的表面，再进去看内饰就不满意起来的时候。那也没关系，再去找中意的目标就是，成片的汽车停在那里，总有选中令人满意者的机会。许多内行的人，把汽车的机盖打开看发动机，甚至趴下身子探头瞧底盘，进车里去鸣两声喇叭……都没关系。这能让人想起小时候，在城市郊区的骡马市上，看到农民买卖牲口。扒开马的嘴唇，数里面的牙齿。拍打牛的肚皮，再把耳朵贴上去，细听里面的高山流水声儿。眼下买汽车，真有点像那时候农民买马。

拍卖场里真正开拍汽车的日子，是每个周六。这样定日子，大概是考虑到买车人在通常日子里，忙于工作。而周日又是基督教的主日，大部分人又得去做弥撒。周六好，能聚起最多的买车人，有闲暇，有精力，也或许有银子前来参加拍卖会。

事先都做好调查了解的真心真意拍车者，先要交两千兰特的定金。然后领取一个圆木牌，这圆木牌看上去很像乒乓球拍，被涂成白色，上面画了红色的阿拉伯数字。赶上拍卖生意红火时，见过圆牌上标了178的数字。就知道，那次拍客众多，有一百七十八个人参加。

等会儿开拍，听清你中意那辆车的报价，认为你能接受这个价格，就举牌示意。重要的是一定听清报价，初听英语，可能一时反应没那么快。没听清楚，宁可不举牌，别到时候一个不小心，举到高价位上成了交，为自己多付了钱而感到沮丧后悔。

交了定金，转身再进拍卖大厅，选定自认为合适的位置落座。参加拍卖的人并不都是拍客，拍客买车，常常兴师动众，邀约上三两亲友，一同前往。拍卖大厅里的阶梯座位，常常也是座无虚席。但是，有权利竞拍的，只有举牌人。别的人可以私下里和竞拍人商议相关事宜，在底下帮着拿主意。但绝不可大声喧哗。否则，轻则被呵斥教训，重则可能会被驱离拍卖现场。

铃声一响，拍客及相应人等陆续入座肃静。然后是公证人员列席，也有资深的律师，他们都正襟危坐，人模人样，一脸严肃。最后上场的是拍卖师，拍卖师衣着随便、言辞简洁，常常在开场白中掺和几句小幽默，收获场下一阵子轻笑。得着拍卖师的示意，被拍卖的一号车就开过来上场。因为机器发动，会排放尾气，影响室内的空气质量。场里还安排一个工人，提粗大的蛇皮管，罩在汽车的排气管子上，把汽车尾气排放到室外去。

拍卖师嘴里的例行专业词汇和日常玩笑的闲话，掺和着被穿成了串儿，像无数圆滚滚的嘎嘣豆儿，一嘟噜一嘟噜地在宽大的拍卖场里的空间中飞来飞去。

"啊——，看这BMW，绿色的，多像翡翠，中国人最喜欢这祖母绿的颜色啦！再看这车特有的一双怪眼，像狮子一样。看这车膜都贴好了，如果情人在车里接吻，在外边怎么使劲儿都看不清，是不？嗨！起价啦，比年鉴上可是便宜啦！四万二，四万二啦！不，可不是美元哪！是咱们的兰特呀！四万二千兰特，有举牌加价的没有？哈！来了来了，那位帅气的灰夹克先生，四万三千！四万三千啦……"

拍卖师说的当然是英语，而且语音上还故意偏重英式的牛津腔。他语速极快，话里掺杂着叙述、炫耀、调侃等诸多元素。当然，他的目的就是推销这台车啦！其实，他的话中，数字才是重点。只要你盯住了听他的报价，适时举牌，跟住他，就能当个合格的拍客。得熟悉英语的数字，它并不按"万"计数，只是统说成"千"。一万说成十个千，十万就是一百个千，到了百万，就又有特指的单词millin了。除此之外，拍卖师嘴里所说的其他内容，都可以慢慢适应。日久天长，那些话语也大都是些行业套话。像在南非，宝马牌小汽车并不称"宝马"，而是直呼其品牌"BMW"。

我去过多次汽车拍卖场，不论是帮助朋友同事，还是自己亲自拍定了遂心的小汽车。每当拍卖师在我的报价上落槌敲定，心下都荡起几分激动，燃起难得的热情，好像完成了一桩大买卖，而且还是可心得意、买卖公平的交易。事后的实践也能证明，拍卖场里买的车，驾驶起来，心中有底，大多物有所值，不花冤枉钱。

也有两次，自己做了拍出的卖车人。那次是为了打猎钓鱼着想，因为经常远程穿越复杂的地形，想着换个四轮驱动的越野车。就先把自己那一台也是从前拍得的、行驶九万公里的宝马625卖了。我去拍卖场，把拍卖该汽车的一应程序事先办理完妥,就离开返家,没出现场。等到下一周,有支票从拍卖场里寄来,我的车已经按自己的要求卖掉了,算起来,卖价甚至超出了我的期望价,还多出八百兰特。自己按汽车年鉴设定的拍卖价上限,是个可以浮动的价位,所以拍卖车子时候,多得点外快,或是少收了几百上千兰特,都属正常。

我注意到,在南非拍卖场,二手车的"奔驰"比较保值,同样开了九万公里,折下去总还有原价六成的价值。可"宝马"车就不行了,同样里程的二手"宝马",大概连原价的三成都卖不上。不知道其中有什么道理,有人猜测,说是"奔驰"车的某些零件含有贵重金属。事实是否如此,最终不得而知。

生意成交,拍卖场当然会抽取一定的佣金。这在事先都有合同约定,到时候按章办事。一般来说,佣金都不高,能被卖主接受。买主不必交另外的费用,还能如数拿回自己的定金。

拍客每次驾着拍定的奔驰、宝马、三菱越野,不同的家用车,从拍卖场里徐徐驶出,脸上都挂着心满意足的微笑,再加几分洋洋得意。拍卖场里想得周到,车子油箱里总会存有几升不收钱的汽油,油不多,但绝对够你把车开回家。说起来,命运相近的华人华侨朋友们,也都经历过拍卖场里买卖车子,是其中的熟客。说起买卖车子的经历,都不由得眉飞色舞,侃侃道来。

拍到手的车子,一应证件手续,都会由拍卖场帮助办理,当场就能完成。个别也有拖几天的,事后也会寄到你提供的地址去。从不会耽误新车主用车。这里卖车不需要车检,只要你能把车开到拍卖场来,甚至拖曳来都行,打不着火儿也没关系,拍卖行都能帮你拍出去。打不着火儿的车,也有它的拍卖价,一切都在价格上找平。

拍到手的车,有些还没到保险的期限,这也算是个卖点。比如该车还有三个月保险期,买车人就算捡了个便宜。只管开家去,直接用就完了。如果刚好保险到期,或是超过保险期限。买车人在拍得车子后,回去做个车检。车检的目的也不是例行的收费,而是为了下一步买保险。车检以后,知道了车子的现状,就可以和保险公司商量,买自己觉得物有所值的保险项目了。一般来说,只要买好保险,在车子万一出现事故后,保险公司都能兑现合同,如约理赔。

检车的厂家都是私人企业,他们会认真检查车子的状况,和你商量,这辆二手车之中的哪些问题需要考虑,他们的目的是为了安全。像有些陈旧的零部件,车主不打算更换,也可以。但是,检车方会将车子的真实情况写在检车报告里,随着车行程到达一定程度,到时候会依据报告,打电话提醒你,随时注意车子状况,保证行车安全。检车报告很重要,就像患者的病历一样,记载了车子的详细状况。是买保险、修理、保养车辆的重要依据。

总之,买卖、保险、检测一系列的工作,都是为车主服务,在服务中收费。未见处心积虑"挖坑"占便宜,更没有任何强制行为。车子的现状和可能存在的问题,都由车主自己负责,驾车人一定要做到心中有数,安全才是最重要的。

完成了上面那些简单的过程,就可以在这南部非洲的国度,驾驶着新购置的车子,穿城越野,为自己的事业和家庭奔忙了。据说,中国人在南非,有两个证件是不用再考试,就能直接使用的。一个是厨师证,一个是驾驶证。前者是对中国烹饪技术的肯定,后者是对中国人的驾驶水平放心。尽管如此,我们驾车上路,还是要小心行事,要对南非的交通规则有所了解。

世界上各国的交通规则大同小异,南非和中国之间,交通的规则也是大多相近。不过,驾车上路,还是会遇到一些不同,令人小有困惑。

南非属于英联邦国家,奉行左侧通行,所有的机动车都是靠在道路的左侧行驶。驾车人在车内,是坐在右侧把持方向盘。这和我们在国内驾车,位置刚好相反。我们是车辆右侧通行,驾驶座在车内左侧。冷不丁上手这种左行驶,常有几分别扭,很是不习惯。我就有过,一个没注意,不觉间把车开到道路右侧去了。几秒钟之间,惊觉错误,赶紧打方向盘,再归并到正常的左侧行驶,已是冷汗都下来了。

好在这种情况不会在高速公路上发生,高速路上,呈封闭状态,不会出现这种逆行。那里风驰电掣,真若是有车辆逆行,发生迎面相撞,怕是老命早都没了。偶尔依了国内的老习惯,开车蹿到人家反向上去,大多发生在城乡间的普通道路上,就像我们的国道。那里道路略窄,车流稀少,车速也慢得多。尽管如此,弄反了驾驶方向,仍存潜在祸端。华人华侨间,有时候论起这通行方向,也有很多像我这样,吓出了一头冷汗的范例。不过,却还从未听说过，真就由此生出了重大事故。可见，能免试驾驶证的同胞，果真驾驶技术了得，个个都鬼精鬼灵，出手几把，也就都顺过来架儿，循着左侧通行，来去如飞，毫无隔阂了。

　　STOP（停止）也是新情况，国内不曾遇见。南非城乡间，街区上，甚至小区内，遇着道路有交叉相连的十字或丁字路口。都会在路端的地上，涂有白色大字STOP（停止）。其实，除了在地上，道路左侧，也有醒目的圆路牌立起来，白底红圈黑字，STOP（停止）几个英文大字，十分明显。遇到STOP（停止），一定要立即停下来！就算两侧和对面没有行驶的车辆。这是交通规则的死命令，和红灯的警示效力是一样的。

　　遇到道路两侧也有车辆同时到达STOP（停止），那么双方再行从STOP（停止）处开动前行的原则依据，是谁先到谁先走。有时候，一时难以判断是谁先到达，双方常常会挥手示意，谦让着对方先走。于是，被让的一方也挥手或闪双灯，表示谢意，也就驱车前行。我也遇到过，横竖交叉的STOP（停止）处，两个方向上一时车辆聚多，交通阻塞。大家就再遵循着"一边一个"的原则，慢慢通过。从未见有人在STOP（停止）处挤塞强行，更没有鸣号、轰油、扯脖子喊的情况。很重要的规则，就那么标示在几个字母上，日久天长形成了好习惯，还带来了高效率，这STOP（停止）真是印在了人心中。

　　后来遇到过行经主街时候断电，红、黄、绿灯熄灭，无任何信号指示。但十字相交的主街上，并未见混乱，两侧的车辆都像在STOP（停止）路口时候一样，一边一辆地轮流通过。没有交警嘴里叼了哨子，满头大汗地维持秩序，更没有什么志愿者举了小旗子，挥来挥去跟着忙活。

　　有时候走着走着，小街上的十字或丁字路口，会出现一个小型的circular（圆环路口）。这样的路口，也伴有STOP（停止），但是和那种纯粹的STOP（停止）不一样。这时如果你赶到了路口，要停下来，耐心等待其他方向的车辆走完那个circular（圆环路口），上了它选定的道路，自己再行驱车前行。有可能，迎面而来的车子，会转过这circular（圆环路口）的大半，在你的面前走去你右侧的横道上去。甚至，兜了一个U形，又掉头返回来路去了，也不一定。所以你一定要耐心等待，不可着急抢行。

　　这些和国内不同的规则，在实际交通中都起着不可替代的作用，得认真熟悉遵守，马虎不得。否则，就等着大小不断的麻烦来找你吧。

事实上，我们来到南非，哪里还会先去学习什么交通规则，正经八百地去考当地的 licence（驾驶证）。大家都是以买了二手车为起始，磕磕绊绊上了路，整天奔忙。所以，一路上刮刮蹭蹭，出现各种状况，都是免不了的。

在南非开车上路没几天，去接女儿放学。那所教会女子学校，在约堡的北门里。眼看着时间一到，各路家长的车子都聚在路口，显得有点堵。心中耍小聪明，记得另一条小路，好像也能穿行过去。于是调转车头，绕行一段，冲着小路就一头钻了进去。不想，还未曾走上十米，就被路口的交通警察伸手拦了下来。那警察抬手指着路边的圆牌问，没看见吗？再抬头细看那圆牌上明示的禁行符号，才知道自己不小心闯进单行路里来了。眼见是自己的错，没什么好说，只好低头认错，甘愿接受惩罚。那位身穿蓝灰色制服的交警，开出了二百兰特的罚单。当他把罚单递给我的时候，似乎心有不忍，犹豫了一下，然后轻轻地问我："你能给我一个理由吗？"

我一时愣住，没能完全理解他的意思。看了看他，多少有点郁闷，脱口说道："这还能有什么理由？谁没个儿女，为了孩子呗，这几天她本来身体就不大好，我是怕她着急，来接她就抢着赶路。"

不想，这位警官却频频点头，嘴里"yes yes"地鼓励我说下去。他说："这就是个好理由呀！孩子不舒服，爸爸一着急，就走错了路。"

好家伙，还真没遇到过，警察帮着违规人出主意的事儿。最后，这位好心的警察告诉我："小错谨记，以后不可重复。二百兰特罚款，你如果觉着多，可以到交通法庭那里反诉我，要求减免。我这罚单上有那个法庭的地址、电话。一般来说，只要有一个说得过去的'理由'，法官都会判定减免罚款，你可以试试。"

头一次遇上这样稀奇的事，咱自己违章，还能申诉。没准儿，这交通罚款还能给个 discount（折扣）？我挥手致意这位负责而又人性化履职的好警察。

纯粹出于好奇，心想一探究竟。隔了不到三天，正好办事路过警察罚单上那个地址。我就带好那张罚单，寻门牌号码，在那座非常普通的建筑里，敲开了那扇薄门。

这是我见过的最小、最简陋，但也是最真实的法庭。都不到二十平方米的房间里，有一套类似学生课堂里的桌椅。有一位白发苍苍的老头儿，戴了老花镜，坐在那里看一本厚厚的大书。他背后的墙上，挂了一个大大的南非国徽。我问过老头，他十分肯定，这里就是我要找的交通法庭，而他就是这个法庭的国家法官。我坐在法官老头对面，那好像也是一张学生椅子上。感觉一切都那么平常，一点见官的压力都没有。我非常简短地叙述了前几天发生的那起违章事故，也给了老头儿那因为孩子不舒服而着急的"理由"。

法官瞪着一双灰色的大眼睛，不动声色地仔细看我。得承认，这老头法官的眼神犀利，要是说了谎话，怕是难抗这老头法官"自由心证"的审视。稍待，老头提笔在那张罚单上唰唰涂了两笔，又再写了两笔，最后签名。只说了一句："God bless you and your daughter（上帝保佑你和你的女儿）"

他划掉了二百兰特，又写上了一百兰特的罚款额，再郑重地签下了自己的名字。前后不到三分钟，我就被宽恕，减轻了一半的处罚。钱没有多少，算不得什么，但这件事，让人心中敞亮，连喘气都觉着痛快。这位法官和那位警察的形象，在我心里至今不被时光所磨灭。

这么个简单的经历，却被南非的华人朋友们传成了经典，乐此不疲地重复念叨，好像发现了新大陆一样。时过经年，我的故事就像拴线的风筝，转了一圈儿，竟又回到了我这里。有好心人兴奋地告诉我，知道不？以后开车，出个违章的小事故也别慌，罚款就罚款好了，到时候咱还可以到交通法庭上去，起码能打个 discount（折扣）。至于人们在类似的情况下，是不是真就都被减免了罚款，不得而知。华人圈里，常能知晓一些事物的前半部分脉络，至于事情的全貌和结果，就不那么清楚了。所谓神龙见首不见尾，我们华人在国外，每个人可都是一条龙呢。

而南非人以车为家，一天里有相当的时间，是在车里度过的。生活中跟车有关的故事，也是丰富多彩。

第一次在东伦敦驾车上路时，一早遇到了红绿灯，停车待行。稍微一转头，却见并行的另一位先生，正在自己车里的驾驶位上，冲着后视镜梳头、抹脸、打领带，紧着打扮捯饬。这位显然是早起匆忙，把上班前收拾仪容的活儿，搬到自己的私家车上来了。看起来，他的驾车动作相当熟稔，眼看红灯变绿灯，那双手还在自己脖子上忙活。脚下一定是放开了刹车，轻轻给油，车子随着车流前行，还又平又稳。正经走了十几米的样子，这才系好了领带，

车 说

放手去把定方向盘。他稍转头,与我的目光相遇,微微一笑,挤了挤眼儿,一脚油门儿,驾车快行,转眼就不见了踪影。

在车上化妆,是常见的女士行为。她们边开车,边对着后视镜描眉打鬓,涂抹唇膏,抹完还吧嗒着上下嘴唇,找找涂上去的唇膏匀称。有时候能看见,她们把卷在头发上的卡子一个一个弄下来,再丢在副驾驶的空位上。偶尔会见到半张脸的女司机,一半化好了妆,眉清目秀,大眼睛扑闪扑闪,很是迷人。可另一半脸,却仍是大致在被窝里的样子。那只眼睛,更是臃肿无神,显几分衰老。见怪不怪,这位女士,一准是搞定了一只眼睛,就赶上了一段快行。另一只眼睛得等到下一个红绿灯时停下来,再抓紧忙活了。不过,倒不必为她担心。凭她日积月累的驾车经验,一准会在车上把自己捯饬完毕,到了单位,容光焕发地坐在办公桌前。

在开车的时候打电话,都不算个事。问题是有时候在打电话中还讨论、问答、情绪激动。司机一边驾车,一边口若悬河,指手画脚,耸肩撇嘴,双眼朝天,死的心都有……对那口型,又是他们常在此情此景说的那句 my God(我的上帝)了。

最夸张的行为,见过一边开车一边看报纸。那位先生,把报纸折了折,选中自己要了解的那一块儿文字,再把报纸搭在方向盘上。然后,一对眼睛上下翻飞,像灵活的手指头,上下弹奏双键盘电子琴一样。把路况和英文字儿这风马牛不相及的两码事,硬是归纳到了一个人的精神头儿上。这跟化妆、打领带可完全不一样,看报纸开车,应该是危险系数最大的驾驶了。可再瞧这位看报司机,却气定神闲,抬头开车,低头看报两不误,一路驶去。记得小时候学造句,有同学造"一边一边",说"我一边刷牙,一边唱歌",惹得班里一阵嘲笑。是啊,一个人怎么能一边刷牙一边唱歌呢?结果,那位造句的同学,是我的好朋友,他不对别人做解释,只是把我邀到他的家里。他准备好牙刷,当场给我表演了"一边刷牙,一边唱歌"。他先唱道"让我们荡起双桨",然后拿牙刷在嘴里一顿一顿地刷了两下子,刷,刷刷,接着就再唱"小船推开波浪",刷,刷刷。原来,人家是用刷牙打了拍子。想到这里,眼前的看报纸开车,似乎也不显得那么硌眼了。艺高人胆大,看来这位开车看报纸还倒安全。

现在社会发展得快,就算哪一天见到南非道路上,有织毛衣开车的,似乎也不用替他担心。那准是有十分的把握，才敢如此视死如归。至于这样子干，早晚会惹上麻烦，那也是定数难逃。一旦碰上交通警察，铁定会修理你一通。跟着罚款，直至没收驾驶证，也说不定。那就得掂量着，你这报纸看得，惹没惹出严重后果了。看报纸看不死人，但开车看报纸，看分了神，车撞上人能有好吗？

行车驶船，不管在哪里，都是自带三分险。在南非开车也一样，日久天长，搁谁都难免刮刮蹭蹭，甚至严重到摊上个 accident（事故）。

我在南非的第一次遭遇车祸，实在有几分诡异。

那次起大早，天还未亮，赶着去上英语课程。当时街巷道路上，冷风萧萧，空无一人。我一人一车，披星戴月，以大约每小时九十公里的速度，赶往居家二十公里之外的"森腾"区补习学校。离家不久，但觉前风挡玻璃外面，有天上不断降落的晶莹，窸窸窣窣，没完没了。连平整的大道上，也都铺了薄薄的一层，似雪非雪，似冰非冰。车身开始打滑，在路上扭屁股，明显蛇行。待自己意识到危险，手牢牢握住方向盘，脚下减挡收油，试图将自己的车速降下来。不想反应没有现场遭遇来得快，手上脚上已经力不从心。不管怎么踩刹车，奔驰车只是按自己的惯性，顺着道路一下子甩出去，呈两个三百六十度，瞬间疯狂打转。车身沉重，旋转间"砰砰"几下子，连声巨响，把路边的铁围栏都撞歪了。自己坐在车里，本能地握紧方向盘，把刹车踏板踩到底。人迷蒙了几秒钟，眼前赤、橙、黄、绿色彩缤纷，满心里充满了不知结果的危险。前后不过十几秒钟，一切又都安静下来，像是什么都未发生，又像一梦惊醒。定神深呼吸，想着推开车门，却费了挺大力气，眼看着车祸不轻。五更寒的夜色中，孤零零只有一车一人，车身凸凹变形，人亦惊魂未定。

天空中仍旧洋洋洒洒，有什么东西疏密相间，轻盈地随风飘摆，落在地上，晨静中似乎能听见细碎的破裂声。这可是有生以来从未遇见过的天气，也从未见过这些比缝衣针还短小的冰晶，自空而降，铺在天地间，铺在道路上。经过了刚才的事故，才晓得，这落满了各处、若隐若现的小东西，虽说不动声色，却给驾车人布下了四伏杀机。再瞧瞧自己，虽说身上有几处酸痛，但终无大碍。命运之神到头来还是饶恕了我一回，当下慨叹，心生敬畏，大概真有神会于意外中托举自己的生命。

接着轮到了关注那辆奔驰车。车子周边的钣金，大部在路旁的铁栏上撞得变了形，歪斜凸凹，像洗皱了的衣服。想想刚才它还在路灯下银灰四射的雄姿，自然懊恼不堪。长叹一声，拿手机给保险公司打电话。那公司倒真有担当，大清早天未亮，就有人值班接听电话。接听电话的人先问我，人员有无重大伤亡？在确定了人还安全之后，说了一句"God pless you"（上帝保佑你）。然后就用商量的口气告诉我："时间太早，人们大都还未上班。就算是有抢险的队伍值班，也要为有重大伤亡的事故做准备。现在让我们试试，看先生您能否自救。"

我开始按照保险公司人员在电话里的指导，行动起来。先去打火，车子钥匙一转，奔驰车轰然启动。保险公司人员在电话里笑着表示祝贺，再接着鼓励我驾车上路。我操纵着车子后退，转向，掉头，虽说车子在活动中，浑身发出了"吱吱嘎嘎"难听的噪声，但我还是感觉得到，它的发动机部分并没有受到损伤，能勉强上路。保险公司人员知道了车子的现状，就鼓励我，把车子开回家。他说："等会儿天大亮，路上车辆密集，想动都难了。趁现在路上没人，赶回家，人车都安全。到了上班时间，公司就会去人，帮你处理车子修理、理赔等一应事宜了。"

我和保险公司人员始终保持着通话联系，一路"吱嘎"，歪歪斜斜，总算把车子开回了家，停在自家院子里。我刚刚下车，却见社区的警官赶过来按门铃。一问才知道，他接到了保险公司的电话，特意前来做事故鉴定。他一边仔细地查看车子的情况，一边简单询问了我事故发生的过程，还给车子拍了两张照片。最后，警官填写了一张黄色的卡片，还在上面签字，然后把它交给了我。警官告诉我："这是事故鉴定卡，我把这次事故的来龙去脉都写清楚了。等下保险公司的人过来提车，这就是他们为你办理理赔的法律根据。"

警官的鉴定报告，就是那张黄色卡片上写道，今天的气候，属于自然不可预测、不可克服情况，驾车人不负事故责任。

后面的事情都顺理成章，保险公司来人提车，送去专门的厂家修理。一个星期以后，我去取车，付了五千二百兰特的修车费用。我开着修好的车再赶到保险公司，他们给我全额报销了修理费用。其中没有任何的推脱、挑拣、部分否定一类的说辞，只是给修好的车子拍了一张照片存档。

还有一次，我正驾车在 N1 高速公路上疾驰，天气突然变化。一早晨的晴天朗日，突然变脸。还用不上几分钟的工夫，就阴云密布，雷声轰响。这样的事，在南非高原上倒是经常发生，原也算不得什么。所以，我也没怎么在意，只是开着那台 BMW（宝马）625 的六缸轿车，照旧往布隆方丹赶。

在驶上一段慢坡时，已经浑然变成乌黑的天地间，却又起了风。就算是在车内，也能感觉到车身明显的晃动。还有不断飞来的细碎沙石，大把大把地猛然撒在车风挡玻璃和车外壳上，发出一阵又一阵的"哗啦啦"的震响。能想象车外这飞沙走石的狂风，正搅动世界，做好了暴雨的前奏。心中想着，手上脚下亦相跟着，有所收敛，让车速慢了下来。白色的车子，在乌黑涌动的风暴里，像一块石头，越来越慢地向前移动。

突然，在车前风挡玻璃外，看到一侧的路边坡上，有明显的松脱滑动，似有成堆的土石相杂着翻滚而下。我心下想着，如果让这阵土石雨冲到车上，后果好不了，少说也要伤及人车，弄不好都能把我给埋了。想着，就本能地加油轰车，想着一溜烟地冲过去。转瞬之间，车子就像突然暴躁起来的马，前后上下剧烈地颠簸着，猛然蹿了出去。待飞速越过那个危险的路段，我还没来得及为自己的选择和操作得意。车下底盘就"砰"的一声，紧接着传来"铛铛铛"一连串的噪声轰响，就像有人在车子下面挥动锤头，不断地敲击车体。噪声不轻不重，但又没完没了。

我心下一惊，想停下车下去看看。因为这样的声响，听不清楚发自车体哪个部位。如果真是从机体下面发出来，就可能意味着车子的发动机受到了破坏。这是一种"敲缸"的动静，如果继续行驶，很可能会出现拉缸、抱死等一系列的故障，最后把发动机给烧了。但是，眼见得车外混黑一团，地动山摇。怕是未等我停车下人，就被外面一路翻滚的土石打伤了。这山坡上草木抖动，狼哭鬼嚎，怕的是继续翻落土石不断，甚至来个大规模的滑坡。那可就真会车毁人亡，一命归西了。想到这儿，长叹一口气，小踏油门，一路驱车疾行。车子怎么着，也没命值钱，听天由命，爱谁谁了。

在一望无际的恶劣天气里，在怎么看也看不多远的风暴中，不见人，也没见有来往的车辆。只有空旷激烈，风云震荡。我胆战心惊地驾驶着车子前行，耳朵听着车子发出敲钟般的噪声。心想，不知道什么时候，车子就会骤然熄火，瘫在这荒郊野外。也不知经过多少时候，有人会发现一个倒霉的中年人和他的汽车残骸，一准是在恶劣天气中，不幸被夺去了性命。然而，一直仔细地盯着油、电、水各种仪表的我，却未发现水温升高，油、电路异常的情况。这让我判断，除了车下那个让人提心吊胆的敲击声以外，整个车子似乎并没有发生什么其他方面的损害。这判断让人心生希望，或许这车子有金刚护体，车下的石头就没伤着它的要害。这样想着，能转换糟透了的心境，让人有那么一点愉悦的感觉。现实中被损坏了的车子，似乎能猜到我的心思，提醒般不断发出那一点都没消除的"铛铛"响声，甚至比以前更强更急了。

也不知道什么时候，暴雨急至，倾盆而下，整个世界都沐浴在涛涛水中。连风都似乎被震慑，悄悄收起了搅动激荡，退到不知哪里去了。我打开雨刷，在大雨中，一路响着我的"钟声"，缓缓行驶在 N1 高速公路上。再看各种仪表，几个亮晶晶的指针，稳稳地横竖着，仍然没有任何变化。

车子一直快速前行，情况没有变化，不见好转，但也没进一步恶化。这让我反倒不害怕了，甚至渐渐聚起了信心，有什么？就这样"铛铛"响着吧！发动机没出问题，甚至还完好无损。车子外壳钣金上的那些硬伤，日后能修复，只要人安全，发动机没有受损，就可以坚持下去。

高原气候，变幻莫测，来去分明。没多大一会儿，风停雨歇。我的宝马，虽说伤疲了几处，但仍被风雨冲洗得洁白如玉，正把那一路险恶甩在了后面。我和我的车，就像刚刚从阴暗、湿滑、令人窒息的产道里被分娩了出来，一下子滑落在光明灿烂的天地间。只是，这个闹腾的婴儿，一出生就没完没了地矫情，"铛铛铛"哭声不断。

虽说车子的水、电、油都没什么问题，但这明显的噪声还是让人心怀忐忑。一到了目的地布隆方丹，我就开到一家修车行，把车子放在那里，再把来时路上遇到暴风雨，车子底盘被石头冲撞的情况向车行那位中年师傅说明，求他帮着找找车子不断发出响声的原因。然后，自己就找当地的朋友办事去了。

说实话，类似的情况我曾经历过。那次是驾驶一辆日本产的凌志轿车，在海南岛的一条国道上，被一块石头碰了车底。车子发出了噪声，事后证明，那次的碰撞造成了车子油底壳的裂缝。为了修复车子，当时花了大几千的费用。这也是我这次分外担心的缘故。

当天傍晚，我办完事，心怀忐忑地赶到了修车行。那位修车师傅远远地见了我，微微笑着，挥手召唤我过去。他正站在一墩厚重坚实的铁砧旁边，用一把长柄钳子，牢牢夹住一块半米见方的金属板。而在他身旁一左一右，正站着两个身强力壮的黑人。黑人见我，同时一笑，露出两口白牙，看那脸上的表情，就像两个双胞胎。他们都穿着蓝色油渍的工装裤，各自手里拄着十八磅的长柄大铁锤。

修车师傅一声令下，两个工人左右开弓，把大锤抡起来，"乓乓乓乓"重重地招呼到那块平放在铁砧上的金属板上。师傅再喝一声，两个大锤瞬间就停了下来。师傅从铁砧上抬起那块金属板，眯起一只眼睛，吊线观察金属板是否平整。然后叹了一口气，似乎对砧子上面捶打的效果还是不太满意。于是把金属板再次放在砧面上，工人使足了力气，又是一阵子锤声响起来。

稍后，师傅放下了手中的活儿，告诉我，这块金属板就是取自我那台BMW的车底盘下面。它起到的作用，就是在路面杂物和车子之间发生碰撞时候，能保护车底上较脆弱的部分，比如油底壳。这次我在路上发生事故，多亏了这块保护板，它在巨大的撞击力度下，发生了形变，贴在了油底壳上，所以车子发出的声音有变。但是，被这块板保护的汽车发动机，却没受到什么损害。

原来如此！就是这么一块看上去不起眼的金属板，竟然在那么严重的撞击下，保护了我的车子，也就同时保护了我。真没想到，这汽车设计的结果，有时候是那么简单实用，设想、预判到了意外的情况，那就加一块板好了。

我对那块金属板表现了极端的好奇和莫名的敬意，这一块看上去普通的金属板是什么材料，竟如此坚硬抗压？我不由得用手端起来那块金属板，掂了掂。嗯？竟感觉轻飘飘的，全然没有我想象中那样子沉重。是铝材？不对，铝板无论如何不会那么坚不可摧。问师傅，师傅也微笑着摇头。他说，只知道车下有这么一块板，至于到底是什么材料，自己也说不准。

就这样，我的修车，归齐成了只是用大力平整一块金属板。

直到今天，我也不知道这块保护板是用什么金属材料制成的，但它能切实保护车子的底盘可是我亲眼所见，千真万确。

高速公路上车河汹涌，来去如飞。法律限定的车速在每小时一百二十公里，而南非高速，在远离城市的路段，空旷辽阔，荒无人烟，车辆稀少。路上的驾车人，几乎没有不超速行车者。想想也是怪了，一众开车人等，刚刚驶上公路时，还能把持，大都按车速要求行驶。但是，跑着跑着，车速就不断地提升起来，低头一看，好家伙！眼看着速率表上，都指向一百五十公里每小时啦！

　　赶紧收油减速，让自己的车子慢下来。忙活了几下子，再抬头一看，有穿着蓝灰色制服的交通警察，正板着脸举起一只手，示意你停下来。有时候，竟遇到年轻点的黑人警察，一边拦停你的车，还一边露出"终于擒获"的喜态。我们在高速公路上，常常就违章超速，似乎成了本分。而警察抓违章超速现行，是他们的本职工作，也是本分。于是，在南非的交通环境中，超速和抓超速，逃避被抓和想方设法抓获，就成了驾驶人和警察之间，常年上演的精彩戏码，像猫捉老鼠一样。从约堡出发，历经一路的城镇，到了开普敦，一千多公里的路途中，若真是一次都没被抓到，足可以大吹特吹两个月了。不过，据我所知，似乎没人会有那么大的幸运。想想，过了几十道关口，还没被抓住一次，全身而退，那概率八成连千分之一都没有，快赶上中彩票了。

　　被抓了两次，罚了二百兰特。终就积累了点经验，凡是接近城镇的时候，就容易被盯上，很快被当场抓获。通常来说，那里都配置充足的警力，还拥有先进的测速仪。于是，同车人里互相提醒，快进城了，可别像在荒野里那样，就差跟跳羚比赛着疯跑了。该慢咱就赶紧着慢下来，心平气和，游游逛逛地穿城而过。眼看着几个老警，蹲在城郊路边的茂盛植物丛中，弯腰撅腚，刚把眼睛从测速仪的镜头上拿开，一阵子白忙活。见咱们遵纪守法地过街，还得跟咱们打招呼，以示文明执法。能猜着他们的沮丧，猜着他们心里那个气呀。就好比人家专职拿猴，却让猴在眼皮子底下溜之大吉，太伤自尊啦！

　　能想象那些抓超速的老警，在困难和挫折面前，仔细琢磨研判，接着改变了打法。他们把自己的测速点挪到了距离进城和出城更远一点的树丛中，待正要进城的驾车人还未收油减速，或是通过了城市的驾车人放松了警惕，刚刚轰油加速。因为节点火候把握得好，驾车人纷纷被立擒于马下，就像飞速奔跑中的跳羚，一个接一个地跌下了猎人的陷阱。

　　驾车人获得了新经验，每逢城外茂密的树丛，就视其为藏着猛兽的巢穴。

于是，脚下略抬，收起油门，小心翼翼前行通过。这道高一尺魔高一丈的智斗，竟屡获成功。偶尔在打开的车窗外见了辛苦尴尬的警官先生，还不忘挥手致意夸奖一句"good job"（干得不错）。

再后来，有人从国内带进来很多便宜的测速仪，俗称电子狗，这家伙专门反侦察，能老远就测定警方那几架老式的测速仪。大家差不多在每台车上都安装了一个电子狗，然后就放心大胆地开车。路上大老远的，一有情况，电子狗就"哔哔哔"地叫起来，驾车人事先得了警告，接着稳稳当当操作一番，自然万无一失。

公路上的世界，有一段时间充满了安静与和平，超速和抓超速的猫鼠游戏好像结束了。驾车人之间聊起来，都感觉稀松平常，甚至心下认为不公。这一路上，明明超了那么多次的车速，最高都弄到了接近二百公里每小时，到头来竟然全部安然避险。这可一点都不刺激，太寡淡了。

然而，事实绝非如此。我们的电子狗开始接二连三地遭骗，该叫时竟然默默无声，结果自然是得意的高速驾车人被拦截，被开单重罚。能想象到，警方一定是找了高人，针对着车辆上反测速电子狗，弄成了反电子狗一类的家伙什。经常超速的人们，恨恨连声，哼！咱们国内的电子工业那么发达，就不信整不出来个反测速的家伙什来。等着瞧吧，咱们一定能弄到反他们那个反电子狗的好东西。

车辆在道路上超速行驶，还只是一般的违章。前面说到的自己遭逢的小情况，也都算是轻微事故。事实上，在南非道路上发生的交通事故，有时候相当严重。

我见过一次重型卡车肇事，就伤及多人，损失惨重。

那是一辆载重五十吨的重型红色大卡车，在街角做九十度转弯时，不知道由于什么原因，整个驾驶室突然就向前翻转。驾驶室里面的司乘人员被弄了个脸朝下的翻滚。他们显然失去了正常驾驶卡车的能力，只剩下在密封的驾驶室里面挣扎的份儿了。大卡车右侧的排气管子里喷着黑烟，爆响了一阵噪声，长长的车身像巨龙般左右甩动，还上下颠簸。连连撞击了前方的一溜大小车辆，顺便把路边的花草植物，甚至是民居的庭院一扫而光，就像用推土机的平铲推过去一样。

待折腾了一阵子，一切终于平静下来。先是驾车在路上的人，纷纷停车下来，张罗着自救。大家慌乱地在事故现场跑来跑去，互相呼喊着，通告情况，想方设法出手救人。还有几个爬到车上高处，用手机拨打"999"和"082911"急救电话。

因事故发生在约翰内斯堡城市近郊，道路通达，信息快捷。不出二十分钟，已经有消防车一路鸣响了警笛声，飞速到达了现场。转眼间几辆白色救护车，也"呜哇呜哇"叫着，赶了过来。让人没想到的是，在地上车辆几乎到达的同时，有一大一小的两架直升机，机身上涂着大大的红十字，机翼飞旋，发出"啪啪啪"的巨响，慢慢悬停在事故现场的上空，用绳梯放下了几个人和三两只大箱子。然后再挪了挪，寻到了一处大致的平地，迎空而降，缓缓地停在那里。

载重卡车造成的意外事故，在很短的时间内，得到了迅速的应急处理。在第二天的《Star》(星报)上，人们看到了对这次事故的详细报道，其中有死三伤九，损车十余辆，总共经济损失上千万兰特的统计云云。

说起《星报》关于道路交通事故最火的一次真实报道，应该算千禧年的那一次。说是有一位白人女性，芳龄三十二岁，名字叫拉娜。她在N1高速公路上，以近二百公里的时速超速疾驰。公路上的巡警警告拦停，拉娜竟然连撞两辆警车，试图闯关，终被逼停。拉娜放下车窗，向巡警大声吼叫，始终不下车。巡警令其下车，没想到，拉娜喊得歇斯底里，最后竟持枪在手，朝天射击。枪声震惊交警，纷纷趴在地上。后经警队中的心理专家耐心沟通，才得知这位拉娜做出疯狂举动的原因。原来，她车里载着自己七岁的儿子，这小男孩患有急性哮喘，当下只靠喷药物缓解病情，必须立即赶往医院救治，否则有生命危险。拉娜救儿心切，为母则刚，情急之下，就管不了那么多了。

警方了解了拉娜的情况，极力安抚之下，还呼叫了应急直升机，直送病儿去医院抢救。拉娜见警方真心相助，遂高举双手，缴枪投降。她被戴上手铐，随登直升机，陪伴在儿子身边。直升机隆隆骤响，飞赴医院楼顶停机坪，紧接着抢救患儿。留下一众巡警，在高速公路上打扫战场，处理后续事务。

第二天的《星报》说，患儿得到及时治疗，已脱离生命危险。拉娜被逮捕，警方正对她的行为进行调查，怀疑她犯有超速、妨碍公务、持枪射击，甚至袭警等一系列重罪。再看《星报》的新闻版面下方，又刊登有大量的读者来信及各界人士转发的评论，人们在这里个顶个都为拉娜抱不平。言说的道理也很简单，虽说拉娜行为粗暴，涉及犯罪，但一个柔弱的女人，所做的一切，都是为了保护自己孩子而进行的斗争。母爱是伟大的，字面上的法律在这伟大的情感面前，显得苍白无力。总归起来，就是一句话，拉娜无罪！应该为这个可怜的母亲大声呼吁，母亲拯救孩子的生命，是神圣的，高于一切。甚至有更极端者，竟对政府喊话，请求提名拉娜为约堡的英雄母亲！

这件事情当年曾轰动一时，正经闹腾了一阵子，结果真就没有听说那位拉娜女士受到了什么制裁，事情最终不了了之。

另有一则交通事故，是在电视新闻中，播报实地录像。眼见一位亚裔黄皮肤的当事人，在交通事故中车子受损，自己也受了伤，脸上能见清晰的血迹。但在急救人员赶到现场时，却拼力从担架上翻滚下来，还连连摇动双手，用生硬的英语大声说："No insurance！No insurance！"（没有保险）

这位可怜的当事人，似乎还怕旁边的人听不懂自己的意思，就又换了个单词，接着喊："No money！No money！"（没钱）

他的意思很简单，是说自己没有买保险，身上也没有钱。他没有能力负担眼下这些车辆、飞机、人员的费用支出。他不需要那些急救人员管他，他要自己离开。他不知道，在重大交通事故中的抢救，都是政府实施的人道主义行为，是不用个人付费的。

眼看着那位伤者，就那么孤零零地站在公路边，血流不止，我看得眼泪都下来了。好在后来有医生模样的人，说了些什么，这位亚裔男子才勉强爬上担架，被抬到直升机上去了。至于后来的情况，我也没去跟踪了解，不得而知。

猜着这人是来自亚洲的非法移民，因为没有"绿卡"，没有合法身份，不得不在社会底层打工存身。虽然受了伤，也不敢暴露身份，怕被遣送回国。所以，宁肯流血受伤，也打算隐姓埋名，坚持下去。大概是后来感觉，身体有些撑不下去，才不得不接受了抢救治疗。

不能确定那位先生一定是中国人，因为当年来到南非的亚裔，除了有中国同胞以外，还有菲律宾、马来亚、韩国、日本等很多国家的侨民。其中也有相当部分的非法移民，从莱索托等国家越境来到南非。但他的肤色和举动，还是让我深刻记忆了下来。是啊，在一个陌生的国度里，语言不通，身份不及，要想生存下去，是非常艰辛的。

南非行车，偶遇危险，还不仅仅在于交通事故本身。

有很多刑事案件，也伴随着车辆交通发生。记得那些年里，东开普省的一些黑人，驾驶面包车，开通了一些乡村交通路线，简称"黑巴"。这些简陋的乡村黑人巴士，虽说收费低廉，但确是大家每天出行的刚需。做这种经营，日久天长，车主都很是赚了些钱。于是，更多的人便认准了这种生意，都恨不得手中也能有一辆"空比"（面包车），然后用来跑运输拉客赚钱。手里没钱买面包车，又一心想着搞车赚钱，就有心狠手辣的家伙图谋不义之财了。当时的面包车，也在不经意之间，成了盗贼惦记的危险品。

那时候，在东开普省顶巴萨工业区里，有一家生产服装的工厂，他们就有一台乘员二十人的面包车，用来搭乘十几个管理人员，每天往返于厂区和生活区之间。不一日，就在生活区的近郊，这台车被抢。劫犯共三人，他们组织严密，配合默契，迅速得手。劫犯也凶暴残忍，先开枪后行动，致司机重伤，经抢救才脱离生命危险，但也留下了终身残疾。

这事曾引起一阵恐慌，连中国人在那里开厂，后来都不敢再用面包车，宁肯多几人在一辆轿车里挤，只要感觉相对安全就谢天谢地了。据当时赶来接案、调查了几天的警方人士表示，这几个匪徒，很可能是来自北部远方的夸祖鲁省。他们摸清了情况，远途奔袭，一击而中。至于这警方最终有无侦查、破获一类的进展，不得而知，按通常的统计，可能性不大。

很是有一段时期，报纸电视里经常报道运钞车被抢劫。那些来往于银行、赌场、机场等各处的运钞车，常常装载了大量现钞。按说它们也都搭载了专业的武装人员，还都配备有枪支弹药，轻易不应该被抢。可事实上，是每抢必中，劫匪从无失手。少说几百万、多说几千万的现钞，就那么轻易被劫掠一空。因为客观报道的那些劫案，跟老百姓关系不大，大家看了听了，也就当作惊险故事，茶余饭后，口耳相传。

过了很长一段时间，才有知情者，吐露了个中原委。原来，在南非的运钞车被抢事件，来头不小，影响颇深。

在早期的黑人独立运动中，有相当的左翼人士，认同暴力革命，武装夺取政权。其实，曼德拉年轻时候，也是赞同这样的观念。他就曾出任"非国大"的武装组织"民族之矛"的总司令。并身体力行，到过捷克，接受有关游击战的训练。这种为了进行武装革命而实施的专业培训，一直到黑人得到政权之前，都没有停止过。于是，就有了一部分经受过训练，但在和平到来之后无事可干而又武艺高强的闲人。他们之中的一小部分，在困惑、徘徊、失望之余，策划了一些运钞车抢案。

一辆装载几千万兰特的运钞车，从赌场出来之后，在前后警车护送，武装人员持枪押解下，正快速行驶在道路上，突然被鸣枪示停。来人看样子早有各方面的准备，甚至手中都备有能击穿装甲的火箭筒。运钞车上押送人员纷纷投降。来人轻取重金，人去车隐，一溜烟不见了。

据说，后来的运钞车都更新为德国造的现代化产品，押运人员遇到再次被劫时，都自信满满起来。虽说也像从前一样，先就举手投降，却歪着脑袋在旁边看热闹。因为新运钞车防弹防毒，枪火不进。而且封闭的车内还乘了两个全副武装的弟兄，他们料想劫匪无可奈何，在车内声言誓死不降，一心只盼着拖延时间，等待警方来援。但经过真章苦训的劫钞游击队，哪里就那么好糊弄得过去，他们略做思忖，就把运钞车用粗重的钢丝绳绑紧，再用大型起重机，"隆隆"响着高高吊起来。还转动那根重大的起重臂，把运钞车吊到路旁的巨石上空。他们声言，如再不投降，就松开钢丝绳，活活摔死车内的警卫。结果，双方相持不下十秒钟，车内警卫就打开防弹小窗，扔出了自己的枪支，缴械投降。劫钞游击队，再次大获全胜。

在好几年的时间里，南非的运钞车劫案，就像分期连载的系列电视剧一样，不断上演。不管白人、黑人还是华人，都在茶余饭后津津乐道。把本来很是严重的刑事案件，当作趣事传扬。说来倒也不能全怪老百姓是非不分，因为这中间不涉及民众利益，甚至还颇有点劫富济贫的豪侠气。至于有的华人，是不是在这传奇般的劫掠中找到了武侠小说的影子，玩品其中，那就得问他们自己了。

这伙胆大包天的劫匪，于世纪之交的千禧年前后，在约翰内斯堡国际机场，做下了一桩惊天大案。他们策划周全，行动迅速，来去如风，抢劫了一架国际金融运输机。

约翰内斯堡作为非洲最大的黄金、钻石交易市场，财富成交的吞吐量很大。每周都有一架专门飞往荷兰阿姆斯特丹的金融运输机，机上满载黄金、钻石、现钞等。这架飞机在极端机密的时间、跑道起飞，并布置有经验丰富的武装人员进行警卫。整个行动严密准确，万无一失。金融专机，至此已经安全运行了半个世纪之久。就是这架飞机，在朗朗乾坤之中，众目睽睽之下，被劫掠一空。记得当时报道说，被劫现钞达两亿多兰特，黄金、钻石不计其数。也有人说，报道的钱数，不及真实数目的十分之一。如果报道真实数字，怕是政府面子上太难堪，所以隐去大头，尽量少报。

出人意料的是，这样震动朝野的惊天大案，竟不出半年之久，就被破获了。原来，那些家伙，策划有脑力，行动有胆气，可却也像普通人一样，事情做成了以后，就放松了心态，只顾追求人性本能的欲望去了。他们分了大把的钱财金钻，在莫桑比克的沿海租下高级宾馆，作为据点。然后买飞机、购游艇，满世界去吃喝嫖赌，尽情享受。莫桑比克本来就是个发展中国家，还很贫穷，他们的行为十分惹眼，很快就被盯上了。再说，莫桑比克和南非是邻国，那里不寻常的一举一动，很容易就被南非这边知晓。两国警方合作，一番侦查，搜集证据，最后发力，把那次劫案中的所有嫌犯一网打尽了。

从此以后，这种公路上劫运钞车一类的案件销声匿迹。

公路驾车，人们大都很是小心谨慎。因此上面说到的各种事故，事实上并不多见。在较长久的行车途中，令驾车人感受最多的常常是寂寞。尤其是单身独车，一驶千里，一路上连个说话的人都没有，实在让人感到孤单无聊。于是，开着车就放放音乐，摇头晃脑打节奏，跟着音响号那么两嗓子。再不成，就自言自语，和想象中的某个人嘻嘻哈哈侃一阵子。

高速驾车人的眼睛管用，向来都不放过任何在道路上有意无意飘来的快乐。

那次出了约堡，驱车直奔二百公里外的朋友庄园办事。却见有一辆绿色的宝马625，在左侧一闪而过，超车到前面去了。从风挡前窗定睛细看，那辆车就在不远的前方，保持着和我大致相同的车速前行。

这辆车除了颜色不同，款式和我的坐骑一模一样，连生产的年度都相同。我不由得就心生好奇，驾着自己的白色宝马625，跟在那辆绿色双胞胎的后面。前面那辆车似乎也感觉到了什么，故意把车速慢了下来，还打开了双闪灯。能从后面看到，前面的驾车人，在他车内的右驾驶座位上，明显地举起了他的左手。

我稍微愣了愣神儿，紧接着就像神灵附体一样，立马明白了前面宝马车里那人的意思。他这是在邀我飙车呀！长跑这段路，知道这里车少人稀，而且还没有抓超速车的老警。这人看来也非常熟稔，是个老油条。在南非驾车几年，还从来没遇到过这种事，心里又立时生出几分激动，深深呼吸，跃跃欲试。

前面车上，那人一直没放下他的左手，现在还连连挥动起来，大有挑战的意味。好嘛！有什么？不就是飙个车吗？我一下子来了不服气的劲头儿。在车里重重地哼了一声，顺手也打开自己的双闪灯，还轻轻地按了一声短促的喇叭。

就见前面那辆绿宝马，稍微顿了一下，"轰"的一脚油门就冲了出去。宝马车的扭矩强大，起速非常快，能在几秒钟的瞬间，就把车速提到上百公里每小时。因为操纵着完全相同的车辆，所以对前面驾车人的每一个动作招式都心领神会，不由得笑了。相信那位"双胞胎"飙车对手，和我的想法也都差不多。我就像粘在那辆车后面的空气中一样，一步不落，飞车起步，紧紧相随。

宝马车发动机轻轻鸣响，车身微微跳荡，就像趴在路面上滑行。我知道这车在以相当的快速行驶时，四个轮子会向外侧微微分开一个小角度。这样能扩大车子在地面的压力面积，增加稳度。眼睛稍微往表盘上一撩，160、180、200、220……速率表上的指针像一把锋利的小刀子，不断地切过了一组又一组数字。

迎面而来的蓝天、白云、路面、田野、小丘、绿树丛，都像快速长镜头一样，来了来了，到了眼前就"唰唰唰"，一闪而过，转瞬即逝。我感到心跳得厉害，呼吸急促。突然还想到了，那些开飞机的驾驶员，在离地之前是不是也会这样紧张，我的车真有可能就要飞起来啦！

一绿一白两辆宝马车，你追我赶，前后交替，盘成了两道浮光掠影，交织在黑色笔直的远郊公路上。我屏住呼吸，脚踩油门到底，让速率表的指针定在250公里每小时上。

我完全进入了另一个世界里，那里没有声音、没有时间、没有思考，好像一切都静止下来，很空洞，很飘忽。又好像自己的身体位于其中的车子，被拉长了。身体蜷成了车子的核，让车子也有了神经、有了知觉，也疯狂起来。

真正疯狂的是我自己，疯狂原来这么刺激、这么过瘾，像酒，应该也像毒品吧？

我和那位不曾相识的对手伙伴，十几分钟就狂飙出去近七十公里。我们之间，虽说看上去疯狂竞争，风驰电掣，实际却并没执意比赛，一较高低。虽然没说话沟通，但驾驶相同车辆，在空旷的路上，偶尔撒一把疯儿的感觉大致相同。等到前面的绿车终于慢慢停下来，靠在路边的时候，我也就礼节性地随后紧挨着靠在了路边。

绿色宝马车右面的车门一开，先自车里伸出来一根手杖。待有人借着手杖的力量，慢慢探出身子，一头卷曲半长的白发露出了车外，在风中飘飘扬扬。一个身材高瘦的老头儿，少说也有七十岁的样子，他一手挂了手杖，穿了一件藏蓝色风衣，身子轻轻靠在关上了的车门旁边，向我挥手致意。

我站在老头儿后面，自己的车旁，目瞪口呆，本能地冲他挥手，口里喊着"哈啰"，冲这位令人尊敬的老者打招呼致敬。我万万没想到，刚才同我飞车疾进，互绕互穿，编着花儿一般比试车技的，竟然是这样一位老者。我在这十几分钟里，一直以为，自己正和一个年轻气盛的行家一试身手。我的心里一下子充满了好奇和敬意，这得有多么健康的心态，才能如此不甘老弱，七十多岁的高龄，还和别人在高速公路上飙车。

在南非的道路上，委实经常得见高龄老人驾驶机动车旅行。而且，他们还大都驾奔驰、宝马、路虎、凌志……一类高档机动车。甚至还见过几个白发飘飘的老人，驾驶大排气量哈雷摩托车，一路轰响，结伴飞驰的现象。这里的年轻人，倒是没有那么好的运气，他们没有贵重的高档车可开，大都驾着小排气量的uno、马自达一类小车，匆忙奔跑在工作生活往返的路上。

飙车七十公里的同伴，满脸微笑，白发飘飘，再次挥手和我告别。我认可自己是刚才飙车的败者，但是心里却充满了快乐。

那次飙车的时候，别人给我打双闪灯，意思是相邀一拼车速。其实，这个在国内通常表示车辆故障的"双闪"，在南非的大小道路上，经常被驾车人巧妙宽泛地使用。而且，还常常传递着调皮、友好、小狡猾的善意。

在道路上，如果行驶在前面的车辆，得知后面有人打算超车，就主动向左侧避让，方便别人快速通过，往前赶。那个完成了超车的人，常常会在自己的车子驶入快速车道时，打开双闪灯，有时候还伸起左手向上，向被超车人表示感谢。就像平时日子里，我们为别人行的方便点头，口中言说"谢谢！"一样。

刚刚驾车在南非上路，却突然看见对面疾驶交会而来的车子，双闪灯一闪一闪。两车相错的一瞬间，还看见那位司机抬起右手，伸出拇指，向他驶来的后方，频频示意。他的灯光和动作，显然是做给我看的。但是，我一时又不知道是什么意思。正犹豫间，就本能地收油减速，让自己的车速慢了下来。这一慢，恰到好处。眼睁睁就看见，两三个老警，正在我这一侧的路边树丛里，撅腰凹腔紧着忙活呢。身处隐秘，又配备先进仪器，几个人原本逮我个超速现行，应如守株待兔一般。不想，我对面而来的那位先生好心，巧用双闪和大拇指头，竟救我于艰险之中。哎——对呀，驾车人都是兄弟姐妹，老警才是对手和猎人呢。

一想明白之后，立马就学会了一招双闪示警，就像抗日战争时期，村子里老百姓敲钟一样。那钟声一响，就是给乡亲们报信儿，鬼子进村子啦！该躲躲，该跑跑，该下地道，那就赶紧打开盖儿，往下钻吧！眼下在南非，道路上对面车子一打双闪，就是告诉咱们，你那前方有老警摆着架势，要拍你的超速照。赶紧地，把车速降下来，省得到时候抓着你，狠狠地罚你，多倒霉。

经过了对方好心人的双闪提醒，咱们开车可以心平气和，慢慢悠悠，撮起嘴唇吹口哨，冲辛苦的警官先生挤挤眼儿，通过那道关。然后再加油，一溜风儿似的往前赶。

老警当然不高兴，想着也高兴不起来。风吹日头晒，忙活了这么长时间，一个小鬼也没抓着。还挤眉弄眼看你的笑话，真是让人丧气透了。

特殊情况下，事情也有反转。

我躲过老警，兴奋异常。到了工厂，就把自己刚学到的南非双闪救人普及给了同事们，还开着玩笑调侃说："咱们好人好事得做到国外，让双闪精神大发扬。"

不想，当天下班，竟接到了警局电话，让我去拿钱赎人。

原来，同事们下班路上，还真发现了对面路边有老警测速抓人。于是，好心好意，不断打出双闪灯，提醒对面驾车人，小心自己那边的前方有"关"。谁承想，他们对面驶来的第二辆车，竟是巡路的警车。南非警察，自然对南非规矩熟稔，二话不说，就扣车扣人，押回警局去了。我这些同事也是，就那么专心投入做好人好事，怎么连那车上涂着大大的 Police（警察）字样都没看清？让人家逮了个正着。

开车辛苦亦寂寞，难得偶遇傻开心。像与老者飙车狂奔一气，打双闪灯给警官报信儿，这样的趣事，当然不多，却也都是国外南非行车生涯中的"闪光点"，能庆幸得遇，牢牢地记下在心。

曾从开普敦出发，沿着海岸向北，到达过北开普西部的 Lambers Bay（兰伯茨贝）和 Strandfontein（斯特兰德方丹），那里距离纳米比亚已经相当近。也曾驾车从约翰内斯堡出发，北上经比勒陀利亚，再向西经太阳城，通过国境线，到达博茨瓦纳的首都哈博罗内。刚开始到南非时，还曾经在东伦敦、比绍、威廉姆斯王城工作。当时开车往返约堡家中，几成每周例行操作。有时候为了了解南非，故意选择未曾走过的生疏道路前行。所以对东开普、夸祖鲁纳塔、自由省、普马兰加省、豪滕省的道路情况，都有所了解。后来搬家到了开普敦，也曾走过西开普的几条大道。

历经南非这么多道路，至今想起来，最美最酷，令人至今念念不忘的，还是那条著名的花园大道。

出开普敦，向东沿 N2 公路一直走。路过 Caledon（卡利登）和 Heidelberg（海德堡），跨过高里茨河，再走二十公里，就到了 Mossel Bay（莫塞尔贝）。上述这些城市的名称，中文都是音译。而这个 Mossel Bay，其中的 Mossel，就是贻贝，是我们经常吃的那种"海虹子"，是黑壳软肉，在开水里稍微煮一下，就能剥来下酒的蛤蜊。那个 Bay，是海湾的意思，两个单词合起来，就是海虹子湾。有趣的是，这个单词还有"山脉的低洼处"的意思，而实际的莫塞尔贝，不仅多产贻贝，还真就是一座丘陵洼处的小城。站在那一湾海边的高处，小城尽收眼底。不由得打心里佩服，这小城名字起得好，又真实又有空间感，用现在的话说，还有谐音的梗。

这"海虹子湾"，并不仅仅出产贻贝，还产鲍鱼。曾经亲眼见到海滩上有黑人男孩，手里捧着鲍鱼寻买家。南非那鲍鱼个头很大，光是肉都赶上小碟子了。

从莫塞尔贝出来，再继续向东行驶，就进入了著名的花园大道。花园大道名副其实，一路花团锦簇，绿意盎然。有时候道路突然就转弯到了丘陵地带的峡谷里，粗壮高大的冷杉，遮蔽了天日，周边一片阴凉。禁不住停下车来，在森林中漫步，那空气清新湿润，让人不由得深呼吸，伸展双臂，"嗷呵呵……"放声呼喊。喊声惊动了鸟类，刚才还偶尔长短的啼鸣声，突然就停顿下来。待你感到抱歉，捂住自己的嘴巴，静了一小会儿。就有鸟儿轻轻地发声，好像是小心打听，这是谁呀？扰咱们的合唱。等我们悄悄撤出森林，开车继续上路，身后鸟雀的啼鸣，不骄不躁地就又重新开始了。

有百年岁月的美屋，盛满了巴洛克的风格，高高悬在陡崖上。轻轻地踩油门踏板，仔细听，又有音乐声响，丝丝缕缕地传到路上来，其中甚至能听到"叮叮咚咚"的水声儿。

再转过几个大弯，真就有一条小溪，在前后左右盘来绕去，奔那大片的沼泽而去。

绕过锡尔角，贴着圣弗朗西斯海湾，穿过齐齐卡马森林海岸国家公园。再连着跨过几条小河，花园大道就快到 Port Elizabeth（伊丽莎白港）了。

花园大道是花园，让驾车而行的人们，在车中都能享受到南非风光的绝美，放松身心，自由灵魂。

2023 年 3 月 31 日初稿
2023 年 7 月 8 日修改

呼唤随风而逝

1

2000 年。

巨型空客飞机，在上万米的高空，自东向西，横穿印度洋。飞行了 12 个小时以后，它载着我们来到了南半球，降落在南非的 Johannesbur（约翰内斯堡）机场。几乎没做停留，紧接着就换乘了南非国内的航班，又飞了近两个小时，到达南非东部的海岸城市 East London（东伦敦）。

我回头看了看自己的队伍，见大家略显疲态。于是，招呼大家到候机厅的咖啡馆里坐下来，休息休息，振作一下精神头儿。眼看着我们的目的地就要到了，得让人家南非朋友看着我们个个都显着生龙活虎的样子才好。我们可是有史以来，第一批被公派到达这里的中国人。

我是这次迁厂活动的头儿，领着 12 位技术专家和后勤人员，到南非东开普省来重新建一座电视机厂。建厂后，我还将被长期派驻南非，管理这儿的生产。队伍里，有我的妻女相随。

我们喝咖啡，顺带着收拾一下东西。再洗脸梳头，拾掇一番。稍顷，南非方面来接待的人，打电话给我，说他已经带着大巴车赶到了。我的小队伍经长途飞行，最后再振作勇气，出了机场，鱼贯而行，搭上了来迎接我们的大巴车，再一路向南疾行。

南非的高速公路四通八达，平坦宽阔。坐在大巴车上，一路视野深远，风景如画。近处建筑错落，有精致美观的别墅，也有成片的低矮破旧棚屋。辽阔的南非高原上，花草繁茂，万紫千红。来接我们的南非方代表笑着说：

"十月里，是南非的初春。"

车行一个多小时，我们终于到达了 King Williams Town（威廉姆斯王城）。新厂房位于这座城市西去二十八公里的 Diebasa（顶巴萨）工业区。为了工作和生活的方便，我们把建厂的基地就设在了这座小城。十几个在当地少见的中国人，很快就在这里安营扎寨了。

和喧闹而炎热的中国南方城市比起来，这座玲珑小巧的"王城"，异常安静清爽。小城里那条主要的街道，两旁栽种着高大乔木。足有三层楼房高的乔木，蓬勃丛生的枝条，都在街道上空向中间弯下来，它们密集缠绕，连搭成棚，就像横着跨过了整条街的"树桥"。而那密实交错的"桥"上，坠满了数不清的新鲜紫花儿，像一簇又一簇小铃铛，在微风中摇曳，不经意间飘落下来，铺排在街上。顺着街头看过去，活生生的紫，铺天盖地，从脚下一直到主街的尽头。

这乔木紫花是 jacaranda（杰克瑞达），中文称蓝花楹。南非各地遍生这树、这花，首都比勒陀利亚，就被称为 jacarandacity（杰克瑞达之都）。蓝花楹是上帝赐给南非的绝美礼物，它就那么高贵、那么纯粹、那么热闹地当着我们的面，打开了南部非洲的春天。

几万人口的小城里，没有令人仰首才得见的高层建筑，要说最高的那处尖顶，是一座教堂的钟楼。正午时分，那上面传来了厚重、悠扬的钟声。一下又一下，间隔均匀的钟声，在微风中飘荡，悠悠然弥漫了小城的各处角落。钟声也惊起了鸽群，灰、白、褐各种羽色的和平鸽，在碧蓝如洗的天空中、在红色屋顶上方、在紫花儿的海面上，展翅飞翔，旋成了一个又一个、时隐时现的椭圆。那椭圆的轨迹，如果旋得近了，分明能听见鸽子的翅膀摩擦空气，发出的"唰唰"风响声。

街上有超市，超市的规模不太大，但是里面应有尽有。那时候国内还没有逛超市这种购物形式，大家试了两次，回来无不赞其实用方便。

挨着超市，有一家德裔白人开的肉食店。这里经营熟食，有各种各样的香肠。香肠都一嘟噜一嘟噜地悬挂在玻璃橱柜里，粉红色的灯光打上去，香肠越发显得油汪汪、亮闪闪、细腻饱满。店里还有烤鸡，那可不是普通的小鸡，而是烤火鸡，鸡腿都有酒瓶般大小了。还有火腿，几十斤重的火腿上，可以割下来书页那样大一片，而且，那片火腿也像书里的纸那样薄。卖肉食的 butcher（肉商）红脸膛，胖胖大大。戴着雪白的高帽子，永远微笑着，迎接进门的客人。

邮局门前，竖着红色的邮筒。这袖珍邮局里面，总共才两个人办事。经验老到的邮电局长，对中国却一点也不了解，甚至不知道寄往中国海南的包裹收费几何。于是，他看着我们，眨着老花镜后边的大眼睛，先点头微笑，连说 sorry（对不起），再转身去拿起那本又大又厚的索引查找。

街上还有书店、服装店、咖啡店、诊所……不过，这里每一家店面的规模和国内比起来，都一律缩小。只有那个城北的市场足够大，每天都有成百上千的黑人民众，在那里出出进进做生意。

十字街口有肯德基的招牌，那个戴眼镜的白发"上校"被画得比真人还大。再过去远些，是火车站，候车室小得像中学里的阅览室，十个八个乘客，就那么安安静静地坐在靠椅上摊开书报阅读，等候着自己将要搭乘的列车。有时能看见火车，听到火车拉响了汽笛，传来的笛声竟也没有中国火车那么强戾警醒，听上去只是跟吹响的铜哨差不多。乘车的旅客，收拾好自己的东西，提着行李，慢吞吞地上车。看不到拥挤和喧嚷，也看不到匆忙和急切。甚至都没看到，有专职的铁路员工拦在闸口那里"咔嚓咔嚓"地剪车票。一切都来得自然从容、松松散散。列车再"吹"一声铜哨，轻轻地无声远去，直到转过小丘，不见踪影。

大街上有些黑人，和曾去过的一些中非国家比起来，这里街上黑人不多。去银行办事，门前的大圆柱后面，就有个黑人突然转过身来，还张开大嘴，吓人一跳。定神再看，却见他用手指着自己的舌头冲你示意，让你细瞧。原来那红口白牙间正躺着一粒豆子般大小的东西。那东西像玻璃，晶莹剔透，光彩四射。黑人说这是 diamond（钻石），还问你买不买。从来没见过这场面，不知钻石真假，还困惑于嘴里含那么大一粒玻璃，仍能不耽误说话。这要是不小心咽了下去，还能正常排泄出来吗？就愣怔着发傻。那黑人可能也好奇自己眼前这张发呆的黄面孔，不由得哈哈一笑，一溜烟儿地跑了。

黑人大多从事体力劳动，那些司机、搬运工、建筑工、花匠……身着蓝、橙、红等不同颜色的工作服，忙忙碌碌。南非的黑人肤色，并不像赤道非洲一带黑人，那么煤块般黑得彻底。相比之下，他们的肤色要浅得多。倒是有些印度洋裔人，肤色比黑人还深，虽然他们都是地道的亚洲人。

据说，当地的黑人，一眼就能看出另一个黑人是南非本地人，还是从莫桑比克、津巴布韦、马拉维等邻国偷渡入境的非法移民。非法移民里，大多是为衣食奔波的平民百姓，但其中也有些强悍、暴力的帮派分子，这些人为了身家钱财，有时候会孤注一掷，疯狂袭击商家和居民。邻近国家涌入的非法移民不断增加，明显地吞噬了国家民众创造的经济成果。

黑人大多住在城郊荒野，他们用铁皮、木板甚至塑料布，拼拼凑凑搭起来容身的小屋，在里面过着贫困交加的日子。黑人妇女都很辛劳，用头顶着重物，一走就是几千米的路程。她们也都爱干净，常见她们洗洗刷刷，然后一绳子上晾晒了很多的衣物，像一面面旗子一样在小小的棚屋间飘动。黑人妈妈都自己带孩子，很少见到男人背着、抱着自己的儿女。女人们也大多强健，我见到过，有男人和女人开玩笑，不知怎么，却被女人不费力地一掼，弄了个四脚朝天，惹得众人都哄堂大笑起来。

当时的南非共和国，正处在一个更替、变化的新时期。作为"外人"，我们还感觉不到社会上太激烈的冲突和矛盾。全体南非人，化解了黑白之间政权交替带来的危险，使自己的国家避免了流血和内战，就这一点来说，南非人了不起！但是，社会就是社会，其中涌动着不安、抱怨、愤懑，也有贪婪、私欲、仇恨。现实中，也真有些心狠手辣的罪犯抢劫、杀人，制造了一起又一起暴力案件。报纸、电视等各种媒体，几乎天天都发出安全警示。

在我们中国人的群体中，也有对自己人下手的败类。就在上个星期，两个与店主相熟的上海人，不但把人家的珠宝店劫掠一空，还狠下杀手，把店主母女二人杀害，制造了一起令人胆战心惊的灭门血案。

夜里时常会响起枪声，一开始听见那"砰砰"的声音划破寂静的夜空，难免心惊。后来才知道，南非国内民众可以合法购置枪支。如果想拥有一把枪，经当地警署开具证明，再由售枪店家帮助办理枪证即可。有了合法的枪证，出门在外，就可以配枪。常能见到，很多人后腰带上明晃晃地配着"点三八""维克多"等各式手枪。时间一长，也就没人见怪了。

这是一个陌生的国度；这是一座纯南非的小城；这也是一个特殊的世界。在这平静和优美之中，也隐藏着邪恶与危险。

我们的新家安在小城的东郊住宅区里，是一幢小别墅。像城里许多人家一样，我们的房子里面也安装了alarm（警报器）。一旦有不速之客闯进我们家里,警报器就会"呜哇呜哇"高声鸣响。报警的信号还连接隔街不远的一家武装保安公司,他们收到信号,就会立即赶过来。不过,据我所知,我们和邻近各家的警报器,都还没响起过,这里绝大多数的日子,还算平静安全。

可算是迎来了第一个周末,在厂里已经忙了好几天,终于可以停下来歇歇了。新家里有一股清香但又陌生的气味儿。清风徐徐,正从敞开了的门窗间穿过。被风吹起了的白窗帘,像几片鼓荡起来的风帆。晶亮的阳光洒满了高大的树冠,又从叶子间偶尔漏下来几缕,就像闪光的魔棍一样交叉在一起。阳光还把斑驳的阴影投射到院子里,投射到草地、甬路、窗棂上。风吹树动,阴影翻卷,露出许多闪动的光点儿。那些光点儿活泼而强烈,一个不小心,晃了眼睛,让人什么也看不见了。

这幢小别墅是砖瓦结构的建筑。房子造得规整、宽敞,功能齐全。看上去,别墅建筑最明显的,是它立陡的屋顶。又尖又高的屋顶下,还镶着小巧的阁楼。房前屋后是门庭院墙、甬路亭台、宽绰的草坪,还有一汪清澈的小型泳池。整个房子显露着方砖的红颜色,那些红砖缝儿间,又都细致地勾勒了洁白的线条,这些白线条让红房子显得更加整洁、雅致。房子的门、窗、阳台、楼梯……都是清一色的洁白,和整个房子外墙红砖缝儿里的一线白,相勾连而不断。

刚搬来时,曾站在大门口,好奇地往里面瞧。这小别墅,真有点像小时候玩积木,顺手就那么搭起来的。住下来后,在里边又看到大厅有壁炉。丢了几块儿木柴燃着,跑出去外面,看房顶的烟囱,正往外冒出一朵又一朵淡蓝色的烟雾。怎么都会让人不由得想象,这房子像童话书里那些插图,屋里应该藏着小矮人。

房子的院落十分宽敞,看上去比半个足球场还大。院落分作前后,中间隔着一排三门的车库和用人房。前院正当进门的路上,生长着一长架葡萄。这葡萄架却不像在国内那样,弯成棚架,在上面遮着,而是当院而立,平平整整,如巨型苍绿的屏风一般,把进门来的甬路分成了左右。

前院有整片草坪,修剪得十分整齐,就像平整的绿毡。从甬路边儿起,一直铺到了窗下,铺到了院墙,还铺到了那四棵笔直的美国冷杉脚下。那杉树粗壮坚实,高耸刺天,要两个大人才搂得过来。据说,这些珍贵的树,都在市政厅里有登记,不管房子的主人怎么更换,树是城市的标志,无论如何都不可随意砍伐。

前院里和那架泛着紫光的葡萄架呈"T"字形相隔的，是一排车库。车库也大，除了日常停放家里的车辆，我还在里面支起了做工的木头案子，再把手锤、锉刀、扁铲、木工锯、凿子、刨子……一一排布在墙上挂好，让车库靠墙的空地里俨然成了一个手工作坊。这样一来，厂里如果有个需要的零配件，家里过日子需要个什么零碎，我就都可以动手制作了。

车库的一头是用人房，在南非的别墅里大都有用人房。用人房当然远不如主房里面舒适、宽敞，倒也有全套的电器炉灶可以烹饪，有淋浴和坐便卫生间，只是居住的环境要窄小得多了。用人房和主房有过道，通向主房厨房的后门。后门旁边，有一个狗窝，可眼下的狗窝，残损破旧，空空如也。

房子的后院比前院大一倍都不止。那里种着两棵苹果树、一棵梨树，还有一棵在国内没见过的无花果树。这几棵果树，把后院里大片的草坪隔成了两大块儿。在后院东边的角落里，还有一大丛夹竹桃，远远地看去，那个角落永远都是绿纷纷、毛茸茸的样子。和那丛夹竹桃相对的西角，没想到，竟然还有一小溜菜畦！我们就在这异国的土壤里，播下了从国内带来的菜籽儿，不到两个月，那里长出来的青菜，就上了我家的餐桌。

后院里，最靠近主房的，是那一汪游泳池。国内没有这种居住格式，再怎么豪华，好像也没见谁家里有游泳池。可眼前，这池清水就在脚下，干净到微微发蓝的池水，皱起一圈又一圈的涟漪，偶尔还跳动了两朵小浪花，像掬起了一捧碎钻石。

妻子还是最忙，里里外外，挨着个打扫房间。她一边忙活，嘴里还断不了抱怨："这房子实在是太大了！在国内可没想到，到南非住这么大的房子。还说咱们带的东西多呢！结果怎么样？看看吧！房间里还都空着一大半呢！"

她先把女儿的房间安置完了。那是个单独的小套间，窗子朝着后院泳池，十分肃静。这也正好适合女儿温习功课，她得在下周参加一个入学考试。

让女人高兴的，是厨房里的全套设备。厨房里面，所有的炉灶都是电热的，大功率的电炉灶，炒菜做饭火力充足，不比煤气灶差。那四个盘子大小的全封闭电炉，一尘不染，又干净又安全。厨房里面的冰箱、烤箱、消毒碗柜、洗衣机、盛物的橱柜，这一切厨房设施，都是上一家房主搬走时留下来的。在这里，如果有人搬家，厨房里的设施设备不可以带走，要留下来给新住进来的人使用。这可是大大地方便了我们，从搬家进来算起，不到一个钟头，一顿热气腾腾的纯中国家常饭菜，就在这南非"小木屋"里做好了。

"丁零零……"

刚刚开通的电话，突然响起来。我们一家三口面面相觑，都有点不知所措。这新的电话号码，连我自己还没记下来，同事们也不知道。莫非我们在这南非小城里，还有一位新朋友？

我拿起了听筒。

"喂！你好！"

"哈啰！"

电话那头也在问好。紧接着，我听到的是一串速度飞快的英语。除了听出来打电话的是个女人外，我好像只听清了"dog"（狗）这个单词。一时摸不着头脑，赶紧把电话递给女儿。也是折腾了一阵子，女儿才终于弄明白了对方的意思。

打电话来的女人，名字叫"伊娃"，她是这城市北郊的一个农场主。听说小城里新搬来了中国工程师，先表示欢迎和祝福。而她通话的主要目的，是说她的农场里，新出生了两窝小狗崽儿，问我们要不要去选两条来养。她还补充说，狗是最好的"警报器"，是家庭卫士，这里的住户，家家都养狗。最后，她还告诉女儿，她是德裔南非人，她的狗也是最著名的德国看家犬 rottweiler，中国人称它为罗威纳犬。

我们一家都喜欢狗，在国内时就养过宠物犬。现在听到了这飞来的好消息，都兴奋不已。几乎不用商量，一家人的眼神儿对了对光儿，不由得欢呼起来。不过，伊娃说的这种狗，我们没见过，更没养过。渴望中多了几分好奇，就猜测，这狗是大是小？是什么毛色？越是这样说来说去，越是心里着急，恨不能一下子就看到伊娃农场里的狗。电话又响了起来，那个伊娃好像能猜中我们一家的心思。她告诉女儿，记下她的农场地址和电话号码，临了还特意加了几句外场社交的词儿，随时欢迎，恭候大驾光临，云云。谁说中国人最会做生意？我看这位"老德"，也把生意经念得烂熟，能打动人心者，就是生意场上的高人。

2

南非的农场主都是白人，是荷兰人、英格兰人、日耳曼人、苏格兰人、法兰西人的后裔。他们辛劳几百年，代代相传，把南非高原上大片的荒野，开垦耕耘成了田园。那些家庭农场，就那么一家又一家，零星地排布在河谷中、原野里、小丘陵上。

伊娃的农场在北郊一片平缓的小山坡上，那里土地辽阔、空旷、平整。远远地看过去，不知道都曾经生长了些什么作物，不同的地块儿上，呈现着金黄、苍灰、嫩绿好几种不同的色彩。

农场没有围墙，也不见栅栏一类的圈挡。只是在靠公路的边沿，立起来一处门庭。大门用普通的粗木制作，门侧却没有墙。孤独的农场大门，就那么突兀得像一座纪念碑，标明伊娃农场的位置。汽车驶到了跟前，看清了大门的细致处，原来门框上沿，还有一排列成了弧形的圆铜牌，上面写有伊娃农场的英文名称。圆铜牌在太阳的照射下闪闪发光。大门两侧有石砌的门柱，颜色洁白，粗厚敦实。在门柱的顶端，分别立着两尊石雕的骏马，黑色石马用两条后腿站立起来，两条前腿分踏腾空，正乱鬃披散，仰天长啸。

车子驶进敞开的大门，一直往里开，转过一个大弯儿，才远远看见了一处由高大树木围着的房屋。那些房子不是一幢，而是高低错落，主次相隔。其中最明显的除了主建筑的正房，就是那座宽敞的谷仓。谷仓的旁边是那架典型的抽水风车。抽水风车竖得高高的，迎风的金属叶片正"哗哗"转动。它能利用风力，把地下水抽上来，蓄在巨大的水池里。既能供人畜生活用水，还能用来浇灌庄稼。抽水风车不复杂，却节省了大量的人力物力，是个实用的供水系统。这东西如果能引进到国内去，兴许能帮上我们农民的大忙。

车子刚在房门前停稳，一家人下了车，就看见了一个白人女子，正站在台阶上向我们这边招手。女子三四十岁的年纪，身材高大，红脸膛，她一手叉腰，一手向我们挥动。我猜，那一定就是伊娃了。于是，就试探着问："伊娃？"那女子笑着迎上来，频频点头，大声地向我们问好，还和我们一一握手。

细看伊娃，从声音和神态中，我判断不出她的实际年龄，只是感觉她待客说笑间，处处都显得洒脱、自然、开朗。她把自己那亚麻色的头发在脑后盘成了个发髻，再随便用一根细皮带儿系紧。她穿长裤，腰上束一条宽皮带，甚至还把小帆布黄色长裤的裤脚，塞进下面的长筒靴里。伊娃这样的穿着打扮，让我感到新奇，觉着她有点像美国西部片里的女牛仔。再一寻思，这倒是符合她农场主的身份。

伊娃热情地邀请我们进到房间里。女儿翻译她说的话，原来，这是到了下午茶的时光。按英国人的习惯，到了这个时间，工作的人们都会坐下来喝一杯红茶，吃两块点心，歇息片刻。伊娃特意请我们和她一起享用茶点，还向我们介绍说，这不是普通立顿牌袋装红茶，这是特意从斯里兰卡带回来的迪尔玛。茶确实不错，兑上鲜奶后，温热浓香。以前生活在海南，也常喝早茶，自觉还算对茶略知一二。这种红茶喝着，口味缠绵细腻，让人欲罢不能。方形的小松饼也好吃，又薄又脆，配红茶真是一绝。

和老外聊天，先是聊天气，接着是聊她农场里的收成。不一会儿，相互熟稔了，我们就介绍自己的姓氏、家庭、来历……伊娃似乎不太在意我们的话题，但也不忌讳跟着聊。她放下茶杯，笑着说到自己的血统："我是一份水果拼盘，没准儿爷爷是香蕉、奶奶是草莓。我能准确知道的是，我爸爸来自德国，而妈妈是苏格兰人。"

伊娃说完了，还朝我们挤挤眼睛，哈哈大笑起来。

作为深以祖先崇拜为是的中国人，看到人家如此拿祖宗开着小玩笑，惊讶不已，眼珠儿差点没掉地上。初次见面，又不大敢表露心中的异念，就奉陪式地咧咧嘴，似笑非笑，互相对视，再下去就只好举起眼珠，去看天花板了。女儿倒乖巧，看着茶喝得差不多了，就提议，是不是可以去看看那狗崽儿？伊娃爽快地答应后站起身，还响亮地拍拍手掌，像刚见面时那样，挥手示意我们相随。

出了正房，绕过一段空地。伊娃指点那几排错落的房舍，告诉我们，除了狗以外，她还养了很多马、牛、羊和成群的鸡鸭。最后，我们相随着这个健壮活泼的女人，来到一幢宽大的木板房前。她在前边举起拳头，示意大家停住脚步。然后，悄悄打开那两扇大门上的插销，再双手一用力，猛然拉开了大门，像个要把奇迹展示给整个世界看的魔术大师一样。明亮的阳光一下子充满了大房子，群狗的吠叫声也一下子震耳欲聋，炸裂开来。我们不由得目瞪口呆，别说妻女，我长这么大，也从来没见过这么多的狗聚养在一起，折腾在一起，吼叫在一起。

　　隔着一人多高的铁网看过去，有上百只狗，它们生着黑、白、黄、灰……或是相杂的各种毛色，大小不同，品种不同，分隔在不同的地段上，一律飞快地窜来窜去，张嘴大叫。我们眼花缭乱，耳朵里"嗡嗡"响，互相说话都听不见了，只好站在宽大的狗舍中发呆。再看旁边的伊娃，又是两手一拍，仰起头哈哈大笑。只是，她的笑声早就被狗叫声淹没，我们只能看到她那涂了唇膏的嘴张得又大又圆，像个红色的微型山洞，都见不着牙了。

　　或许是我们的窘态尽在伊娃的意料之中，也或许，她就愿意这样看到外来人的惊讶和不知所措。农场主伊娃把卖狗崽儿的生意，做得跟演小品似的。等到她笑得差不多了，这才弯着腰，从裤袋里掏出一条大手帕，一边擦笑出来的眼泪，一边没忘了口中连连"sorry"，为自己的大笑表示歉意。

　　重新正常下来的伊娃，在群狗狂吠的声浪中示意我们不要害怕，紧跟住她往里走。我们一家三口人，一个牵住了一个的后衣襟，像玩儿老鹰捉小鸡一样排好队，小心翼翼地行进在狗的世界里。两边铁网里的狗脸不断闪过，有的恶狠狠地咆哮，口沫飞溅。有的低头发出"呜呜"的威胁声，咧开嘴唇，露出那对又弯又尖的獠牙。也有的扬起头，鼻子尖朝天，叫声空洞，无所事事，纯属凑热闹。一路上，犬类的特殊气味扑面而来，又浓又呛。

　　走到最里面，这里离那些群狗远了点，狗叫声听上去也小多了。眼前是一个大铁笼子，这笼子是用粗铁条焊制的，差不多有一辆皮卡车大小。伊娃指着笼子里面，让我们仔细看铁笼里趴着的一条巨大的黑狗。伊娃隔着铁栏大声召唤那条狗，还撮起嘴唇打呼哨。那大黑狗听见了伊娃的声音，瞄见了主人的身影，晃了晃毛茸茸的大脑袋，站起身子，用力地把它的两只前爪伸出去。再塌下脊背，蹬牢了后腿，伸了个心满意足的纯狗式懒腰。再张开血盆大口，打了个哈欠。然后，慢吞吞地朝伊娃走过来，隔着铁栏的空儿，伸舌头舔了舔伊娃的手。然后，大狗扚直了前腿，蜷起后腿，用狗那种最典型的姿势蹲坐下来。它那不大的眼睛里，一对贼亮的黑眼珠子，就那么斜着瞟了瞟我们一家人，一声不响。

　　伊娃从腋下的小本夹中，抽出了一张淡蓝色的纸，指点着上面，告诉我们："喏，这是 tiger（老虎）的出生证明。这份证明记载着它往上四代的族谱，它的族谱告诉我们，这只 tiger 是一只纯种的德国 rottweiler（罗威纳）獒犬，是世界上最优秀的看家警卫犬。

"这只犬七十五公斤，四岁，是我农场里的种犬。说起来，欧洲的圣伯纳、马士提夫、布尔……好些大型犬的祖先，都是繁衍自你们中国青藏高原上那种獒犬呢！人们喜爱中国的獒犬，想方设法把它带到了欧洲，经过千百年的繁衍改良，才有了那些不同品种的大狗。如果你们家里养两条罗威纳，还正是中国人养了中国狗哪！"

伊娃可能觉着自己的话有趣，又不由得笑起来。

我拿过那张蓝色的卡片，看了看这只"老虎"的户口，再回头看看笼子里的那只大狗，一时不知说什么好。我从前没见过这种狗，这种如此巨大、如此凶悍，对人又如此淡然冷漠的狗。那狗脑袋比我的脑袋都大，那两条前腿，比我的胳膊还粗，那狗爪子，比我的拳头都大……这狗还没尾巴，只是在原来尾巴的位置上有一个小橛橛。问起伊娃，她没说什么，只是耸耸肩，似乎这狗的屁股就应当这样秃着。大狗还不叫，完全是个"哑"狗，如此沉默的狗，怎么看家？

妻子倒是有她的看法，她说这狗憨得可爱。说着，她还学伊娃的样子，隔着铁栏伸过手去，召唤大狗。大狗不听不看，就像根本没有眼前这个人一样。伊娃见了，赶紧过来拦挡，她说："罗威纳犬一辈子只服从一个人，亲近一个人。虽说它也会保护你的家人，但不会去亲近他们。至于家人以外的人，最好别去挨近它，更别把它当小猫小狗，像宠物那么稀罕。"

她还着意补充道："弄不好，也不知道啥时候、在啥场合，它就给你狠起来。它是最好的看家狗，但是，也是南非伤人概率最高的狗。"

看女儿的样子，似乎对这大狗心有余悸，想着早点离开，就小心翼翼地问起小狗崽儿。伊娃看着女儿又笑了，她拍拍手里的本夹子，扬起眉毛耐心地对女儿说："这'老虎'是爸爸，按老规矩，你们挑选狗崽儿，要先看好狗爸爸，然后再去看它的儿子和女儿呀！"

说完，伊娃又领着我们一家人，退出了这大房子狗舍。当我们站在那扇大门外，等待伊娃要关上大门的时候，从这狗舍的最里面，传出来一阵嗥叫声"呜……嗷……"那声音先是低沉，再转尖厉，挑起上扬的尾音儿，有点像男人憋着劲儿无泪的干号。还让人想起曾经历过的北大荒冬夜里，狼的哭号。听上去让人头皮发麻、心惊肉跳,瞬间就起了一身的鸡皮疙瘩。而且,那嗥叫声一迸发出来,犬舍里原本兴奋张扬的所有其他狗叫声,竟然戛然而止。那些在铁网里窜来窜去的狗儿,都乖乖趴在地上,一声不响。我们互相对视,眼睛瞪得像铃铛,张口结舌。伊娃好像又很得意,拍拍手里的本夹,耸耸肩,带几分自豪地笑着说:"我的'老虎'在唱歌,好听吗?狗里的帕瓦罗蒂?"

说着,她可能觉着自己的话有趣,又想笑,但终于还是忍住了。再看伊娃,正把右手的拇指和食指圈起来,压在卷起来的舌尖儿上,吹响长长的呼哨,呼哨声尖厉响亮,飞进狗舍深处,那大狗的粗嚎立马停止,延宕了几声不那么甘心的低啸,渐渐地,狗舍里终于彻底安静下来。

我几乎不能立即从惊惧中缓过神来,双手搂着紧紧靠过来的妻女,不由得脱口:"这家伙是狗吗?"

伊娃又领着我们绕过了那些马舍、牛舍、鸡舍……穿过了停放着许多农具的空场,来到了另一个高高的谷仓。一定是为了车辆进出方便,谷仓的大门修得又高又宽。一个黑人农工,用力地推开了那两扇大门。麦秆儿和谷草那特有的甜丝丝的气味儿,还有些新鲜木屑的清香气味儿,扑面而来。谷仓里,大捆大捆的牧草,都卷成了一人多高的圆柱形状,顺着谷仓的墙边,有序地摞上去,一直堆到了高高的顶棚。

我们终于看到那些狗崽儿了。在谷仓尽头,有齐膝高的木栅栏,靠着墙角,围起了一方空地儿。围栏里的地面上撒了厚厚的木屑,就在那淡黄的木屑上,正活动着十几只狗崽儿。它们爬着、蠕动着、翻滚着、摇摇摆摆、晃来晃去,一秒钟也不肯停下来。差不多每一只狗崽儿,都一边活动,还一边哼唧着,"哽……哽"地叫个不停。我分辨不出小狗叫声中表达的情绪,那些个小家伙是在抱怨?还是像伊娃所说,在歌唱?再或者就是没事哼唧着玩儿?

我们全家可是头一回,一下子就见到了这么多的小狗崽儿。这些小东西长得都一模一样,圆滚滚的小身子,大脑袋,一对小眼睛又圆又亮。再细看小狗眼神里,又都显得迷迷蒙蒙,十分稚嫩。却见伊娃,从口袋里掏出来一把细碎的狗粮,隔着木栅栏往前递过去。那些小家伙立刻争着抢着奔过来,扇打起两只薄薄的小耳朵,把各自的小嘴巴凑上伊娃的手心,去吃那一粒粒柔软细小的幼狗粮。伊娃摸摸这个，又拍拍那个，嘴里发出了轻轻的呵护声儿"嗷，吆吆吆吆……"这声音不用翻译，所有的人类都懂。当他们看到婴儿，看到幼小的动物，看到柔嫩的花草，看到美好而纤弱的事物，都会不由自主地发出这声音。那一刻，人们会为眼前所见而牵动心灵，不由自主地吐露出想要去呵护和爱惜的真情。

那一刻，我们都被感动了。眼前的这些小狗，好像告诉了我生命延续的秘密。小东西们，显然不是靠强壮活下去，它们和婴儿一样，是依靠着被爱怜、被呵护着长大。我们一家人，都弯下身去，手里轻轻抚摸着那些绒嘟嘟的小生命，不由得嘴里也发出了和伊娃一样的声音。不一会儿，伊娃挺起身来，打开夹子，翻弄着又一沓蓝色的卡片说："这些小宝贝，都是刚才大狗舍里那只'老虎'的孩子。这是两只母狗生的，两窝之间相差七天，前面的这一窝刚好满月。这些蓝卡片，是每一只小狗的出生证明。现在小狗还只有号码，它们的名字，要等未来的主人赐给它们。"

说着，伊娃冲着小狗崽儿们，伸出手指指点点："这只是老大，当然也是一号，那只是二窝的老三，还有这只……"

我感到奇怪，弄不明白，伊娃是根据什么区别这些小狗的？她可真有点神了。因为在我看来，这些小家伙是完全一样的。伊娃似乎并没在意我的疑惑，直接告诉我们，可以在这些狗崽儿里边挑选我们中意的小狗了。

其实，我一直在注意那只小狗。这个小家伙骨骼粗壮，行为也有点特殊。当别的小狗都去围着抢吃伊娃手里的狗粮时，它不哼也不叫，悄悄绕过去，然后张嘴叼住了一只狗崽儿的后腿，用力把它从狗群里拖出来，自己扑上去补空位，抢了狗粮，大口吞吃。那狗崽儿一口气完成这些连贯动作，身手敏捷，不容改变。被拖出来的那个小伙伴儿，很难再挤进争吃的群里，只好在一旁哭骂。

妻子和女儿也注意到了这只有点特殊的小狗，还被它机智霸道的样子逗笑了，都伸手指向了它。这小家伙几乎是在同一秒钟，博得了我们的一致认可，就此成了我们家里的一员。伊娃探出身子，从木栅栏里一手抓住了这只小狗的后脖颈，把它递到了我的眼前。

我接过了这只小狗，双手轻轻托住它两条前腿的腋下。

一瞬间，我和小狗的眼神对视。它的眼睛不太大，圆圆的，看上去，差不多都让黑色的瞳仁占满了。那一对油汪汪、鼓溜溜的黑瞳仁，像是用亮晶晶的黑玛瑙做成的一对扣子。小狗微微地转动眼睛，像是刚睡醒的样子。这眼睛又让人想起了婴儿，想起了小猪、小鸡、小猫、小猴子……一切幼小生命的眼睛，那许多新生命中刚睁开的、新鲜洁净的眼睛。那眼神里，还没有任何的意图和欲望；没有兴奋和恐惧；没有乞求和讨好；什么都没有，就那么定定地看着我的眼睛。这托在手上的小生命，那么娇弱，那么招人怜爱，又那么信心十足。它眨了眨眼，像是在问我："咱们什么时候回家？"

小狗移开了它的目光，轻轻地喘息，胸膛微微起伏。我插在它腋下的手感觉到它那颗有力的小心脏在跳动。一个活生生的小东西，无忧无虑，无所求。脑袋里只是盛满希望和信赖，就无所畏惧、坚定无比。它似乎懂得，一定会有人来爱它、保护它，它自己也一定会知恩图报，忠心于主人。人与人之间，想要获得认可和信赖是那么艰难，耗费了一生，也不过"知我者二三子"。可我们和这条初次相见的小狗在几秒钟里，就成了一家；成了至爱亲朋；不再有变，天啊！

我更细心地再端详这个小伙伴，这次它伸出了又短又薄的舌头，毫不犹豫地舔了舔我的脸。感觉就像有一片儿蘸水了的粉色绒布，温热而湿润，轻轻擦抹了我。再看小狗，好像对它自己的示好有点难为情，又卷起那片小舌头，向上舔了舔自己的小鼻子，那个黑色的小鼻子也湿漉漉的，伴着隐约的喘息，微微翕动。小狗再直视我的眼睛，没有任何表情和动作上的变化。它那毛茸茸的小脸儿，像是个历史教科书中常有的思想家和先贤。这念头，让我不由得笑出声。上天差遣，让我在这万里之外找到了你，能与你相聚相守，让我们一家都不再孤单。好吧！那就让咱们约定，在未来的日子里，结伴同行，永不离弃。

妻子靠过来，笑着看这小狗，细心的她发现，这小家伙的毛色，倒不是浑身上下通体全黑。在它的嘴角、眼眶、脚尖，还有屁股上，都有着渐浓的深黄，色如虎斑。嘴角是两抹，眼眶上是两圆，脚尖上是四朵。屁股上那黄褐最是奇特，竟像深秋里飘坠的五叶枫，就那么一下子端正地贴上去了。

小狗不再安静了，它扭动身体，极力想要挣脱。但是，又不"哽哽"地叫，只是一声不吭地挣扎。低头看它的小肚皮，呈光溜溜的粉色。只有胯裆上那一粒凸起，长了几根细毛。突然，那细毛处竟挤出了一股白亮，径直浇到了我的前胸。年轻时候带自己孩子，这可是常有的事。这小子，真往身上浇。我撒手放下小狗，掏出手帕擦身上的狗尿，那小家伙一扭身子，又掺和进小狗群里看不出来了。看着我被小狗尿湿的前胸，伊娃忍不住又是一阵大笑。

找到我的小狗并不难，捧出一把狗崽粮，逗引那些小狗，冲在前边的一准是它。如果被落在后面，拖别人后腿的，就更是它了。我虽然还不能像伊娃那样，把所有的小狗都分辨清楚。但是，在这一众狗崽群中找到自己的那一只，已经不费劲儿。就是它！我伸出双手一把搂起我的狗，抱在怀里，再也不想放手了。

女儿为我们家的小公狗找了一只小母狗配对。它的毛色和小公狗一样，全身大多是黝黑乌亮的，只有同样的那几处点缀了深黄。不过，小母狗的身材高挑瘦长，远没有公狗粗壮。嘴巴也显得尖细，眼睛往上吊着，一副高中女生里面聪明绝顶、尖子学霸的模样。刚一接触，就看得出来，它和这只小公狗最大的不同，就是"话"多，动不动就细声细气地抱怨、乞求、娇嗔、叙说个不停。算起来，它还是我那只小公狗的同父异母的妹妹呢！伊娃指着它，重复了两次，对我说："按饲养纯种狗的规则，它绝不可以当小公狗的配种伴侣。"

我们按伊娃开的价付钱，没讨价还价。然后，打开一个大纸箱，小心地把两个宝贝儿放进去。抬头再看这位女主人，刚刚还有说有笑的伊娃，竟露出了几分悲切的神情，连眼圈儿都红了。她伸出两只手，轻轻摩挲着纸箱里的小狗，嘴唇翕动不停，但又不出声儿。女儿说，她在为两只小狗做祷告，愿上帝保佑它们……伊娃终于站起身，抽了抽鼻子，把填写好的小狗卡片交给我们。卡片上注明了两只小狗的父系、母系的族谱，出生日期，注射疫苗的时间，等等。最后，女农场主依依不舍地送别了我们和小狗，当我们驶出那座双马石雕的农场大门时，还远远看到她朝这边挥手。

回家的路上，我们热切讨论，给小狗起名字。最后，按女儿的意愿，参照着它们父亲名字的含义，也按我们中国人的习惯，公的那只叫大虎，顺着排下来，母的那只就叫小二。啊哈！一辆车里面，一家五口齐了。

来南非两个星期了，今天是最让人高兴的日子，是我们家的节日。我们开着车欢声笑语，大声呼喊，不断地呼唤小狗们的新名字，大虎！小二！大虎！小二！可是，大虎和小二并不理会我们，对新主人的呼唤没有任何反应。只是在纸箱子里骚动不停，它们的小爪子在纸板上摩擦，不断发出"沙沙"的轻响。妻子猛然间停下来，抽抽鼻子说："怎么这么臭啊？"

我也闻到了很臭的气味儿，赶紧把车子在路边停下来。细看那大纸箱里，一对小狗紧紧挤在箱子的一角，而它们空出来的另一边，正摆了两段细小的"香肠"。小二轻声哼唧，叫声里分明也在抱怨它们自己的排泄物，好像不断地嘟囔："臭死啦！"

3

建厂工作按部就班地进行。不过，国外做事，不显紧张，工作怎么着也快不到哪里去。从总统到工人，该休息就休息，该放假就放假。这里假日还多，黑人传统的节日，白人从欧洲带来的假期，宗教的节庆……比国内多出一倍，还逢之必过，过得热热闹闹。我看出来，国内的生活是以工作为主。这国外的工作，目的就是为了获得休息和享受。时间一长，我们也都习惯了，生活节奏跟着慢了下来。

相比之下，家里倒是风生水起，带小狗的日子过得喧腾热闹。我先是把那个老窝拆了，打算给它们重新搭建狗窝。本来我就有齐全的工具，材料也不难找。现在，我就在自己的车库里，支好了案子，还在案子上面卡牢了台虎钳和小台钻，再加上那挂满墙的锛刨斧锯、锤铲锉凿，我恨不能有造一处狗宫殿的雄心。

整整花了我周末两天的时间，大虎和小二的新居大功告成。这狗房子可是没少费我的心思，我精心把它设计得像个缩小了的古堡，又有点像童话屋。红顶白墙，连门都做成了拱形的，房顶还安了个装饰性的小烟囱。我剪了一片旧地毯，铺在狗窝里。再把小狗用的水盆、食碗在窝旁边摆好。

家人对我的设计和手艺赞不绝口，女儿爬进狗窝里，亲身体验里面的舒适程度。我们都很兴奋，大声呼唤小狗。那两个小家伙，自打接回家来，没过几天就都听懂并记住了自己的名字。现在听到主人呼唤，就像两个黑色的绒球，一路飞快地"滚"过来。谁知道，这两位喜获乔迁的新居民，却对我辛苦打造的家园毫无兴趣。它们俩飞快地吃光了碗里的狗粮，再"吧唧吧唧"地喝足了清水,头也不回,一转眼就溜了。我很扫兴,这狗东西!没感恩之心也就罢了。为什么有福不享,倒愿意睡露天地儿?妻子劝我,许是天儿还热的缘故,等过些日子,天气凉了,它们自然就进窝了。

大虎和小二,每天除了睡觉,就在宽敞的前后院子里,自由自在地疯玩儿。说到睡觉,这两个小家伙就是不肯进那个漂亮窝。倒是相中厨房后门旁边的墙角、无花果树下、冷杉大树旁的草坪……那些随心所欲的地儿。每当困乏之余,就在那些地儿,随身铺下了自己的"黑毛大衣",倒头就睡得像两条小死狗。

它们在葡萄架里窜,在草坪上飞跑,在甬路中翻滚。有时会歪着两颗小狗头,聚精会神地盯着一处地面,研究那些黑蚂蚁的运输和战阵。它们要是直起脖子,连喊带叫,冲上方使劲儿,那准是又发现了晃动的飞虫或是舞蹈的蝴蝶。树上有半熟的梨子掉下来,大虎扑上去就一口咬住,结果,立即就皱紧了狗脸。青涩的水果,味道一定不怎么样。小二没捡着青梨,去拱菜畦里的蒜头,叼在嘴里咬,结果被辣得直甩嘴巴。

墙角旮旯,没有两只小狗不到的地方。大虎顶着一只破筐头跑,因为脑袋被蒙住了,倒把自己吓得不轻,结果脚步纷乱,直翻跟斗。小二也不知在哪儿沾了一身的蜘蛛网,连哭带喊,跑回来申诉,它嫌脏要洗澡。饿了、渴了,它们都知道回到狗窝前吃喝,等到吃饱喝足,就一溜烟儿又不见了影儿。除了通常那几个地方,小狗还不断扩大它们睡觉的地盘。好像困劲儿一上来,倒头就睡,爱哪哪,爱谁谁,一律不管。有时候眼见着,小狗走着走着,趴在草地上就睡着了,实在很有点小神仙的派头。那一丛浓密的夹竹桃间,也常见酣睡的小狗,那八条狗腿,懒散地伸开来,没长毛的小肚皮就那么一鼓一鼓的。小狗睡觉甚至会打呼噜,偶尔还吧唧嘴,睡着还伸出舌头舔自己的腮帮。也不知道那梦里又找到了什么好东西,正在胡吃海喝。它们哪儿都睡,就是不肯进窝,可惜我那漂亮的狗窝,一直闲着。

大虎和小二之间,也不是尽处和平状态。它们追逐嬉闹,每天里的功课就是叼、咬、撕、拽……上下翻滚,没完没了。闹着闹着,也时常急眼,下口真咬。每次都是小二不经闹,先翻脸发怒,吆喝叱骂,叫声又快又重。大虎不大在意小二的急眼,就算真打起来,不论自己吃亏还是占便宜,还是从来不出声。看见小狗打架,我大声呵斥:"一窝狗就是一家人嘛!可不兴翻脸就认生，还动了真气。"

刚打起架来的小狗，在管教下，先是发怔，接着就转化了情绪，似乎懂得了点道理，就又恢复了常态玩去了。这很像亲密的小孩子在一起打闹，一会儿哭一会儿又笑了的样子。

有一天中午，阳光明媚，院子里静悄悄的。我看到大虎支着自己的前腿儿，坐在游泳池的边沿。它歪着头，眼睛正注视着上方空中不远的某一点。我顺着它的眼神看过去，发现了一只蜻蜓。原来，它正聚精会神地观察那只大脑袋蜻蜓。说起来，我对蜻蜓也有几分好奇，它们可都是微型直升机，能悬停在空中不动，只需时而颤动几下透明的翅膀。小时候，我就觉得那些蜻蜓很好玩儿，曾捉过很多，装在玻璃瓶里养着。但是，到现在我也弄不明白，它们能够那样在飞行中悬停的原理。

现在的大虎也许和我小时候一样，眼看着空中那只蜻蜓，百思不得其解。只见它瞅着瞅着，张嘴"啊呜"就是一口。它当然是咬了个空，蜻蜓哪里会那么笨，轻易就被一只小狗咬着。大虎不甘心，又伸出一只前爪去撩蜻蜓，但还是没能成功。它又似乎不服气，于是，使出了所有的本领，冲着飞行的昆虫跳、追、扑，专心而又笨拙地折腾。空中的蜻蜓，不慌不忙，鼓着一对大眼睛，闪展腾挪，上下翻飞。真是气坏了下面那个黑黑傻傻的"陆军"。忙活了一阵子，"空军"有意无意间已经飞去泳池的上空。可是，"陆军"这里还只顾瞄着上边追击，没想脚下已临的深渊。结果，"扑通"一声，跌进了泳池的水里。成年的狗会游泳，但是，那也要举起鼻子，掌握好身体的平衡才行。大虎太小，又是意外失足，惊慌之下，在水里凭本能瞎扑通，眼看着就沉下去好几次。我看在眼里，急得喊出了声儿，三步并作两步冲过去，连鞋都没脱，一个猛子扎进了泳池，一把抓住大虎，挺身把我的小宝贝儿高高举过头顶。

我的大虎一定是喝了不少水，看上去，它那个没毛的小肚子被灌得像一只粉色的皮球，圆鼓鼓的。我们两个都浑身湿透，在泳池边儿上，并排瘫着，样子十分狼狈。过了一会儿，我翻身坐起来，抱过大虎，把它的小身子搭在我的腿上，双手轻轻按着它的肚子，随着它喘息的节奏，慢慢挤压。一股一股的清水从大虎的嘴里、鼻子里流了出来。最后，它使劲儿地呛咳了几下，睁开眼睛，呼吸平稳，再翻身站起来，摇摇晃晃地撑开四条腿，猛然一阵抖

呼唤随风而逝 063

索,甩了我一身的水珠儿,小狗没事了。

为了让小狗记住危险,避免再出现类似的事故。我又把大虎抱过来,就让它在泳池边站定,然后轻轻地往水的方向推它。它明显地表现出害怕,伸着四只小爪子,使劲撑住地面,一副再也不敢了的样子。我又撩起泳池里的水,去淋它,小家伙一缩脖子,转身就想逃。我赶紧拖住小狗,指着水面,告诉它,危险!

小狗盯着水面,又转头看我,不知道是不是明白了其中的道理。不过,它倒有记性,一直到长成了大狗,都再也没有掉进过泳池里。打那往后,它都是绕着泳池走,临了还小心翼翼地回头看看那池水。并且,除了我给它洗澡,大虎从来跟水相远。院子里有时候浇花草,喷射着亮晶晶的水柱,它如果见了,一定撇撇嘴,低头耷拉脑袋,远远躲开。

小二的遭遇和大虎不一样,但结局好像比大虎更惨。

那是一个傍晚,西边的天际絮着晚霞,一点风也没有,连树叶都不动一下,四下里非常安静。前院传来了小二的哀号,"藏儿、藏儿……"一声连着一声。那拉长了的叫声里,满是痛苦和委屈。

我推门快步出去,小二已经来到了跟前,它向我伸过来那比平时肿大一倍的鼻子,嘴里哀嚎的节奏也更短快起来,和一个向自己亲人抱怨委屈的孩子相比,就差流眼泪了。细看之下,不用问,一定是这小家伙招惹蜜蜂了。我取了大团的脱脂棉,蘸了清水,轻轻地擦拭小二的鼻子。疼痛得到了缓解,它感到舒适了些,就趴在我身边,乖乖地不动了。可它嘴里的呻吟却没断,只是声音低下来,有一搭无一搭,听上去分明就像小孩子在撒娇了。

为了让小二记住大自然的法则,女儿帮我捡了几只死蜜蜂,摆在它的面前,告诉它,蜜蜂!只见它抬起头,向下斜着眼睛,匆匆瞥了一眼地上那几个霸道的小昆虫,转身就跑。打那时候起,到它长成了大狗,不管它正在争吵撕咬得怎样凶狠,甚至和别的狗打成一团,只要女儿大喊一声"蜜蜂!",我们的小二立马飞逃,然后躲进狗窝,就再也不肯露面。

一天晌午,我小睡了一会儿。醒过来伸伸懒腰,突然觉着有什么不大对劲儿,耳朵里怎么一点都没听到两只小狗的动静?我赶到院子里,大声呼唤:"大虎、小二!"我的喊声够大,但仍然不见它们像往常那样,应声而来,眼前连个狗影儿也没见。这是跑哪儿去了?我快步赶到前院儿,接着寻找。当目光扫向大门的时候,我的心一下子收紧了。也不知怎么回事,没关严的院子大门,留下了一道缝。虽说门缝窄小,还容不下一个人通过,但是却足够小狗进进出出的了。再隔着大门栏杆往外看,大虎和小二就正在门外的当街上。更吓人的是,还有一只高大的德国牧羊犬,竟然和我那两只小混蛋搅和在一块儿!

我那俩小狗,都在一厢情愿、争先恐后地讨好那位高大的同类长辈,它们伸出各自粉色的小舌头,往那只大狗的腮上、脸上舔个不停。为了表达好感和亲近,小狗还起劲儿地扭来扭去自己的小屁股,晃动着两根秃尾巴橛儿。它们俩毫无戒备,只想一心献上自己的热情,满心高兴,浑身臭美。

自打我抱回来两只小狗,这是它们第一次接近"外狗"。眼下这两小一大的三只狗,在大门外凑在一起。它们之间都说了些什么、互相表达了怎样的意愿,我一无所知。我只是感觉,自己的心都提到了嗓子眼儿,十分紧张、担心,生怕那只大狗伤了我的小狗。那个大狗真要是下口,还不把我的宝贝儿当饼干给吃啦?可我又不敢大声发喊,我怕喊声刺激着大狗,再惹怒了它,反倒给我的小狗帮了倒忙。

大狗是一条纯种的德牧,就是我们国内常说的那种德国黑背狼狗。只见它把原本就又长又尖的两只耳朵耸立起来,像一对小雷达似的转向前边。再吊起眼梢,向下斜视,盯住了脚下的两只小狗。我能看出它的警觉和紧张,它那条粗壮的尾巴已经绷得平直起来。它还撑直了四条腿,整个身子轻轻地上下弹跳。不一会儿,大狗似乎平静了许多,歪着脑袋,并不拒绝小狗的乱舔讨好,只是低下去嗅小狗的胯裆,全然没有攻击的迹象。

我终于长长地出了一口气。看出来了,正常的成年大狗不会伤害狗崽儿。那只德牧在和小狗相处时,甚至还小心翼翼地躲闪着不知深浅的小狗们。成年狗的相斗,我见得多了。若二者都是"好战分子",又狭路相逢,那就先狂吠骂阵,一转眼互相扑抱到一起撕咬,霎时,毛血飞溅,恶声不绝。这种搏斗,并不能像人类搏击比赛那样公平,先分出各自的体重级别,对等排列,再依次相搏。狗没那些规矩,逮谁算谁,上阵就拼,你死我活。所以,狗斗才是真正的战斗,那可不是比赛。其实也是,到了真战场上,哪里有交战前,待双方士兵先按大小个头儿、高矮胖瘦排好了,再捉对儿厮杀的?

我曾见过两狗相逢,眨眼间强壮的大型犬一口咬住小型犬的脖子,抡起来狠狠地摔在地上，旁边的人连拦挡的机会都没有。狗斗中弱小的一方，如果是和强大的同类狭路相逢，就难逃一死，几乎连投降屈服的机会都没有。一旦身陷这样的搏斗，弱小的狗也只能一息尚存，就冲锋陷阵，以命相搏。狗儿们大概懂得丛林规则，要么死，要么赢。所以，索性战斗至死，不指望还有什么其他的结果。

不过，见得多了，我也越来越了解。狗的相逢，也不尽是选择战斗。只要场地宽阔，双方转得开，就常有刚闻其声还未见其影，"就夹着尾巴逃跑了"的主儿。公母调情，不但全无战事，反而会演绎出温情缠绵。眼下，这成年狗不咬小狗崽儿，甚至还显露出稀罕爱护的神情，一定也是基于一种本能。仔细想来，这实在是很有道理。若是事情反过来，大狗对小狗崽以恶相对，追杀到底，有多少小狗能活下去？这个物种还怎么繁衍传递？

胡思乱想了一通后，我没忘了大声呼唤大虎和小二，可这两个家伙就像没听见主人的声音一样，仍然死皮赖脸和人家亲热。这时候，刚好那只大狗的主人打起了呼哨，拉着长声呼唤它。它先是一愣，立刻掉转身，飞快地跑了。一边跑着，它还一边从自己的肩胛旁转过那张英俊的狗脸，远远地看着我那两只黑宝贝儿。

小二比大虎小几天，但它是母狗，所以没有大虎那样高壮。也因为是母狗，它却成了大虎高高在上的统治者。我看出来，不管大虎身在何处，只要是听到小二的呼唤叫声，它都会应声而往，一路小跑着去会合。到了跟前，它就靠在小二身旁，虎视眈眈盯着小二发现的目标。有时候，它们共同面对的，不过是一只落在枝头的山雀，待大虎看清目标只不过是悠闲轻盈的邻居之后，浑身会松弛下来，晃晃大脑袋，趴卧在小二的旁边。任凭着小二继续扬着脖子，小题大做地骂鸟。有时候，小二面对的是投递的邮差，或是来干活的花工，大虎就会一路冲锋在前，毫无畏惧，还露出一副严峻专注的神情，似乎在考虑，怎么对那大目标下口。

不论是大惊小怪，还是真发现了情况，大虎都听从小二的指挥。虽然，我还看不明白，小二是怎么对大虎发号施令的。小二也常常对大虎发脾气，连吼带叫，恶狠狠地紧着鼻子，龇出一对獠牙，瞪圆了吊眼梢里的那对小眼睛。甚至还一边叫着，一边用自己的肩胛去顶撞大虎的身子，做强势挑衅状。每当这种时候，大虎却一动不动，一声不响，只是扬起头，目视远方，从不应对小二的挑战。刚开始，遇见小二如此欺负人，我还心鸣不平，常常大声呵斥小二，不可太过霸道！可时间久了，此态常现，我也就不去管它。因为，那个矫情的小二，吵归吵，闹归闹，却从来也没有真咬伤过大虎。再者说了，谁知道咱们大虎，是不是也正在享受打情骂俏的滋味儿？它可就在那吼骂中，气定神闲，一副绅士风度。大虎从没有欺负过小二，哪怕对着小二吼一声，一直到死。

　　有一次，我分明看到，小二就大模大样地坐在大虎的身上，就像坐山雕坐在他那个虎皮椅子上一样。而且，还仰脸朝天，有一搭无一搭地叫，叫声中还拖了一个个长短不同的尾音，我猜它也许在唱一首狗之歌。这母狗忒是事儿多，看那得意的样子，它应该是在歌唱自己，唱自己的聪明、自己的骄傲、自己的世界。以人的标准来衡量，小二姿势不雅，音色也差得很，那样子根本上不了歌唱比赛一类的台面。可要是以狗的审美来看，平心而论，咱如果拼形象歌手，那造型还是相当可以。寻思着，咱小二那是设计了造型，把它大哥当成了底座，把自己当成了标准雕像，整个一狗纪念碑组合。你看是不？再看小二身下的大虎，那位老兄心甘情愿地趴在下面，一双狗眼像老北京戏迷一样，半睁半闭，露出一副无比享受赞赏的样子，专心听它上面那偶像派歌手的表演。就差摇头晃脑，动起狗爪子去打板眼节拍了。

　　小二的歌唱，如狼哭鬼嚎，让人心里发麻，实在受不了。可我又不能直接喝止，坏了人家的兴致。咱得有戏德，就算演得烂，也不能砸场子。于是，我就成心打岔，手上拿了块儿肥皂，奔院里水龙头，大声喊："洗澡啦！先来先洗！"

　　小二立马收声谢幕，起身随我而来，动作反应十分麻利。我在水龙头前站定，却故意不理小二，反而去召唤大虎："大虎！大虎！过来，先给你洗。"随后而来的大虎，正打算往前凑，却遭到了小二的一顿抢白怒骂，"汪汪！……呜……汪！"它还挺起了前胸，使劲儿挤推大虎。那意思非常明显，它要先来，因为它是头儿。高大粗壮的大虎，立即表现出憨厚和谦让，眨了眨眼，退身躲了。看它那样儿，就差一句话没说出口："让着你好了。"

　　大概这也是狗们的生存规则之一，是它们千百年来，生命演化而来的本能，在基因中延续。公狗不但不咬母狗，还反过来统受母狗的管束。看来，在狗的世界里，还是像它们的表亲狼那样，是母系的天下。

时光荏苒，一晃三个月过去了。新厂的组装、调试工作将要完成，只剩下了波峰焊工段，需更换一些零件，其余都正常。再过一个月，等国内的组装件一到，就可以试产了。国内决定，留下财务、技术方面的我们三个人等待开工，其余的同事们全部撤回国内。因为新招的本地工人还没到位，原来挺热闹的厂里，一下子冷清了许多。

当地政府主管工业的官员，为即将离去的中国人举办了简单的告别餐会。聚会上，同事们都很兴奋，倍感轻松。大家都举杯祝福南非的未来，也祝自己平安，返乡的愉悦心情溢于言表。再看我们留守的几个人，却都神色黯然，强挤笑脸相陪。我代表留守人员，还得举杯表示，"为了掩护大部队做战略转移"，甘愿做好"掩护"的态度，假话说得剩下那两位老兄直拿斜眼夹我。

席间，已经相熟的南非朋友，又议起了社会上的治安乱象。说到最近多有抢案发生，连赌场的运钞车都被劫掠一空。还有人半开玩笑地提到，有的小偷，竟然在半夜里撬坏了警察局的门窗，进去把里面的电脑偷了个精光。

4

新家里的生活，依旧是热火朝天，生机勃勃。每天不断上演的新节目，大多与那两条已经长成了半桩子的狗儿有关。

我们还是决定训练那两条狗，让它们养成进狗窝里睡觉的好习惯。一是为了应对将冷的天气。南非的冬天，夜里也会结薄冰，狗随便睡在草地上怕还是不行。再说，两只狗眼看着就长大了，不给它们立点规矩，非成了自由散漫的野狗不可。

天色渐渐暗了下来，我们把两只狗强推到狗窝里去，并且大声地命令它们："天黑啦！不许乱动！更不许在院子里乱窜，该看家时看家，该睡觉时睡觉。"

可是，它们根本不理我们那一套，只管在狗窝里出来进去地折腾。我们塞进去一只，又跑出来一只，不大一会儿，把我们忙活得气喘吁吁，一身臭汗。实在没办法对付两条小狗，只好又去找来两块木板，把狗塞进窝以后，再用木板堵在门前。我最后坐在地上，隔着门板上的缝隙，给它们俩讲了些做狗的道理："咱当狗的，最重要的是听主人的话，是不？要懂规矩，天黑了，就老老实实地在窝里待着。实在睡不着，把眼儿眯上行吧？这不是还没长大吗？吃好，玩好，再睡好，才能快快地长，长大了好给大哥我看家。"

看那两张狗脸，似乎是半懂不懂的样子，倒是不直接对抗自己的主人，硬往外钻了。还把那两张黑嘴巴，轻轻地搭在那块挡窝木板的上沿，眼睛看着外面，一声不响，安静下来。看到管理有了效果，我和妻子高兴起来。然后蹑手蹑脚、小心翼翼地退出来，转过墙角，不出声地靠墙坐在草地上，竖起自己的耳朵，朝向狗窝那边听动静。狗窝那边似乎安静，没什么响动。我对那两个家伙并不太相信。于是，过了一小会儿，就悄悄地趴在墙角上，按亮了电筒。好家伙！原来两只狗早就悄悄地推翻了挡在窝门前的木板，逃了出来。正在外面的草地上，翻跟头打把式，闹腾得正欢！这两个家伙，现在还学会了表面上顺意听话、背地里暗杠相怼的招数，真是长本事了！

我赶紧地现出身形，低声喝道："回窝去！"

两只快乐嬉戏的小狗，听到了主人的吆喝声，先是一愣，停下身段，还没等看到我人呢！嗖嗖两下，都进了窝，比耗子还快。眼看着还是小二带的头儿，就缩在里面一声不响，像是知道自己做错了事的小学生。看来，狗知道自己主人的意图和对它们的要求，也能够服从指令。只是，这半桩子狗终究还是小狗，还不能完全克制住自己游戏的天性，这一点，跟小孩子的性情几乎一模一样。

说不清是我们训练自己的狗，还是狗在磨炼我们的性子，就这样折腾了有些日子。这常常让我想起了小时候，大人让孩子睡午觉，自己不得不躺在床上，睡不着干瞪眼儿。等到听见了大人走近的声音，就赶紧闭上眼睛装睡。狗和小孩子，真是天然的同类。怪不得见到他们相处在一起时，是那么和谐、那么自然。

我们就这样，人狗相伴，管教和亲近相处，一直到了那两只狗宝贝上学。南非有狗校。准确地说，就是学习驯犬的学校。长到六个月大的狗，就可以和主人一起报名入学。狗校里要求人狗一起上课，每周四节，一共上五周课程。最后是考试，如果成绩及格，你和你的狗就可以毕业了。我们夫妻俩一人带大虎、一人带小二，报考狗校受训。五个礼拜下来，自己的狗从行走坐起开始，接受各种指令，拒绝外人喂食……一连串的训练课程下来，实在也很辛苦。结果倒还蛮有成就，我们四个，连人带狗都戴上了方帽子，"人模狗样"地拍了毕业照。还跟同届学员集体合影，签名留念。小二在毕业考的实测中竟获得了总分第三名的好成绩，项下还挂了一枚奖牌。大虎考得一般，只得了第九名。不过，看上去，它对自己的成绩似乎还很是满意。

第二年的四月里，到了复活节的时候，我们的大虎和小二，已经长得和成年狗没什么两样了。它们在院子前后那么一遛，循规蹈矩，昂首挺胸，很有点像军校里面毕业的少尉军官，再或是挺胸凸肚的年轻巡警了。

大虎撑开了身架，比当初伊娃农场里那个 tager，也就是它那位"老虎"父亲还要高大。它的头顶，能和我的腰平齐。有时候，我蹲在草地上，和它嬉闹，被它用大脑袋拱着了，轻易就一个后仰，翻倒在地。在狗校毕业时，大虎的体重是七十公斤，现在怕是七十五公斤还不止。它那脑袋比我的脑袋大，还有棱有角，虎头虎脑。那狗爪子，比我的拳头大，撒开了小跑，四只蹄子敲在砖石甬路上，"咚咚"地响。大虎的嘴巴不长，但很是宽阔，依着我看，不比黑熊的嘴巴小。等到它一张开大嘴巴打哈欠时，能看见白牙闪亮、咽喉深红，露出一副野性十足的样子。大虎的全身毛皮，都像优质的煤块儿一样黑亮，嘴角、眼睛、四蹄、屁股上那几处深黄，金光闪闪。仔细看，它脖子上有一圈儿颈鬃，比身上其他各处的皮毛更显突出，浓黑油亮，刚硬卷曲。

每天清晨，大虎都准时送我出门。它自己并不随着我走出院外，而是在门前立定了脚步，歪着大脑袋，认真地看着我返身关好角门。然后，它隔着大门上的铁栏杆，习惯性地抖了抖自己那一身黑缎子般的皮毛，昂首挺胸，稳稳当当地蹲坐在门前。看上去，这只巨大的黑狗真是威风凛凛，坚如磐石一般。大虎从来不会像普通狗那样，"汪汪"地叫，跑起来也有点笨拙，不能像小二那样"撒开四蹄"地奔腾，只是挪动四条腿，快速倒腾，往前窜。这有点像人的竞走，或是马拉松长跑。当然，如此也要比人快速、敏捷、平稳得多。

大虎似乎也知道自己不能快跑、不能吠叫，所以就更是总跟小二在一起。那只机灵的母狗，虽不如大虎强壮凶猛，但是，又正好能弥补大虎的弱项。到了该用叫声发出警告的时候，就亮出了小二的大嗓门儿，声吼如雷，屋里屋外都能听得清清楚楚，比安装的报警器响声大多了。如果院子里有情况，也是小二先又跑又跳，一路飞奔，赶到事发处，大虎随后紧跟着也就到了。

街上时常有几个推销员或是传教人，他们会隔着大门按响门铃。这些人都有对付狗的经验，所以，他们并不太在意小二那大张声势地连跳带叫。但是，眨眼间，当他们看到昂首疾行的大虎迎面而来时，便大多转身走了，因为他们看着这条大狗眼晕心慌，实在不愿凭空惹上不必要的麻烦。大虎还是不叫，只是到时候摆好了架势，端坐门庭，犹如一头黑雄狮，忠实履行着自己的职责。

　　南非的动物法规定，像我们这样豢养有大型猛犬的居民住户，须在自家大门的外侧悬挂明显的标示牌，以警醒路人和来客。那种标牌上面印制有英文"guarddog on duty"（猛犬正值班）。标牌在这段文字上方还有一幅狗像照。我家所挂标牌上面的狗像，正是一条罗威纳犬的头像。它张着大嘴，白牙森森，和大虎有几分相似。这样上面有标牌，下面就是真狗，猛犬如牌，可不是光吓唬你。家里的安全防范严实，让我们每当回家临门时，心里就得着几分安全感。

　　南非法律条文上说，法律保护所有人，保护个人的私有财产。无论任何人，如果侵犯了他人的财产，都被视为严重犯罪。所以，南非人置枪养狗，目的明确，就是保护自己的私人领地和人身安全。同样的理儿，已经看到了院墙上的警示标牌，还胆敢往人家院子里硬闯的不速之客，遭到大虎和小二攻击，那算他倒霉了。到头来，来犯者还要负刑事责任。猛犬护家，狗和主人不担刑责。不仅如此，居民如果真遇上突发来犯的事件，可以鸣枪示警。如果来犯者无视警告，并不终止犯罪，居民枪里的第二发子弹，就可以依法往来犯者的身上招呼了。

　　大虎以不变应万变，小二和大虎在性情、行为上相比，却截然相反，它轻捷机灵、聪明奸狡，几乎没有消停过一分钟，在前后院子里梭巡。和大虎正好是一静一动，分工配合，相辅相成。如今小二也长大成熟多了，虽说没有大虎高壮，但身量长短上也不输它。只是那腰段和脖颈苗条、纤细些，腿脚修长。浑身的黑亮和那几处金黄倒是和大虎一模一样。

　　小二吠声如雷，低沉粗粝。它一叫，常常就领导了这一条小街上几十户居民家里一群狗的"大合唱"。它反应迅速，常闻声而动，奔腾如飞，在院子里，像一匹缩小了几倍的黑骏马。而它常生出的那些小诡计，更是常常让我惊讶不已，心中赞叹。事后不得不认可，这小二确是一条聪颖异常的好狗。

有一次，家里来了朋友。我按着惯例，把大虎和小二关进那道小栅栏门里，然后插好门闩，把弹子锁挂在锁眼儿里。我嫌麻烦，没把锁推上去，真锁住小铁门。我想，这样也足可以挡住它们了。但是，当我送客人走的时候，却发现两只大狗也热心地跟在我的身旁，前蹿后跳，兴奋异常。我的心里不由得闪过了一个问号：咦？这两个家伙是怎么从栅栏门里出来的？我明明把它们都关好了，而且还挂了锁。问了家里人，都说不知道。那把铜锁，亮晶晶地躺在栅栏门旁的地上，让人百思不解。为了弄清真相，我干脆又把两只狗关进去，还是照样在门闩上挂了那锁。然后，我躲进厨房，从窗玻璃上偷偷观察。我倒要看看，两只狗靠着什么能"越狱"成功。

不一会儿，就见小二靠在里面的墙角，贴着栅栏门，仰头瞄着一对吊眼梢的小眼，隔着栅栏往外偷窥观察，像个盯梢的特工。待到它确定，外面的一切都已经沉寂下来，稳定下来，没有人影儿，不再有什么变化，就果断地从栅栏里面伸出了一只前爪子。爪子的目标很明确，直奔挂在门闩上的锁头，不断地去触碰锁头。被拨弄的锁头上下跳动，不断撞在门闩上，发出了"哗啦哗啦"的声音。小二的爪子当然比不了人手，没法一下子就摘下来锁头。但是，它扒拉锁头的动作连续不断，颇具耐心。还着意轻手轻脚，尽量不发出大的声响。偶尔，它会停下那么两秒钟，探头再往外看看。见院子里一切如故，仍旧没个人影儿，就不慌不忙，仍继续拨锁。锁头在门闩里轻轻地上下左右跳，发出的声音"哗啦哗啦"轻响，在院子里单调地重复着。突然，就有那么一下，锁脖子恰好从门闩的锁眼儿里脱落出来，"啪"的一下掉在了地上。再看小二，却并未显得太兴奋，它似乎知道再转动、扳开门闩，才能最后把门打开。

看这鬼狗！故技重施，还是动"手"继续干活儿。不过，它现在可是把前爪子的动作，改成了横向的往复，试图拨开那道横插在门闩上的铁棍。看样子，它清楚地知道，只有继续拨开那根铁棍，才能最终打开铁门。有多次的徒劳，狗爪子往往拨反了方向。但是，小二还是不紧不慢，信心十足，连动作的节奏都显得十分均匀。已经数不过来，狗爪子拨弄了多少次，就是在那么偶尔的一次，像是不经意之间，门闩"咔"的一声轻响，整个栅栏门无声地朝外面打开了，自由来到了小二的面前。一条看上去普通的狗，随心所欲，竟凭着自己的智慧，满足了心愿。然而，接下来的事情更是让我瞠目结舌!

拨开了锁,再拨开了门闩,栅栏门敞开,渴望已久的自由就在眼前。但是,小二并不直接走出来。只见它那细长的嘴脸,先往外探头探脑,马上又缩了回去。然后,它竟然把身子紧紧地靠在墙上,明显地让出了宽敞无阻的通道。一直趴在里面的大虎,此时猛然站起来,昂首挺胸,毫不犹豫,大跨步冲出门来。此时的小二,眼睁睁看它的大傻哥闯了出去,并没发生什么意外。这才轻手轻脚,扭搭扭搭,相跟着来到了外面。

我张着嘴巴,看一条狗的机关算尽,都看傻了。等到我从厨房出来,现身栅栏门前时,刚刚获得自由的大虎愣怔怔地抬头看我。小二却三步并成两步转了身,回到栅栏门里边去了。不知是怕遭罚,还是兴奋异常,它的身子轻微地抖动着,抬起头,目不转睛地看着我,那意思分明就是说:"老大你可看清楚喽!我这儿一直守着规矩。要罚你就罚那个傻大个儿!是它领的头儿。"

看来,这个世界上,只要有小二这样的鬼东西,凭空受冤屈的事就少不了。要不是我亲眼所见,怎么都没法相信这事儿。我肯定不相信,狗能开得了那道栅栏门。更不能相信开了门的狗竟然先不出门,倒躲在后边,让别的狗出头替它背锅。狗里也有颇具心机诈术者?这还是狗吗?我的狗让我惊讶,也让我哭笑不得,无可奈何。我手指着那个靠在墙上的阴谋家,大声吆喝:"你还是狗吗?一个当狗的,哪里来的这么多鬼心眼儿?"

却看小二,先是背着耳朵,做洗耳恭听状。很快就瞅准了机会窜过来,用脑袋蹭我的裤脚,再伸出舌头,轻轻舔我的手,不尽地讨好,就差开口说话了:"行啦行啦!老大你就别嚷嚷了,都是我的错好不好?我这也都是闹着玩儿,别往心里去,怎么着咱也逃不过你这掌心不是?"

小二接着还是往我身边凑过来,咧嘴、抽鼻子加上扭屁股,继续一心讨好我。我长出了一口气,憋住笑,哼了一声,算是原谅这家伙了。大虎在旁边,始终歪着脑袋,看我和小二的交流,但又始终没明白我们之间的意思。最后,它倒是学着我的样子,长吁了一口气,如释重负。

狗天生爱球,不论质地、大小,一律倾心以待。但是,那球必须得活动起来,飞、跳、滚、弹一番才好,那样才引逗得出狗的百般激情,再紧张疯狂地与球搅作一处。若是球不动,静在那里,用不了一分钟,狗也就灭了热活气儿，去选择另外的玩耍了。

每当我把那个淡黄色的网球从口袋掏出来，大虎和小二就来了精神。它们歪着脑袋，紧紧盯住网球，全身都紧张起来，像运动员蹲在起跑线上似的。等着我一扬手，把网球远远地扔出去。

小二瞪圆了眼睛，支起耳朵，盯住我一连串的动作。网球刚出手，开始在空中划弧线时，它就"嗖"的一下子冲出去，飞快地转过墙角，越过一段草坪，到达了泳池的边沿儿。然后，毫不犹豫，没有一丝畏惧，后腿一弹，信心百倍地纵身跃起。它那黑亮的身体在空中完全打开来，飞着悬着，最后，稳稳当当落在泳池的彼岸。那一组飞跨泳池的动作，简直完美至极。狗在落地的一瞬间，就撒开四蹄，加速奔向网球。那淡黄色的网球，在空中划过一段自然的弧线，远远落在草坪上，又高高地弹起来。小二已经飞身赶到，再腾身跃起，在空中就把球牢牢地叼在嘴上，再轻巧落地。它旋即松口置网球于草地上，歪起脑袋盯着球看。待那网球稍有滚动，就再扑上去咬，如此得得失失，狗球跃动，成了一组鲜活的镜头。大虎当然也喜欢那球，一开始，两眼就直直地盯住了瞧。待球飞出去以后，就一副雄赳赳的架势，快步疾走，跟在小二后面去追球。它那一身油亮的黑色皮毛，随着前进的步伐，微微飘动。浑身上下那些肌肉，凸凹伸缩，力道强劲。可是，等到它来到小二的旁边，也想一心去叼那网球时，却招来了小二一串咆哮叫骂。天性使然，高壮的大虎不动声色，退到了旁边，让着小二。最后，还是我出面给不讲道理的小二讲道理，让它们轻松互动，一起玩球。

动物的跑跳运动，是造物主塑成的天然美，精妙绝伦。小二和大虎玩球的时候，能经常自然地撑开身上各部的肌肉和筋腱，就像浑身上下都拉满了无数的小弓。透过那黝黑闪亮的皮毛，我似乎都能看见它们身上那些粉红的、洁白的、一棱一棱、一丝一丝的张力纤维。还有骨头，那些精致、紧密，比任何人造机械都细碎、复杂，但又丝丝入扣，堪称完美的骨骼。它们的躯体中，藏着怎样的弹性、力量、速度、坚韧和令这些素质爆发的激情啊！刚才小二在泳池上空一跃而过的时候，它的整个身躯是那样自然、流畅。我想，那一刻，它的心里一定也充满了信心和骄傲。

通常人类也喜欢运动，并且，还时常为自己的运动达到了一定的水平而沾沾自喜。其实，人的运动都是对动物运动的模仿。而且，远远达不到动物本能的天然极致。别的动物不说，就说如果真让狗来参加人类的运动大会，一定能把那些"纪录"都破得稀里哗啦，最后登上领奖台，获得金牌的还真是我的小二也说不定。

有养狗内行的朋友告诉我说，小二有杜宾犬的血统，虽说这优秀的基因，在小二身上所占比例不多，可它的行为还是能暴露出一些天性。小二对一切活动的目标十分敏感，而且本能杀生。它小的时候，常常关注那些昆虫。现在长大了，它开始铲除家园里的老鼠。

狗咬耗子，还干得很彻底。隔三岔五地，我就发现，有那么几只老鼠，大小不一地摆在绿草坪上。死老鼠完整规则，像标本一样横躺着。最多的一次，竟然有七只。两只大的，一公一母，五只小的才刚刚长毛，整整是一窝。小二把老鼠杀死，然后，在草地上排布开，举办它的除鼠害展览。那些死老鼠一动不动，显得有些瘦长，不见了活着时候的圆胖。大虎在一旁趴着，这傻哥一准是接受了小二的指令，当了看场子的保安。

两条大黑狗，七只死耗子，一片绿草地。小二就这么向我展示着它的热情和功绩，让我真是不知说什么才好。我搂过在身前窜来窜去、兴奋不已的小二，掰开它细长的大嘴，仔细看了看。又凑近闻了闻。狗嘴里倒是干净，没什么血污，也不腥臭。看来，这狗除鼠的原则是杀而不食。不过，我还是得嘱咐："除老鼠是好事，但你可不许吃这玩意儿，听到没有？行啦！别老张着嘴啦！"

听到我说的话，小二"咔嗒"一声，合上了嘴，扭搭扭搭地走了。临走，还不忘无声地招呼大虎。大虎撤了鼠展的岗哨，也就跟着小二走。剩下我一人，嘟嘟囔囔，找来家什，打扫那些死老鼠。从那往后，我们家里院外，鼠患逐渐绝迹。连养了猫的邻居听说后，都对我家的狗可以捉耗子羡慕异常。要知道，南非鼠患可是不轻。

小二的除鼠当然是功劳，但是，它的杀鸟那可绝对是罪过了。

我们的院子里，宽阔安静，草木繁茂，又特备了几个鸟雀饮水器。每天都有成百上千的鸟雀在这里飞来飞去，搭巢做窝，饮水找食。那些鸟，最小的拇指般大，最大的比鸡还高。有忙忙碌碌的黄雀，也有成群的野鸽，"咕咕咕"叫个不停。每天清晨，天未大亮，成片的鸟鸣就能唤醒人，真是都不用闹钟，更不用养公鸡了。

这里从没人打鸟,我倒是见过,有好奇的人看见小鸟在低矮的巢里生了蛋,就走过去伸长了脖子,仔细地瞧,甚至还动手指头轻轻抚摸。可从未见有人拿走那小鸟的蛋,没人会动那念头。至于鸟雀本身,没人会逮它们,更没人会去吃它们。

一个初秋的早晨,太阳还没升起。我听见原本清静的后院里,突然传来了鸟叫声。这叫声与以往那自然、悠扬的叫声不同,反倒是充满了惊慌和混乱,还相伴着"扑扑棱棱"的声音,像炸了锅一样。我快步赶到后院,刚好看到两只狗,一前一后自那大丛的夹竹桃中钻出来。领头的小二看见了我,又现出了一副低眉顺眼、极力讨好的样子。可我一眼就看得出来,它的顺从中掩不住那一股兴奋劲儿,那股劲头刺激得小二不由自主地绕着我直转圈儿。我低声喝道:"小二!你是不是又干什么坏事啦?"

小二不看我的脸,倒歪着头往别处看。我拍了拍大虎的脑门,示意它给我领路。大虎看了小二一眼,转过身慢吞吞地走到了前面。它领着我穿过那丛夹竹桃,到了院墙的角落里。地上躺着一只已经死去的灰色野鸽,那鸽子的身体缩成了一团,仰在地上,上面沾有血迹。它的身旁,还散落着几根凌乱的羽毛,那本该在空中展开飞翔的翅膀,也被折断了一根,就像一把被人扯坏了的折扇。

我叫过来小二,这次可是真在它的嘴角发现了一抹血迹,铁证如山,它杀鸟的事实确定无疑。大致能推断小二的犯罪:可怜的野鸽大意了,只是一心在低空中滑行,对自己活动的高度和速率满怀信心。却未料到这可恶的狗能弹跳起来,在足够高的空中扑咬它,结果,野鸽被小二一击而亡。我的心中满是愧疚,长长地叹了口气,打扫收拾了死野鸽。

杀鸟是罪过,小二理应受到惩罚。

我把装着死鸽子的塑料袋摆在它的面前,给它看个仔细。然后,再用报纸卷成筒,敲打它的鼻梁。同时,大声地斥责。小二颤抖着,频繁眨眼,想要躲闪,但被我牢牢地按住了。我当然不会虐待、折磨我的狗,但是,我一定要让它记住惩罚,记住它恶行的代价。教训完了,我找来链条把小二锁上了。我只在它的身边摆了一盆清水,不放狗粮,饿了它两天。在它挨饿的两天里,我一次又一次到它的跟前去,给它讲不能杀鸟雀的道理。但是,绝不抚摸它,不亲近它。

小二戴着锁链，无精打采地趴在那盆清水旁，反省自己。也不知情绪真假，那狗竟有两次不自觉地发出了又轻又短的叹息。两天过去了，我打开了脖子上的锁链，恢复了它的自由，喂给它吃食。它大口地吞食狗粮，偶尔抬头看看我，好像是要对我说点什么。不知道我的教训对不对头，也不知道小二是不是真明白了什么道理。不过，在以后的日子里，小二确实再也没有杀过一只鸟，直到最后。

在后来的日子里，我甚至看到过有一只尖喙的灰色小鸟，干脆就落在小二的身上，先"嘀哩嘀哩"地唱一段，再"噗噜噜"起身飞去。而本来活泼好动的小二，就像没看见那只鸟一样，眯着两眼假寐。我不知道狗是如何检省自己、改正自己的，也不知道我的狗是怎么学会了和鸟类和平相处。我只知道，从那往后，院子里的鸟类来得更多了。邻居英国老奶奶养的那对宠物长尾鸡也飞过院墙，来到我家刚修剪完的草坪上，优雅散步，细心捉虫。

大虎不杀生，它对那些活蹦乱跳的东西不感兴趣。它只是管人、管东西。如果我们在家，它就自己去大门前站岗。如果有外人，不管来没来过，是不是熟面孔，它都盯紧了，防备着，随时准备发出警告，甚至发起攻击动作。有好几件小事，让我看出来，这种罗威纳看家护卫犬，确实具备一些特殊的遗传天性。

五月初，天气凉了。国内方面在资金和元器件的供应上，出现了一些状况。厂里见不能按时投产，就决定把剩下的另外两个同事也调回国内。到时候，偌大的一个工厂，就将只剩下我一个中国人，作为中方的代表留下来。有些事情，变数太大。原本有好的开头，从策划、筹备到实施、发展，也都正常。可是，在未来若干具体的运作中，只要其中有一个环节，出现人事上的变化，就会连带着全局的变更，以至最后"面目全非"，甚至与最初的本意背道而驰也说不定。我为之效力的这个新厂，最终结局如何？我自己的命运又会是个什么样子？一切都不得而知，这让人很是郁闷。

同事回国，约好从我家出发，由我开车送去机场。我们在家里小聚，互相道了珍重。时间一到，同事提了行李箱，走出房门，来到汽车前。就在他拉开车门的一瞬间，大虎不知从哪里窜了出来，"呼"的一下跳起来，伸直两只巨爪，猛扑我的同事。等到我们惊讶之余，定下神来，就看大虎的两只大爪子，牢牢地按在同事的胸前，张开大嘴"哈哧哈哧"地喘着，鲜红的舌头从嘴里伸出来，喉咙深处滚动着粗重的哮音。我的同事很是狼狈，背靠在汽车上，一动也不敢动，嘴里连连叫着："大虎！大虎！"同事常来我家，原以为和大虎相熟，眼下似也没做出什么招惹大狗的动作。眼见大虎一副翻脸不认人的架势，心中一惊，嘴里喊着，手里的行李箱也掉到了地上。谁知那箱子刚脱手，大虎这里就落下身子放人。待同事弯腰再去提箱子，这边大虎瞪着眼睛，又咆哮起来。

我好像看懂了大虎的心思，就赶紧喊："先别拿箱子，空手就好。"

我喊完，就快步赶了过去，试试去提起了那只行李箱。结果，大虎只是转过头看了看我，并没发脾气。一直到我把行李箱放好在汽车的后箱里，它也没什么表示。我的同事苦笑，好像也明白了那狗的意思，赶紧摊开双手，示意给大虎看："咱两手空空，你家的东西咱啥也没拿。"

大虎连看也不看，就像什么事情也没发生过一样，昂首阔步，恢复了原来的神态，扭头走了。

啊哦……我明白了，这狗的本性里有原则，它不允许外人，不管是谁，在我家屋里院内，手里拿着东西。谁手里有东西，谁就是占有了我家的财物，就将被它视为偷了我家东西的坏蛋，先发给你警告，再发起攻击。除非你放弃随身物品，两手空空。说句老百姓常说的话，这狗认死理儿："到了我大哥这一亩三分地儿，如果手里有东西，那你都给我放下！"

我实在弄不明白，这到底是怎么一回事。但是，现实就摆在面前，千真万确。大虎这个行为，我们在狗校时，根本没学习训练过。我只能猜测，应该是它的祖先与人相伴千百年，经过无数次的反应，归结成了生命中的本能，大虎只是在遵循本能行事吧！其实，我不懂这些，只是瞎猜。大虎更不懂，它也不需要懂。可它天生的一些本能，的确随着它生命的成熟，越来越强烈。

家里有时安排周末聚餐，有朋友喝得兴奋，自己去冰箱里取啤酒。不料，被大虎看在眼里，一个虎扑将他按在地上，还龇出獠牙，照着人家的喉咙比量。眼看危险，吓得我丢了手里的酒杯，赶紧过去抱住它，连拉带劝，好说好商量。但总归得把那"私自"拿出来的半打啤酒，原封不动地放回冰箱里去，然后，再由主人我动手拿出来。至于我再分了啤酒给谁，大虎就不管了。这样一来，跑前跑后地，我得多干不少活儿。但看到大虎在那儿把门，唯我独尊，过手支配一切酒菜，这心下又十分受用。

　　来人觉得热了，把外衣脱下来，放在哪里都可以。但是，要是拿衣服在手里，或搭在肩臂上，那就是找大虎的麻烦了。不行！赶紧把衣服放一边儿去，或者干脆穿上。大虎过来了，瞅瞅这个，看看那个，没见外人有谁的手里拿了东西，就晃了晃它的大脑袋，站岗去了。

　　除了家里的三口人以外，不论是谁，在我们家都得遵守大虎的规矩，手里不能拿东西。这规矩旧友皆知，当然没人执意违犯。有时候，新交的朋友，得靠我们赶紧提醒。手里带了东西，什么袋子、箱子、手提包，得先让我们家人帮你拿好。待过了大虎这一关，再交还给你。大虎当然不懂得人"狡猾狡猾的"，使着小诡计，绕过了它的警戒线。只是威风凛凛，一副"猛犬在值班"，公事公办的样子，盯准外人的手。

　　大虎不会轻易下口，随便攻击人。它也从不向除了我以外的任何其他人表示亲近，包括那个经常给它喂食的女主人，还包括那个经常帮它洗澡梳毛的小女主人。她们酸溜溜地说："怎么就结交不下这只大狗？不管给多少好吃的、对它多好，它就是不往我们跟前来，只认你一个人。"

　　有时候我也盯着大虎想，这强壮凶猛的家伙，心里不知盛储了怎样的狂暴和野性。而忠诚不二的生命特性就是那么神奇，那么坚定地约束住它的行为。就像有一道坚实的堤坝，默默维系着汹涌的洪水。这生命一旦失去了约束，无疑就像堤坝决口。那强大而狂野的力量，得造成怎样的伤害？名犬让人称心喜爱，说到底，还是源于人类的智慧。我相信了，传说中青藏高原上那些凶猛的大獒，能吃掉野狼，然后忠诚地守卫在主人帐外。

　　仲秋，在国内算是"大节"，南非这里，却不当节日，白天照常忙碌。下班回到了家，和妻子、女儿三人，做了一桌菜，再去西罗町中国城，买一盒真正的月饼，赏月小酌，过我们中国人的"月亮节"。妻女俱在，举家团圆，心中应有的欣喜和满足却淡然。不知为什么？孤独漂泊的感觉反倒在心胸里升腾。或许，寓居在海外的华侨，都有此感？我们天生当不成世界公民，因为我们的内心总是寻找家，总不认可异国他乡也为家的理儿，我们中国人可是真真顽固。

　　微醺的我，捧了半杯白马牌威士忌，沿着院子里的甬路，走到葡萄架下，席地而坐。我抬起头，看空中那一轮又大又圆的月亮，南非的月亮，并不比国内的月亮更硕大洁净，虽然我知道这本来就是同一个月亮。而我心里记忆着的，好像从来就是中国的月亮。那儿时北方冷凝的月亮，求学时南方光润的月亮，就业打拼时山坡上、海岸旁、树梢头、凭窗下那一幅又一幅眼看就能流淌成银子水一样美妙的月亮。胡思乱想间，不由得嘴里就发出了叹息。也不知什么时候，耳边突然响起了粗重的喘息声，我就知道，这是我那两条大狗过来了。黑影儿里看不太清，但我能感觉到，就近挨着我的是大虎。隐约之间，耳朵上被它舔了一口，仅仅是那么一下，却让我感到温暖、轻柔，和悄然中透露出的无限情义。这可是大虎很少有的动作，它对别人就不用说了，就算对我，也没有过这般亲密的表露。它从不像小二那样对熟人贴近着亲密，动不动就伸出长舌头"吧嗒吧嗒"地舔个没完。

大虎接着就把它的大脑袋，搭在我的肩膀上，一动也不动了。大虎今儿这是怎么啦？这几乎有点不像它。平时它能听懂我的指令，这不奇怪。可现在的它，难道还能懂得我的心情不成？我突然感到了自己被信赖的力量，和类似家人挚友般的亲情。我似乎听懂了，这条大狗从不轻易表达的心声："啊！亲爱的主人，我嗅出了你的忧伤。请不要这样，有我和你在一起，生死与共……"

耳中鸣响着大虎的心声，让人感动。我搂过了它的大脑袋，轻轻拍了拍它的脑门儿，不由得两滴热泪夺眶而出。再看皎洁月光下的大虎，又好像显出了几分不好意思，轻轻挣开了我的手臂，静静地挨着站在我的身旁。

小二不失时机，马上挤过来，连舔带蹭。只要让它看出来，你并没有真生气，越是推搡它，它就越是往你跟前凑合。我哪里会真生气，只是一边笑着躲它，一边偷偷用手指头蘸了点杯子里的威士忌，往小二的鼻子上抹了抹。这个不消停的家伙，怔了一下，立马甩脑袋，打喷嚏，使劲儿地抽鼻子，掉转身跑了。临走，它还不忘了招呼着大虎。

水一样的月光，把家园里的一切照得清清楚楚，又给它们镀上了无比的寂静。我站起身，回到厨房里，打开冰箱，找到两袋猪骨头。然后，在月光下轻轻呼唤我的狗，大虎！……小二！……两道黑影儿，远远地奔过来。它们早就闻到了气味儿，欣喜欢快地跳跃在我的身旁。然后，趴下来，守住自己的节日奖赏。再用狗那种专业的姿势和神情，全力开动。院子里的静谧中，不时响起了两只大狗钢牙碎骨的声音，"咔吧！咔吧！"看着它们全神贯注地过着月下中秋的节日,我偷偷地笑了,再举起了酒杯,把杯中残酒一饮而尽,心中为我的大狗祈福,祝你们健康快乐!祝咱们家团团圆圆!

5

南非是一个美丽的国度,也是一个有特点的国度。在这里生活的时间长了,对她的了解也就随之而逐渐深入。在小二八个月大的时候,城市动物保护协会的工作人员找上门来。

这两个穿着蓝色制服的人,登门送达一纸公文:"请让我谦恭地告诉阁下,贵府豢养的一只罗威纳雌犬,登记名字为second(二)。该犬血统纯正,按要求注射了所有疫苗,成长良好,已进入繁殖期。但我们有责任通知阁下,贵府的second(二)与另一只雄性罗威纳狗bigtiger(大虎)是同父异母的兄妹。根据国家动物法有关条款,它们之间不能交配繁衍。否则会造成国家动物物种的变异和退化,阁下必须遵守上述国家法令。"

侨居他国,我们懂得,必须遵守这里的法律。南非的法令严厉,而且有数不清的条款,具体可行。别说养猫狗宠物,就是对植物的管理,也都有法可依。像我们院子里那四棵美国冷杉,就都在市政府里有登记。那属于保护树种,绝不可随意砍伐。

我知道大虎和小二是一个父亲的两窝狗,不让它们交配繁衍是对的。但是,我现在该怎么办?怎么把它们分开?我不会把小二送人,更不会丢掉大虎。工作人员连着来了两天,最后,语气冷冷地告诉我,那就只有给小二做绝育手术了。而且,不容许超过明天!

为了小二的绝育手术,我辗转反侧,一夜都不能安然入睡。第二天老早,我就到了院子里,招呼小二来到自己身边,让它趴着别动。我开始慢声细语地给它讲了许多近亲不能繁衍的道理,也讲了法律的严正。小二时不时地抬头看看我,又常常支棱起耳朵,倾听远处的声响,保持着平日里机警的工作状态。等到把一切都说完了,我却突然感到了一阵虚弱,觉着自己就是放了一通没味的哑屁。又像个泄了气的皮球,整个身子都垮下来堆着,无力、无助又万分无奈。想想刚才自己的声音是那么干涩,简直就像别的什么人借着自己的嘴嘟嚷了一番。小二那里却好像又发现了什么情况,一下子蹿起来跑了。

　　我在那份同意给小二做绝育手术的表格上签字，心中酸楚不安，写到自己名字的最后一笔时，用力过猛，笔尖儿把那张纸都划破了。公事公办的工作人员，在他眼镜的上方，瞪大了眼睛看看我，用意含混地耸了耸肩。

　　小二是下午被动物保护协会的人带走的，它很乖，没闹也没叫，只是隔着那辆画了标志的皮卡车栏杆，伸出舌头舔我的手，和我再见。我的心里五味杂陈，又不知如何是好。只能牢牢地牵住了大虎，眼睁睁看着动物保护协会那辆皮卡车驶出了大门。

　　第二天，整整一天，我心神不宁，烦躁不安，把厂里的杂事草草安排了一下，就匆匆赶回家，我实在是惦记着做绝育手术的小二。昨天动物保护协会的人说，这是个比较简单的手术，用不了半个钟头就能完成，中午以前就会把狗送回来。

　　家里十分安静，院子里也没了小二迎接我时前蹿后跳的身影，连大虎也不知到哪儿去了。我一个人静悄悄地绕到了狗窝前面，先是闻到了一股浓重的药水气味，接着就见到两只狗。小二安静地在狗窝里侧身躺着，肚子上贴着一块半个手掌大小的白纱布。大虎在狗窝的外面趴着，拿眼睛看着小二，两只狗都一声不响。看见了我的身影，大虎一下抬起头来。小二却没动，仍然低着头，但拿它的眼梢撩了我一下。

　　就是这一眼，像一颗霰弹，轰然击中了我的心！让我羞愧难当。是啊！作为狗的主人，我有那个权利决定小二的一切吗？它可是此生都不能生小狗，当狗妈妈了，延续到它这里的血脉将戛然而止。我这样做，目的就是让它给我看家护院，这是不是自私自利？

　　我的心里翻江倒海，但是一句话也说不出来，就那么呆呆地看着我那身心俱伤的狗。小二始终默默地躺着，不像平日里那样活泼嬉闹，除了有时眨一眨眼，它连动都不动，不吃也不喝。动物保护协会的人又打来电话，说一早手术时使用的麻醉药，需六个小时以后才能过劲儿，现在是狗正难受的时候，只能静静地养着。等到麻醉药的作用完全消除以后，就可以喂点牛奶了。等到了晚上，最好用狗罐头牛肉末掺麦片，给它煮些流食，以利增加营养，恢复体力。这些话里，似乎能解释小二的冷淡，可我倒宁愿相信，它心中充满了委屈和痛苦，应该抱怨发泄，它有这个权利。就算它以后再也不搭理我，我也认了。

　　小二恢复得很快，狗的生命力比人强多了，还是它们抗折腾。这才两天的工夫，它已经能站起身来，到处溜达，并且照常吃喝了。为了给它补充营养，我特意在它的食盆里一天加三个鸡蛋。那块敷在肚子上的白纱布，也不知道让它丢哪儿去了。转眼一个星期，该拆掉小二伤口上那些缝线了。我没等相约的动物保护协会人赶过来，就提前给他们打了电话，请求允许我自己给小二拆线，我想伺候伺候我的狗，在它那里多少赎点自己的罪过。协会最后表示同意，并详细地交代了我须准备的器具和工作程序。

　　我召唤来小二，让它侧卧在一条消过毒的白床单上。它很听话，照着我的指令做，还特意蜷起了四条腿，一动也不动地等待着。我先前已经把那些剪子、镊子都用沸水煮了，再用碘酊、酒精给小二的伤口处消毒。我用镊子夹住缝合伤口的黑色尼龙线，轻轻拉起来，一一剪断。我连续剪断了十二道缝线，最后，用止血钳子紧紧夹住了剪断的线头，把那些已经断掉的线，从缝合的皮肉里抽了出来。在拆线的过程中，我一直稳住了手劲儿，小心翼翼，准确无误。一直到拆完所有的缝合线，我才长出了一口气，拍拍小二的脑袋说，好了，起来吧！小二一骨碌翻起身来，掉头就走。可不知为什么，它还没拐过车库的墙角，就又停下了脚步，返身回来凑到我的跟前，伸出舌头舔了舔我的手，再用头拱了拱我的腿，这才又转身走了，剩下我站在那块白床单前发呆。这狗是在表达对我的亲近还是对我的原谅？还是二者兼而有之？它就这么轻易地饶恕我了吗？一个罪孽深重的人，虽说是它的主人。噢——狗对主人，原来不会仇恨。想到这里，我的心中升起了浓浓的敬意，我尊敬我的狗，它才具有宽容的品质。相比之下，我，我们人，有哪一个，可曾真正宽容过别人？说来真是羞愧，简直无地自容。

　　看着后院草地上，又活动着小二那奔腾跳跃的身影。我又想到，我欠这条狗一份情。我得用自己的真心实意，好生待它这辈子，用多大的分量去还它那份情也不为过。小二在草地上，好像又发现了什么情况，昂首发出了低沉的吼声，像是应答着我的心里话。

　　国内方面不知什么原因，仍沉寂。没有准确的消息，更没有积极的行动。我力不从心，无可奈何，也只能等待。平静的日子，就像城郊外那条小河里的水，缓缓流淌，直到雨下得大了，上涨的河水里，偶尔激起了几朵浪花。

我们住的房子，正面临街，背靠小丘。我们东侧的邻居，是一对英格兰裔老夫妇。两个老人带着一个十二岁的孙女一起生活，他们的儿子则在英国工作。这个邻家的小女孩儿和我女儿相处得不错，她们每天都会隔着栅栏互相打招呼。偶尔，小姑娘还会特意过来，向女儿问些数学问题，女儿也曾带些煎饺之类的吃食过去访玩。老夫妇不养狗，养宠物长尾鸡，还养了两只大猫。猫的毛色却是相反的一黑一白。体形大一些的，是一只黑色的公猫。它常常顺着我们两家之间的矮墙漫步，弓起身子，竖直了尾巴，高高地抬起腿脚，轻轻地在墙头上走过去。这猫行走间，总是露出谨慎小心但又骄傲高贵的神情。也总是逗引得我家的大虎和小二激动起来。小二扯脖子高声吼叫，声震屋瓦。但是，黑猫沉着老到，胸有成竹，充耳不闻，视而不见。该怎么迈自己的台步，还怎么迈，摆出一副标准的模特猫步，迈过一溜墙头。最后再瞅准了下面，纵身一跃，不见了身影。空留下两只大黑狗，没了声响，歪着脑袋仰视空墙头，颇费猜想。

我们的西侧一家，先生是位荷兰后裔绅士，在南非称为阿非利康。不过，他的肤色相比他的那些同胞，还是有点偏黑。男邻居很壮实，年岁不大，看着有三十多岁。他喜欢喝酒，几乎每个周末，我们都能看见他邀上三五好友，在他家的院子里，支上烤肉架子，做 barbecue（烤肉），再举杯痛饮。从春到秋，我的邻居用塑料膜撑起了一人多高的大棚，在里面种了些不开花的植物。到了天凉下来的时候，邻居在不到一天的时间里，把植物收获了，连带着把塑料棚也都清理完毕，让院子恢复到了原来的样子。我好奇地问他都种了些什么东西，男邻居却只是冲我挤了挤眼睛，没有回答我。很久以后，女儿才告诉我，市政府发出过文告，禁止居民在自家庭院里种植大麻类植物。据说，大麻的叶子晾干了，直接就可以卷成烟来吸，有麻醉致幻的作用。我知道了这些后，心中颇为感慨。男邻居的种植是偶然性的，第二年也就再未见他种那东西了。

邻居的夫人却是个地道的波兰人，她身材高挑，一头金发，年轻漂亮。因为几年前，我也曾出差到过华沙，对波兰有些了解。有时聊起她的故乡，波兰女人会露出神往、兴奋的样子，大声说笑。

我的妻子有几次还邀请邻居夫妇，请他们过来喝啤酒，吃中式的炒菜。

我们两家邻里相处，感觉还不错。

波兰女人也养狗，一只是深灰色的大髯犬，俗称大胡子狗。这狗的特点明显，浑身皮毛厚重，头上脸上也都是长毛。它额头上那些毛如果不修剪，没多久就会长得又厚又长，把眼睛都挡住了。这狗的脸蛋、嘴巴、腮帮上都是浓密的毛，只是略短一些，稍有卷曲。我曾开玩笑说，这一把大胡子，有点像俄罗斯的托尔斯泰。男邻居听不懂，他的妻子倒哈哈大笑起来，连连点头称是。

大胡子狗也是公狗，比大虎还略高一点，是我见过的个头最高的狗。但是，它远没有大虎粗壮。大胡子也是一只自信勇猛的大型犬，它经常站在自家的房门前，居高临下，八面威风。有时还扬起头，冲着我们这边的大虎，"汪汪汪"大叫几声。这叫声在我听来，略显空洞，但是，气势十足，应该算是狗之间的平常示威，用以表示自己的存在和地位，里面并没有实质性的威胁。每当这样的时候，我的大虎只是略扭过头来，眨眨眼，仍是一副"正当值班"的形象。大虎不会"汪汪"地叫，倒是后院的小二听到了大胡子的叫声，飞快地冲过来，扑到两家的栅栏间，不依不饶，一阵子狂吠。眼珠子瞪溜圆，甚至那嘴里还甩出了星星点点的白沫，好像多半是来真的，并不全然吓唬。

每当这时候，邻居家里的另外一只花狗，就上来给它家的大胡子帮腔。但凡狗叫，个头越大，声音就越粗重，个头越矮小，叫声反而更高亢。花狗一来，邻家狗在嘴头上就占了上风，因为花狗的叫声又响又脆，和它大胡子哥低沉的叫声绝配成了和声，一时就盖过了小二的吼叫。没错，花狗是一只矮小的猎雉犬，又称可卡犬。它个头不高，大概还不到它那大胡子哥身量的一半。身上的毛色黄白相杂，那些皮毛很漂亮，闪亮卷曲。它的耳朵和身子相比，大得有点夸张，一跑就扇打起来，像两面小旗子。别看个头小，花狗腿脚粗壮，机灵敏感，总是在院子里奔跑不停。

邻家花狗上阵，常常把简单的各自示威扩大成一场嘴仗。大胡子似乎被激怒于半真半假的挑衅，也飞身扑到了栅栏前，大吼大叫一番。露出了白亮闪光的獠牙，皱起了鼻子，连脑袋上那大团的长毛恨不能都竖起来了。营垒分明的四只狗里，只有大虎不叫，跟在小二的后面，看看这个再看看那个，露出一副有劲儿使不上的着急样子。

狗叫连天，差不多把一条短街上的狗都引逗得隔空掺和进来。我和邻居，或先或后，终于推开房门，大声吆喝，唤自家的狗。两家披毛的畜生也喊得差不多了，接着自家主人给的台阶，鸣金收兵。终于不声不响，扭搭扭搭，各回各窝。狗主人之间或会摆摆手，耸肩一笑，也转身进屋。狗之间的嘴仗，几乎见天都有，也不知算是游戏，还是演习练兵？

6

完全出乎意料，两家的狗战争突然爆发，并且，结局十分惨重。

那天下午，当我赶到家的时候，狗之战似乎已经停息。但是，人的麻烦才刚刚开始。平日里相当安静的小街上，挨着我的家门，停了两辆警车。有那么几个街坊邻居和路人，正聚在我西侧隔壁的波兰女人家门口，指指点点，议论纷纷。

我一看，就断定是出了什么事故。于是，赶紧停好自己的车，奔了过去。波兰女人家的大门敞开着，我走过去一看，门里的甬道上竟然是大虎在那里，一动不动地呆坐，眼神茫然，似乎被眼前的忙乱弄迷糊了。而就在它的侧面，却是一个身穿制服的警官。这个高个子的白人警官，手里正拿了一根用粗绳挽成的圈套，往大虎的身上比画，似乎是想套住呆坐的大狗。可是，当大虎的头略微那么一偏，眼睛直视着他时，警官又不由得后退了两步，放下手来。再看大虎的另一侧，还有一个小个子的黑人警官。这人更是离谱，他竟然双手平举着一支维克多手枪，还一眼儿睁一眼儿闭，往狗身上瞄准！

这可把我吓坏了！赶紧伸出两只手，使劲儿地摇摆，嘴里大声道歉，并说明："我是这狗的主人，请警官先生停下来，告诉我究竟发生了什么。"

两位警官听了我的话，长长地嘘了一口气，收起了绳套和手枪。可是，那位白人警官刚刚叙述了这次事件的开头，就被打断了。眼见我的女邻居，一下子推开了房门，以从未见过的样子大声哭闹，高喊着让我过去，听上去，女邻居激愤异常，把自己嗓子都喊岔声儿了。

虽说还没明白到底是怎么一回事，我也赶紧过去。波兰女人的漂亮脸蛋一塌糊涂，本来涂抹的那些口红、胭脂、眼影等化妆品，被她连哭带抹弄得一团糟，成了三花脸儿。头发披散，衣衫也凌乱歪斜。她一边哭，一边大声地抱怨、指责我。我隔远了朝两个警官示意,那高个警官只是摊开双手,耸了耸肩。我这就算是在警官那里请了假,再转过身来,洗耳恭听女邻居的教训。

她说得特别快,我连一半也没听清。她好像也知道,我是丈二和尚摸不着头脑,就干脆拉着我的袖子,转到了她家后院的草坪上。这下子什么都不用说了,事情摆在面前,一目了然。草地上正躺着她家的那两条狗,大胡子和花狗。花狗一动不动,浑身上下血迹斑斑。我凑到跟前仔细看了看,发现花狗的脖子、大腿、肚子上有几道深深的伤口。狗已经没有生命迹象,它流尽了身上的血,把一片草地都染红了。

离着花狗不远,大胡子狗也躺在草地上。它伤得十分严重,但还费力地喘息着。每当它喘一次,脖子下面那儿的两个血窟窿,就往外冒出来一串血泡沫。大胡子还想用最后的力气,强撑着站起来。但是,很明显,它的一条前腿断了,没法支撑住身体。结果,它只能把身子歪了歪,就又无奈地躺倒在自己的血泊中。

我从没见过如此血腥的场面,心里惊惧难受得不行。眼前的情景和波兰女人的哭诉,终于让我明白了事情大致的轮廓。是大虎窜到了邻居家里,和大胡子、花狗交战,并造成了这吓人的伤害。我转过头去,远远地看着大虎,心里愧疚不已,真是不知道说什么才好、做什么才对了。

面对着我的不知所措,女邻居却又一步抢过来,冲着我的脸再次大声喊叫,还伸出了两根手指头。这次虽说是挨骂,但我全然明白了她的意思:"不!不只是道上那一只狗,还有另一只,逃跑啦!"

我的天哪!果然闯下大祸的还有小二。

折腾了半个小时,我答应给邻居家赔一条同样的猎雉犬,另外再赔偿一千兰特,还负责给大胡子疗伤治病。再加上百般致歉,把好话都说尽了,才终于从女邻居那里脱了身。最后,也弄清了今天这事件的全部经过。

今天我和邻居家里都没人,只剩院里几条狗。先是我家小二领着大虎,在自家前后院里可着劲儿折腾。接着又领头挑衅邻居家的大胡子,隔着两家的栅栏跳着脚骂街。大胡子也不甘示弱,回嘴对骂。后来,狗骂升级,越吵越凶,动了真格。小二施展它那类似开锁门的贼功,领着大虎,竟然在两家的栅栏下,扒开了一条土道。然后,缩下身形,率领大虎冲入了邻家。

可以想象，那四条狗之间积怨经年，如今狭路相逢，恨不得一个个提头来见，一场决战，残酷血腥。光是大虎那铁颚钢爪，就招招见血。小二疯狂扑咬，獠牙似刀。几分钟的工夫，花狗就气绝身亡，大胡子死战硬撑，身负重伤。幸亏女邻居赶回来，得遇群狗恶战。她又惊又怕，怎么也拉不开疯狂混战的狗群。好在有路人指点她，用浇花的蛇皮管子，加大了水门去喷它们，这才逼得大虎和小二退出战斗。狗都惧水，尤其是大虎。

小二在窝里瑟缩发抖，不知是因为害怕惩罚，还是因为自己的疼痛。它的脖子和一条后腿上也有两道深深的伤口，大块的肌肉连着黑色的皮毛耷拉下来，还在往外渗出血滴。那伤口虽说惨不忍睹，但是，看样子还只是外伤，不像能致命。我找到了一根木棍，举起来，想着狠狠地教训它一顿。可是，看着它身上那可怕的伤口，血淋淋的样子，又实在于心不忍，终就下不去手。再看小二，这个战斗的挑起者、天大麻烦的制造者，把自己的头伏在爪子前面的地上，浑身颤抖个不停，眼睛也眨个不停。又小心翼翼地伸出了舌头，要讨好我，舔我的手。我使劲儿甩开了自己的手，大声呵斥："你个坏蛋！惹得两家都鸡犬不宁。等我回来再好好收拾你！"骂着喊着，我又转身赶过去，还有一大堆要处理的乱事儿等着我哪！

我在自己和邻居的两个院子间跑来跑去，气喘吁吁，忙了个底朝天。先是打电话给兽医院，请他们派车来把受重伤的大胡子接过去，该手术就手术，赶紧救治。这狗也是犟种，都伤到了这个份儿上，就是不服气，一边身上滴着血，一边还低声咆哮。等到连呵斥带吓唬，镇住大胡子，把它放好在来接的皮卡车上，用力地拍拍车后的挡板，兽医院的人一溜烟儿地开走了。

我浑身沾着泥、血，回头赶紧来处理大虎的事。两位警官可真是好人，这都快一个钟头了，就那么耐心地等着我一件事一件事地忙。大虎还在那儿，一动不动，不叫也不闹，不挪地儿，就那么昂头端坐，像一尊黑色的石狗雕像。我想，这憨壮的家伙，还从来没遇到过像今天这样令人眼花缭乱的情形，它一定是被那些激烈的变化弄昏了头。这又是吵又是打，撕咬和被撕咬，血腥、搏斗、跳跃、逃走……还有那股闪亮的水柱，女人哭喊，警灯闪耀，人头攒动，喧闹异常。这一切，都是大虎有生以来从未遇到过的。它不知所措，彻底蒙了。

女邻居告诉我，这只大黑狗，也曾经打算像另一只逃掉的狗那样，从那个进来的土道再钻回家。但是，折腾半天，铁栅栏的下沿儿，把它的脊背都划破了。不管怎么调整身子，它也没能逃掉，没法儿穿过那条土道逃回家去，终就落在了警察的手里。这也许是定数，都犯下了罪错，哪有一逃了之的道理。也许是大虎笨，进来挺顺，逃走时心慌意乱，又粗又大的身子就别不过来那股劲了。大虎哪里有小二那般鬼灵，现在它对什么都是不听不看，干脆就是不反应了。

那两位警官，本来是要捕捉这条大狗的，如果捉不成，他们也有以极端方式处置这条狗的权利。刚刚送走伤狗的我，转身就必须面对南非的动物法规。那位白人警官向我出示了两张表格。第一张表格是针对着我这个狗主人的。警官不厌其烦地告诉我："你的狗惹了祸，你作为主人，要负其责。首先，你必须接受警告并同时保证，不得再有类似的事故发生。你还要维修院子里所有的栅栏，保证不能让这凶猛的大狗再闯出去，伤害别人和别的动物。现在，受到侵害的是你的邻居，他们可以就实际发生的情况，向你提出赔偿要求。你如果做不到对自己狗的行为负责，对方有权诉诸法律。我们身为警务人员，接警办案，亲临现场，到时会为被侵害的一方出庭做证。"

我二话不说，赶紧同意认可警官所说。并表示自己遵守法律，愿意赔偿邻居，尽量做到令他们满意为止。我还点头向女邻居请求，大家都是近邻，以后长时间相处，狗归狗人归人，咱们可不能整得跟仇人似的。表态完了，我在那张表格上，签下了自己的名字。女邻居脸上挂着残泪，嘴里嘟嘟囔囔，也在表格上使劲儿地签了名。

警官办完了第一张表格的事情，又拿出了第二份文件。这也是一张正规的表格，简短而完整，好像警官已经把其中该填写的项目都记录完成了，感觉有点像道路上交警开的罚单。等到大个子警官，再次不厌其烦地给我解释清楚了以后，十分出乎我的意料。细想想，我才感到这动物法规定得相当细致，而且切实可行，绝不是一纸空文。

这是一张对大虎的判决书。白人警官转身大步走到大虎面前，直面对狗，满脸严肃地宣布："……闯入邻家，伤害同类……判处徒刑二十天……"然后，他又转过身来，面对着我说："先生，作为狗的主人，你将为它支付这二十天的管理费用。现在，请你帮助我们把你犯罪的狗，押上警车。"

一直端坐在甬道上的大虎，离我们不远，它扭头朝这边看，似乎想起了什么，又猜测了些什么，像是一点点缓过来劲儿，逐渐清醒了似的。它晃了晃大脑袋，终于慢吞吞地走过来，靠在我的身旁。我用手拍了拍它的头，想着让它稳定情绪。又拿眼去快速溜了一遍它的浑身上下，我发现，这个家伙在那样激烈的争斗撕咬中，竟然全身而退，一点伤都没受。我蹲下身，扳过来大虎的脑袋，指着那张判决，再次强调："看清楚没有？咱犯了法啦！犯法就得认罪，就得承担后果。你再看看，花狗死得多可怜！现在听话，给我乖乖地上那辆车，千万不能再惹什么麻烦啦！"

正说着，妻子接了女儿放学，也回来了。她们听完了我对整个事件的复述，谁都没说话，只是眼里都挂着泪花，帮着我劝大虎听话，接受法律的惩处。

我们对狗还会被判刑、蹲监狱的情况，一无所知。来南非后，只是打比勒陀利亚经过的时候，见过那座大监狱。可那是关押人的，而且也就扫了那么两眼。除此之外，对法律方面的事情真是一点都不了解。更没听说，这狗监狱可是怎么一回事。不过，入乡随俗，更得随法。不论是在国内还是在国外，我们都是守法良民。说实话，这二十天能抵个年把的狗命，对大虎的判决不算重，动物法也体现了爱护动物的人性，我们没话可讲。

大虎恢复了日常里的状态，有所感觉。也不知是不是真明白了它自己在这场争斗中的来龙去脉，它竟然像人那样，轻轻地叹了一口气，伸着舌头舔了舔嘴巴。我相信自己的判断，抓紧时机，赶紧拿过警官手里的绳套，拴在它的脖子上，牵着它往返遛了几步。大虎好像完全恢复了神态，配合服从，对我在绳端暗示给它的指令，心领神会，活动自如，变得十分服从。有人打开警车的后挡板，再往地上搭了一张宽木板，我就亦步亦趋指引着大虎上了警车的后车厢。警官关好后挡板，发动了车子。我看到车上的大虎，脸贴到了后车门的玻璃上，目不转睛地盯住了我，身边的女儿已经哭出了声。大个子警官临上车，还过来拍拍我的肩膀，说二十天以后去领狗。末了，他又加上一句："这么纯种的 rottweiler（罗威纳）大狗，你可是打哪儿淘来的？"

我负责处理了死去的花狗，并再次向邻居说了许多赔礼的话。邻居的男主人也回来了，当他得知发生的事件后，板着一张脸，露出万分不悦的神情。

接下来，我还得给兽医院打电话，请他们派人过来给小二治疗、缝合伤口，一直忙活到了天黑。入夜，家里人简单地弄了点晚饭，静悄悄地吃了，相对无言。没有了大虎，没有了大虎和小二的活跃和护卫，从屋里屋外到整个院子都显得那么空旷凄清。邻居家里似乎传来了吵闹的声音，细听听，好像是邻居的男人，趁着酒劲儿朝我们这边呼喊什么。听不大清楚邻居都喊了些什么，但多少也分辨得出其中的敌意，这让我们在愧疚之余，又多了几分惊恐。

  第二天下午，我们在家里商量，去缴纳大虎蹲监所花的费用。其实，心里也想着去看它，虽说这仅仅是相隔了一夜，但真是没有一刻不惦念着它。也不知这狗监是个什么样子。最后，我们夫妇俩决定，下午学校放学时，接上女儿，全家一起到动物中心去探监。

  地点在这小城的北郊，过了那条河，顺着桥的方向上了一处山坡。车子翻过山坡，走几百米，远远地看到了两排洁白的大房子。房子外面有不太高的围墙，也都刷成了白色，那就是动物保护中心了。进了中心的大门停下车，院子里外都静悄悄的，并没有听到猫狗的叫声。走进办公室，找到女管理员，缴纳了该交的费用。女管理员公事公办，不允许我们探望大虎。她说这是规矩，还说要是让狗发现了主人来探望它，就会兴奋，就不会认真地反省自己了。我半信半疑，总觉着这些人有点神，这还真拿狗当人了？我们无奈地互相对视，心软的女儿又落泪了。经不住缠磨的女管理员见状，摊开了双手，耸耸肩，长长地出了一口气。她站起身来，摆了摆手，示意我们相随。同时又伸出一根食指竖在唇前，小声说："只能偷偷地看一眼，不能出声，千万不可以让大虎知道。"

  接着还叹了一口气，补充道："唉……我也养狗，待它就像自己的孩子一样。"

  我们跟着管理员，学着她的样子，踮起脚尖，出了办公室，不出声地顺着一条走廊往前溜。走廊的一侧，是一排半人高的小铁门。管理员在远处停下来，抬手示意我们过去。挨着那道小门上方，有一个小圆孔，上面镶着玻璃。我弯了腰，眯起一只眼睛，把另一只眼睛对着那小孔，一下子，我清楚地看到了大虎。

  它正静静地趴在地上，把粗大的下巴搭在伸出去的前腿上。它的眼睛一直盯着地面，似乎视而不见，一心神往。离它不远，放了一盆清水。我知道，如果不是弄出来声响，狗一般不会抬起头往上看，现在的大虎看不见我。狗牢房里很干净，顶棚较高，上面还有小块天窗，有光亮正从那里照射下来。但是，狗牢里也十分窄小，就算大虎想溜达几步也没地儿。可看那样子，大虎根本就没有动弹的念头。这狗看上去沉默而淡然，失去了平日里的精神。它似乎知道自己在坐牢，在牢里深思细想。莫非狗坐牢，就真能反省自己的过错？

看着大虎一动不动，那样趴着思索，我就不由得继续琢磨，它这是在想什么呢？想每天丰富有趣的生活？想吃食、活动、游戏……欲望、兴奋、恐惧……可眼下这些都离它而去了。或许它的脑子里，仍在回忆昨天的刺激和疯狂？再或许，它能想起自己出生的地方，那个郊外的伊娃农场？能想到自己的妈妈，想起妈妈那温热的乳头？这些对于它来说当然刻骨铭心，可是，它那么小的时候，能有记忆吗？最大的可能，就是它在想家，想男主人的气味；想家里可任意奔跑的草坪；想从未分离过的小二；想主人喂食的那些美味的骨头；也可能，大虎根本什么都没想，已经灵魂出窍。近在咫尺，我猜不透我的狗，实在不知道它在想什么。

我们每个人都轮流偷看了蹲监的大虎。走的时候还像进来时那样，蹑手蹑脚地溜出了狗监，真诚谢过了好心的管理员，开车返回家。一路上，没人说话。

老外的观念和思考，有时真是很费猜想。把犯了错的狗判了刑，静静地关押在那么窄小的空间里，真能教育一条狗吗？真能让一条狗反省自己的罪过？从小到大，我看到过许多养狗人，他们遇到了这种狗掐架的情况，大半都是一顿乱棍，打了完事，哪里还管那么多。不就是一条狗吗？在东西方文化里，关于人、狗关系的意识观念，真是天壤之别。

不过，看牢里大虎那样子，还真就有点像个低头认罪的人犯，正在为自己的自由被剥夺而感叹，为自己的过失和错误而省思。因为我在它那眼神儿里，除了看到无所措的茫然，也分明看到了驯顺。和平日在家相比，它眼里那些野性的火星，真就熄灭了许多。这可是眼下真实的存在，从前不曾有过。

小二也渐渐好起来，腿上和胸前的伤口都已经拆线了。它的脸颊留下了一条长长的抓伤，从左嘴角斜着向上横过了鼻梁直到右眼下。这道抓伤不轻不重，但是，痊愈后落下的疤痕抽紧了狗脸上的肉，这让小二脸上的表情整个都变了。有朋友来家，就问起："你这狗还会笑吗？怎么看上去好像开心咧嘴，笑嘻嘻的样子？"听了这话，我心里不是滋味。因为，我知道，那不过是一道疤改变了它脸上的表情。就算会笑，眼下的小二，它哪里还有心思笑。只能是偷偷地哭吧！没有大虎的日子，对于小二来说，就像缺失了自己的一半。它整天消沉、萎靡，打不起精神，几天都听不到它那凶猛的吼声了。有时候，到窝前喂它狗食，见它就那么静静地趴着，目光直视，嘴巴搭在前爪上，也一动不动，那姿势简直就和狱里的大虎一模一样。

家里没大虎，少了许多人气儿。空间里没有说笑，没有活泛跃动的气氛。

二十天说长也长，说短也短。女儿在日历上一笔一笔画道儿，算计着那个日子。大虎的刑期终于满了，真是个好日子！正赶上了周末，又是风和日丽的天儿。我们把车洗了，穿戴得干净正规，全家人开车去动物保护中心接大虎出狱，迎接它重获自由。

在那位好心女管理员的办公室，办理完了有关的手续，我们快步来到了那道小门前，这回不用踮起脚尖，小心翼翼了。管理员也露出了笑容，嘴里轻轻哼着不知名的小曲，手里的一大串钥匙，像伴奏一样，"哗啦哗啦"响个不停。她一边用钥匙打开那道小铁门，一边呼唤着："乎！乎！"她在学我们的样子，用中文招呼大虎，上次她就问过我们，这狗的中文名字。她还说用表格上的英文名字 tiger 叫狗，那大狗听不懂，不理睬她。管理员的中文还说不大准确，把"虎"说成"乎"了。这也没关系，她嘴里呼唤的中文增加了我们的快乐，我们一家都笑了。女儿向她伸出大拇指，夸赞她的中文说得好。

听到呼唤的大虎，在那个窄小的牢房里，忽地一下子站了起来，用粗壮的四肢结结实实地撑在地上。昂起头，两眼盯住了门口。

"大虎！大虎！"

这次是女儿轻声的呼唤，大虎仍然还是不动，定定地站着，现出不知所措的样子。我赶紧推开那道小门儿，弯了弯腰，把头探进了那间囚室，张口叫它。这回它明白了，赶紧三步并两步地奔过来，把头靠在了我的腿上。我摸了摸它的大脑袋，家里人也都上来跟它问好。可再看大虎，钻出小门就往走廊里去，还越走越快，绝不回头。等到出了房门，看见了自家的皮卡车，大虎就更现出急不可待的样子，小跑着奔过去。然后，站在车后面，才回头看着等我。我打开后货厢板，大虎一窜，就跳到了车厢里，再找到车厢前边的一个角落，趴下了粗壮的身子。它好像还重重地长出了一口气，又往里偎了偎，感觉像回到窝里一样踏实。从那开始，一直到我们开车进了家门，大虎的眼光里都是催促、都是急迫。它的意思，让人再明白不过："哎呀老大！快回家吧！这地方我以后是说啥也不来啦！"

  大虎蹲了二十天的狗监，如果按着人的寿命算，相当于坐了一年的牢。这个惩罚，对应它所犯下的罪过，代价不算重。并且，这狗监里不打不骂，清水素食，只是剥夺了自由。这样的"改造"，到底有什么效果？谁也说不太清楚。不过，大虎身上的变化倒是有目共睹。首先，这条大狗开始认可女主人了，接着是小主人。

  从前的大虎，只认我一个人，换个人去喂它，除非我在场，它根本不吃狗食，就像没看见一样。现在，妻子或是女儿去喂它，它都认可，还会快步跑过来，凑到她们身边，伸舌头舔舔她们的手，表示亲近和顺从。用妻子的话说："这大狗蹲监狱，倒蹲得懂感情了。"

  得到大虎的认可，还服从她们的指令，把家里两个女人乐得合不上嘴，像两人同时多了一门亲戚似的。

  自打从动物中心回到家里，大虎就再也不肯离开小二一步，过去俩狗在前、后院的分工规则，被彻底改变了。现在是小二走到哪里，大虎就跟到哪里，一刻也不分开。这有点让我怀疑自己从前的思考，它在监牢里长吁短叹、苦思苦想的，原来并没有那么复杂。看来它那个大脑袋里一直想的，多半就是小二。闹了半天，这响当当的汉子，倒也有重色轻友的毛病呢！

  看它那相依相伴的样儿，是在尽量迎合那条走鬼一样的母狗。大虎的速度本来没有小二快，可它使劲儿赶着，往近了凑合。不惜忙活得"哈哧哈哧"直喘，也扭着个大屁股往前撵，非得随时和小二混得成双成对不可。我这回倒是省事了，连大虎的名字都不用喊，光招呼小二就行了。喊一声，小二！好家伙！话音未落，小二带着脸上那道疤痕坏笑着窜过来，差不到半个身子，那个傻大个紧跟着也就到了。

  尽管买了一条小狗赔给了邻居，又赔了钱，还花钱给她家的大胡子狗治好了伤，但是，邻居似乎并没有原谅我们，自打那次狗战以后，他们就再也没给过我好脸色。就算我笑脸相迎，主动打招呼，那位波兰女人也把那漂亮的脸蛋儿往旁边一扭，像是没看见我一样。我想，这邻居是让我彻底得罪了。

我心里难过，但是，也理解他们。是啊！终归是我们的错，是我们的狗侵扰了人家。谁不喜爱自己家的狗？宠物宠物，那是搁在心里头宠爱的动物。尤其在这国外，家家都把狗当成自己的亲人。拿人心比自心，换成了我家的狗被别人的狗咬死咬伤，咱不也是一样痛彻心扉，难以忘怀？

别看女邻居不依不饶，给我脸色看。还是能感觉到，时间过去得久了，她也就逐渐淡然。相比女人，邻居家的男人好像记了仇，不肯忘却那次的狗战。有一次，我特意像从前那样，邀请他过来喝啤酒。只见他阴沉着脸摆手，表示拒绝。临了嘴里还蹦出了两个词儿，这英语短句 be careful（小心），我听得很清楚，透着威胁的含义，让人心冷。说这话本来也可以表示善意的提醒，但看着男邻居当时的语气表情，可是正相反。要是准确意译他嘴里说出的含义，分明是，等着瞧！有你好看！

有一次，我看到大虎和小二在邻居家的栅栏边嗅来嗅去的，就赶紧过去。我发现了几块发臭的牛杂碎。我训练的狗，打小时候起，就不吃别人丢的东西。但我还是赶紧挖了个坑，把那些发臭的东西埋了。我不知道那是不是邻居丢的，也不想确认那些东西是不是有毒，我不能小题大做，惹是非。就算吃点亏，只要全家平安就好。

7

工厂的业务，倒是又有了起色。国内方面似乎又下了决心，支持南非这边的事业，他们筹措资金，发送过来一批零配件。我代表中方，跑了几家批发商，签下了几处订单。这让我们看到了希望，信心大增。刚过了中国年，厂里的生产就迎来了高潮，我们的希望就像将要熄灭的炉火，现在终又被扔进了几块干柴，一下子又火热地燃烧起来。事情有时候很折磨人，几乎没办法推演和预料。"计划没有变化快"，常常成了真实的写照。我们在基层，做具体工作的日子，倒是没有什么波澜，只是像滚动的车轮，周而复始。而平凡的日子久了，大家对这里原本很有些纷乱的社会治安，也就感觉淡然了许多。说到底，人还是愿意松弛自己的身心，一厢情愿地希求平安。

可是，该来的还会来，那次前所未有的危险，真就到来了。而对于那个晚上发生的事情,我心有余悸,到现在也不能完全说得清楚。

一个没有月亮的夜,万籁俱寂,黑得透。前院葡萄架上方和后院游泳池边的两盏电灯,照常彻夜亮着。因为有防风雨的灯罩,灯光从那里透出来就显得柔和。不过,灯光也因此而不能照射得更宽广,草坪模糊不清,距离越远,就越发黑暗。而树丛和屋檐下面,更是隐约地斑驳跳荡,叶影晃动,好像悄悄藏着多少秘密。

在白天里,厂里的一台焊机出了故障,不能正常干活儿。为了不影响第二天的生产,我特意把焊机带回家修理。在车库里面花了接近两个小时,终于修好了焊机。虽说累了点,但是心中舒畅。我还特意看了看手表,是凌晨十二点四十分。

因为睡得晚,又忙了一天,很是疲累了,所以就睡得很沉。也不知过了多久,我在妻子猛烈的摇晃中惊醒,一激灵挺身坐起。晃了晃头,定了定神,就听妻子在黑暗中小声告诉我:"你听!"

她的语气十分紧张。黑暗中看不到她的表情,但是能清楚地感觉到她强烈的不安。想到最近一段日子里,发生过许多恶性案件和一些对华人的伤害,我也不由得心里一沉,慌乱不已。

在黑暗中,我竖起耳朵听,外面有风声。再透过窗上的玻璃和纱帘往外看,能隐约看见院子里的灯光,看见树影婆娑。再仔细听,还能听到时断时续、轻微的"咔哧咔哧"的声音。我想起来,那应该是屋檐上的一块铁皮有些脱落,刮在屋瓦上发出来的声响。一直惦记着修好它,但老是忘记。寻思着,我顺手拿起立在床头的一根铁管,光着脚悄悄下了地,伸手去摸电灯的开关。不想却听到妻子在床上小声但坚定地说:"千万别开灯!先到女儿房间去看看。"

话音未落,我清楚地听到了小二的叫声。那叫声先还是"呜呜……汪!呜呜……"有很多的低哮成串地在它喉咙里翻滚,间隔的时间也稍微拖长。这叫声表明,是它发现了情况,并在自己的叫声中伴有警告威胁。紧接着,小二的低哮变得急促起来,然后就变成了大声的"汪汪!呜……汪汪!汪汪!汪汪汪!"听上去,它和发现的目标好像近在咫尺。接下去,小二的叫声就连成了串,分不出个数,再全变成了撕咬、怒吼、发狠,变成了相搏时发出的那种低沉的咆哮。那声音狂暴猛烈,疯狂仇恨,立马在院子里滚过来滚过去,不间断地响成了一片！

我能听出来，大虎也在。它没有发出"汪汪"的叫声，因为它压根就不会那样叫。但我知道它也跟小二一样在挺身而斗，它正使出了浑身的力道，把它那像牛一样喘着吼着的低音，掺和到了满院子乱糟糟的声音里，这可是我从来没有听到过的大虎的叫声。

出事了！一定是有人进了院子。我感到了从来没有过的惊讶和恐惧，浑身"酥酥"地一阵发麻，这惊惧的感觉不由自主。也不知为什么，让我头皮一炸，可着嗓子怪叫了一声，这叫声鬼哭狼嚎一般，连我自己听着都瘆人，可却一下子点燃了自己身体里面的疯狂。我紧紧握着手里的铁管子，冲过小走廊，来到房门前。我不顾一切地想知道外面发生了什么。我要冲上去，和我的狗一起，冲来人狠干一番。他妈的，老子也不活啦！来吧！

越是紧张急切，这手还控制不住地颤抖。那门上有铁栓、铁扣、铁链，手越抖，还越是打不开那些东西，气得我嘴里骂出了声。猛然间，就听到厨房里"哗啦！"一声响，扭头一看，是一块窗玻璃被打破了。都没容空儿，几乎就在同时，院子里"砰"的一声枪响！紧接着，整个院子里、屋子里的警报器全都"呜哇呜哇"地响起来，凄厉的响声，在这凌晨深夜里，充满了令人颤抖的恐怖。这时，隐约还传来了夹在狗吠声中人的惨叫。说时迟，那时快。狗咬人叫，警报器轰鸣，这一切，当时就聚集在前后都不到一分钟的时间里，世界好像全乱套了。

我终于打开了房门，回头叮嘱浑身颤抖的妻女，待在屋里别乱动。然后，我自己冲出了房门。刚出来，就听到，隔着后街的保安公司迅速行动，他们的车辆一路也拉响了警笛，正由远而近，往这里开过来。我喊了一句，告诉女儿在房间里用遥控器打开大门，准备让警车驶入院子。然后，提了铁棍直奔后院。我虽然还什么都没来得及辨别清楚，但是，却清楚地听到了一串连撕带咬、怒不可遏的狗叫，就像一溜滚地雷，伴着"咚咚"急速的脚步声窜去了后院。

这家保安公司离得近，干员大多是退役的职业军人，他们行动迅速，已经驾车径直驶入我们的院子里。两辆车的大灯远射，把里外照得通明，车上的蓝色警灯不断旋转，忽明忽暗。惊心动魄的气氛一下子就罩住了我们刚刚还安静和平的家园。

我在跑向后院时，突然间在远射的灯光里看到了小二。只见它那矫健凌厉的身影，在空中纵跳起了一人多高！而且正在张牙舞爪攻击一个模糊的人影儿。它嘴里狂怒地吼叫，冲着那个人的脖子张开大嘴。那嘴在灯光里映得鲜红似血，白牙闪亮。再看那个被它撕咬的人，看上去已经被小二纠缠追杀一阵子了，他的衣服、裤子都被扯得稀烂，身上血迹斑斑。眼下他正一边失声惊叫，一边伸出一只胳膊挡在自己的喉咙上，转过头去，躲避扑上来的大狗。

我横着铁管子，声嘶力竭地喝止小二，让它停下来。小二听到了我的指令，猛然之间停止了拼命的攻击，四条腿撑在地面上轻轻地颤抖，喉咙里仍持续不断地发出粗重的威胁。当它转过脸来，我看到小二那一对狗眼，竟也像它的口舌般血红，像两盏放光的小灯。

两个身穿防弹背心的保安警卫，双手持枪平举，一左一右，顺着光亮快速包抄过去，大声命令那个被小二攻击过的人，双手抱头，蹲在地上。这时候，我看清了这个黑人年轻的脸。这人个头不高，也很瘦。他双手抱着头，转过惊恐的脸，斜视着小二搭在他肩上的一只爪子，竟哭得身子一耸一耸，停不下来。

突然，我又听到了家里人喊我，声音显得急切慌张。看着两个保安警卫给地上蹲着的黑人上手铐，我赶紧招呼小二跟着，快步赶到前院。前院比起后院来，倒显安静，刚才那些疯狂的喧嚣，那些吼声、叫声、枪响、玻璃碎裂、警车呼啸的声音好像一下子都停息了，一切就像从来都没发生过一样。我看到保安公司的另外两名武装警卫，用两支手电的光柱朝地上照着。我的心一翻个儿，感觉很是慌乱。

当我快步赶过去，在手电的光亮里，一眼就看到了地上的大虎。它侧卧在地上，正急促大口地喘息不停。头上、腿上、身上裂开了几道可怕的伤口，能看到伤口里鲜红的筋肉。靠近伤口处的黑色皮毛，看上去好像湿漉漉的，闪着光亮。我心疼不已，伸手轻轻抚了一下，再翻过手掌一看，一手通红，满是鲜血！

和大虎并排瘫在地上的，是一个受了伤、不断呻吟的陌生人。他肤色深黑，身材匀称结实，鲜血淋漓，脖子、脸、胸上都受了伤。他大声地呛咳起来，扭歪了嘴脸，接着就费力地哀求着。仔细一看，原来那个人的小臂还被大虎紧紧地咬在嘴里。我呼唤大虎，让它放开嘴巴。可是，精疲力竭的狗却没按我的指令张嘴，只是慢慢地眨了眨眼睛。我记起伊娃告诉过我，说是这种狗在极度愤怒的撕咬中，会发狠到颚骨脱臼，锁死咬合的上下牙，分不开来。没有别的办法，我只好把手里的铁管缠上碎布垫着，小心伸到大虎的嘴缝里，慢慢地撬动它的上下嘴巴。

终于张开了嘴巴的大虎，两眼还是慢慢地一睁一闭，伴着粗重的喘息，整个身子瘫软在地。我细看它的伤势，发现它右侧的后腿也被打断了。可能是受伤后仍然扑跳的缘故，一段白骨从腿下的黑色皮毛里支了出来，像一段被横着劈断了的木柴。

我没看到大虎的战斗，不知道它到底是怎么干的。但是，我能想象出来，这只巨大的猛犬是怎么拼力死战一个持枪的歹徒，诠释了它的职责"guard-dogonduty"（猛犬值班）。

保安人员里的队长，是个大个子的中年人，他带领着几个手下，仔细地把前后院搜索了一遍。在与波兰女人相邻的栅栏旁边，他们又捡到了几块零碎的牛肉，是不是有人打算把我家的狗引到那边去？不得而知。那两个贼人是从另一边，从那一对英格兰老夫妇家和我们家之间的墙上翻过来的，就是经常走着公猫的那道墙。挨着车库的仓房门洞大开，从里到外的地上，丢落有几台厂里原本要修复的彩电。

紧接着，接到报案的警方也到了。他们一来，就介入了事件的处理，接管了两个嫌疑人。唤来了救护车，抬上去那个伤重些的人，一路"哇呜哇呜"地开走了。再把另一个关进了警车，大声喝止那哭哭啼啼的家伙。有警员在前院离大虎不远的草坪上找到了一支手枪，那把手枪看上去有些旧，枪身都被磨得发亮了。警员用一段树枝插到手枪扳机的护圈里，挑起手枪，调过枪口，伸过鼻子闻了闻。在翻墙不远处，他们还找到了一根一米左右长的铁棍，那铁棍的一头，分明还沾着血迹和些许黑色的皮毛，那无疑是打伤大虎的凶器。警方把这些都作为证据收存起来。最后，又给我们做了简单的笔录，警方和保安就都撤了。

等一切都忙活完，天已经大亮。又一个早晨，完好如初。那些小鸟又像在每天清晨里那样唱着、飞着，在树枝间窜来窜去。英格兰老头隔着院墙，踩在宽凳子上，探过头来询问。他听完了我们的叙述，张开双手，摇头耸肩叹气。而相隔的另一家邻居，则无声无息。

厨房的电炉灶台上，丢着一块拳头大小的石头，与此相距两步远的窗玻璃上，是一个又大又圆的破洞，玻璃上破损的茬口新鲜、锐利，看着让人后怕。寻思着，赶紧到仓房里找了一块玻璃，按尺寸割好换上了。

一家人忙前忙后地刚打扫安顿完了，就不约而同赶到狗窝那里，探望初步包扎过的大虎。大虎还是浑身无力地侧卧在窝里，小二却静静地趴在大虎的身旁，还时不时地用自己的舌头去舔大虎的嘴巴。这次事件里，小二在和来犯者的撕咬搏斗中竟然没受伤。是因为它的身手不凡，还是因为大虎的勇往直前，抑或是命运的安排？连我自己也回答不上来。但是，我知道，小二和大虎在一起，遇到危难时不会退缩，到时候这两条狗的选择是一样的。我的家，能抵住这场惊涛骇浪的祸患，全仗这两只狗拼死拱卫。

看起来大虎的头、背、胸处的破伤，不是太深重。我已经先用双氧水冲洗过了，也用酒精、碘酊消了毒，简单做了包扎。可我看着大虎的腿上骨折伤重，怕是得动手术，现在它连站起来走动都困难。我伸手摸了摸大虎的断腿，感觉一股冰凉。女儿看大虎悠荡着的断腿，眼泪夺眶而出。我们一家三人，用一条旧毯子裹着大虎，费了九牛二虎之力，把它搬到了厨房里，盖上一件我的大衣，我们不能让它在伤后再冷得发抖。

上次给小二和大胡子狗看伤治疗的兽医，和我已经是半个朋友，互相很熟稔了。他经验丰富，干练敏捷，赶过来为大虎缝合处理了几处伤，差不多用了两个小时。他忙完后，在水池里洗净了双手，接过了我递上的白马牌威士忌，笑着点了点头，和我碰了下杯，呷了一口。然后，慢慢摇晃着手里的玻璃杯，让杯子里的冰块在酒液里转动，冰块轻轻撞响了杯子，发出细微的声响。医生开口告诉我，子弹打断了狗后腿上的股骨，现在只能打个夹板，临时固定伤腿。接下来有两种方案，一是截肢保命，但从此后这就是一只残疾的动物了。二是做骨折手术，那要把腿上肌肉群切开，用不锈钢板夹住断骨，再用螺丝固定好钢板，缝合痊愈，完好如初。术后腿的功能和受伤之前比，当然会差点，但这只狗还年轻，还会继续生长恢复很多。医生说到这儿，似乎有点歉意地补充道："手术很贵，花费的钱，足够买五条这样的狗了。"

最后这句实话，有点太直白，得罪了人，在旁边一直听我们说话的女儿，狠狠瞪了兽医一眼。

我们在国外的日子还算富足，一家子吃喝用度，比在国内时候要好很多，但手头上一时拿不出太大数目的现钱。在这里要添置的东西多，开销大。物价也比国内高不少，还有所得税、地价税、水电、房租各种税费要及时缴纳。每到月底，各种账单会准时寄到家的信箱里，让妻子这个家庭财务主管心烦，生怕安排不下各种开销。眼下，她还不能立即做出全力医治大虎的决定。我和女儿心中难过，但我们也知道家里的经济状况，无奈中也不好说什么。

　　还得说大虎年轻，生命力旺盛。才两天的工夫，受伤的大虎头上、身上的伤就封口结痂了，只剩腿伤依旧。它似乎很没胃口，不大吃东西，只趴在厨房的地板上，偶尔"吧唧吧唧"地饮点清水。它那粗壮的身子，眼看着就瘦下来一大圈儿，看着都有点不像它了。我天天都找时间陪它，陪着它一起坐在厨房的地板上，也没什么话说。还能说什么？问题就在那儿摆着。大虎有时会抬头用眼睛往上看我的脸，好像想从我的表情里看出个什么结果来，甚至像要问个问题似的。

　　第三天一大早，我看到大虎竟然艰难地用三条腿撑起身子，站起来了。它颤抖个不停，悠荡着那条断腿，扭头直直地看着我，露出了相求的神态。我赶了过去，给它推开了房门。它就那么费力地撑着，一点一跛，一路抖着出了门。我还是不太明白它的意图，想看看它到底想干什么。只见大虎就那么艰难地一路挪到了院子远处的角落里，最后跷起了那条断腿，"哗哗"撒了一大泡尿！也许是憋得太久了，这一泡尿它撒了足有一分多钟。尿完了之后，大虎慢慢放下断腿，仍用三条腿点地往回挪。

　　看着大虎那么艰难、那么费力的样子，看着它那条了无生气的断腿。我的胸腔里陡然升起一股热流，那热流在喉咙里哽住了。鼻子一酸，不觉间眼睛里盈满了泪水。多好的大虎啊！重伤在身，还生怕弄脏家里。我说它怎么不吃食呢，原来是怕自己不能正常排便，给主人添麻烦。舍生忘死，保卫家园，却一无所求，任凭处置安排。默默地承受一切，为主人活着。我的大虎啊！

　　我喊来女儿，把自己的所见所想说给她听。女儿蹲下身，搂住大虎的脑袋，嘴里念叨着，一定要给大虎治伤！女儿有年轻人的思考，但她表达的形式却与我不同。她出了个主意，拉着我发起象征性示威，只表达意愿，不得罪自己的妈妈。

我们爷儿俩，靠近狗窝举起了一道横幅，上书"外惩盗贼，内争狗权"。然后，由女儿慷慨陈词，向自己母亲游说，并辅以实际行动，当场砸碎了她自己的储蓄罐，先捐上自己积攒的所有零用钱。我也紧跟着举手表态，戒酒一年，捐钱给狗看病。我们爷儿俩就这么半真半假地折腾，强烈表达了心里的真实愿望。妻子原本也是极喜欢大虎的，这次又眼看着它保护了全家的安全，身负重伤。她知道大虎是有功之臣，怎么可能无动于衷？现在，家里三分之二的多数闹个没完，也让她没法。最后的最后，妻子苦笑之余，决定取消年底全家回国探亲的计划，把一笔积攒的路费拿出来为大虎做手术疗伤，无论花费多少，全家心甘情愿。

我们全家拍手欢呼，为了妻子的决定，为了大虎。大虎也好像懂得其中的意思，在上车去医院时，竟也露出了急匆匆的劲头儿。小二那鬼头，看样子就比大虎懂得多，挨着送走大虎的车，前蹿后跳，兴奋异常，看着也像了解事情的来龙去脉一样。车子要开动了，小二用两条后腿撑着，把两只前爪扒在后车门的玻璃上，往里面看大虎，露出一副温情脉脉的样子。里面的大虎，隔着车窗，傻乎乎地伸舌头在窗玻璃上舔个没完。这两个通灵的畜生，眼看着就要脱口说出情话来了。车子慢慢启动，带走了我们的大虎，也满载着我们的希望。

大虎的伤处理起来很麻烦，子弹打断了它的骨头，还迸开了几块碎骨碴儿。手术装钢夹板时，还要对整好那几块碎骨。我在动物医院的手术室外面，可以透过那扇宽窗上的玻璃，清楚地看到整个手术过程。狗和人的手术一样，大虎也已经被麻醉。它粗壮的嘴巴上也扣了氧气面罩，身子大部覆盖着雪白的罩单，只露出了那条受伤的断腿。

相熟的兽医带着两个护士，在明亮的灯光下操作。那些亮晶晶的手术器械在他们的手间不断传递，闪闪发光。我目不转睛地盯着手术室里面的工作，看着那条血肉模糊的伤腿，一时都忘了，那里是在为一只狗做手术。我分明觉得，里面那个生命就是我的家人，是我的家庭成员之一，他的生死悲欢和我息息相关。我的担忧、我的惦记、我的情感，都倾注在那个生命之中。我合十冲天，祈祷上天的保佑，保佑我们的大虎转危为安。

断腿接驳的手术做了接近五个小时，一直忙到天黑下来才算完成。兽医累到腿都抖了，眼看着就流了不少的汗水，显得很疲惫。但是，看他那样子，对自己的工作又很是满意,露出了发自内心的笑容。他告诉我,你可以回家了,手术没有任何问题。术后的狗还要留在医院里观察三天,以防万一。

三天之后,我们全家人去接大虎。大虎还没有完全从手术的状态中恢复过来,显得无精打采,软弱疲累,不愿动弹。兽医详细交代了外敷内服的各种药品,告诉我注意它在饮食、运动、睡觉各个方面的调节。然后,帮着我小心翼翼地把大虎抬到车上,女儿抱着它的头,我们开车返家。

大虎在家里养病的时光,小二一心一意地守在狗窝旁,目不转睛地盯着虚弱的大虎,好像明白一切的样子。等到了夜晚,偶尔能听到它在大门旁、围墙边、前后院子里发出"汪汪汪"的叫声。我想,小二这是有意代大虎,负起保卫家园的全部责任了吧?

受了伤的狗,会寻找一些草来吃,它吃的那些草,能否治疗它自己的伤病?我不知道。我只是清楚地看到,刚刚可以挪动身子的大虎,每天都用自己的三条腿一瘸一拐地走到草坪上,找到那种草,大口吞食。一开始,家里人还都不太相信我说的话。后来,我把院墙角落里大虎拉出来的粪球指给她们看,那些粪球里近半都是狗未消化尽的草,看上去团团茸茸,其中几乎没有狗粮的影子,闻上去也没有臭味儿。大家都很惊讶,又都不明白,这到底是怎么一回事。看样子,这又是狗的一种本能?大自然远比我们所了解的那点知识复杂得多、丰富得多,狗也有我们所不知道的特性。小二有时候也吃草,而且,它们并不是每次都吃一种草。我始终讶异于看到的现象,又不能凭空想象出其中的道理。

大虎的腿伤飞快地痊愈,一天一个样。它开始大量进食,食量一顿抵两顿,好像要一下子把这一阵子少吃的东西都补回来一样。不到半个月,它就开始不断地试探着,用那条伤腿轻轻触地,然后又露出不太相信的神情,扭头去端详自己那条伤腿。久病成良医,狗也不例外。这个看上去憨壮的大家伙,早就成了看病的行家。它从来都不胡乱撕扯伤腿上包扎的白纱布,对我每两天换药时涂上去的药膏也欣然接纳,耐心平静地等待着自己的康复。我看着这个优秀病员,时常想,这大狗其实什么都知道,也什么都明白。它对自己身上所发生的一切,都了如指掌。甚至,它对自己的命运和未来,比我知道得还多,只是它不能,也不想一一都告诉我就是了。我开始觉察到自己的渺小和无能,我得尊敬大虎和小二,尊敬所有的动物。它们都不那么简单,都不是凭空来到这个世界上，被我们颐指气使的用具，更不是供我们打骂、驱使、丢弃的可怜虫。它们也是一架天平、一管试剂、一个判定的标准。专门来检验我们的善恶，看我们是心地光明还是罪孽深重。

一个月了，大虎那条为了手术而剃光了毛的"白腿"上，又长出了黑森森的一片。我用当初给小二拆线的用具，给大虎拆去了伤口上缝合的尼龙线，整个过程平静顺利。我仔细地数了一下，它腿上的缝合一共是三十八针！在拆线的过程中，大虎一直回头看着它的腿，再抬起头看看我，一声不响，一动也不动。伤口长得很好，兽医的手术十分成功。等到拆完了线，大虎一骨碌爬起来，就站在我的眼前，竟伸了一个标准的狗式懒腰，还打了个大哈欠。狗伸懒腰，是要抻开四肢用尽力气的动作，大虎好啦！眼看着，它就脚步轻盈地走到草坪上，再一回头，看见了小二，它又是一阵快走。那边小二早迎上来，亲热地用自己的肩胛去轻撞大虎的腰，然后相伴同行，一起在草地上跑起来。我举起一只手，大声喊着，嘱咐道："大虎！小心点！"

往后院那边越走越远的大虎自己仍是不言语，倒委托小二来应答我："放心吧！汪……汪汪！"

湛蓝的天空像水洗过的玻璃一样洁净，花草树木也像是被重新用颜料描画过了，都那么新鲜耀眼。空气湿润饱满，隐约透着清香。一对小鸟就在不远处，飞快地窜上了树梢，不经意间递过来一串唧啾。

我身后的厨房敞开着门，家里飘散着饭菜的香味儿，饭桌上，碗筷放置时发出的轻响，清脆悦耳。望着远处的绿草地上，苍天赐我的一对大狗奔腾嬉戏。我的心里流淌着无尽的满足和愉悦。是啊！但愿此情此景永不逝去！这色彩，这呼唤的声音，这气味儿，这平凡而舒适的生活，这鲜活而真实的生命。我闭上自己的眼睛，体味着身临其境的幸福，我又赶紧睁开了眼睛，真是害怕这眼前的一切会凭空消失。然而，一切都在，我笑了。

审理盗贼的袭击事件，拖了很长时间，几乎都快到圣诞节了，才最终有了个结论。被逮捕的那两个人都是有伤害、抢劫、偷窃前科的老手，他们在警方的预审中供称，当时翻墙闯进我家时，是无意间发现了库房里的彩色电视机，于是，就打定主意偷走电视机去卖钱。他们还指天誓日、异口同声地强调，当初绝对没有袭击居民、入室抢劫的企图。至于那块打碎了厨房玻璃的石头，他们也解释说，原来是为打狗，不想扔得高了，才打中了厨房玻璃，事情就那么巧。那个手枪当然是无证黑枪，在南非这里，随便找个黑市，花上千把兰特就可以买到一支旧手枪。那两个人还在供词里解释说，他们根本就没想使用那把手枪。只是事到临头，那家的狗实在太凶，直接就往身上扑往头上咬，再不开枪非被吃了不可。

警方结案之前，也曾到家来做了调查，准确点说，是调查我的狗。我们有些同胞，随便讨个狗就养起来，要是遇上了我们家这种事件，恐怕是要吃大亏了。因为你说不清狗的来龙去脉，又缺乏相关证件，势必得承担一部分责任。说起来，我们全家都感激伊娃，这个德国血统的女人，做事认真负责，精准到了家。她给我们出具的一系列手续，包括那张狗家族的血统证明，都具有合法性。还有大虎和小二在狗校学习时的毕业证书、照片、奖状……来调查的警官还举起相机，拍下了院子栅栏上挂着的那块警示牌 guard dog on duty（猛犬当班）。这一切都充分可靠、无懈可击。按照南非有关的法律规定，我们对那两个闯入者，不负有任何法律责任。

在法庭调查中，警方还派人来过一次。他要求我招来大虎和小二，当着他的面对狗发出指令。结果，那两个家伙就像参加检阅一样，精神抖擞，昂首挺胸，坚定准确地按着我的一系列口令行动，行、走、坐、起，没有半点懈怠和违背。到了最后，我建议，要不要警官先生穿上一件训练的厚衣服，咱们让两条狗练练扑咬！红脸膛的警官忙摇动着双手，一气说了五六个 NO！他说完还冲我挤眼儿，问道："你这是从哪儿弄来的狗？比我们警局里那几条还管用，真是好福气！哎……这年头……"

问完了，也并不等待我的回答，只顾着低头在本夹上填写那些记录的内容，让我签字后，他收好，挥手告辞。从此以后，就再也没人来访。那两个闯进了我家里的人，最后落了个什么下场，被治了个什么罪，都不得而知。

我曾怀疑过，和我们有矛盾的邻居，可能和这起事件有牵扯。最起码，是不是向别人透露过我们的情况？但是，我没有证据。在国外的司法案件中，都讲究无罪推定，没有证据，就相当于什么都没有，根本不可能进入诉讼程序。时间一久，心里的念头越来越淡漠，最后也就拖得无影无踪了。倒是自己家里人，反复地互相提醒，处处小心，谨慎过日子。

工厂里的生产开始进入了正轨，每天的工作也就是到点儿上班，到点儿再下班。流水线上的电视机组装件,一个挨着一个往前走,经过几十道工序,插件、检测、波峰焊、调试……最后进库待销。

事实上,南非虽说人口不少,但是,市场还是非常有限,大部分的黑人收入不高,还没有形成说得过去的购买力。白人倒是大都富裕,买得起彩色电视机。可他们又都看中东芝、索尼那些世界名牌。我们的企业,要想在这里站住脚,还得在产品的质量上,在自己产、供、销的每个环节上,下大力气调整和提高。

相比工作,家里的生活又平静下来,日子不紧不慢,每天都差不多,而生活越是这样不起波澜,时光就越飞逝而去。一晃我们来到南非,都已经快五年了。

8

在这一年的三月里,还不到六岁的大虎,身体出了状况。它先是落单,总跟不上小二的活动,常常自己单独溜到后院子,在夹竹桃丛中静静地趴着。我曾特意跟过去,看到它的头直接搭在地上,嘴里的呼吸有些沉重。看大虎的伤腿、爪子、身上倒也没发现什么不对头的地方,吃食也还可以。我实在闹不清它到底出了什么毛病,但感觉到它十分难受。

有一天,大虎来到了我的面前。我突然发现它的头肿得老大,整个脸都变了样。我赶紧把云南白药调到鸡蛋里,给它喂下去。连着吃了三天药,大虎的头消肿了。但是,我还是能看出来它的痛苦。它常常把一只前爪子搭在前额上,看着它那笨手笨脚的样子,女儿还开玩笑说:"大虎像黑熊,可以去马戏团里表演节目了。"

可是,我的心里开始隐隐不安。

大虎用前爪触碰头部的动作,越来越频繁,后来,它又常常使劲晃头。我赶紧给兽医打电话,把看到的情况告诉了他。兽医说,明天带狗来,先做个X光透视。第二天透视后的消息令人沮丧,兽医告诉我两句话。大虎的头骨曾患骨裂,现在的透视片显示它脑袋里有血块儿。我一下子就联想到了那次事件,和事件中被警方提走的那根铁棍,那根沾着大虎黑色皮毛和血迹的铁棍。歹徒曾用它狠狠地击打在大虎的头上。当年没注意到它的头,全部心思都放在它的伤腿上了。这样回想,心里真是后悔死了!血块儿是怎么一回事?兽医重重地叹气,告诉我,脑部的问题最麻烦,得开颅才能回答我的问题。而给狗做开颅手术,这以前还没有过。况且,是不是来得及也不好说。最后,兽医安慰式地拍了拍我的肩膀,摇摇头走了。

我没有把大虎的病情告诉妻女,心里被眼看就要到来的不幸折磨得痛苦不堪。想来想去,我作为大虎的主人,竟对它的不幸束手无策!死神披着黑衣就候在门口儿,要夺走我的大虎,可我却无能为力,我哪里还配当它的主人!第二天,我心烦意乱,根本没法干工厂里的活儿,早早地赶回家里。一回头,看到大虎走路都摇摇晃晃,站不稳了。但是,它还勉强挣扎着靠到我的身边,依着我趴下来,抬头看着我,眼睛里露出几年前指望着我医治它、解救它的神情。我不由得心如刀绞,坐在地上抱住大虎的头,泪如雨下。

深夜,院子里传出了大虎那令人胆寒的长啸,那啸音比狼的嗥叫还粗重震颤,在空旷的夜色中浸染开来,让原来半条街上的各种狗叫声在一霎时就都沉寂了。大虎在自己的一生里都没叫过几次,现在,整个世界都应该让它放开喉咙,为生命呼喊!可是,仔细听那几声长啸,又听出了大虎的无奈绝望,痛苦万状。这长啸让我彻夜难眠,悲叹莫名。大虎的长啸是在告诉我什么?

后半夜里,好像飘洒了一场细雨。温润的空气,被早晨的凉风一激,就绽出了许多甜丝丝的淡雾。露水聚集,沾满了草叶和花朵,让它们都变得沉甸甸的,看上去显得饱满而又新鲜。喷薄的朝阳,把不尽的灿烂照射在天地之间。院子里的小鸟,都起得那么早。它们在枝头、檐下、花丛、水边儿各处飞蹿,稍停下来,就鸣唱啼啭,不厌其烦地提醒:"快起来吧!新的一天都开始啦!"

能听到小街上,有的人家推开房门,也有人轻声启动了车辆,偶尔还有小型宠物犬细声细气地叫唤。妻子在厨房里准备早餐,女儿正收拾书包,一切都那么安静、平和。

我像往常一样,备好狗粮和清水,推门出来招呼:"大虎!小二!开饭啦!"若是在平时,只要这么一喊,两只大狗应声即到,然后,摇头晃脑,高兴进食。可今天,只有小二自己来了,而且它还不奔食盆过去,而是两眼瞪着我,慢慢凑过来,低头用力蹭我的腿,显出了十分的焦躁不安。看着小二反常的行为，我一下子浑身僵硬，手足无措，脑袋里像打雷闪电一样，连着轰响了几声，我最不愿意发生的那件事情还是来了。

我转身撒腿往后院跑，嘴里喊着："大虎！大虎啊！"

我听见自己苍凉悲苦的呼喊，已然岔声了。

大虎的身子趴在那丛夹竹桃下的空地上。灌木正生长得茂密，伸出大把的黄花绿叶，间或遮着我那英雄好汉黑亮黑亮的皮毛。当我伏下身子去摸大虎时，我感觉到手下的躯体已经冷却僵硬，早就失去了生命的弹性和热力。我声嘶力竭地呼唤着大虎，呼唤声在这异国他乡，在这美丽的早晨随风飘逝。我趴在大虎冰冷的尸身上，失声号啕。周围是那么安静，这混账透顶的安静，这冷漠无情的安静。我恨这静，我的大虎不应该逝去得如此悄然。深感不公平的愤恨刺激了我，让我生出了更大的悲痛，不由得张大了嘴，疯狂地号叫起来。

我连哭带喊，把自己憋得喘不上来气。耳边闪过了大虎那少有的长啸，那盖过了所有犬吠王者的号角声。然而，眼下的大虎，无声无息，冷定得像一块黑色的大石头。

我的脑海里，闪过了六年前在伊娃的农场抱起大虎时，它和我之间对视的眼神；闪过了它捉蜻蜓掉进了泳池的憨态；闪过了它犯错入狱时的神情；也闪过了它为了保卫家园，与人拼死相搏的身影……我的大虎从此将永远离我而去，今生今世，我将再也听不到它的喘息声、它那沉重的脚步声，再也看不到它那雄壮的身影了。

两天里，我吃不下饭，睡不着觉，心里就是放不下对大虎的思念。看着它那空空的食盆，看到那个玩旧了的黄色棒球，我都不由得落泪。小二一步不离地跟随着我，也不吃东西。一早推门出去，看到它一声不响，也趴在那丛夹竹桃下，既不去跑跳，也不吼叫。

我们在一棵最高大的美国冷杉树下，为大虎挖了一个墓穴，安葬了它。院子内，房间里仍是一片寂静消沉。想到自己的生命中整整有近五年的时光，曾经全心全意地伴随着这条爱犬。曾经共同和它经历过那么多的欢乐和悲愁，享受了它带来的一切美好。现在，又亲手埋葬了那段时光。想到这里，我还是不由得悲从中来，长长吁叹。

几天之内，小二一下子就变得阴沉苍老了。它行动迟缓，再也没有了嬉闹，没有了那些虚张声势的小把戏。到了晚上，荡然的夜空里，常常就响起了小二"汪汪"的叫声。那叫声比起从前，显得更加粗重、沙哑，里面似乎也包裹着许多的愤怒。突然之间，小二的叫声拐了个弯儿，向又暗又浓的天际撩了上去，终于就变成了凄凉无比的哀嚎。那哀嚎还不全像大虎的长啸，里面没有那么多的野性和霸气，没有目空一切的挑战。而大多是在鬼哭狼嚎般的叫声中，散播着无限的恐惧和绝望，乍听之下，我觉着自己的头皮一阵阵发麻。

我起来穿好衣服，拿上手电筒，到了前院。在电筒的光柱下，远远地就看见了小二。它正支起两条前腿，屁股坐在那棵冷杉树下，仰起脑袋冲着空中那一钩残月，张着大嘴哀号。我轻轻地走过去，挨着它坐下来，拍拍它的脑门，再拍拍它的脊背，示意让它安静下来，趴在我的身边。

我弄不明白狗和狗之间的情谊，那是不是也跟人与人之间的一样？但是，我倒是清楚地看到，眼下我旁边的小二确实有点"走神儿"，沉浸在一种深重的情绪中。看到我出现，它才从那种情绪中返回到了现实里来。然后，就像往常那样，亲热地趴在了我的身旁，抖了抖耳朵，伸出舌头舔了舔我的手。我们就这样一人一狗，一坐一卧地相伴着，一声不响。我和小二两个，是不是"想到了一起"？这说不准，也没法验证。但是，我们共同被一种沉重的情绪弥漫占据着，这一点确实很明显，不用怀疑。不信你听，我和小二同时发出了一声深深的叹息。大概，我们也真就都有共同的幻想，幻想着大虎重现，盼着大虎迈着它那沉甸甸的步伐又来到了我们的面前，来到了这清冷的家园。那就一定会重新唤起我们的欢乐，引起我们的惊叫和热烈的拥抱。然而，周围一切漠然，无声无息，只有悄然不觉的一丝寒意浸染而来。

不知道什么时候，树下的草间渐渐荡起了牛奶一样乳白的重雾。房门那边妻子轻轻呼唤的声音传过来，小二一下子支棱起耳朵，随即跑了过去，与女主人会合在一起。

我从冷杉树下站立起来，感觉到了浑身像似长久被捆绑般的疲惫。于是，慢慢地举起双手，深深打了个哈欠，就像一下子挣脱了许多无形的绳索。待再转过了头，我发现东方的天际已经有了几丝光亮，非洲大地上那五彩缤纷的早晨，应该就要到来了。

日子过得飞快，一晃又是两年。

公司在国外的发展还说得过去，南非工厂里也一直忙碌生产。我的大部分精力和时间都被工作占去了，有些疲倦，但也还充实。女儿已经在那所女子教会学校读完全部高中课程，顺利毕业了。按着她自己的意愿，下一步将选择去开普敦大学深造。不知为什么，我在内心里产生了一个念头："干脆全家都随着女儿一起搬去开普敦！"

一开始，我把自己的这个想法暗暗地藏在心里，不说出来。可是，心里不断地想到这个念头，总就不免有几分激动。

为此我去找了国外的头头，向他说出了自己的想法。说来也巧，他们竟然正考虑在开普敦设立分销和售后机构的事宜。结果当场拍板，同意了我的请求。当然，他也说了些什么大材小用之类的客气话。可我哪里顾得了那么多，兴奋之余，真心称谢。

晚饭的时候，我向家人说起了这件事。妻子惊讶地瞪圆了眼睛，满脸都是"为什么"的神情。倒是女儿一声不响走过来，紧紧搂住了我。就在那一瞬间，我也才明白自己为什么产生了搬家的念头。有时候，人真是搞不清楚自己积淀在心湖里的意想，得有了解自己的人点破了才行。晚饭后，我带着小二来到了前院，我们又坐在那棵高大的冷杉下。我把自己要搬家，要向大虎永别，要重新开始新生活的心里话，一股脑儿地都告诉了它，小二静静地听我说，一动不动。

这应该是我们来到南非的第七个春天。当蓝花楹又一次开遍小城的时候，我们举家迁往南方的开普敦。一切都打点好了以后，我们四个静静地站在高高的冷杉树下。埋着大虎的地方，没有凸起的坟塚，那里青草平整茂密，看不出异常。但是，我们四个不论人、狗，都知道那草下埋葬着我们的挚爱，遗留了一段我们的生命。我们三个默默地鞠躬。连小二也学我们的样子，低下了它的头。大家在心里向大虎做着最后倾诉，永别了！我们的大虎！

白色的汽车在紫色花的世界里，终于慢慢地向前移动了。我特意绕着小街，又兜了一圈儿，最后一次经过家门，经过那洁白整齐的栅栏。清洁的庭院里，有那架翠绿的葡萄，有修剪得像短发一样整齐的草坪，有我们每天进出的那幢红白相间的房子。这一切，都曾经那么熟悉、那么亲近、那么舒适。家园缓慢无声地在车窗前转了过去，和我一样流连于过去岁月的妻女已是潸然泪下。小二也在后排的座位上，两只前爪搭在车窗下，两眼透过车窗玻璃，目不转睛地盯着这过去的家。它在想些什么呢？想在这里度过的那些生机勃勃的日子？想大虎吗？

家越来越远了，已经看不到那些眼熟的环境了。但是，车窗的角上，分明还能见到那棵冷杉高举着的树梢。树梢正枝繁叶茂，映着冷杉那特有的苍绿，在天空碧蓝的底色上徐徐摆动。我的心里一动，我想那一定是大虎在向我们诀别。

9

经过一个多小时的飞行以后，那架"钢铁大鸟"嘶鸣喘息着，终于停在了非洲最南端的开普敦机场。我们一家三口人下了飞机，稳了稳身架，就赶紧奔去货运处接小二，它也和我们同机到达。只是按规定，私人所属的动物，如果乘飞机旅行，都得使用专门的笼子，随机在货仓里托运。虽说搭乘货仓，它的机票价格倒比我们的贵出一半还不止。

小二倒是很惬意，一副天生就不怕出来混的精神头。它急不可待地钻出了笼子，先使劲伸了个懒腰，就赶紧"哈哧哈哧"地跑到我们面前，例行它的老礼儿，将人挨个舔一遍，不管你愿意不愿意。看它的样子，倒是抗折腾，一点都没有飞行了两千多公里的疲态。

专门提供搬家服务的公司，已经把我们的私家车先行开来了机场。大老远地，小二就看见了熟悉的自家车子，兴奋地连蹦带跳。等到了近前，顺着我打开的车门，就飞快地跳上车，稳稳地坐在后排的老地方。工人把我们托运的一切都打包装好，放在一辆集装箱卡车上，由来接机的同事开车引路，我们奔向新家。

开普敦是这个世界上最美丽的城市。我实在不愿意在这句话的后边加上"之一"这两个字，开普敦有让你终生不忘的本事，有让你放下相机，随手处处是风景的资本，有随便你在哪个角度看都美的轮廓。有海有山有天的开普敦，就像明信片一样，就那么立体、光彩、生动地铺排在好望之角的后身。

开普敦永远是春天，一年四季没有太冷太热的天儿。要是寻找经年的灿烂阳光，就去开普敦。

这次远程搬家，我们选中了开普敦近郊一个小镇。在 N1 高速公路上，向北出开普敦城，过了情人坡，再走几公里，左转就到了，这里距市中心总共也就二十多公里。开普敦的中心城市也不大，她不是那种"摊大饼"式的城市布局，倒是远远星星点点，散布了无数娇小精致的城镇。实际上，开普敦的概念，是一个上百公里方圆的城市组团。

我们选中的地方，清净、小巧、方便。居住在这儿的，还不到五万人。开车十分钟就能穿过主街，但是，小城里医院、书店、超市、学校、消防、警务等都齐全，甚至还有一个小小的城市博物馆，坐落在市区的边沿。据说这是个十九世纪初就建成的小镇，到如今有快两百年的历史了。

小城的周边，大部都是种植葡萄的庄园。这些庄园都用自家产的葡萄酿制红酒和白酒，每到周末，他们常在庄园的路边处挂上招牌，招揽人们进去买他们的葡萄酒。不买也没关系，庄园里大桌子上铺着雪白的桌布，一溜摆了几十只高脚玻璃杯。杯中都斟满了各种葡萄酒，免费随意品尝。常常有人快乐品酒，不知不觉间竟喝得腮缀桃花，满面红光，迈步若行云流水，未及将银换酒，先自醉了三分。

从通海边的公路回来，老远就能看到我们的新家。它就像一座微型的城堡，挂在那处凸起的陡坡上。盘绕着来到近前，停在这个小巧的院门边。我很是佩服那些最初选择在此落脚的开拓者，这里居高临下，视角宽广，舒适安全。但是，看得出来，他们一定也付出了许多艰辛。看得出来，整个院落都是在岩石中人工开凿出来的。

进到院子里，能看到那些被开凿下来的褐色石块儿，大小不一，就地砌成了一条蜿蜒立陡的人行台阶，台阶旁边是仅容一辆车通过的上行道路。沿着人行台阶登上去，到了顶端的平场，再向左转，这才看到了房子。如果是驾车上去，千万小心驾驶，车道弯曲窄小，弄不好就把车子卡在路旁边的石墙上了。要事先打量好，准确把握方向盘，一口气小踩油门往上冲。等到了上边最陡的去处，甚至连前面的道路都看不见了，全凭经验和感觉，向左猛打两把方向盘，一瞬间就停在了房门前。

房子的建造风格有点夸张，两层楼的墙壁呈倒 U 的形状，向外凸出来，上面镶着宽大的弧形玻璃窗。整个小楼都被漆成了淡绿的颜色，和树木花草应和着，显得生机盎然。房前屋后，是泳池、凉亭、花坛等依次环绕，只是一律小巧。想来，也是因为在这石山高地上，很难开凿出大块平整的场地吧！

小二紧紧相随，跟着我登台阶。它似乎对眼前的家还没认可，露出明显的局促和陌生感。环境变化，差别很大，这儿没有原来那么宽大纵横的庭院，狗也不能任意奔腾起来了。小二大概还没想那么多，只是一步都不肯离开主人。

乔迁之喜的第一顿晚餐十分丰盛，和家人还喝了开普敦本地产的葡萄酒，饭后闲逸的身子发懒。女儿的房间里响起了舒缓的钢琴声，妻子在房间里，正收拾着打开来的行李。我和小二出了房门，在院子里转了一圈儿，就并排坐在了石头台阶上。这里的地势高，能直接看到远处灰黑色的大西洋，它沿着海岸镶上了白色泡沫，正鼓荡起节奏缓慢的波涛。夜色正从山上弥漫了下来，眼望所及，一派悄然。

真有上帝之手，接连擦亮了数不尽的星辰，趁人不注意的工夫，把它们从桌山往上撒满了夜空。也真有众多热爱光明的灵性，"唰"的一下子，把无数灯珠儿扬满了目光所及的空间。从我和小二坐着的这台阶铺下去，几成了灯的海洋。

小二的眼睛不往远处的灯火看，它对那些没兴趣，它只是注意坡下大门外的道路。而路上又不见人、车的影儿，异常肃静。看了一会儿，它也就松下心来，接着往我的身边又靠了靠，顺势就把它的下巴轻轻地搭在了我的膝盖上。看来，这家搬了，日子变了，小二的规矩习惯也改了，它算是跟定我了。

我们成了滨海风光中的常客。Sea point 是城市面临大西洋的一段岸线，这里空气新鲜，宽敞洁净，风景秀美，游人也不太多。海岸上的栏杆寻常，长椅寻常，甬路也寻常。但是，那些飞来飞去的海鸥却与众不同。我和小二在不远的小店里，买来了大袋的剩面包，然后在栏杆一旁站定，举起手。那些海鸥的眼睛锐利无比，看着了我们，就远近前后，蜂拥而至。在"乌央乌央"的鸟群里，海鸥的个头大小不一，灰、白、褐、黑的毛色也不一样。天空是鸟的领地，那些海鸥抖开了翅膀，只是略微扇动那么几下子，整个身子就在风中升腾起来。它们贴近着海浪盘旋，不断"嗷——嗷"地发出尖厉的叫声，冲过来讨吃。

呼唤随风而逝　113

有各色的家鸽也掺和进来，抖着花式上下翻飞，似打算也来争食一番。当我把手里的碎面包屑使劲儿往空中一抛，"呼——"的一声，数不清的鸟儿就都扑过来，它们左冲右突，飞快掠食。那些被扬起在空中的碎面包屑，还没落地，就被众鸟一啄而中，凌空叼走了。

让我感到神奇的是，那么多的鸟儿，它们在快速飞行中，纵横交错，上下翻飞，却从不相撞。它们更是从来也没碰到过我，连用羽毛轻轻地剐蹭一下都没有，鸟儿完全自信于自己飞行的准确和精巧。我也看得出来，那些家鸽身手不行，它们能吃到嘴里的东西，远没有海鸥得到的多。食物就是生命，在求生的争夺拼抢中，海鸥嘴尖体壮，高声鸣叫，野性毕露。有时争得急了，它们甚至对家鸽痛下狠手，喙爪相向，打得家鸽毛飞羽乱，抱头逃命。

不断有新来的鸟儿前来争食。岸边的海鸥越聚越多，终致成了云，密密麻麻，嗡嗡呖呖，以致遮蔽了人、遮蔽了海。端坐在我脚下的小二，未得到指令前，一动也不动。只是稍微歪着自己的脖子，翻着眼睛看头上那越来越密集的"鸟云彩"，像一尊黑石狗雕像。等到我低头冲它发出了指令，这黑石狗雕像，一下子就变成了灵动的大狗。纵横飞跑，腾空跳跃，还连连大吼，尽了性地撒欢儿。

凭着小二的本领，跳起来一定能捉到那几只一心争食、不加防备的海鸥。但是，它不伤鸟，它小时候就懂这理儿。只是，空中正忙乎着的鸟儿，被小二一惊，"唰"的一下，四下里炸飞开来。给我和小二，一人一狗留出了空当，让我们成了海岸上相伴鸟群腾飞的一景。有人就真的举起相机，按了快门。零星的游人，也有的停下了脚步，冲我们露出笑容。隔三岔五，我就这样，带着小二来海边玩儿。尽兴之处，大狗咧开嘴巴，被它脸上那道旧伤疤，打扮成了一副开怀大笑的样子。

三百多年前，荷兰人就建成了开普敦港口。那时候，还没有连通地中海和印度洋的苏伊士运河。欧洲的海洋国家要想到东方来，都必须在大西洋航海南下，沿着非洲西海岸，绕过好望角，进印度洋向东。这样一来，就必须在开普敦港补给装卸。可以想见，当年繁忙的开普敦，樯帆如林，进进出出，应该比现在马六甲海峡的新加坡还风光。

这里有古老的海关钟楼，有斑驳的漫长海堤，有停泊在水中的古帆船。时辰一到，报时古炮轰鸣，声震大洋。这里还有微型露天图书馆，想着应该是现代观念的体现。但是，眼看小小图书馆，也缭绕了历史风尘，书页里似能翻出渔船的汽笛声。

古码头那里有一处特设的铁梯，挂在堤岸石上，三折两返，最后探到海里去了。不经意间，一头肥胖的海豹，扭扭搭搭，却又十分熟稔地挤蹭着，竟然沿着那挂铁梯爬上岸来，还大模大样地再挪一段，寻好舒适的空地，就那么在众目睽睽之下，把自己的身子往地上一摊，闭了眼睛打瞌睡。这动物园里的情景，在开普敦港内轻易得见。趴在我座位旁边的小二，却惊讶得瞪大了眼睛。它按捺不住自己的好奇心，小心翼翼地走到海豹旁，伸出一只前爪触碰海豹圆滚滚的身子，海豹似乎睡得沉，不做理睬。大狗不甘心，又转到海豹的头前，用爪子拍打海豹的脑袋，好像说："嘿！醒醒啦！"

眯眼的海豹，倒趁着小二不注意，冷不防挥起了扇状的前鳍，不轻不重地招呼在狗脸上。挨了一掴的黑狗，大惊小怪地叫两声，赶紧转身逃到主人的座位下躲起来了。不远处的众多酒客，难得见到海豹和黑狗相戏，都不约而同地把硕大的啤酒杯"咚"的一声搁在粗木大桌子上，仰脸朝天，哈哈大笑。

那海豹紧接着咕蛹几下，"扑通"一声，就近翻身跃入水中。港内清亮细碎的小浪，瞬间覆没它的身影儿。海水十分洁净透明，在岸上也能透过水面清楚地看见，海豹那矫健的身躯在水下自由地前进、转弯、上下翻腾，全没了刚才在岸上时那副笨拙的样子。不一会儿，海豹又浮出了水面，露出圆溜溜的脑袋。它先吹了吹气儿，再支棱着稀疏的小胡子眨眼，好像嘲笑岸上歪着脑袋看它的那只大狗。

小二从守卫家园的看护犬，变成了我的跟班，对我的依恋越来越深，简直到了寸步不离的程度。清晨，它就在我卧室外的窗下，发出张嘴打哈欠的声音，虽不明说，却是暗示我该出门锻炼了。它也喜欢锻炼，紧伴在我的旁边，陪我在海边的薄雾中慢跑。我出去为客户做售后服务，需要一家一家地奔忙，它就趴在车里的后座上，耐心地等待着我。就算到了晚上，它也不去自己的窝里，而是趴在我的窗下守着。我怕它在窗下受凉，找了一块旧毯子铺在地上，这下子倒好，小二就更不去别的地方了。夜里，它也不像从前那样跑来跑去的，看家望门，而是竖起耳朵，听着我的响动，我在屋里偶尔咳嗽一声，它都在窗外发来询问的低鸣。

斗转星移，我已经在南非工作了八个年头。就在开普敦的这座小别墅里，我们全家又度过了一大段平凡而难忘的时光。女儿读完了大学，找到了工作，结婚成家。看着她长大成人，我开始探问，自己是不是老了？看着小二，这个疑问的答案就越发明显，它的牙已经不那么白了，走起来也没有前几年那么灵便，嘴巴周围的胡子倒是白了不少。狗远没有人耐老，尤其是大型犬。按小二的年岁推算，它少说也有相当于人类六七十岁的光景了。再照照镜子看自己，眼看过了五十岁的老脸，早已青春不再，偶添华发，实在也不比小二年轻到哪里去。我们全家，似乎已经习惯了南非这里的一切，随着年岁的增长，生活看起来也越来越平淡了。

然而，世事难料。

国内改革变化，又有大的波动。电视机市场，只留下为数不多的几个品牌，竞争更加激烈。专业技术人员一职难求。国内有好心的朋友给我透露消息，公司上层有意调我回国，参与企业大方向战略转移的策划，任企划部的头儿。朋友还告诉我："这可是个好位置，也能发挥你的才干，有好几个人都暗地里拿眼瞄着呢！到时候咱还是得先应下来。不论是从年龄还是身体方面考虑，这可是你退休前唯一的一次机会了。你还真能在南非待到老不成？女儿也结婚啦，大可放心，你们夫妇先赶紧回来……"

这个让我身心震动的消息，来得那么突然，十分紧迫。

晚上，我还是和小二一同坐在石台阶上。平时每夜里，那眼下的一片灯海，竟让我视而不见。这满脑子都是国内的事务，是啊！我可是有很长时间都没怎么想国内的事了。这才一天的工夫，过去半生的工作和生活场景，一段又一段，在脑子里陆陆续续地就又都返回来了。甚至连自己的童年往事，都不觉涌上心头。我这是怎么了？我长长地叹了一口气，抚摸着小二的脑袋，突然感觉，我和我的狗好像一下子都老了。

仍旧是十月里的一天。

我接下了返回国内任职的聘书。事情一旦确定，回国的日子就屈指可数了。妻子和我同行，来时候一家三口，回去成了两个人。一个家，在国外留下来一半。好在女儿他们也都长大，成熟稳定，我还算放心。只是看到眼前的一切，想着自己的心路历程，实在慨叹人生跌宕，归宿冥冥。而最让人不放心的就是我的小二了，看着它那日益衰老的体态，看着它对我的离去一无所知，忠顺如初，我心里十分愧疚，充满了悲哀。我不敢告诉它，自己将远离它，很可能再也不会和它在一起。我没法预料，当它知道我的决定以后，会是个什么结果。按狗的规矩，我不是一个好主人，因为，是我亲手制造了我们的分离，我也明知道，分离将让小二痛苦非凡。

可我还是走了，回到来的那个地方，回到了八年前的出发地。

小二每天与我贴身相随，要躲开它出远门也不是一件容易的事。于是，我先装成去客户那里做售后服务的样子，提上工具箱，带上女儿，把车开到一个朋友家里，下车进屋。小二照例守在车上，然后是女儿出来开车回家。小二在小女主人的陪伴下，还没意识到主人的欺骗，回到了家。我则再搭朋友的车，到了机场和妻子会合。

10

我一路上就像个见不得人的罪犯，躲避我的狗。但是，我的心里却躲不掉它的影子。我能坐飞机逃掉，能在新的工作中紧张地忙起来，能快速地在故园旧地交往了老友新知，能融入原来就熟悉的生活。但是，我的内心深处就怎么也放不下对南非开普敦、对女儿一家、对那所房子、对小二的思念。而且，这些思念并不会像通常那样，被时间冲洗得淡然。恰恰相反，日子越久，就越难割舍。最终，这埋藏在心里的思念，让我像患了慢性病一样，日益衰弱，痛苦不堪。

我在国外见过一些华侨，都患有"思乡病"。他们身在异国他乡，却终日里对故乡思念不已。相比之下，我倒是染上了完全相反的毛病。我身在家国故地，却每天苦苦思念着国外，忆念着那里的一草一木、那里的山海庭院、那里的儿女亲人，还有那只和我相伴了八年的大狗。

在隔三岔五的长途通话里，必定有我对小二的探问，女儿甚至把电话听筒放在狗耳朵旁，想让小二听听主人的声音。也许是电话里的声音有了变化，和我本人的声音不一样了。再或是它不肯原谅我的背叛，在电话里，小二不曾再给过我一声应答。女儿平时说起有关小二的话也越来越少，只是顺口应答"挺好的"，那么三两个字。我的心里好像有了莫名的胆怯，不大敢在电话里提起它。一通了电话，就刻意往别的家务事上转着话题。我小心翼翼，怕深说、细说到小二，我怕极了听到一个我经常想到的话题。然而，消息还是如期而至。

小二死了！

女儿从南非开普敦打过来长途电话，开头就先说了这四个字。她的声音在电话里显得又轻又弱，甚至听上去还有点提心吊胆，像是怕碰碎了什么脆薄的器皿。简短说完了这句话，电话那边的女儿就停了下来，沉默着，似乎在等待着我的回答。我手里拿着电话听筒，怔住了，什么也说不出来，脚下一软，瘫坐在沙发上。

我心里纷乱，感到无比虚弱。但是，不知为什么，脑子里又晃过了"意料之中"的念头。我甚至还有点惊讶于自己，怎么情绪上竟没有太大的波动，这消息怎么全没引发我在大虎死去时那样的号啕？

来了，只是几秒钟后，一种刻骨铭心的悲哀还是降临心田，漫天沉重的酸楚淹没了我。我虽然还能费力地喘息，还能活动，但是我的内心深处好像响起了一种破碎的杂音。就像损坏了的钟表勉强走动了最后那么几下，"喊里咔嚓"，又像是铁轮子碾过了大片的玻璃，声音不大，但令人牙床酸麻。我知道，自己的生命中那一段鲜活、那一段真情，伴随着我那两条大狗的逝去，将永远地消失了。

现在，小二死了！在离开它还不到半年的时间里，我的狗就永远地消失了。走时候还好好的，老像是要跟我说几句心里话的样子，这怎么说没就没了？我没法想象小二的死，它在我的印象里一直就是活蹦乱跳，一张嘴就像笑似的样子。说到死，当年面对着和大虎的生死离别，也是同样令人心碎。想着大虎和小二，它们从小到大，那些活泼快乐、生机勃勃的样子就接连不断地在脑子里翻动，没完没了。

我长长地嘘了一口气，再次拿起了电话筒，慢慢拨通了那组熟悉的号码。铃声刚刚响了两下，女儿就接起了电话，看样子，她是一直守候在电话旁，等待着要跟我说一番心里话："爸爸，现在我告诉你小二的实际情况。自从你走后，更准确地说，是它发现卧室里没有了主人、家里没有了主人的气味以后，它就不正常进食。我们去买了好吃的狗罐头、狗饼干给它，它也是勉强吃那么几口，再就趴着不动了，结果，身子瘦成了一把骨头。到了晚上，小二会在深夜里嘴巴冲天哀号，那声音真是让人心惊胆战。枯瘦衰弱的小二，一直就趴在你的窗下，不肯离开。我和丈夫特意搬到了你的主卧室里住，心里想着多陪陪它，但狗的状况还是不见有大的起色。我们抱着它去看了兽医，医生说，这狗除了年龄大点以外，浑身上下各处的脏器和肌体，还真是没见有什么病变。我们又换了一家医院，结果都差不多，医生也看不出有什么病，只是这次的医生说了一句，这狗太忧郁了。

"小二至死都趴在你的室外，歪着脑袋把一侧的耳朵搭在窗下，它好想听到主人的声响。这狗太通人性了……我……"

说着，电话里传来了女儿哽咽的声音，接着她就泣不成声了。原来还克制着自己的我，再也忍不住心里的悲伤，不由得也失声抽泣，涕泪滂沱。我们父女就在这电话两头，相隔万里，为了我们家里的一位"亲人"过世，悲从中来，"抱头"痛哭！

我彻夜难眠。

我渴望着自己的灵魂能得到救赎，我相信所有的好人都会有好的归宿，我盼望着我们平日里苦苦思念但已亡故的人，都会在另一个世界里重逢。那里阳光明媚、舒适温暖，所有的至爱亲朋都欢聚一堂。那里再也不会有痛苦和离别、悲伤和思念。

我企盼我的狗也可以复活，那曾和我们美好相伴、忠心耿耿的生灵，那让人心疼落泪，缠绕心中永不消逝的朋友，应该和我们在一起，永恒相伴。我本来知道，在很久很久以前，人带上了所有的动物，在一艘巨大的船里躲过了宇宙的劫难。那些动物里当然会有狗，一定有狗。好吧！就让我在这美好而罪恶的世界里再逛一阵子，然后再去，带着我的大虎和小二登上那艘大船。

待我死以后，让我的灵魂在复活的天地里飘荡，轻轻地呼唤："大虎、小二……"

我会倾尽自己所有的真诚和耐心，轻轻地呼唤我的朋友。我得记着，千万要忍住自己的悲伤，忍住自己的热泪，要耐心仔细地倾听……我的呼唤将随风而逝，传到它们的耳中。是的，是它们，一定是它们。它们听到了我的呼唤，来了，奔过来了，都能听到它们的脚步声和喘息声了。先到的准是小二，是小二，它的腿脚快，会先赶过来。果然是小二，上来就不由分说"吧嗒吧嗒"舔我的手,那是它温热而粗糙的舌头,舔得我手心里麻酥酥的。大虎也来了,挤过来了,它会有点不好意思,但又忍不住见到我的兴奋,就用它凉凉的鼻子尖碰了碰我的手指头。

我转过身,蹲下来搂住我的两只大狗,一边一个,冲那个崭新的天地微笑。

一个星期以后。

妻子告诉我,她与在南非的女儿通了电话,得到了两条新消息。

女儿他们利用假期,驱车上千公里,赶去威廉姆斯王城。他们还特意赶到乡下农场去,找到了伊娃,又重新领回一对罗威纳幼犬,两只小狗的名字分别叫三虎和小四。

女儿怀孕了,我的小孙孙将在过新年时来到这个世界上,和那一对罗威纳幼犬一起长大。

我尊重生命中的每一个段落,不论那其中是什么滋味,还是什么颜色。

2023 年 7 月 16 日第 5 次修改于海口

马哥山庄

对马哥的大名早有耳闻,与他相识却是不期而遇。那天,我带车去约翰内斯堡机场送人。按通常的惯例,我都会顺路到环城高速公路接近机场四公里处,在那个中国新侨开的饭店,给送别的友人饯行。

饭馆老板张杰,是上海人,也是教师出身,和我谈得拢。一来二去早已相熟,他乡遇故知般的交情。那天,我这边三个碟子两个碗,排开了桌面,正与友人推杯换盏间,张杰却进来拉我出去,一转身进了他饭店的另一个单间,侧身引荐了马哥。

"这位是马哥,这是平兄,你们聊。"

张杰好心荐友,自己又生意繁忙,说完就脚不沾地,似京剧里过场的店小二,快步来去应酬,又去前头店面忙个没完。我接了张杰的简短说辞,不大好意思,还有点初识认生,无意间冷场了几秒钟。马哥却大大方方起身离座,热情地迎上前来,伸出双手,满面笑容自我介绍:"马大地,缘分缘分。"

我赶紧握住马哥的手,一见如故,嘴里嘟囔:"叫我阿平,幸会幸会。"

先是感到自己手里握着了一双巨掌,马哥那手又大又厚,还温热实诚,让人心里顿觉托底。再抬头细看,马哥果然带劲,器宇轩昂,相貌堂堂。大高个儿,浓眉大眼,胡茬儿重,刮完了的唇上腮边,都青魆魆的,棱角分明。大嘴巴里,上下两排白森森的牙齿,像石子一样坚实。

虽说第一次见马哥,却总有似曾相识的感觉,我们之间短暂的言语交流,好像就很"上路"。当时因为送人匆忙,未及细品。后来日久天长,互相了解才知道,原来马哥和我一样,也是"老三届",还都曾是北大荒的兵团战友。我们下乡时候所在的连队,竟然相距不到二十华里。同年的知青,自然有过共同的命运,有过一段极其相似的青春历程。

虽说当时和马哥见面来去匆匆,却许下真诚的邀约,连着张杰,日后到我家里相聚。从此,在以后不长的日子里,也不知道什么原因,心中似有小爪搔挠,提醒自己不可爽约马哥,盼起和他们相聚的日子到来。

终于,和马哥、张杰得闲相聚于我在约堡北悬崖的家中。

那日过晌,天公作美,兜头集拢来几片阴云,悬在山顶近旁,几乎触手可及。一转身的工夫,雨雾就像从细眼儿的筛子里筛出来一样,洋洋洒洒,在大厅玻璃窗上,挂满了细密活泼的水珠儿。

"阴雨天,喝酒天。在兵团时候就盼这样的天气,没法下地干活儿。难得偷闲,在'部落'里约上三两个称心的弟兄,淘换一玻璃棒子烧酒,再添两把炒黄豆下酒。眼看外面烟雨茫茫,不醉不休才过瘾。"

我触景生情,眼瞅着窗外,顺口说道。

"可不,到时候怎么也弄上一瓶子当地小烧,哥儿几个往热乎乎的大炕上一委,嘴对瓶子口轮流着喝。好好歇歇身子,歇歇心,赶上小过年了。"

马哥一边往三个玻璃杯里斟上"白马"牌威士忌,一边应和我这个老战友。

异国他乡,难得相逢相知,把酒对酌,坦诚相待。马哥还是那么大方自然,酒过三巡,就把自己的身世来路,坦坦荡荡,从头说起:"初中念到三年级,眼看着再有一个月就要考高中,来了'文化大革命'。想想那个年代,好家伙,那真是……"

马哥说着摇摇头,深抿一口酒。

"整个北京简直都疯了,天天批这儿斗那儿。我那时候小,才十六,也跟着整天瞎起哄。转眼过了两年,又都被大帮哄着,上山下乡。我到了黑龙江生产建设兵团三师,这不,和平兄是一个团两个连的战友。"

马哥说到这儿,冲我再点点头,露出了会意的笑容。这让我感到亲切,瞬时就被几十年前的兵团战友情分感染。我试图在心里想象马哥年轻时候的神态,也免不了追忆自己十七岁时候在北大荒当铁匠的艰苦生涯。人这一生真是藏满了玄机,有些事比书里写的都巧妙,两个兵团战友曾近在咫尺,却不曾相识。可过了半辈子,却能在万里之遥的南非结交。看看马哥,似乎也有和我相同的感慨，再举起酒杯和我相碰，"叮"的一声，又喝了一大口酒。

"咱俩这经历，论起来真是正经八百的知青兄弟。你长我一岁，称你马哥就对了。后来怎么就到了这南非？时下都做些什么生意？"

我愿意听马哥说话，着意提问。

"嗐——纯属阴差阳错，这都该着。'文革'结束，恢复高考，我这费了九牛二虎的劲儿，考回了北京的农专。三年毕业，把我分配到了农业部下属的一家公司，一混又是八年，最后当个小干部，管点闲事。本来一天也不忙，早九晚五，优哉游哉地过日子，挺不错。谁承想啊，部里也不知哪个小子出的主意，说什么开拓国际市场，大老远跑南非这儿买了一大块地。"

"好事体呀，弄块地种种，发展农业也是正路子。"

张杰接了话茬儿。

"可不，原来大伙想的可不就是这。不过，那块地哪是小啊？两千多亩，一眼望不到边，还外带三个农庄。这么大的产业，要想重新启动，人工、水电、机械、种子、化肥……那需要多大规模的资金投入呀！再者说，把国内的钱投到非洲来，也不是农业部一家说了算，那程序可麻烦死了，走手续，光是盖公章就得三十来个，各部局衙门口儿，跑去吧你就。眼看着就是三年过去了，一应正事，还是鼓捣不起来。没办法，项目只好在那儿搁着，最后派我领着两人过来看堆儿来了。"

"马哥绝对大老板！这两千亩地的大地主，资产雄厚，这回咱们南非华人里，连那些什么台湾同胞、老侨都算上，可是没人能比得上你了。"

张杰又上来逗趣着插话。

"什么呀，土地在那里搁置着，就算上万亩也是白地，一分钱进项没有不说，国家还得往里贴钱。我呀，倒是宁肯在北京干老本行。不管怎么着，省心不是？在这儿看堆儿，就跟一北京随便什么单位里，那看大门老头儿差不多。这又隔山掉远，撇家舍业，没劲。"

马哥说着说着，言语间略显戚然。

"嗐——都不容易。咱们被人家称为'新侨'，其实，凡是从国内过来的，咱都是给国家打工。那些下海闯天下的，又有谁带了大笔的资金，跑到非洲来？还不是凭着吃苦耐劳、踏实干活来拼打天下？咱们都差不多，难哪。"

"那是。不过,难点儿也是眼下,拼他个十年八年,怎么也能比那些台胞强不是?国外还是机会多,这你不承认不行。以前,我开车在路上,经常见黑人站在路旁乞讨,现在渐渐地看见也有白人要饭了。可我就没见过一个咱们中国人,举个硬纸板,写上'I need food'(我需要食物),在那儿乞讨的。在国外奋斗的中国人,都是置之死地而后生,苦尽甘来。咱们都能干出个名堂,希望大大的。"

"来来,为咱们在南非的成功,为能赚着大钱,干杯!"

我和张杰,轮番地说些个吉祥话儿,给马哥打气儿,也鼓励自个儿。

"那是,既然出来了,就不能装孬种,得着机会可是不能放过。"

马哥是痛快人,三言两语把自己的情绪转了过来,脸上露出了笑容。

"你那里环境怎么样?"

"你要说环境,这南非真就没得说,晴天朗日,青山绿水的。人家这里绝对是原生态,空气、水、土壤、植被……真是没的说。按说农业技术,咱们国家也算是一等一的水平,现在就是两下接不上捻儿,进入不了南非条件和中国技术两下结合的良性循环。哎?我说到这儿,倒想起来,咱们也别老是替公家着急了。没用,皇上都不急,咱一个太监急个什么劲儿?是不是,人家大领导自有谋略,有安排。还是说说咱们哥们儿自个儿吧!哎?你们到我那儿看看去怎么样?去度个周末,也学学那些老白,该放松放松,该玩玩儿。"

"马哥那儿挺远哪,有什么玩儿的?"

"嗐,你不问我还真没拿它当回事。告诉你,钓鱼!我那几个山庄之间,有河流,还有湖泊、水洼,那里可是天生就有鱼。我们几个势单力薄,平时也没心思张罗。你们要是能去,咱们好好发挥发挥,把手里的家什备齐喽,到时候收获满满,就赙好儿开鱼宴吧!"

酒喝到天黑,才散席扶得醉人归。马哥和我们约定,下个礼拜五,到马哥的山庄里甩钩儿钓鱼。

可算到了周五,太阳还没到一竿子高,我们就开始为钓鱼的事儿张罗开了。张杰来电话,嘱咐我检查车辆,带好枪支渔具,约定好一起出发的时间。正说着,马哥那里也是心诚,已经打来电话催促:"启程出发了吧?把老婆孩子都带上，一个也别落下。今儿我这边宰了一只羊，到时候咱们可不光是吃鱼，咱还有 lamb chop（羊排）大大的……"马哥的一腔热情，从电话那头转过来，火辣辣的，都能冒烟儿。

其实，我自己平时也喜好钓鱼，常在闲暇时候，去约堡近郊的几处湖塘里试竿，倒也次次不空手，总有些渔获。和一般渔人相比，自认钓技尚可，而且，一应垂钓的家什也都齐全。

这天，匆匆吃过早饭，就迫不及待驾上三菱越野，带上家人，和张杰一家驱驾的英式路虎在 N1 高速公路的辅路路口会合，再合在一起南下，直奔自由省。

两台越野车，一前一后，以一百二十公里的时速，在高速公路上飞驰。南非高原上特有的苍黄萧瑟，不断迎面而来，像色泽黯淡的油画，一幅一幅活动着，等到临近了明亮宽敞的车前风挡，又"唰"的一下子，兜头闪了过去。这大片的荒野，从来无人耕耘。曾经问起过当地人，怎么就不把这广袤的土地遍种粮食？得到的回答几乎千篇一律，言说本地土著打从上古时代起就是捕猎为生，没有农业耕种的概念。而且，就算满草棵子里追着逮那些野物，似乎也能糊口，长久以来似也没经历过什么饥荒。一直到现在，也只在一些河谷地带略有少数耕地。那也都是少数白人农场主种些水果蔬菜，纯谷物粮食实在是少之又少。我甚至曾听到有银行职员一类的人说起过："我们南非有黄金和钻石，可以进口所需粮食，用不着再自己发展农业。"

这一路还未见过庄稼，从眼下到无尽天边，都是真正的原生态。远近孤零零的几棵金合欢树，细脚伶仃，默然于单调色彩中，成了太阳雨中撑开的大伞。

像这样远程的南非行车，一路上常能见到大自然里的小动物。有珍珠鸡妈妈，领着一串也同样浑身撒满了黑白花点的小鸡雏，在衰草中穿行。有饭盆大小的乌龟，胆大包天，在呼啸而过的汽车前后，脚步蹒跚地横过马路。也有猴子的近亲，那些狒狒，一个挨着一个，蹲在高速路两侧的铁护栏上，噘着狗一样的嘴巴，一边看热闹，一边伸出爪子，在自己的身上搔个不停。最让人想不到的是，走着走着，就见到那种鲜红色的蚱蜢，大如中指，遮天蔽日，在空中像暴雨一样，飘摇下落，瞬间就遮蔽了原野，占满了道路。给漆黑宽阔的高速路铺上了一层疙疙瘩瘩的红毯。越野车呼啸着，飞快地一驶而过。在车里能清楚地听见，下面车轮间一片碾碎了虫子的"噼噼啪啪"的响声，就像迸发了成串的电火花。近处被惊动的蚱蜢群，再一哄而起，像红色的旋风，缭绕漫荡，任我们的车子"噼噼啪啪"响着，在那红色天地中一穿而过。

经过百多公里的行程，我们终于驶离高速，转到乡间普通公路上。这里的普通公路，质地也同样坚实可靠，只是相比封闭的高速路要窄仄一些。不过，到了这里，车辆也相应就少多了，所以车速依旧，风驰电掣。

一片花海，斑斑驳驳，在风中涌动，一眼都看不到边。那辽阔的灿烂，令人心动，忍不住脚踩刹车，停下来迷醉赏花。所有的花，万紫千红，粉黛缤呈，就像彩色的海洋里涌动的波涛。漫天漫地的鲜花，只有一个品种，都是波斯菊，都是在我们老家被称作"扫帚梅"的一种花朵。这是在中国北方夏秋间的时令里，最普通平常的野花，动不动也成片地开放在坡下山侧、大野甸子上。但我却从未见过，波斯菊竟如此鲜活盎然地铺满大地，无边无沿。记得马哥相嘱时候说过："往我那儿去，开车下了高速公路以后，见着了让你忍不住就'停车坐爱'波斯菊的去处，那就快到我们的山庄了，两下相距不足十公里。"

我们两家人都下了车，抻胳膊伸懒腰，懒洋洋地欣赏花的海洋。我和张杰各自点着一支烟，再喝口水，顺便歇歇气。女人和年轻人兴高采烈，扑进花海里疯玩。少顷，又都戴上自己编织的花冠，怀里捧了大把的鲜花拍照。闹着笑着，呼喝不断，甚至情不自禁唱起来，原生态的花海里响着原生态的歌声。歌声并不悠扬动听，有时候拐到了高腔儿，甚至都不在调上，但却真挚奔放，热情似火。

高高的蓝天上，盘旋着几只黑白羽毛相间的大鹤。它们把一对长长的翅膀稳稳地撑开来，就像风筝那样，在高空的气流中滑翔飘荡。又像水里的神仙鱼，无声无息，缓缓地游来游去。不知道那几只大鸟是在觅食还是在寻爱，或者根本就是在懒洋洋间滑翔着，闭上眼睛，睡了一小觉。

再驱车疾进，不消十几分钟，身形高大的马哥，看样子老早就在大路旁边等候我们了，眼下正朝着来车挥手。等我们放下车窗，能清楚地听到他不断大声招呼："辛苦辛苦，欢迎欢迎！"

两下相见，很觉着亲热。虽说我还是头一次来这里，但和马哥像老朋友相隔日久，重逢一般。

马哥所居的山庄，果然气度不凡。离着主宅不下百米之遥，就有高大遮阴的苍松翠柏，像绿色穹隆一样遮蔽着南非的阳光。树木中间是呈"泥鳅背"般的黑色柏油路，直通山庄大门。大家驾车徐徐慢行，驶进了油漆斑驳的大门，把车辆都停在马哥山庄的大院子里。然后互相谦让着，站在门庭前，让马哥给介绍这典型的南非白人家庭农场的坐落结构。

这山庄高贵大气，又丰富实用。眼光扫视，能让人感受到那历经百年的风雨岁月。

院子的最高建筑，是一架风轮水车，这是南非荷兰裔比尔人（阿菲利康人）在自家庄园里建造的最典型生活设施。它利用风力，吹转金属叶片，再带动深水井铁管里的提水抽斗，把地下水抽上来，最后送到高高的铁架水塔上。有了这家什自动提供的充足清水，偌大农场里，一家人吃喝用度，一个农场里的千百头牛、羊、马、鸡、鸭、鹅、狗，牲畜家禽的饮水，近处果园菜地、鱼塘、泳池的用水就都解决了。眼下就能见到，那架略显陈旧但依然灵敏管用的水车，仍然在工作。微风吹过，水井管道里发出"咯啦啦啦"的轻响，里面的橡胶活塞正在提水。巨大的金属叶片高高举起，被午后温热的太阳照射着，不断反射出金色的光芒。高大的水车斑驳锈蚀，但骨架硬朗，像一位慈祥而健康的老爷爷，不动声色，隐去一世沧桑，微笑着欢迎远道而来的一众黄皮肤中国人。

主宅冷不丁看上去，并不华丽风光，像个缩小并简化了的城堡。古香古色又敦敦实实，趴在一道小坡的绿草地上。欧洲人无论迁徙到了哪里，都会栽花种树。哪怕在干涸与荒凉中，也一定尽力而为，维护一抹色彩。这在南非，真是见得多了。眼下的农庄主宅，门前屋后，都是不尽的花草树木。就算有些个角落，眼看着就要荒芜了，还留有以往苍翠茂盛的痕迹。原来的房主人家，看样子深爱自然，喜欢各色植物。

进到房子主厅里，让人感到高阔肃穆，有点像进了教堂里一样。脚下是大块儿砂页岩拼成的地板，赤脚走在上面，感觉温润平整，一点都不打滑儿。看着主大厅前壁左右的尽头，是对称着翻卷而上的楼梯。高高的顶棚，吊坠着巨大的水晶吊灯。丝缕阳光映在灯上，散碎着晃动不停。主大厅的窗子都距地面有些高，呈狭长拱顶的形状，其中有好几处窗子原本都镶着彩色的玻璃。也看得出来，那些窗子时隔久远，有些好看的色彩损坏了，被换上了普通透明的玻璃。

大厅侧面的起居室里，是褐色皮沙发、大壁炉、晶莹闪光的酒柜。空出来的那整面木色墙，做成了从地面一直到天棚的巨大书架。书架的木格子上面，能清楚地看见，一排排立着的，是数不过来的羊皮烫金书脊。想起来，就算在大学的阅览室里，都没见过这样高大华贵的书架。站在这样的起居室里，就像进了大考场，让人发蒙。让人觉着自己就是个小学生，站在了大学问家的面前。唯唯诺诺，小心翼翼，连大气儿都不敢喘了。

马哥笑笑说："别拘着呀！呵呵，是不有点像电影里似的？"

"可不，怎么说才是呢？合着我们都成了刘姥姥进大观园啦！这架势，真阔气，真讲究。"

我应着马哥的话说道。

马哥后来给我们介绍。这里的原主人，不仅是个很有经济实力的农场主，还是一个前白人政权的国会议员。老头儿年岁大了，又不看好曼德拉当选后的政局形势，最后撇下了这所有的家产，移民到澳大利亚和自己儿子团聚去了。马哥强调着说："他走的时候，故意留下了所有的家具、设施、工具、设备……还预言，这一切好东西，都会被折腾殆尽。我刚来时候，这里俨然就是个坐落在非洲的欧洲城堡庄园。这两年，也没人专心经管保养，好些个细致精美的东西，难免糟践喽。嗐——不管啥好东西，只要不属于私人自己所有，就没那个关心珍惜的情分啦！要这么说，老头儿多少说得有道理。"

众人在大餐厅里开饭，上车饺子下车面，马哥是北京人，请我们吃炸酱面。刚才进来农庄宅子时，记得总是能闻见一股子老外常年使用香水、香料而残余的香气儿。现在马哥在电气灶上一阵子忙活，葱、姜、蒜、肉丁、花生油、干黄酱先后下锅。"吱吱啦啦"连连响起炝锅的声音，随即香味缭绕扑鼻。再加上青蒜、香菜、黄瓜丝，故国家乡的气味儿亲切而又熟悉，一下子把所有人都罩在欣喜快乐之中。有意无意间，把庄园里前主人残存的那点气味，一股脑儿地就都给遮盖过去了。

且将他乡作故乡，满桌子的气味和滋味是正宗地道、纯中国式的。酒也地道，马哥老家的酒，北京二锅头。我们把中国酒斟进盛白兰地的玻璃杯中，酒和玻璃一个色儿，晶莹剔透。大家高擎老外杯中的家乡酒，为健康，为相聚的缘分，为中国和南非，干杯！

酒足饭饱之余，众人头脑熏然，兴奋莫名，纷纷向马哥请求钓战。我和张杰故意可嗓子嚷着，互相不服，当场立军令状。天黑之前，计数各自的渔获，然后，"梁山泊英雄排座次"，由渔获相对少的一方，晚餐上灶烹鱼。渔获优胜者，自可做大爷闲待，一心只待享受就行。

屋里众人正说着争着，却见一个白人少年，有十二三岁的样子，在门口冲马哥摆手。马哥见了，起身快步出去，从那少年手中接过了一只铁罐子，还顺手掏出一张二十兰特的纸币付给人家。那鼻梁上长了雀斑的白人少年，接过马哥递过去的钞票，脸上露出了灿烂的微笑，转身骑着自行车走了。马哥转身进了屋，举了举手里的铁罐子说："小詹姆斯给咱们送来了鱼饵，看看这南非的蚯蚓，这个头儿大不？"

大家于是又抢着往铁罐子里细瞧，南非的蚯蚓果然身量惊人，个个都比筷子粗长，还生猛壮实。它们在罐子里搅扭着缠成一团，有几条有想法的，竟然都像小蛇一样，蠕动着，爬到罐子的边上来了。

听从马哥号令，将我们分作两组。张杰一拨人，去农庄东侧的水塘里钓鲤鱼。我这一家人，被分到农庄后身的小河。马哥说："别看那小河，宽不过三十米。里边的鱼可是不少，个头又大，弄不好今儿你发了。"

"得谢谢马哥着意安排，今儿我不获全胜绝不收兵。"

我笑嘻嘻地和马哥调侃。

大家急不可待，分兵两路，进入战斗岗位。我正打算收拾渔具，马哥却摆手阻止，示意不必携带那些通常的渔具。他转身领着我们一行人，绕过农庄的后身儿，空手走了几十米，登上了小河的堤岸。

南非土地上，河流向来不多。但只要是能称其为江河湖泊的水域，大都水量充沛、水质优良。眼前这条小河，清澈湍急，"哗哗"响着，奔腾而下。脚下是一处土崖，距水面有三米高，对岸是一些浸在河水中的毛柳，再上游能见到金黄的沙滩。

一转眼的工夫，那个叫詹姆斯的白人男孩儿也不知从哪儿赶过来，又露了面，径直转到了马哥身边。他的身后还背了一个大双挎包，他一边和马哥三言两语地聊着，一边就地卸下挎包，拉开包上的拉链，从里边源源不断地拽出了一条长长的尼龙挂网。马哥笑了笑，冲着我说："让张杰他们玩鱼钩，钓鲤鱼。咱们在这边下网，看能不能打些个白鱼。都说这鱼又大又多，我还真没试过。今天咱们亮亮手艺，给它来个一网打尽。"说着就开始低头整理那挂渔网。

哟呵，我被燃起了兴奋，原来马哥不让带哪些鱼钩儿鱼竿，是为了下网打鱼，这可是来得过瘾。那钓鱼得需耐心劲儿，一条一条往上钓。眼下这么大的网，简直能横拦小河。这河里如果真有鱼，今儿还不发了？

我历来认为自己水性不错，面对这不起眼儿的小河，自然不大在意。眼看着这是往河里下挂网，总得有人下水，自己应该当仁不让。于是，回头看看家人，三把两把就脱得只剩了裤头，准备着牵起网缰的一头，下水网鱼。马哥把钓鱼改了网鱼，可我们又都没有经验，只能照葫芦画瓢，先是顺着河水，依岸拉网，固定好了渔网，上来高崖上静候。结果，半个钟头过去了，拉上网来，竟空空如也。

我回想起来，隐约还记得，小时候那些使挂网的，在江河中应该是垂直于流水而设，那样才会有鱼撞网，因为鱼都是逆水而行。像现在这样依岸顺着下网，鱼都一游而过，自然网它们不着，得改变网拦阻的方向，让网和河水十字相交才行。旁边的小詹姆斯，见我比画着说下网的方式，也连连点头。

可是这样一来，就必须有人把网缰的一头，横着拉到小河的对面去。于是，我便让马哥扯紧了这一头网缰。自己把另一头网缰的绳子头儿三把两把捆在腰间，一个猛子，扎进河水，挥动着双臂，快速横渡小河。

刚才站在河边忙活，只是觉着河水很有些凉。现在全身猛然入水，才知道，原来这河水竟像刚融化的雪水一样，冰凉刺骨。没入水中的身子，像突然有万千钢针来刺，一下子让人全身发麻，连脑袋也疼得"吱儿吱儿"直响。还没半分钟的工夫，这胳膊、腿儿就都被冻得僵硬，不大听使唤了。

河水的流速，也比我想象的要快得多。在河中间游泳，浮上来换气摆头时，我向岸上甩了一眼，发现自己瞬间已经被激流向下游冲出了三五十米都不止。低温而快速流淌的河水，裹挟着自己，不容分说，飞流直下。这让我始料不及，在河中心惊胆战。紧接着，我又感觉到有什么东西，"砰砰砰"

地不断撞在身后越来越沉重的网上。腰上的绳子越拉越紧,恨不把我拽回到下河起始的位置。我拼力前行,艰难地认准了对岸的目的地。

好在河面终究没有多宽,眼见着,我就到了对岸的毛柳丛中。按通常的惯例,这里应该是水浅的地儿,我可以在这里立着身子,站起来了。可是,真等我起身一站,脚下竟没探到底!眼看着自己刚竖起来的身子,"咕咚"一下,滑向了冰冷湍急的深渊。

我的心里一沉,猜定这是遇到了水下深潭了。湍急的水流,有时候会在河床中形成特殊的漩涡,漩涡旋转着河水,日久天长,在本来浅显的近岸处,打出一个坛子状的深水凹陷。我想,自己好像是被这个"坛子"给困住了。我在心里告诫自己,千万不要慌,眼下不能靠岸,要翻身往河的中间游,逃出这个要命的深水潭。

我一直屏住呼吸折腾,眼看着气儿就不够用了,觉着越来越憋得慌。我能感到自己的肺,眼看就要像吹过了头的气球一样爆了。我侧身朝向来时的方向使劲蹬腿,划动双臂。但是,身体却被腰上捆绑的网绳拖住了,直往下坠。拉扯我的这股力量,和我自己往上运动的力量相互抵消了。我就像一个被拴住了的风筝一样,悬在空中,不能上也不能下。

我本能地头朝下潜在水中,俯身去解拴在腰间的绳结,可是,绳结湿滑,手又僵硬发抖,一时根本解不开。总有那么十几秒钟的工夫,我在水下苦苦挣扎,却丝毫不能改变自己危险的处境。我终于精疲力竭,身子发软,一点力气也没有了。一瞬间,心里想到了死,看来我这是给自己判了一个水下绞刑。我已经吞下了两大口冰凉冰凉的河水,这样一来,身子里外的水,更压迫我的肺。现在,只剩下神志还是清醒的。

突然,我感觉到一只手臂从腋下插进来,然后就用力往上拉我。瞬间,我就赶紧借着这个力量,再次振作起来,拼死挣扎向上。抬头能见到有一片明亮,我知道,那就是水面了。获救的希望鼓励了我,再尽全力往上浮,终于"哗啦"一下,上半截身子从水下冲了出来。我大口大口地呼吸,嗓子里发出死去活来的啸音。鼻子嘴里残剩的水珠儿,随着不可控制的呼吸被呛进了气管里,我剧烈地咳起来。

一回头,见马哥就随在身后的河水中,正放开托举我的那条手臂。细看才知道,他竟连衣服都没脱,就跳进了小河中。刚才正是他救命搭了我一把,要不真正的老命就留在南非这不知名的小河里啦！我来不及向马哥表示谢意，在水中快速转身，挥动双臂，拼了命游到水边，一头栽在岸边，瘫软如泥。迷迷糊糊间，就听老婆女儿已经连哭带埋怨，乱成一团。我长长地出了一口气，睁开眼睛，感觉腰间的网缰还在一抻一抻地抖动，不由得就说出口："可谢谢马哥救命！这网上有鱼呀！还净是大个儿的。"

老婆又气又恨，嗔怪道："真是不知死活，这都什么时候了？还惦着几条破鱼！平时没见你这么财迷呀？"

能听到马哥剧烈的呼吸声儿，还有他厚重的笑声。

说起来，这网里还真不是就几条"破鱼"。马哥脱了湿衣服，过来帮我解开腰上的绳子。我们俩一起，奋力把这片长长的挂网拖上了高高的崖岸，网上几十条肘臂般长大的鱼，"扑扑棱棱"，正在崖岸的草地上连蹦带跳，垂死挣扎。这是我没见过的一种淡水鱼，身宽体长，细整的鱼鳞，在太阳下映出碎银般的光泽。

仔细数了数，一共是五十六条。也不知道这叫什么鱼，都肉墩墩的，浑身上下，鳞甲颜色洁白，眼珠儿乌黑，正撮起圆嘴巴，费劲儿地一张一合。所有的鱼都一般大，足有三四斤的分量。我们都不认识这种南非淡水鱼，顺嘴就叫这网上来的鱼为"白鱼"。大家很快就忘了渔人刚刚经历的风险，高高兴兴地把这么多的"白鱼"一一都从网丝上面摘下来，放到塑料箱子里。

白人小孩詹姆斯，也跟着忙活，他说："从前见过这种鱼，但从来没见过这么多。"

马哥顺手挑了几条鱼，用细长的蒲草穿了鱼鳃，送给詹姆斯，示意他拿回家做了吃。却见小詹姆斯摇了摇头，皱着眉浅笑，露出无奈的神情。仔细打听之下，才知道，詹姆斯他们白人，不是不喜欢吃鱼，只是他们不会烹饪，不知道怎么能把淡水鱼烧来吃。通常南非人，不论黑人白人，都是吃海鱼，而且，都是只吃那些大鱼身上最厚实的那段鱼排，把那没刺的鱼排，在锅里用油炸熟食用。碰到眼下这种刺多的淡水鱼，他们就不知道如何下手，才能烹饪成菜肴了。马哥想了想，就招呼着小詹姆斯说："干脆，你就跟着我们来，今儿就教教你，看什么是红烧大白鱼得啦！"

网到的鱼实在太多，随行者每人三两条提着，剩余还有三十多条，都被马哥把那盛鱼的塑料篮子穿了粗绳，又找了一截子树干，由我们两个人抬着往回走，好在回农庄的路倒是近。

我和白人少年詹姆斯说起："你的挂网很管用，网了这么多的大鱼。等下跟我们到庄园里去，等我们做好了红烧鱼，你也跟着品尝品尝。再让马哥给你打包两条，你可以拿回家去，给家人吃。"

小詹姆斯点头微笑，一笑鼻梁上的雀斑好像都"毕毕剥剥"地跳了起来。他说："这挂网还是爷爷活着的时候编织的，爷爷已经过世好几年了，这网就静静地挂在家中房子的角落里，没想到这东西这么管用。"

我咧了咧嘴，做了个鬼脸，警告孩子："管用是管用，也很危险，你人小势单，可不要自己单独在河里使用这挂网。你也看见了，刚才要不是马哥跳下水去搭救，我的命就差点给了那条小河了。"

我们凯旋的小队快接近农庄的时候，就听见张杰他们那边，"砰砰"传来两声枪响，接着就是人们嘻嘻哈哈嚷成一团："打中啦！打中啦！"

张杰不仅是个饭店老板，还是个枪手，就喜欢摆弄各种枪支火器。据我所知，他自从到了南非，可是遂了心愿。因为在这里，居民都可以随便购买枪支。他很快就买枪在手，无论到了哪儿，不管什么时候，腰里都别着一支维克多牌的自动手枪。他经常到靶场里去练枪，进行实弹射击，不断提高自己的枪法准头。还时常约上另外的枪友，一同出猎，到南非的那些猎场去围猎跳羚一类的野物。眼下一定是这家伙，耐不住垂钓的闲寂，又甩手出枪，击中什么猎物了吧？

天色大早，我们两拨人马已经汇聚农庄。张杰他们一组钓了十几尾斤把重的鲤鱼，这跟我们的战果比起来，实在是小巫见大巫。但是，人家也有亮眼的成果，就见张杰的女婿甩手把两只肥大的水鸡丢在地上。张杰拍拍腰间的手枪，吹嘘道："怎么样？少说也有五十米，隔着水面，枪响鸡落。"

"厉害厉害，手枪打鸟，赶上狙击手了。好好，这回咱们鱼宴加码，改鸡鱼双宴了。"

马哥接话凑趣，大伙其乐融融。

我们事先就相互叮嘱，对我在小河水中历险的事绝口不提。一是为不给大家本来就很好的心境添乱，再者这也不是什么值得炫耀的光荣，一个半大老头子，说起来有点丢人呢。

马哥山庄

眼看我们这边，圆墩墩的大白鱼浸满了一水池。张杰惊叫："嚯——渔业大丰收啦！"

说着就扎上围裙，到厨房里主动担任大厨，说要为我们大家做一顿"节日版"的晚餐。有人夸奖他，猎杀水鸡有功，愿意给他打下手。闹腾来闹腾去，所有的人，包括外来的小詹姆斯都上手相助，所有的人都参与其中，一起为晚餐忙活起来。

清蒸、红焖、干炸、熘鱼段儿、熘鱼片儿、剁椒鱼头……外加一个大盘鸡。十来口人在农庄的大餐厅里，尽情吃鱼。小詹姆斯被挽留下来，和我们一道会餐。

天还早早的，年轻人们说是要看电视里的有奖猜答活动，和我们几个半大老头商量："几位长辈，你们这酒喝得有点磨叽，没完没了。咱商量商量，看能不能挪个地方，到别的房间里去继续，要不然，这边影响听力，影响中大奖。"

女人们都站在年轻人一边，话说得就更不见外，似火上浇油："可不，弄个酒喝起来没完。那东西又辣又苦，也不知道有个什么喝头。咱都最好别打扰孩子们高兴，挪一边去吧，听人劝吃饱饭，行不？"

我和马哥、张杰三个，一对眼神，只好选择投降服从。几个半大老头，把残酒剩席稍做收拾，收兵回营，转移阵地。

我们把"营"选在了外面，农庄近水塘的那棵大橡树下。

我这次带来了一顶七人帐篷，那是真正的南非军用品，质量上乘，防风防水。现在，我们动手把帐篷撑了起来，把它的六角铁链用铁扦牢牢地钉进地里。

小詹姆斯在一旁跳来跳去，帮着忙活，他不去看电视，倒愿意跟着我们几个老头儿凑热闹。他还按照马哥的嘱咐，熟练地在帐篷前生起了篝火。帐篷内顶上挂了马灯，地下铺好吹起的气垫。我们先是在篝火上烧烤几条大白鱼，还有一只水鸡。等到油汪汪的鸡鱼冒出了香气，大家就搬到帐篷里面席地而坐，借新热的佳肴再续杯，慢斟酌饮。

张杰是我们三个人中英语最好的，他本来就是上海师范大学外语系英国语言文学专业的毕业生。今天喝酒，他不觉就说起了自己流落南非的来龙去脉："毕业第三年上，我厌烦了在中学里教英语的日子。那时候中国和南非还未建立正式的外交关系，有一些上海个体商户，认为这是打开非洲贸易的好机会，就迅速组织了服装、鞋帽、小型家电等一批货源，打算进军南非。他们缺外语人员，我正好赶上机会，就挤上了这班车。

"那个时候是真难啊！要知道，那年头只有先到莱索托王国，然后才能再想法越过边界，来到南非。算我们倒霉，在莱索托还没站稳脚跟，就赶上了那里的政变。满街上枪声不断，子弹横飞。大家只好藏身到地下室里，也不知道何时才能安顿下来。社会混乱，吃的食物成了比黄金还贵重的商品。我联系两个同乡，淘换到几袋中国进口到这个黑人王国的面粉。我们再想办法自己做蒸笼，蒸馒头卖。用当地人的话说，能在危难时候买到中国面包。真是因祸得福，等战乱过去，我们成了熟手，开始练摊儿卖馒头包子。因为攒足了名气，比开店可赚钱多啦。那时候见天朝大街上一喊，'包子馒头嗨！'不管是老黑老白，还是印地人，都涌过来举起钞票抢购我们的货，我可知道啥是品牌效应。到了晚上，哥儿几个就剩数钱了。"

张杰说起当初的遭遇，不由得兴奋，两眼都直放光。

"不过，莱索托终究还是莱索托，挺小一个山国，再怎么也发展不大，没后劲。几个共患难的朋友商量着，还是得赶到南非去，人家那才叫非洲最大经济体是不？我们动了越境来南非的心思，开始做各种准备。花钱呗，两边都得打点。那里面的折腾麻烦和危险就不用说了。三年了，终于来到了南非，算起来从我离开上海到落脚南非，竟然用了三年的时间。到这里以后，又苦干了两年，去年这才把我老婆接过来，开了那么个饭店，算是双脚落了地。还是你们好啊，平兄迁厂，马哥看庄园，多省心。"

张杰说完，深深地叹了口气。

"嗐，我这儿好什么？来玩玩行，要说赚钱，可就远远不及你了。你那饭店多好，来钱快，又走现金，多实惠。说实话连自己家饭钱都省了。"

马哥夸张杰，让他宽心。

说着话，天色渐晚。非洲大地上，显得更加空旷。除了不远处农庄里的灯火，透着些许的活气，周边见不到人迹，也没有鸡鸣犬吠。倒是近处的水塘，泛着粼粼波光，有鼓噪般的蛙鸣不断地传来。

小詹姆斯瞪着一对灰色的大眼睛，一本正经地听我们聊天。张杰用英语问他："你能听懂我说了什么吗？"

"听不懂,但是我能猜出来,你是在说你从中国来到南非的经历。"詹姆斯回答。

"哈,这小子神啦!"马哥伸出大拇指赞道,然后冲男孩点了点头说,"行啦,这回干脆说说你吧,认识你都快半年了,只是知道你叫詹姆斯,还不知道你的家庭情况呢。"

小詹姆斯有点发窘,小脸也有点发红,小声嘟囔:"我这有什么可说的?"

"说你家。"

"我家,嗯,我家就在翻过小山的那边,那里有个废卡车,爸爸把它稍微修理了一下,弄些木板挡一挡,那就是我们的家。我和爸爸,还有哥哥,就在那里生活。"

"那你妈呢?"

"妈妈走了,有两年了,和爸爸吵架,哭着走了,再也没回来。爸爸喝酒,他喝的酒和你们喝的酒不一样,是威士忌。爸爸是个木工,但是好几年都没有工作了。"

帐篷里一时静寂下来,原来自在、随意、放松的气氛不觉之间变得沉闷、压抑起来。过了一会儿,小詹姆斯无意间轻轻叹了一口气,犹豫着站起身来,和我们告辞,说回去太晚爸爸会惦记的。

马哥说:"我去送你,给你盛了两条红焖鱼,都用搪瓷罐装好了。"

我和张杰在帐篷里能清楚地听见,马哥和小詹姆斯挥手告别打招呼的声音,还有小男孩的自行车轮子碾压在沙石路面上,发出的"沙沙"响声。张杰长长地叹道:"怎么着也比我当年强,人家再难,还是在自己的国家里呀!"

我们的酒喝得绵长连贯,像一条不断的水流。马哥说:"这要是在北京,咱们喝的这就叫'线儿酒'啦!"

线儿酒?有意思,是说酒被不断地倒出来,量却不大,就像一根细细的线儿,斟在杯中,让人浅酌慢饮,酒意绵绵。

起风了,帐篷抖了抖,像刚升起的船帆,发出"啪啦啪啦"的响声。透过不大的塑胶小门,看到外面,天已经黑得深透,没有一点星光月色。偶尔一道闪电划破长空,在无边无尽的黑暗中抽开了一道耀眼的口子。闷雷激荡,轰然作响，像似有好多大铁球接连滚过了深壑的隧道。

　　骤雨不期而至，和几处风头搅和在一起，匆忙而又混乱，不断地扫在帐篷上，像无数面小军鼓被突然敲响，轰然不断。强烈的风雨声中，能隐隐约约听见农庄那边女人们惊慌的召唤："……快回来吧！……可别浇着受了凉……"

　　头顶的马灯灯光显得微弱昏暗，我们三个人相互瞧瞧，看上去都面目阴暗，狰狞似鬼。几个半大老头儿，同时咧嘴，露出森森白牙，恶笑无声。就不回去，坚决不回去！难得在这南非高原上的暴风雨之夜，做一回"且将他乡作故乡"的醉客。

　　其实，我们都没醉，只是将"线儿酒"细细地品，天南地北慢慢地聊，享受一番难得的随意与旷达。

　　黎明将近，风停雨歇，万籁俱寂，天变，人不变，不知此时身在何处。

　　早饭后，再小憩补了一觉。天将午，我们向马哥告别，登车启程。两辆越野车都散发着一股子鱼腥味儿，一前一后排在乡间公路上。马哥大声嘱咐："下次赶上新年，早来晚走，多玩几天。"

　　众人齐唤马哥，找机会就上来约堡，再见相逢。

　　车轮滚动，扬起了轻微的尘土，车辆徐徐远行。马哥的身影越来越小，在土岗上挥手。突然，张杰停下了他的车子，从摇下的车窗里探出上半身，神情庄重地擎起他心爱的手枪，像施行什么宗教仪式，朝天连射两枪。枪声欢快地在空气中划过，在远处不断激荡。张杰收起枪。伸出手臂，向马哥农庄的方向指了指，再笑着指指自己的耳朵。这家伙，用他特殊的方式，在向马哥告别。

2023年1月8日于三亚初稿
2023年2月21日修改
2023年8月2日定稿

迷路川斯凯

搬到开普敦的第二年，赶上挚友的孩子在约堡结婚。我们夫妇和女儿，一家三口，收到正式的邀请，驾一台奔驰 E200，起大早出行，沿着 N1 高速公路，直驱约翰内斯堡，出席婚礼。这趟行程，少说也有一千六百多公里，三人轮流驾车，轮空的人就眯着眼似睡非睡地歇上一气。当天前半夜，我们到达约堡的目的地，创下了驾车家庭式日行程的纪录。

婚礼盛大，宾客如织。挚友真心挽留，又在约堡盘桓两日。突然接到开普敦方面急电，说有进口货柜的商务事宜须接洽定夺。妻子一直经营着这些进口业务，须抓紧时间返回开普敦。她当下就得赶往机场，搭最早的航班往回返。接下来我们只好兵分两路，由我把车从约堡开回家。女儿很懂事，说爸这趟车程太远，应该让她留下陪伴，也好在一路上相互有个照应，以策平安。

送别了家人，我们父女再拜别了挚友和一对新人，略做准备，也就驾车启程。

出了约堡，我就和女儿商量。如果顺 N1 高速公路南下，经布隆方丹，直接奔开普敦，这路十分熟悉，来去几十次，没什么新鲜感。选择绕走东伦敦，道路也熟，当年在那里工作时候，也没少驾车往返其间。我再思索了一下，出主意说："除了上面的两条道路，咱们能否再选一条新路，返回开普敦？也算再熟悉些南非，找点探索闯荡的感觉。"

女儿笑了笑说："老爸年过半百，竟还有如此少年心境，实在难得，小女当然没意见啦！"

她半开玩笑地说完，就展开地图，和我商量着，选了一条北上，再东进，最后南下的路线。我们心想着，先奔海岸，再走德班、东伦敦、伊丽莎白……最后顺着 N2 高速公路上的花园大道，就回到开普敦了。这个旅行方案看上去不错，除了开头有一段向北的绕行，剩下的路程都是沿着印度洋海岸前行。近海的风光应该美妙有趣，而且重要的是，沿海城乡大都经济发达、人文进步，也应该安全。

我们不打算像来时那样赶，如果能一天走完七百多公里的行程，今天晚间就能赶到伊丽莎白的酒店入住。然后，第二天再继续赶路，走完剩下的路程。这样，在两天之内，我们就能轻轻松松地回到家了。

一切似乎都在把握之中，心情好，天气好，道路也好。奔驰车宽厚稳重地趴在地上，飞速前进。车引擎轻轻地哼唱，像是活泼快乐而又漫不经心的年轻人。汽车的风挡玻璃奋力地劈开前方的空间，眨眼之时，就把沿途所见的蓝天白云、绿色植被"唰唰唰"地都甩到后边去了。

车行两个小时以后，我们遇到了一处私人植物园。在南非，这种类型的动植物私人园林随处可见。它们的主人大都是热爱大自然、主张保护环境的"绿党"人士。这些人都有敬畏之心，生活朴素，平时待人也真挚热情、彬彬有礼。我们父女停车落座，一边淡饮一杯红茶，吃了几个甜甜圈儿，一边举目观赏参天蔽日的非洲草木，略做休息。须臾，就再登程继续前行。

年轻人不能起早，女儿眼看着就打哈欠，有了睡意。我嘱咐她放下座椅靠背，好好补一觉。待老爸顶上一阵子，到时候需要换手，再唤醒女儿。

地势有了一些起伏，车子顺着公路，冲上一个坡顶，这里视野辽阔，方圆几十公里的天地尽收眼底。南非高原上，广袤苍翠，空荡静谧，还透着一派旷古的荒凉。待车子飞驰着，再降下了谷底，人的视线也跟着就折回了近处，荒草萋萋，怪石嶙峋。偶尔能见到小群的非洲跳羚，在路旁不远处一闪而过，像贴着地皮儿飞。路边湍急的小溪，泛起白色的浪花，激荡一段，就又水平如镜，不动声色地缓缓流淌。于是，就有狒狒跳过去，趴在溪边喝水。

南非的国有道路，常常修筑得笔直不尽。开车几十公里过去，驾驶时候手脚的姿势，几乎都没有什么变化。这样行车，有时候让人感到，世间万物好像都静止了下来，一动不动。可再仔细品味，才知道，从自己驾驭着耸动的快车，到眼前变幻的斑斓色彩，再到车窗外偶尔晃过的一片飘零落叶。这一切又分明告诉我，世界在暗中充满生机，大自然里的一切，都在搏动不已，连看不见的空气都鼓荡缭绕不停。

转过两个岔道,也没怎么在意。慢慢地感觉有点异样,怎么远处的山坡,看上去显得越来越荒凉贫瘠,植被稀疏,山岩裸露,简直就像掉了毛儿的老兽。就算近处的平地原野,也全不见丰茂的花草和遮天成荫的树木,倒是能见泥巴茅草搭建的圆形土屋,零星相依,远近横在萧瑟赤裸的红色坡地上。

有点令人担忧的,是下面的道路。也不知道什么时候,黑白相间、平实粗糙的标准柏油国道,变得老旧残破。一段柏油路面,上面时常就出现大小不一的坑洞。再接续的又可能是一段沙石路面,宽宽窄窄,甚至汪上几洼泥水。奔驰车似乎不服气,在路况很差的路面上保持着快速前进,车轮时而跳荡起来,发出"砰砰"的响声。我感觉不安,赶紧收油门,再想着去移动脚掌点刹车踏板。但是,在如此高速的行驶中,这一连串的本能反应显然已经来不及了。

说时迟那时快,在不到一秒钟的时间里,车子左侧的前后轮子,先后落进了旧柏油路上面的两个坑洞里。随着"咕咚咕咚"两声巨响,车子明显地歪到一边。我死命地握住方向盘,踩住刹车,在车子平地打转的时候尽量稳住车身。

谢天谢地!车子总算没有翻身,我在车里被安全带勒得几乎喘不上来气,但最后终于稳住了。女儿惊醒过来,瞪着眼睛,显得十分慌乱。我赶紧安慰她:"别怕别怕,是我没看清道路,掉进路坑里去了。"

我们俩下了车,仔细看了看,不由得惊叹着长出了口气。车子像跛脚的白鸭一样,歪在道路中间。情况有点复杂,好的一方面是奔驰车的品质没得说,如此地动山摇般折腾,车子竟没受到什么大的损坏。转动钥匙发动一下,车子"秃噜"一声,仍旧能照常点火发动。再看几块仪表,油、水、电还都正常。坏的一方面,也是眼下最触目惊心的大问题,就是两只轮胎。左边一侧的前后两只轮胎,都在剧烈的撞击下爆胎了。尤其是前边的那只轮胎,眼看就被扯开了一道大口子,像一条厚重的黑色破布挂在轮毂上。我和女儿面面相觑,无可奈何。

一转眼的工夫,也不知道从哪里跑出来那么多的黑孩子,大的十来岁,小的三五岁,有的大孩子还背着小弟弟小妹妹。他们连蹦带跳,叽叽喳喳地议论着,挤在我们的车子周围看热闹。我正俯下身子拆卸那只左前轮胎,打算用车后备厢里的备胎替换它。突然到来的孩子们,让我有点烦,就抬起头来，不拿好脸色瞥了他们一眼。不想，自己的举动，却引起了一片笑声。孩子的笑声稚嫩而又真实，像一串又一串脆响的小铃铛，还带着强烈的感染力，把身边的女儿也逗笑了。我自己也不由得咧嘴笑了笑，"嘿嘿"。结果，这一笑惹得孩子们的笑声更热烈起来，像近海岸扬起了一片小浪花，"哗哗哗"，透着无比的开心。女儿一边也笑，一边掏出手帕，帮我擦掉脸上蹭的两大块黑油泥。可脸上的油泥似乎不那么容易消退，只是色泽稍许淡了一些，自己也就仍然做着孩子们的滑稽人儿。我知道了孩子们笑的原因，想想自己刚才的傻样子，也不由得哈哈大笑，接着朝孩子们做了个鬼脸儿，就再低头干自己的活儿。

读大三的女儿是年轻人，和那些黑孩子是天然的一代，没一会儿，他们就聊起来了。最后，她还拿出来车里的几袋薯片零食，分着和那些孩子一起吃，和人家似乎成了朋友。

备胎只有一只，就算换上了左前轮，再加上左后边那只瘪了大半的轮胎，整个车子也只有三又四分之一的轮胎可以工作，车子能勉强往前慢慢地挪蹭。即使如此，女儿还是力主我往前开行，她自己在车子旁边跟着走。就这样勉强凑合着走了一公里多，赶到了一处小土坡上。那里挨着一片小树林，终于能有点阴凉遮蔽越来越强烈的阳光了。结果，那只本来就缺气大半的后轮胎，也终于"嗞——"的一声哀叹，彻底瘪了下来。

我们父女被困在了这前不着村、后不着店的荒野上。我问女儿，这是哪里？女儿翻了翻手中的地图，认定了自己的判断，然后长长地叹了一口气，把我们面临的实情告诉我："老爸，刚才我在车上睡觉时，你走错了路。你提前向南转弯了。我们现在南非'黑人家园'之一的川斯凯（Transkei）境内，这里是正儿八经的黑人领域。"

我曾经在另一个"黑人家园"西斯凯（Ciskei）工作过，在那里的顶巴萨工业区里建立了工厂。知道那是南非的黑人区，白人当政时候，曾经给予那里独立国家的地位，但又不被国际社会认可。那时候就知道，和西斯凯（Ciskei）类似的另一个黑人家园，就是川斯凯。联想起在西斯凯时遇见过的各种困难，心下不觉就多出了几分担忧。而且，眼下人生地不熟，位置偏远。让女儿给保险公司打电话，通话竟时断时续，细看手机，上面显示着这里的信号很弱，若有若无。我的心禁不住就又增加了一些紧张和焦虑。

黑人区里，来往的车辆很少。几乎隔了近半个小时，才远远地见一辆皮卡车慢腾腾地顺着公路开了过来。到了跟前，看得出来车破旧，简直有点歪歪扭扭。皮卡后身的车厢里坐满了人，当然无一例外都是黑人。而且，据我所知，本地黑人都是"科萨"人，是曼德拉的老乡。我一时不知如何是好，竟忘了向来车求助。

可眼见着皮卡车到了我们的跟前，却主动停了下来。从副驾驶的位置上下来一个人，他笑了笑，非常和善地问："出什么情况了？需要帮忙吗？"

我把自己的情况说了一番，两手一摊，表示十分为难。来人走到我们车子的近旁，认真查看，甚至还用手拍了拍那只瘪轮胎。这时候，我有机会把这一车黑人打量一番。车里车外，一辆小小的破旧皮卡车后厢里面，怎么着也是挤了十来个人。露天车厢里的人，只能手把车厢沿儿，在里面拥挤地站着。不过，所有的黑人都穿戴得干干净净，脸上挂着微笑，还点头向我们致意，显得很有礼貌。一问才知道，原来他们是二十公里以外一个村子里的基督徒，今天星期日，赶过来去前面小镇里的教堂做礼拜。

那个从副驾驶位置上下来的人，是他们的召集人。这位和善的中年人，自我介绍，说他是丹尼尔，他帮我们出主意："前面三公里就是我们今天要去的小镇，那里的教堂对面，有一家汽车修理作坊，应该能补好你的轮胎。"

我想到今天是星期日，于是问道："今天作坊里能开工吗？"

"开汽车修理作坊的杰恩，家就住在镇里，我们都是朋友，帮人帮到底，我们得想办法，去他家里找到他，帮你们修好轮胎。"

接下来是我为难了，卸下损坏的轮胎，装在丹尼尔的皮卡车上，拉到小镇去，找杰恩帮忙补胎。那么，我们父女俩，谁跟着去小镇修车胎，谁又留下来守着不能动弹的奔驰？让女儿跟着这一车黑人，离开我孤零零一个人去办事，我想想，这心都提搂到嗓子眼儿，实在放不下。但是，如果我去小镇里办事，让女儿留下来看车，在这空旷荒凉的川斯凯原野，想想更不放心。心慌意乱，拿不定主意，不知说什么好。旁边的丹尼尔却没想那么多，就见他吩咐着，先着人熟练地拆卸下了左后轮，装上了皮卡车，然后礼貌地探手请女儿上车，坐到副驾驶的座位上去。他倒替我决定，女儿去小镇里修轮胎，爸爸坚持在这里看好车子，等待修好的轮胎。

思来想去，不知如何是好。万般无奈，我竟昏头昏脑地同意了丹尼尔的意见，心悬空吊着，和女儿拉手再见。也许我的心情流露出来，让丹尼尔感到意外，他又和善地笑了。也许在他看来，我的担心是多余的。

　　我孤零零地站在树荫下，摘肝掏肺地惦记着和一帮黑人同行的女儿，感到自己空虚衰弱得不行，几乎要瘫坐在地上。好在这时候的电话信号倒是清楚了许多，我和女儿两个的手机尚且通话良好。我就不断声地和女儿通电话，详细了解她办事的经过。时间变得懒惰异常，一丝一毫地往前挪。太阳还是那么大，当头上挂着，不温不火，一点也不见有往西边挪动的意思。探身往大道上小镇的方向瞭望，连个车辆的影子也不见。辽阔无边的川斯凯，寂然无声，一丝风都没有。看看被千斤顶支在路边的奔驰车，就不由得回想起刚刚发生的事情，历历在目，如影随形。越这样想，就越心慌，又不相信，这"黑人家园"，怎么就凭空吞下了我的女儿？

　　电话终于再次响了起来，心颤手又抖，一接就听到了女儿的声音。她的声音听上去还响亮稳定，隐隐透着一股喜庆。我的心情立刻被感染，长长地出了一口气，稳当下来。女儿的消息果然是"上上签"，丹尼尔他们已经帮忙找到了杰恩，修好了轮胎。为了安全可靠，还决定把他的人送到教堂做礼拜，然后再开车送女儿带轮胎过来。

　　我挂断电话，双手合十，大声地冲天呼唤，上帝啊！女儿啊！心中真是有立马皈依基督的念头。远远的山坡顶上，有丹尼尔的蓝色旧皮卡正露出身影，阳光照射在风挡玻璃上，反射了强烈的光芒，我的女儿就在那束金光下，迎面而来，是上帝把她又送回到我的身边。

　　丹尼尔并不多说什么，还是那样和善地笑笑。看他的年龄，应该也做了父亲，他一定深深理解一个父亲的心，但他还只是笑笑，并不多言。我和女儿当然都想到了，应该感激酬谢丹尼尔。但是，我们的身上又没带很多现金，就算把这几十个兰特都给了丹尼尔，似也显得还缺些礼数。女儿看见了我给丹尼尔钱，和我对视了眼神，很有同感的样子。她很懂事，跟我略略商议了几句，就脱下了手臂上的一扎墨西哥银镯，诚心诚意送给了丹尼尔。丹尼尔开始拒绝，说这东西太贵重了，万万不能收。后来我说，这是女儿诚心奉献给教会的，感谢教会，感谢虔诚善良的基督教兄弟们。丹尼尔才双手接了过去，他说："感谢主，让我们认识了中国的兄弟姐妹。上帝说，要爱人，我所做的一切，是任何一个基督徒都能做的。您的银镯是宝贵的礼物，我会把它交给教会，它属于全教会的兄弟姐妹。"

接着丹尼尔还背诵了一段祈祷词："人点灯，不放在斗底下，是放在灯台上，就照亮一家人。爱要舍己，爱要付出，爱要行为。阿门！主日平安！耶稣爱你！哈利路亚，阿门！"

丹尼尔抱拳在颏下，小声祷告，神情十分虔诚。我能大致听懂他的话，心里升起一种温暖平和的情绪。

丹尼尔说完，就动手帮我们换上新修的轮胎。然后，上了自己的皮卡车，最后向我们挥挥手，开车离去了。他那辆破旧的蓝色车子，在明亮的午后阳光中，快速爬上了山坡顶上，又闪现了一束金光，渐渐消失在我的视线中。同时，也永远地留在了我的心里。

我们父女振作精神再启程，穿过了丹尼尔帮我们修轮胎的小镇。女儿给我指点着小镇里那两条街道，告诉我，她在那一个小时里，如何奔忙。我知道，女儿其实心里也一直惦记担心着我的安危。

说话间又前行了二三十公里的样子，车子好像脱离了一路上的落寞。眼前的环境，不知道从什么时候开始，变得渐渐热闹起来。有车来车往，还有不少人，仨一群俩一伙的，行走在道路的两旁。当然，一律都是黑人。

开着车正琢磨着，前面豁然出现了一座小城市。这是我第一次进入一个纯黑人区域的城市，车外的路牌上，写有麦克利尔（Macler）的字样，应该就是城市的名称。降低车速，穿行而过，能清楚地分辨出城市的格局，主街上有邮局、银行、饭店、车行等一应的城市建筑设施，但不知道为什么，那些门庭都关着，沿街显得十分冷清。反倒是在城市的边沿、近郊等处，有很多的黑人，热热闹闹地生活着。有女人在门外烹饪熬煮食物，晾晒洗净的衣物，大声召唤着什么。有孩子们在跑来跑去，成帮结伙，高声喧闹。有人三三两两在街角、路边，或立或坐地抽烟闲聊。黑人的住宅都很简陋，看上去只是用了三五根柱子，搭上几块铁皮，就成了一座简陋的小屋。但不管怎样，黑人的城市里，还是和其他城市一样，充满着生动与活力，缭绕着其他城市里同样的烟火气。这不是，"嘣嘣嘣"的动静响起来，不知道从哪里传来了连贯响亮的鼓声。

在纯黑人城市里开车，让人最大的感受是，一下子就意识到自己是外来人。一路上，有无数的眼光飘过来，瞥视我们的车子，那眼神中当然不全是恶意，但分明还是透露着看"外人"的神情，这让人心里有点不舒服。我稳稳地驾驶着车子，不快不慢，通过了这座城市，开到郊外的柏油路上，长长地出了一口气。心想这辈子怕是不会再有机会来这个麦克利尔了。殊不知，命运那天和我开的玩笑有点大，鬼使神差间，我又转回了这里。

在驶出城市十几公里的时候，在快速行驶中，我突然感到了车子的不平衡，前半个车身好像往左下方偏斜。我赶紧停车，下去观察，一看之下，心里的沮丧聚成了一个大疙瘩。那只先换上去的左前轮胎，又瘪下去了一大半。原来，我们在后备厢里的备胎，也是一只破旧不堪的轮胎，没经住几十公里的行驶，也跑气损坏了。怪只怪自己出门之前，没仔细检查那只备胎，早知道备一只新胎多好。说什么都没用了，就凭这三只半轮胎，怎么也走不出去十公里。女儿仔细查阅了一下地图，告诉我，从现在的位置赶到海岸还有一百多公里，到东伦敦还有近一百二十公里。看来，我们是被困在这川斯凯了。

接连遭遇坎坷变故，可真是祸不单行。我赶紧和女儿商量，下面怎么办？商量来商量去，只有一个办法，那就是转身返回刚才穿过来的那座黑人城市麦克利尔，修补车胎。我甚至气愤地跺脚说："干脆把四个轮胎全都换成新的得啦！"

我们从未在黑人城市里长时间逗留过，对这座小城更是一点不了解，心里真没底。如果按着华人圈儿里的传言，进了这样的城市，真不知道会出什么差错。比如在约堡附近的索韦托（Soweto），还有去机场路上的亚历山大（Alexanda），都曾经发生过华人被抢甚至被害的事故。

尽管一百个不愿意，面对这前不着村、后不着店的荒山野岭，就我们孤孤单单的父女二人，怕也难找到其他的办法摆脱困境。又是万般无奈，没得选择。我们也只好掉转车头，打了U转，往来路开回去。谁知道，无论怎样小心谨慎地驾驶，车子还没走上两公里，那个倒霉的左前轮胎，还是"噗"的一声放了炮，漂亮的奔驰，就像突然瘸了一条腿，歪着肩膀停在了公路上。我们为自己再次陷入绝境慨叹，心如重负，但我们也为刚才决定掉头返回麦克利尔庆幸，因为如果车子带病继续前行，说不上又会把自己丢在川斯凯那一片荒山野岭去了。

偶尔有往返的车辆在眼前驶过，我先把损坏的轮胎卸下来，靠在车身上，然后和女儿伸手拦车。命运作祟,同样的问题第二次叩问着我,让我实在难以决定下来。是啊,就算是等一下拦到了顺风车,是让女儿搭车赶往那个黑人城市去补轮胎呢?还是让我自己去,然后留下女儿在这荒郊野岭看车?思来想去,我长吁短叹,心里拿不定主意。女儿倒是机灵,好像也懂得老爸的苦衷,自告奋勇地说:"爸,我带轮胎搭车去修,你在这里小心看车。你放心,我的英语更好一些,在这国家也待了好些年,懂得他们的习惯规矩。只要是正规的场合,这里还是尊重女性的。你放心,我能应付。"

我一句话也说不出来,只好表示同意。

说时迟那时快,眼见就有一辆车迎面驶来,竟然又是一辆皮卡。车的后面货厢里插了几根鱼竿,开车人应该是星期天度假外出野钓的闲人。女儿刚才顺便说过,麦克利尔这一带,还是钓鳟鱼的好去处。待来车驶近了看,是一位白人老汉,赤红的脸膛,花白的胡须。凭着几年的侨居经验,我知道这位是阿菲利康人(南非布尔人)。阿菲利康人是三百年前就到这里定居的荷兰人后裔,一般都是经营农业。他们都了解这里的黑人民情,甚至能用科萨语和当地的黑人沟通,所以能深入到这样的黑人区域。

这位钓鳟鱼的红脸膛大叔还很有绅士风度,见到我们车子抛锚,就主动停车,从驾驶员位置上探出头来问:"请问有什么可以帮助的吗?"

听到我们把事情的来龙去脉一说,他同情地表示,可以帮助我们,把女儿送到城市里,并帮助找到一家修车行修补轮胎。但是,接着阿菲利康大叔沉吟了一下以后,还是向我们提出了他的建议:"这位先生,依我之见,您的女儿还是直接到警署里去,找当值的警官汤姆,我认识他,让他们以警方的名义帮助你们为好。你们是外国人,在这情况不明的南非腹地,会遇到些无法预料的困难,作为警方,他们有责任保护你们。"

我听懂了这位大叔的言外之意,也感觉到他的建议非常好,于是当即同意女儿直接就去警署。阿菲利康大叔郑重地点点头,开着他的皮卡车,载着我的女儿,再一次离开我,直奔刚刚经过的黑人城市麦克利尔去了。

我又像被摘除了某件脏器,或是被施了魔法,失魂落魄在川斯凯不知名的乡间公路上,徘徊反侧,百爪挠心。时近下午,太阳虽说还那么明亮,但却失去了热力,仅像一盏大灯。丘陵起伏,见不到多少耕地,也没有成片的庄稼,只有我一个人,在公路上形单影只,苦苦地等待着女儿的消息。

好在我一直和女儿保持着电话联系，只是时间长了，电话里的电池也剩电不多了，我还得省着用。女儿很能干，在电话里，我了解到她一路的辛苦。她甚至用警局里的专用电话，和开普敦警局里一位同学的警官父亲联络上了。她跟那位警官说起自己和父亲的遭遇，说我们是中国人，中国和南非有友好邦交，我们在川斯凯的一切活动，希望得到安全保证云云。

事实证明，这座城市里的黑人警官汤姆，是个优秀的好警官。他也恰好是开普敦警校的毕业生，还见过女儿同学的那位警官父亲。汤姆派人帮女儿修补好了轮胎，亲自驾车赶过来。我和女儿不断地通着电话，远远见到了汤姆警官的警车，闪着警灯快速驶来，心里一股热流涌动，泪眼模糊。

汤姆是大高个，长胳膊长腿，一笑一口白牙。他身着灰色的正规警服，戴着上尉警衔的肩章。做事干练果断，又态度和蔼。他对我们的情况已经了解，话也不多。他下了车，礼节性地向我行了举手礼，和我握手，轻声细语地告诉我，不要担心，一切困难都能得到解决。然后就亲自动手，帮助我换上了新修的那只轮胎。

和汤姆一同来接应我的，还有一位黑人女警官，她正在和女儿一起，小声但又热烈地讨论着什么。以我的猜测，应该是女儿向那位女警了解本地的更多情况吧。

汤姆告诉我："再往前走，在一百公里范围内，几乎都没有居民点了。而且，从时间上看，这天很快就要黑了。作为本地警务人员，本着对中国朋友负责的态度，建议你们父女不要再往前走了，就地留下来，在城市里过夜。明天是周一，车行也都正式上班，把车子的轮胎彻底弄好，再走也不迟。省得路上再出什么问题，那可就没人接应，麻烦大了，一切都是为了安全。"

我一下子又陷入了左右为难的状态，两个黄皮肤的中国人，在一座纯黑人的偏远城市里留宿，这在华人圈子里还没听说过。或许，这座城市也从来没有接待过中国人。不知不觉间，我们真是跑到南非最边远的地方来了。可汤姆说的情况又真实存在，摸着黑在人迹罕至的川斯凯连夜赶路，那危险性可能比留在城市里更大。

女儿用汤姆的警线电话和开普敦方面进行联系，却得到了肯定的回答。女儿同学的父亲作为一位资深警官，帮我们做出何去何从的判断，让我们留在当地过夜，应该是可靠的。他说："现在既然告知了警方，他们就一定会负责到底的。要相信汤姆,他会照顾好你们。"

我们驾着自己的奔驰车,随着汤姆的警车调转车头,顺着公路返回城市。说来也真是晦气,这左前胎刚换上,在小镇那里修补过的左后轮胎,却又出了状况。许是当时来去匆忙,再或技术不佳,那只轮胎又开始漏气,车子走起来就像拖着一只脚,明显感到软塌塌的。我和女儿在车里对视了一下,我们互相会意,再次肯定了返回麦克利尔的主张,事实上,当下也别无他法。

夜幕降临。丘陵地带的太阳亮晶晶的,刚刚还挂在山坡上,一转眼的工夫,"咕咚"一声就掉下去了。容不得延宕,没有黄昏夕阳,世界于是就立刻陷入了黑暗。若说白天里的城市有几分冷清萧瑟,那么,这座城市在夜晚到来的时候,就真正苏醒了。我们能听到节奏很强烈的歌声和间断有力的吼声,击掌或是踏步的声音。就算是白天里飘进耳朵里的皮鼓声音,眼下在黑暗之中也觉得加大了音量,加快了节奏,听上去更猛烈更沉重起来。

我们跟定了警车,在城市里三拐两转,终于到了一处宾馆。汤姆和宾馆里打过招呼,就让我们去办理入住的手续,他还带着那位女警,在大门外等待我们。

这是我有生以来住进的最戒备森严的宾馆,高高的围墙上布满了一圈一圈的钢制刺网。大门上方设置了一对大功率的探照灯,两下交叉明晃晃地照射在我们的车里,比白天还亮堂。我们被晃得眯细了眼睛,抬手遮挡强烈的灯光,车里一览无遗。也不知道什么时候,有一位黑大汉走上前来,敲了敲车窗,伸手管我要"passpoct"(护照)。然后打开护照,认真地端详我们的脸孔,再上下移动目光,和护照上的照片做一番认真比对。待确认无误之后,黑大汉翘了翘嘴角,脸上再闪过微笑,未发一言。只是抬手在绿色军用贝雷帽檐上行了个军礼,脚跟一碰,挥手放行。

进到院子里,有人指挥着,把车子停在了确定的位置上,再有人引路,这才进了有人站岗的主建筑的宾馆大厅。大厅前台有一位中年黑女人,衣着华贵,发式摩登。她大大方方地伸手和女儿相握,然后简短地自我介绍:"克卢尔,欢迎你们的到来。"

看着我们大概无论如何都难掩惊恐的神情,她又自然地笑了笑说:"别担心,在这里你们是安全的。汤姆是我的好朋友,你们住在这里,他会放心。"

说着宾馆女老板克卢尔还朝外面汤姆的方向挥手示意。我们"check in"

（入住登记）后，也隔着玻璃挥手朝汤姆示意。汤姆打手势告诉我们，记好他的电话，明天一早来接我们，晚安。

宾馆是一座三层楼的建筑，没有电梯。也许是为了安全，我们被安排在三楼把一头的房间里下榻。我和女儿拖着行李箱，走楼梯上三楼。每当转过一层楼梯的拐角，就能见到一个枪手，在大玻璃窗前坐着，时不时向楼下俯视。前两个持枪人见到我们，都笑了笑，抬手和我们打招呼"hello！"。两声"hello"以后，到了三楼，也就是我们居住的最高楼层。倚窗而立的枪手，却是一位近六旬的老大爷，他怀里抱着一支"英七七"老式步枪，冲着我们扬起黑脸膛，翘了翘花白的胡子，却笑着说："God bless you！"（上帝保佑你们！）

不知道老枪手的问候是出于习惯，还是在其中夹杂了善意的提醒，我总感觉着，在他的话语中有那么一丝危险的意思。

我们的房间不太大，靠近三楼的一头，房间有一扇门朝着楼内的短走廊，再有一扇窗，冲着宾馆的院外。我先探身到窗子前，掀起窗帘往外面观察了一番。借着有限的光亮，能看见窗子外面隔了三五米，就是那道围绕着整个宾馆的高高院墙。院墙再外面，相隔不到十米，是一条沙石道路。道路的一头从城市中心延伸过来，接近了这里的院墙一小段，再往更远也更黑暗的郊外延伸开去，再远一些就什么也看不清了。

我想象着，如果真有人打算袭击这座建筑，除了刚才进来时候的大门，那里是车辆的必由之路，急了可以硬闯。再就是这里，如果有人沿路开车到了这里，下了道路，潜行过来，挨近宾馆院墙，从墙外搭梯，就能翻墙进院，再接近这座三层楼房，从建筑后身破窗进入宾馆内部。我在三楼的窗帘处，想象着一场对自己居处的袭击，认定无论如何，这宾馆后身都将是一个破绽。

不远处的麦克利尔，灯光灿烂，人声如潮，似乎更热闹，更活跃起来。有几处火堆在燃烧，黑烟缭绕，跳荡的火舌纷纷攘攘，能隐约映衬出一边跳动还一边歌唱着的人影子。

突然有汽车排气管子里爆响的声音传过来，像一串崩裂的麻雷子一般，"乒乒乓乓"一溜轰响。随着那成串的噪声，两辆面包车相互追逐着，从院墙外的道路上疾驰而过，一前一后，钻进无边的黑暗中去了。我不明白，这夜晚的城市里，为什么如此喧嚣？想了想，就过去打问那位看家护院的老枪手,得到的回答是:"今天是星期日,是唱歌跳舞狂欢的日子,也是 trouble(麻烦)最多的日子。"

老枪手的话音未落,就像要立马证明他的话一样,外面各种高强度的噪声,再次鼓荡着随风传过来。我心中焦虑而烦躁,设想着我们走上了"危险的路途",正一步又一步地深陷危难,我们父女大概正处在极度危险中,甚至都到达了毁灭的边缘。

我告诉女儿,把电池充满电,随时和开普敦方面,和汤姆那里都保持"热线"联络。然后,我就动手把房间里的一应家具、沙发、写字台、茶几,甚至大立柜,都一股脑儿搬到门前,把已经插好门闩、扣上门链的房门再封顶住一堆家具。我力大如牛,挥汗如雨,在想象的战前状态中,构筑抗击的"阵地",紧张中似乎还有点兴奋。我告诉女儿,今夜是咱爷儿俩的生死之夜,半夜里不管出现了什么情况,都不要起身露在外面视线所及的危险中,只管猫住身子打电话,向外联络报警。爸在房门这里顶住,能坚持多久算多久。

忙活完了这些,我开始武装自己,抽出了出门在外就暗佩在身的"维克多"自动手枪,认真检查一番,再推弹上膛,关好保险,插进腋下的枪套里。这枪品质精良,用起来十分顺手。我一共有两只弹夹,共装九毫米子弹十六发。我可以变换位置,在暗处射击,对闯入者有一定的震慑。如果隐蔽好自己,形成火力对峙,相信应该能坚持一阵子。

我们没招谁惹谁,又不是什么财主大亨,就算有人要图钱财,也未必执意要害我们的性命吧?到时候拒死抵抗,大声说明情况,再打电话呼救,或许能有一线生机。

曾有经历过劫案的同胞告诉我,在以往的刑事案件中,事主越是软弱屈服,下场就越惨。能抵抗就抵抗,拼个一家伙,罪犯也怕拼命三郎。

中国人在南非招惹了祸事,一是因为常常随身携带大量现金,被罪犯给盯上了。再就是人们大多委曲求全,总想花钱免灾。结果罪犯就像从海绵里往外挤水一样折磨事主,让人痛苦不堪,还最终就范。事已至此,只好听天由命了。可惜女儿刚刚二十出头,大学还没毕业。怪我怪我全怪我,没事矫情个什么?非走东海岸,又老眼昏花迷路川斯凯……我一边胡思乱想,一边神情紧张地忙活,心中暗自求老天保佑,保佑我的女儿啊!

我的行李中，还有挚友相送的一柄西洋剑，原是欧洲冷兵器的收藏品，因为开了刃口，十分锐利，想来最后肉搏，倒能使得爽手。我也把剑取出来，戴着剑鞘，双手拄着，坐在门前。我的眼睛时不时瞟一下窗子，再看看女儿。我告诉女儿，不要睡在床上，自己在外面视线看不到的角落里打个地铺，先睡下，爸给你站岗。女儿咧了咧嘴，露出疲惫但又有点迟疑的神情，听话地按着我说的去做了。

时间黏滞，慢慢吞吞，似老牛拉着破车，"吱扭吱扭"地往前走。时近午夜，城市里的狂欢似乎进入了高潮，鼓声、踏步声、纷乱的吼声像浪涛一样，由远而近，此起彼伏。听上去，又有车声爆响，一串串就在耳边，震耳欲聋。我蹑手蹑脚地去窗户前，把身子隐在窗帘后面，向窗外那条道路上张望。只见五六台面包车疯狂急驶，由远而近，相互追逐着冲在道路上。临近了，能大致看见，几个人从车窗里探出半截身子，张扬鼓噪，吼叫呐喊，还随着车内音响滚雷般的音乐节奏，抖动着身子，像抽筋一样。最要命的是，居然有人举起手里的长短枪支，"砰！砰！砰！"不断朝天放枪，声震夜暗。能眼睁睁看清楚击发后的几支枪口，冒出一股一股赤红的枪火。

胡闹的车队席卷而过，世界好不容易才又重新平静下来。我提心吊胆地侧头瞄了瞄女儿，见她竟摊开四肢睡得酣熟，甚至都打起了小呼噜声。年轻人心真大，老爸这里都快光荣就义了，她那里却全没太在意，真是好福气！

窗外那种武装夜游行时断时续，一直折腾到天快亮了，这才消停下来。想想也是哭不得笑不得，黑人弟兄一次两次那样招摇，还真让人心惊胆战。可是人喊枪响地来上那么几趟，旁观者这心里好像也就适应了，麻木了，不那么害怕了。而且，也看得出来，后边的几次，大都只听见拆了排气管子的汽车发出连声的爆响，却没听见另外的动静。猜想着，如此横作，那枪里的子弹怕是早就打光了。那么拼命地叫唤，嗓子也可能早都哑了，成公鸭一般，已经发不出声儿了。

远处有鸡叫，啼声单薄。不像那种一个村庄里，一只领头的公鸡高声歌唱，一下子就带起了一群公鸡的合唱。也许，大部分的公鸡都被狂欢的人们给炖了鸡汤也没准儿。不管怎么说，窗帘的缝隙里面，终于还是闪现了微蓝色的晨曦。

Monday morning（周一早晨）这个短语，在南非有特殊的含义。刚开始来的时候,听见别人说,也没什么感觉。后来经历了和朋友们从周五喝啤酒,一直喝到星期天的深夜。第二天是周一,马上就得上班工作。原打算早起洗个澡,吃点早餐,振作一番,以全新的精神面貌出现在大家面前。不料连日痛饮,酒精上头,照照镜子,无论怎么捯饬,里面的自己也还是一副萎靡不振、脸色阴暗、双目无神的落魄模样。这一大早,无论是到了公司见到上司同人,还是随街相遇邻居熟人,都自觉不好意思,见人就躲躲闪闪,随口打招呼"Monday morning"。不想,随处见到的各位,却也都是差不多的一副神态。原来大家也都周末痛饮,连带着宿醉半醒,脑瓜子也都还在"嗡嗡"着。好嘛,见怪不怪,大家谁也别笑话谁了。

再到周一早晨相见,互相就笑嘻嘻问候起来,就把"Monday morning"的问候说得花哨,有了互相挤眼儿的深刻理解。直到后来,这个周一早晨好像都成了大家懒着点、拖拉点、随便点的理由。有什么呀?今儿不就是个"Monday morning"吗?

今天,在麦克利尔城,自然也是个"Monday morning"。整个城市好像突然就静谧下来,没有任何声音发出,好像这里从来就没有吼叫、歌唱、呐喊,没有过飙车、篝火、开枪射击的现象。整个城市就像一条酗酒壮汉,狂饮大醉了整整一个周末,再沉沉地睡去了。

汤姆很守时来接我们。我们跟着他的警车,再次穿过小城里那条主街。能见到街上飞扬的纸屑,街角处还有未燃尽的废轮胎,飘散着丝缕青烟,一股橡胶燃烧后发出的臭味,不费劲儿就飘进车里来,呛人鼻子。

我们在一处车行买下了两只崭新的轮胎换上,然后邀请汤姆和那位女警和我们一起吃早餐,在小城里那唯一的一处肯德基店里坐下来。大家默默地进餐,没说什么话。临了,汤姆小声说了一句,"I'm sorry"(抱歉了)。我深深地理解这位黑人警官的话中含义,赶紧安慰他,说他是一位好警官,他两天来负责的行为就是证明。我和女儿对他的帮助和保护,表示深深的谢意!也祝愿他和他的城市越来越好。

车子新换了轮胎,又顺便做了个保养。就像攒足了劲儿的宝马,驮着我们,飞快地掠过东开普省的沿海地域,在天色将晚的时候到达了艾尔弗雷德港。

这是个非常美丽的海港,小而精致,清清静静。

记得我们去年曾来这里度假，还把车钥匙不小心掉到了游艇码头的水下。海水清澈，上下相隔三五米深，能眼睁睁看到黑色的钥匙连接着金色的配环，静静地摆在海水下的岩石上。有一位操驾帆船的年轻女孩儿正返航归来，她诚心帮助我们，揽好帆船，一个猛子潜到水下去，帮我们捞上来了车钥匙。

这里水泽相连，平静温暖。但如果驾船出海，在真正的印度洋里行驶不到一公里，就会迎来两三米的大浪，把你的小船颠得像脆弱的鸡蛋壳，让船上人头晕目眩，欲断魂魄。

我和女儿租下了两套最豪华的客房，准备好好歇息一晚，第二天再轻轻松松驾车返回开普敦。

太阳剩了半圆深红，浮在远方的海面上，轻轻跳荡。我们在后面的水榭里摆好了一桌海鲜大餐，配着南非特产的穆德堡（Mulderbosch）白葡萄酒。有黑人音乐声，在这印度洋畔再次响起，粗犷强烈的乐音，激荡了水面，缭绕着立在空中。我们两天来历经的坎坷，迷路川斯凯的遭遇，又不觉浮上了心头。我和女儿高举起酒杯，为黑人家园川斯凯，为那座黑人城市麦克利尔干杯。

2023 年 1 月 18 日于三亚初稿
2023 年 2 月 25 日于三亚改稿
2023 年 8 月 3 日于海口定稿

我的教授学生

南非的华文报纸上，刊登了一则英文启事。仔细看过之后，明白了其中的意思，有人想找一位家庭教师，学习中文口语。自觉着曾在国内任教近十年，开过现当代文学等课程，应该能胜任这点教学任务。国外谋生不易，再打上一份工，就能多赚一份工资帮补家用。仔细想了想，终于拿起电话，拨通了那则启事上留下的电话号码。

电话很快被人接听，我在电话里和对方做简单的交流。接电话的是位女士，她简单地听了我的自我介绍，就表示对我的条件还算认可，并且约定第二天到她家里去，具体情况当面谈。临放下电话，那位女士半开玩笑地加了一句："尊敬的先生，你已经是第七个应聘这个工作的人了，但愿你能超过前面的六个，得到这份工作。"

话说得有点居高临下，让人心稍生芥蒂。但是，想到那些个白人，似乎天生都有点优越感，而到了实际交往中，他们人倒还实在，也就没太往心里去。

雇主女士居住在约翰内斯堡的东门里，我家在北门外，驾车赶到她那里，要穿过半个城市。这是一座普通的沿街宅院，绿瓦白墙的房子外面，围着黑色的铁栅栏。按门铃的时候，并没有通常当地居民家养的大狗窜过来，"汪汪"大叫着逗威风。倒是见一个盆大的乌龟，背甲上画了些夸张的色彩和凌乱的字母，慢吞吞地爬到近处，从龟壳里伸出脑袋，瞪起一侧的小圆眼睛看我，似乎审视不速之客。

女主人出迎，微笑着说客气话，很自然地把我让进屋里。

一进门就闻到了上好咖啡那浓郁的香味，在洁净宽敞的客厅里面飘来荡去。面对面地坐在大餐桌的两侧，我才有机会在相互寒暄中，仔细地打量了对方。事实上，坐在我面前的是一位奶奶级别的女士。她那灰蓝色的眼睛看上去还温和，但高挺的鼻梁又显得有几分高傲。皮肤白净，满面皱纹明显，还涂着唇膏。尤其惹眼的，是她那满头白发银丝，盘成了一种偏到一侧的发髻，显得精神利落。细看那浓密的白发间，又隐约露出些金属般的钢蓝色。在此之前，我还从未见过有妇人染就这种颜色的发髻。但眼下看着，那钢蓝色的头发与她整个人又很搭，正好表现她鲜明的个性。她穿着墨绿色的长袖连衣裙，戴了一串奶白色的象牙球项链。脚下半高跟的皮鞋，踩在地上，稳当而坚实。老太太给人的印象雍容华贵，又自信干练。

我懂得，不能随便打听女士的年龄，就算她有你奶奶的年岁大，在你面前也是可以示美的女人。于是，就在自己的心里胡乱猜，这不同寻常的老太太有六十岁，还是七十岁？不承想，女士开口，竟说中了我内心的龌龊："别猜我的年龄了。还是先说正事，如果我们双方谈得好，就签个合同，你教我中文口语，我付你工资，每堂课两百兰特，一切按章办事。"

我先是不好意思，接着无话可说。困窘中，只好学他们那个以不变应万变的样子，摊开手耸了耸肩。事实上，每堂课两百兰特，合着人民币都快五百块了，这报酬相当不错。我虽然心里很知足，但表面还是把一缕欣喜藏起来，依着我们的人在类似场合的习惯表现，不动声色。

我们在昨天的通话中，就互相介绍了自己的名字。我说，我叫弗兰克，她也说自己叫"喊呐"。这名字让我听着稍有点疑惑，所以今天见了面，我就特意再次请教，这"喊呐"是不是准确。年长的女士听懂了我的意思，瞪着一对灰蓝色的大眼睛，笑盈盈地一字一板说："卧底命子绞喊呐。"

说完还自有几分得意，像一个圆满完成了作业的女学霸，等着老师给予好评。听完这句话，我一时愣住了，因为根本没听懂。可又觉着有几分汉语的亲近，于是，我只好请求她再说一遍。"喊呐"稍微有点不耐烦，就又用力地重复了一遍"卧底命子绞喊呐"。嗨！这下子我听懂了。这还真是一句中国话，其中准确的表达，应该是"我的名字叫汉娜"。要说还得感激我的祖先，他们都是前清年间，从山东的胶东半岛上逃荒到东北黑龙江的破产农民。到我爷爷那辈儿上，家里一众人等，还都说着一口地道的胶东话。这类似的语声儿在我的生命里，刻印在心。就算时隔几十年，也能勾起记忆，像母语一样，容易辨别。我不由得笑出了声儿，摇了摇头，心下抱怨那个不曾谋面的山东老乡，是他充着汉语教师，把家乡话当成了国语，教会了这位白人女士用地道的山东话做自我介绍。像他这样认真教授汉语，怕只会给说相声的提供素材。如果都这么教，这些可怜的老外，怕是一辈子都学不会准确地说中国话了。

"汉娜！"

对了，应该是这样称呼我的雇主，重音在首位字母上，汉娜听得清楚，顺嘴答应了。聪明的她见我神态严正，着意咬住了字音招呼她，似乎感到了什么，显出有点惶惑不解。我不能当着老外贬斥自己的同胞，只好向汉娜解释，汉语中有很多门类，粗略着分也有六大方言。从此以后，我将教授你最鲜活最纯粹的汉语，叫普通话。

"铺筒话？"

汉娜自言自语，语调中还是有点走板儿，恋着山东腔儿。我接着说，你那句自我介绍名字的汉语，以后不要再说了，因为大部分中国人听不懂。如果有机会向中国人介绍自己，可以点头示意，很简单地说出自己的名字，汉娜，这就行了。汉娜听了我的话，有点惊讶地说："这怎么有点像我们欧洲人之间的自我介绍？"

我回答说："语言是思维的外壳，论起思想，整个人类在历史上，应该都不相上下。"

书归正传，现在我们可以上课了。我问汉娜："你认为人生中什么最重要？"

汉娜一笑，眼睛里闪着几分狡黠说："你是说钱吗？"

我摇了摇头，停了一下才说："我们中国人认为民以食为天，吃饭是民间百姓得以生存的首要问题。这可不是我们的民族没出息，只知道个吃。事出有因，如此看待人生，大抵是我们在漫长的历史中，经历了太多饥饿的苦难。因祸得福，我们也是这个星球上最懂得美食、最善于烹饪的民族。一个汉语的'吃'字，可不是一个简单的动词，里面包含的文化，博大精深。"

汉娜听我说到这儿，活跃起来，连连点头称是。还竖起大拇指，表示赞美中国饮食。我引导着她，让她说出有关自己知道的中国吃食。汉娜就掰着手指头一样一样地数着："有饺子、面条、豆腐、烧肉……"

一大堆名词，又说到滋味、鲜美、色泽……一些有关的形容词儿。我趁着她思维活跃的热乎劲儿，就把吃、好吃、咸、淡、酸、甜，菜单、零钱、算账、找头，一直到手艺好、滋味不错……一揽子的词汇教读了几十个。汉娜认真跟读，还用笔记下来，用英语音标标注上读音，反复地练习。不过，到了最后，她还是皱了皱眉头，她认为一下子学得太多了，怕自己记不住。

我说："没关系，眼看就到晌午了，我们去吃点中式午餐，找一家中国人开的餐馆，在具体的语境中体会运用这些词汇和短语。实际上，口语的词汇都是在具体环境中反复运用，才加深印象，巩固了记忆。"

老太太汉娜一听我说去吃中餐，高兴得像个小孩子，兴冲冲收拾一下，就要出门。临走她又有点不好意思，说她不能开车，还得麻烦我，搭我的车。我说没关系，往机场方向西罗町去，没多远，也就十几分钟的路程。我们商量好，这一餐是AA制。我提醒汉娜："你可不要轻易放过这难得的机会，有我在，你尽管说，尽管问。原则上来说，我们还没下课呀。"

午餐很简单，但是收获满满。汉娜掏出小本子，找一切机会和厨师、堂倌、老板娘说中文。在餐馆里工作的几个中国人，脸孔都熟，来消费又受欢迎，他们见到外国老太太学习自己的语言那么认真，也都耐心地和她在语言上交流。我鼓励汉娜，你看他们都夸奖你，说你学的中文不错。汉娜很兴奋，脸都红了。临出了餐馆，汉娜竖起自己的大拇指，夸奖厨师，十分得体地说："滋味不错！"

一屋子的中国人都不由得哈哈大笑起来。

送汉娜回家的路上，我宣布下课。汉娜心情愉快，情不自禁地和我唠了些家常。她告诉我，自己非常喜欢猫和狗这些小动物。但是，因为患有严重的过敏性鼻炎，怕小动物的毛发，在家里没法养它们。试过多少次，结果都是猫狗还没养成，人倒涕泪交流，面部浮肿，还发起烧来，被送到医院里去了。她说："所以只好养一对乌龟，今天迎接你的是位乌龟先生，它的妻子正在下蛋呢。到不了秋天，我的院子里就会有二十多只小乌龟满地爬了。"

她还说："你是说乌龟背上的图画吗？那是我外孙多米尼克的作品，那小家伙每个星期都会给我的乌龟重新打扮一次。"

汉娜还告诉我说："不好意思，我不能开车的原因，是我的眼睛患有三年的青光眼病，左边这只已经看不到东西，只是还有光亮感。全靠着右边的这只,也只有不到二成的视力。所以,我的行动会缓慢一些,以后还得请你原谅。"

我侧过头,看了一下她的双眼,从外面却一点也没看出来有什么毛病。虽说那是一对老年人的眼睛,但依然洁净透彻,闪动着光亮,并不像很多老年人的眼睛那样,浑浊干涩,没精打采的样子。但是,我相信汉娜的话是真实的。她的眼睛有病,视力极差。想到这里,心中不由得升起一丝怜悯,这么刚强利落的老太太,原来也藏着深深的悲哀。不知道为什么,我感觉到,这位奶奶级的学生非同一般,她的一生里一定有很多故事。

过了几天,我和汉娜约定了星期日下午的课程,同时要求她每天都复习我们学过的内容。我半开玩笑地告诉她,老师会考试的,你要是心里没底,不妨再去中国餐馆吃一顿。

在这节新课里,我设计了购物情景会话,专门挑选了一些中国味儿很浓的词汇,像什么花椒、粉条、木耳、干豆腐、茶壶、暖瓶、折扇、竹筷子……我希望我的学生,要学就学一口地道的普通话。即使有机会进入到中国人生活的环境中,也能应对自如,连那些俚语、俗语、三七疙瘩话儿都说得流利贴切,像那个加拿大留学生大山一样,字正腔圆,准确地道。

我准时到了汉娜的家,乌龟先生把自己的脑袋缩进壳里去,卧在大门里边,像一个石头做的小凳子。那旁边却有一个金发碧眼的小男孩儿,坐在一把真正的小椅子上,手里执着画笔,在乌龟的背甲上作画。男孩信手涂鸦,但是,色彩却选得鲜艳醒目。我挥手向男孩儿致意,轻轻地和他打招呼。这个看上去有四五岁的小家伙,站起身来应答,也向我问好。但是,随即他那涂了几抹油彩的小脸儿就泛起了潮红,有点不好意思起来,然后,一转身,"噔噔噔"地往屋里跑去,一边跑还一边大声地喊:"汉娜!汉娜!"

汉娜正在厨房里忙得不可开交,台子上摆着一溜苹果、牛奶、砂糖、香肠、面包屑、胡萝卜,还有天平、量筒、量杯、榨汁器、粉碎机。见到我来了,汉娜忙不迭地道歉说:"今天情况有变,女儿昨天去博兹瓦纳办事,今天才能赶回来,临走把外孙托付在这里。上课要推迟半个钟头,不知道能不能谅解。"

得到我的肯定后,她又连连致谢,向我介绍那个小男孩儿:"弗兰克,这是我的外孙多米尼克。"

　　我重复了自己的问候，向小男孩儿伸出手，靠在汉娜身旁的多米尼克笑了，也伸出他的小手，和我握在一起。汉娜接着请求我："正好你赶过来了，帮我个小忙。"

　　然后，指着那些量器说："帮我看准这些刻度，你知道我的眼睛。"

　　说着还冲我挤了挤眼，回身又开始忙活起那些食物。她把它们一样一样地排列好，然后大声地告诉我重量或是体积，牛奶二百毫升，香肠五十克，胡萝卜三十克，苹果二十克，砂糖十克……我记住了汉娜报来的数字，再用天平和量杯把这些食物计量好，递给汉娜。汉娜把这些东西归拢归拢，最后都一股脑儿盛到那个粉碎机里面，再按下开关。就听"哗啦啦"几声响亮，透明的粉碎机里升起了淡粉色的糊状物。我有点明白了，这是在给她那个外孙准备午餐啊。

　　这边的小男孩儿多米尼克，不知道从什么地方找到了一方围嘴，熟练地围在自己的脖子上，又搬了那个小板凳，坐在一把椅子前，等待外婆给他开饭。我相信那些糊糊里有足够的营养，但是，我也断定那东西一定口味不佳。汉娜似乎猜中了我的想法，故意拿沾了糊糊的勺子吮了一下，复习上次所学的汉语短句："嗯，滋味不错呢。"

　　我咧着嘴，皱起眉头，眼看着汉娜制作的糊糊，重重地点头。

　　多米尼克却毫不在意口味如何，只是用勺子把外婆制造的营养糊吃得山呼海啸、香甜如蜜。怪不得这些老外，吃了中国的饭菜，都美得直晃脑袋，原来他们自幼吃的食物，就都是这没滋拉味、糨子一样的东西。据说欧洲人辨别滋味的能力，还不及中国人的五分之一。看来，还是当中国人好。哎？要不就先当个小老外，补足了需要的营养，体壮如牛。等到长大了再当中国人，尽享美食，这样两全其美，岂不是更妙？

　　汉娜侍候外孙吃完了午餐，给他擦了擦嘴，取了一颗水果糖，递给了外孙，嘱咐他去继续完成自己的画作，奶奶这边要上课了。我指了指那块水果糖说汉语：糖。多米尼克没在意，随口也跟着学说了一声"糖"。然后听话地跑到门口，继续画他的乌龟去了。

　　我先跟汉娜复习了上次学过的内容，又教完了本节课的词汇和短句。然后，决定到附近一家中国人开的超市去，实地练习口语。汉娜喊来了多米尼克，张罗着给他洗手洗脸，换件衣裳。正忙着呢，听见门外有人喊"多米尼克！多米尼克！"。正换衣裳的多米尼克一听，衣裳也顾不得换了，一个蹦高，从床上跳到地上，撒腿就往外跑，一边跑嘴里还喊"妈咪！爹地！"。

屋门略响，一对夫妇进了客厅。男人身材高大，体格壮硕，差不多都得弯腰低头，才进得来客厅的门，怎么也有一米九几的个头。一眼见着，让我这身高一米七八的东北汉子，像看到了一棵大树。大汉梳着过耳长发，满腮的胡茬子，脸上露着善意的笑容。汉娜笑了笑，向我介绍说，这是她的女婿威利。威利微笑不断，伸出一只小盆般的大手，和我相握，嘴里说着欢迎一类的客套话。令人惊讶的是，他的嗓音低沉浑厚，却又轻柔缓慢，让人听在耳朵里，会产生轻松信赖的感觉。

大威利和我见了面，就挪步站到了一侧，显露出了身旁的妻子。他的妻子乔迪，让人一看之下，就是汉娜的相似型，那脸盘令人感觉，汉娜什么时候回到了年轻时候的样子。我说出了这个感觉，那母女俩哈哈大笑起来，搂在一起，把脸蛋再贴到一块儿："弗兰克，再仔细端详端详。"

小多米尼克在下面不干了，着急地拽乔迪的连衣裙，口里大喊妈妈，乔迪弯腰抱起了儿子，还是和老妈亲昵个不住。大威利展开两条粗壮的胳膊，把一家人都搂在怀里，还是善意地微笑个不住。

乔迪说："妈妈一个劲儿夸你，说弗兰克汉语教得好，又实用又有趣，还能让人说准那些刁钻的语音。我们原来听中国人说话，就像听唱歌一样，原来你们每个字都有四个音，怪不得。"

大威利见我们说起有关中国的语言文化，也挤过来说他的感受。他说在一个叫作"经典音乐"的广播电台里，听到过一首小提琴协奏曲，凄美婉转，催人泪下，拉得好极了。他从来没想过，小提琴表现爱情的题材，能达到如此的深度。高大的威利揽着自己的妻子，柔情蜜意地轻声赞美着《梁祝》。一个万里之遥的老外，竟然对一首纯中国的乐曲如此倾心，此情此景，让我十分钦佩、十分感动。

大威利夫妇听说我们打算去中国超市，也一迭声地响应说："有弗兰克撑腰，咱们全家都去行不？我们也都对中国一些东西感到好奇，既不认识，更不懂怎么使用。这下子我们都算是你的学生，求你就带我们全家逛一次中国超市好不？"

我毫不犹豫，满口答应。

我在前面开车，拉着汉娜，威利跟在我后面拉着他们一家三口，直奔那家规模还算说得过去的中国人超市。

路上汉娜跟我说起女儿一家。她说："威利是典型的布尔人，布尔人只是历史书上记载的称呼，是农民的意思。实际上，我们在南非的现实生活中，都称他们阿菲利康人。他们的祖籍在荷兰，三四百年前，一部分荷兰移民来到了南非。可以想象，那些荷兰人在还仅有帆船的航海技术时代里，就勇敢地从欧洲出发，由北到南，整个穿越了惊涛骇浪的大西洋，这需要多大的勇气和怎样强壮的体魄。在这块土地上落脚谋生，又需要克服多少艰难险阻。尤其是女人，在风雨飘摇的海船上，操持家务，还要怀孕生子。你看阿菲利康人，都那么强壮。他们很珍惜自己的女人，也都是捍卫家庭的战士。

"是战士没错，一百年前，英国人也来到这里，和先来了二百年的阿菲利康人开战。阿菲利康人没有正规军，他们只是些种地开矿的农民。但是，他们不屈不挠，誓死抵抗英军。阿菲利康人使用游击战术，他们安顿好了自己的妻子儿女，转身接战英国人，对英国军营日夜骚扰，死战不退。在布尔战争期间，英国人竟然派了十万大军，在南非这块土地上与阿菲利康人交战，到了最后，英国人也不能取胜。

"在我的记忆里，英国人在历史上，还从没有派出过如此众多的大队人马离开本土，到海外作战。就算和你们清朝时候开打的中英战争，当年也不过向远东最多派遣了三五千人。布尔战争打到最后，是英国人私下里请求阿菲利康人签下了议和文书。他们答应给阿菲利康人的条件非常优厚，赔偿了巨额的钱财，划归了大片的领土。历史学家们说，这是人类历史上最丰厚最伟大的投降。

"有意思吧？威利他们的祖先，来到了南非高原的约翰内斯堡。那时候，这座约翰内斯堡还只是差不多一个村庄的大小。有阿菲利康小男孩儿捡到一块硕大的钻石，拿在手里玩，被大人认了出来，从而在这儿发现了世界上最大的钻石矿，那都是布尔战争过去好些年的事了。你说上帝是不是很眷顾这些阿菲利康人？

"不能，他们不能算是荷兰人了。先说他们讲的阿菲利康语，虽然这种语言是从荷兰语发展而来，但是，两种语言的差别，已经随着时间的推移越来

我的教授学生

越大了。威利说他到荷兰去过,在那里说自己的南非荷兰话,荷兰人听不懂,而荷兰人说的现代荷兰话,他也听不懂。

"历史的变迁,造就了阿菲利康人。他们是南非人,是南非人的一部分。阿菲利康人性情宽厚、身强体壮、文化深远。我知道他们的精神文化之都,在距离开普敦不远的一座小城——斯戴伦布什城。那里有一座大学,是世界上唯一用阿菲利康语授课的大学。那座著名的大学,听说还是排名世界前一百名的大学之一。阿菲利康人视其为自己的文化城堡和博物馆,据说光是藏书就有几百万册。世界上第一例心脏移植手术,就是在这所大学的医学院里做成功的。"

我听了汉娜给我讲阿菲利康人,听得入神。看来这位老太,对她女婿的出身种族十分了解,话里话外,还透着几分赞赏。

说到语言,我不觉间问到她:"那您也可以讲阿菲利康语吗?"

汉娜随口答道:"当然。"

言下露出几分得意。不仅如此,从言语中,我还看出来,她对自己女儿的婚事也很满意。还有就是,我能判断出,汉娜和乔迪母女应该不是阿菲利康人,这一点看上去很明显。那么,汉娜她们的祖籍是哪里呢?我猜不出来,又不好意思直接打问。

说话间,中国人开的超市就到了。在南非,每个城市里几乎都有这种中国人开的小型超市,里面大多经营着蔬菜、肉类、食品,还有一些日用杂货。和那些动辄上万平方米的巨型现代化超市比起来,这些小超市似乎更具有中国特色。因为,满商场里出售的,基本都是地道的中国商品。而我认为,对于学习汉语的老外来说,这里还足可以称为普通话的口语训练基地。一进了小超市的门,就能清楚地听见,全中国天南海北,众多省份地域的口音在这里交融沟通。有意思的是,在国外进了中国超市的中国人,还差不多都兴奋异常,有股子回到了家乡一样的劲头儿。人人都敞开了嗓门,大声说大声讲。大家都精神饱满、乐观敞亮,一改通常那样谨小慎微,总是防人三分的样子。

我跟汉娜一家说:"看看吧,仔细听听,我这就领着你们进入当代汉语口语的有声大辞典里来了。"

汉娜并没有完全听懂我的话,却能体会我话语中的意思和情绪。她就像上次跟着我进了中国小饭店一样,先敞开了情绪,被激发起了学习语言的兴奋点。她把我教给她的那些词汇、短句尽量顺嘴往外蹦。捡起两粒花椒大料，放在鼻子前嗅着，然后问人家，这是不是"四川的正宗货"？还拿起折扇，再顺着手腕，"唰"的一下子甩着打开来，端详着扇面上的水墨丹青，求人帮助读出落款的题名。她还像一个纯中国老太太一样，拍了拍自己脑瓜门儿，做一下子想起来的样子，恭恭敬敬地请问老板，有没有"老干妈"辣椒酱？店里的中国人，不论是购买东西的来客，还是出售商品的店家，都笑眯眯地、好奇地盯着这位银发碧眼的白人老太太，见她拿着一个小本子，学说着写在上面的那些有限的汉语字词，简单地表达着自己的意思。

乔迪和威利两口子，对那些中国产的碟子、碗感兴趣。虽说摆在这里的都只是老百姓通常日用的餐具，但是，他们俩还是盯着上面的那些花纹图案端详，爱不释手，互相小声地议论着。

汉娜的外孙多米尼克先是在超市的货架之间跑来跑去淘气，不大一会儿，就在插满了棒棒糖的柜台前停了下来。从中国进口来的这些糖果，都包了花花绿绿的糖纸，糖纸上面还画满了动漫的图案。并且，所有的糖果还一律形状夸张，硕大无朋。小多米尼克看见我在他的外婆和爸爸妈妈之间忙来忙去，经过他面前的时候，伸出手一把抓住了我，做礼貌请求状，伸出他那肥胖的小手指头，指着棒棒糖冲着我大声说了一个中国字"糖"！小家伙说得字正腔圆、意指准确，同时声情并茂地表达了强烈的心愿。我赶紧从柜台上取下了一颗最大的水果糖，递给多米尼克，这下把他高兴得乐出了声儿。

虽说多米尼克并未在意，我却被小孩子在语言上的天赋震惊得目瞪口呆。我记得自己只是在他家里随口说了一声那个"糖"字，没想到却让他一瞬间记忆得那么清晰，而且，用起来也很精准。他们小孩子，脑子里一定有学习语言的潜在机制。

我和汉娜说起她外孙的表现，汉娜说儿童的语言思维其实简单，不外乎就那么几十上百的词句。不过，记性好倒是儿童的优势。小孩子记性好，这一点我当然有同感，因为我八岁的女儿，背起古诗来，几乎比我这个当爸爸的还厉害。

乔迪听到我们的议论，显出了格外的自豪和一个妈妈通常都会有的热情。说到最后，乔迪竟正式邀请我们夫妇，在下一个星期天，带上女儿阿丹到玫瑰园和他们家一起野餐。说是为了感谢弗兰克今天为他们全家辛苦帮忙，也为了孩子的语言学习，让他们能有个交流的机会。

乔迪初识相约，我本打算推辞。依着我看，乔迪邀请我们的理由有些牵强。给汉娜上实习课，是我分内的事，而且是付费的。至于其他有关孩子、大人的事，我只是礼貌地以诚相待，也没想那么多。乔迪和她的母亲用一种我不懂的语言嘀咕了几句，一转身的工夫，汉娜也变成了强烈邀请派，满脸笑容、热情无比地向我并通过我向我的妻子、女儿发出了邀请。汉娜还说："下个星期日，还算上课，只不过上的是我和小孩子一起跟着弗兰克学汉语会话，我们祖孙比一比看，看看是老的还是小的更厉害。"

经汉娜这么一说，我听得出来，她们母女的邀请是真诚的。女儿跟着我来到国外已经三年了，今年刚上小学一年级。她能有一个课余生活中操练英语口语的机会，当然百利无一害。妻子正在上钻石珠宝鉴定的课程，每天紧张疲惫，能在周日放松放松，练练英文也不错。略做思忖，我还是答应了她们母女的邀请。

玫瑰园正好在约翰内斯堡的北门和西门之间，我们两家距那里不太远。我驾车穿过教会公墓那大片的松林，就看到了一个碧波荡漾的湖泊，湖北岸的漫坡上，是修剪得一马平川的绿草地，草地上纵横几道黄沙小路。湖的南岸，开放着一望无际的玫瑰。玫瑰花色不但有通常的红粉、淡黄，还有我头次见到的黑、绿。这久开不败的浓艳，不断散发着甜丝丝的幽香，弥漫天地，沉浸人心。让来这里度闲的游人，在行走起坐间，都不知不觉放慢了行为的节奏，因为恋花儿，而变得慢悠悠、懒洋洋起来。湖里轻荡的小船，也仿佛睡着了一般，几乎一动不动地浮在水上。

这座著名的玫瑰园，是一位英国绅士在一百二十年前捐献给约堡市民的园地。后来不断有热心人陆续出钱出力，整理修葺，让它一直保持着最佳状态。南非气候温和，生态自然丰满，玫瑰园的一年四季总是鸟语花香。野鸭、大雁、水鸡，在湖岸自在地栖息，甚至把蛋就生在随处可见的草蒲子上。

我们和汉娜两家都提前十分钟到达，不约而同，透露着自家对朋友的尊重。两家人都想到了一起，让我们的见面先就快乐三分。稍有遗憾的是，威利没来，他委托妻子乔迪带话，说自己另有生意上的事要去忙，一时脱不开身，并向我们全家致歉。

妻子和乔迪年龄相仿，不大一会儿，两个女子就唠到了一块儿。妻子的英语比我好些，但两个人说话儿，还是会遇到"一下就卡住了"的情况。每当这时候，妻子就喊女儿阿丹过去给她当小翻译帮忙。

小孩找小孩，多米尼克见着一个丹凤眼的中国小姐姐，干干净净、文质彬彬的样子，就不由得感到亲近，主动上来搭讪。女儿阿丹先是嫌他太小，什么也不懂，就不愿意搭理人家。到了后来，见小家伙真诚坦率，一连串问起中文这个怎么说、那个怎么说的样子，挺有意思，就像待小弟弟一样，和他在一起玩儿了。两个人拉着手去湖边，看嘎嘎叫着的野鸭。再赶回来，争着告诉我们鸭妈妈带着小鸭子游泳的样子。

我把孩子们叫到身边，一边动手准备野餐，一边重复手边那些饮食餐具的汉语词汇，让女儿先跟着说一遍，饭、菜、面包、饺子、炸春卷……碗、碟、勺子、筷子……多米尼克见小姐姐张嘴说中文词汇，就赶紧抢着争着也跟我学说。等到两个孩子都各说了一遍，姥姥汉娜再跟着说。这样一来，昨天学习的内容，不知不觉间，就得到了巩固，复习的课程内容也就完成了。而且，整个学习过程都热烈积极、激情澎湃。两个孩子喊着跟读的高音，常常引得行人注目。每当这时候，乔迪就会转过身来，伸开双手往下压，再把一根食指竖在唇前，示意两个小家伙安静一些。两个孩子看到乔迪这个姿势，赶紧用小手捂住自己的嘴，不好意思地笑个不停。可是，临到下一个练习，两个小家伙就忘了，又扯着脖子嚷起来。

吃过了野餐，我就和汉娜、两个小孩子去玫瑰园里散步，我自然而然地说起这眼前的情景词汇，天空，草地，湖泊，玫瑰园……

就这样，我的第三节课就那么轻松地完成了。而且，我的教学方式不再是"一对一"了，我不但多了一个学生多米尼克，还多了一个助教，女儿阿丹。

汉娜告诉我，她女儿乔迪在大学里读的是珠宝设计专业，毕业以后，就和她的丈夫威利一起，在南非和南非周边的博兹瓦纳、马拉维、安哥拉、津巴布韦等一些国家做生意。

近几年来，乔迪他们都越发感觉到，来自东方，尤其是来自中国的资本力量越来越强。中国人正以不可小觑的步伐，坚定地迈进非洲的珠宝市场。大家都愿意接触了解从前不大熟悉的中国，愿意多沟通有关中国的信息。

我很平静地听汉娜叙述着，心中不由得强烈感觉到，这些老外对中国的了解，远比中国人对他们的了解来得深远精准。虽然，他们的中国话还说得磕磕绊绊，但是，他们头脑中那些思维的触觉，却很有些高阔大气，而且还相当敏锐。

这一天的野餐聚会，让人心满意足，感受良多。我们家和汉娜一家渐渐从我们两人一教一学的关系，变得越来越像是两家朋友，而且是那种一见如故的、互相充满信赖的朋友。

我知道，在和老外的相处中，尽量不去打问他们的家事、身份、经历，他们都认这些为隐私，不会轻易透露。但是，只要彼此真心相处，这些老外，到了一定的"火候"，就会自然而然地主动向你倾诉，还竹筒倒豆子，毫无隐瞒。这一点和我们中国人相比，可是天地之差。我们中国人，尤其是我们北方人，互相接触没一个钟头，就家长里短地打问，爹娘祖奶奶那点事，都被了解个底儿掉了。可反过来再思忖彼此间的情谊，却随着互相了解的深入，而开始寡淡起来，真是怪事。

在又一个星期天，汉娜给我打来一个电话，说是下午的汉语课可否暂停一节。她得准备一下，第二天，也就是星期一上午，要去她退休前的单位办点事。她还说，弗兰克如果有时间，就顺便帮个忙，开车陪着去一趟，还说："这次也可以算是上课，老师对学生的人生经历也应该有所了解嘛。"

我听懂了汉娜的意思，想到她的眼疾，是开不了车的。再者，别看我不问，但我也实在是对她的过去很好奇，很想多了解这个要强的老太太是怎么亦步亦趋走到了今天。于是，我答应了。

第二天，我把身边的事情安排了一下，和家里打好招呼，一大早就驱车赶到了汉娜家。一见面就看出来，今天的汉娜精神焕发，神采飞扬。她穿着一件雪白的连衣裙，外罩着暗红的长袍，银发高耸，略施淡妆。高高的鼻梁上架着一副金丝花镜，一对镶钻的精巧耳环，随着头部的转动，因为变换位置而熠熠闪光。我不由得为她赞叹，不但美，还像一位大法官，又像一位老教授，还像一位布道者。汉娜笑了笑说："也许只能是其中之一。"

我以为老太太又在开什么小玩笑，也没在意，转身拉开车门，弯腰致意，半开玩笑地请汉娜登车。

汉娜对出发前行的道路十分熟稔,告诉我左转右弯,穿过了几条邻近纵横的小街。然后,车子轰着油门,一下驶上了约翰内斯堡的环城公路。汉娜一直保持着好心情,眼望向车窗外无尽的风光,有点像自言自语,又有点像朗读一篇熟悉的故事,缓缓地开口,她的话就像一条山石间的小溪,不急不缓,清楚简洁,"哗啦哗啦"地流淌:"弗兰克,我知道你是一位正直的、可信赖的中国人。但是,我还没告诉你,我是波兰人,出生在华沙。"

"1939年,第二次世界大战爆发,就是从德国攻击波兰开始,不到一个月,他们全面占领了波兰,那年我十岁。我的祖国多灾多难,在近千年的历史中,欧洲列强轮番征服我们,逼迫我们俯首称臣。沙俄、普鲁士、拿破仑、奥匈帝国……都曾把我的祖国糟蹋得千疮百孔,奄奄一息。夹在俄、德之间的波兰,就像一块夹心面包,谁愿意啃一口,就随便啃一口,却不在乎那个主权国家的连声惨叫、鲜血淋漓。

"一直到了十八世纪末,我的祖国干脆就被灭亡了。又经过了一百二十三年,直到第一次世界大战结束,才又有了独立的波兰。新波兰刚刚经历了二十年,希特勒说,'把波兰从地图上抹去',我们就再亡国。"

汉娜的话并不张扬激烈,但透露着她对祖国和故乡的无限深情。我想,只有一个真正的爱国者,才能在万里之遥的漂泊中,还叙说着如此真挚依恋的肺腑之言。我也熟悉祖国的历史和文化,并视其为自己这具肉囊的灵魂。即使浪迹天涯,我也没法成为真正的"洋人"。我几乎能从这位波兰老人的思绪中,像照镜子一样,看到自己的内心。无疑,我们同样都是思绪深沉的爱国者。我同样是把这份真情,沉重地盛在心中,小心翼翼地守护着它。

我还是和汉娜唠嗑,让我的朋友把她自己今天早晨以来的好情绪保持住。我说:"其实我在五年前,就曾经被一家中国南方的企业派驻过波兰,我曾经在华沙居住工作过半年多。"

接着,我就说起了华沙火车站,说起了车站餐厅里美味的牛肚汤。我还专门驾车去过克拉科夫,然后再续车程,赶到了奥斯威辛集中营展览馆参观。我曾被德国人的暴行震撼,也曾为那些被德国纳粹杀害的犹太人,流下了同情的泪水。

汉娜听我说了这段经历,瞬间就瞪大了灰蓝色的眼睛,惊讶得不得了,就像重新认识了我一样。然后,她为得见对波兰如此熟悉的外国人,感到意外而又欣慰，苍白的脸上溢满了相见恨晚的神情。

车里接下来的唠嗑，就是一来一往的交流式了。她说到肖邦的小夜曲，我就忆起了自己在肖邦公园里聆听大师的乐曲，直到深夜不知归的旧事。我还提到了显克微支的《十字军》，提到了居里夫人，甚至提到华沙郊外一处忘记了名字的公园。公园里那一汪甘冽泉水，倒让人牢牢记住了。当时用手捧起那泉水，一饮而尽，简直就像喝了大口冰水，透心地凉。汉娜几乎跳起来，连说："哟呵！太熟悉了。我从小就经常不怕路远，骑了自行车去那里打泉水，给家里人饮用。"

汉娜说，自己在二十八岁以前，就一直在华沙读书，她是一九五六年华沙大学俄罗斯语言文学专业的硕士毕业生。

"嗯？那你的俄语一定好得不得了。"

听我这样夸奖，汉娜又嘴角上扬，隐约露出了我熟悉的那种小得意。她说："那个时代，全东欧都学俄语，我们大学里百分之八十以上的课程都是俄语教学。再说了，波兰语和俄语都属于斯拉夫语系，十分接近，学起来要比英语、德语、法语不知道容易多少。俄国人说早安，'倒不拉也，进呢'，我们波兰说的是'进呢，倒不来'，一句问候，只是语序倒了过来而已。不过，我尤其喜欢英语，所以一直学得认真，下了不少功夫。因为成绩不错，在大三的时候，就被学校推荐到外事活动中做初级翻译了。"

汉娜说得没错，别说东欧，在二十世纪五六十年代，就连我们中国东北的中小学外语教学，也是都学俄语。我自己就赶上了那一波潮流，学过几年的俄语，对俄语略知一二。以致后来企业外派，也让我先去俄罗斯和东欧那些说俄语的国家去。

我们一路上唠得很热烈，不知不觉间，车子已经驶下高速公路。前方是一处山谷，山谷间就是南非的首都城市比勒陀利亚了。在城市的边沿，山谷的右侧山脚下，有一座巨大的建筑，就像一朵大蘑菇，十分醒目地矗立在这南非行政首都的大门外。

汉娜有点兴奋，眼睛盯着那座渐行渐近的大厦，脸上现出追怀逝去岁月的神情，深深地叹了一口气，慢条斯理地告诉我："我在这个大学里教了三十年书。这座巨大的建筑，就是著名的南非大学。通常人们称呼它，并不说出全名，只是称它的缩写'尤尼萨'。这是被联合国教科文组织，尤其是英联邦认可的一所正规大学。它每年都在全世界招收学生，整个的教育规程和专业设置都与欧美保持一致。甚至所有考试的试卷，都由英国领事馆的文化处从英国本土用飞机押运来南非，这是一所治学严格的学府。"

　　汉娜说的有关南非大学这些事，我都知道。可汉娜本人竟然就是南非大学的教授，这可让我没想到，这更让我的心中对她增加了几分敬意。

　　把车停好以后，转过花坛，进到大学的建筑中。汉娜如入无人之境，她脚下飞快，轻车熟路。看不出她是个患有眼疾重症的老太太，简直像一个年轻人，在前面领路。我不得不几次提醒她，眼神不好，慢着点安全。汉娜抬头冲我笑笑说："太熟悉这里了，真是闭着眼睛都能走到。"

　　搭上电梯，来到第七层楼面的宽大走廊里，她终于停下了脚步，站在一道门前。转过身来，抬手指着门侧的一道铜牌，告诉我，这就是南非大学外语学院的斯拉夫语言系。十六年前，她作为南非大学的教授，每周有四天要到这儿来讲俄罗斯语言文学课程。我看着神采飞扬的汉娜，心生羡慕，想到自己在国内时候近十年的教学生涯，心里一番感触，犹如翻江倒海。在国内下海都快二十年了，原来自己的内心深处，竟还追恋着这高贵智慧的学堂。人生变幻，身不由己，取舍怎知是也、非也。

　　汉娜这次来原单位，是依惯例，退休后每个学期过来参加一次学术研讨会，并参与系里几位硕士论文的评审。她虽然退休在家，不再上班，但是，却仍然是南非大学外语学院学术委员会的成员，有时会受邀参与有关的学术活动。汉娜受到同行们的欢迎，尤其是几位白发蓬松的男女老教授，都依着老礼儿，上前贴面相吻，互相亲切致意。

　　十几位老师赶到小礼堂聚会，汉娜问我："要不要进去旁听？你的中文教得那么好，大家也算同行嘛。"

　　我连连摆手推辞，有几分羞惭地说："学术重地，堂堂正正，我哪里有资格跟着掺和，还是找个地儿，让我静等就是。"

　　汉娜和身旁的一位年轻老师小做商量，回头冲我笑笑，让那位年轻的老师，领着我进了一间不大的教研室，让我坐在沙发上休息，还特意递过来一杯速溶咖啡。

　　进屋坐下，刚稳稳心神，却见有一位中国女教师，坐在一张大写字台前。领我进来的南非年轻老师向我介绍说，去年开始，学院里开设了中文课程，这位就是新来的密斯李,你们是同乡,好好聊聊吧。然后抬手腕看了看表补充说,汉娜那里大约需两个小时结束,到时候我们把她送过来。

我心里热乎乎的,所谓"老乡见老乡,两眼泪汪汪",一晃都有三年多没回国了,意外见到国内来人,心中自然感到几分亲切。再者说了,拐着弯儿论,我们也都算是同行。看她那么年轻,就能出国任教,一定是学业有成、本领过人,想想心中好生羡慕。

李老师对我的探问,微笑着应答。原来还有一位和她同来的女教师,她们都是从上海的大学公派过来教中文的。这位李老师简单说了两句,就埋头看书去了。我这才猛然感觉到,她那温和礼貌间,隐约含着一股推拒的力量。是出于防范还是某种纪律约束?想起在国外见到公派的国人,个别人常常板着类似的面孔,令人沮丧,想到这里,自己也不由得克制着规矩起来。

设身处地,换位思考,像我们这些下海经商的,日子久了,大家心里都明白,互相之间,表面上都是嘻嘻哈哈,甚至拍肩搭背地装亲热。可见了国内新来的商家,也是百般提防,暗中较劲儿,来者那可都是明里暗里的竞争对手啊。

可商家终归是商家,竞争是明摆着的事。像眼前这样,你教你的书,我混我的生活,井水不犯河水,不形成同行是冤家的竞争,何必他乡异国见面,国人之间就非黑眼蜂一般地防备呢?

依我在这个社会上的观察,南非的黑人也好,白人也好,他们不同族群的内部,也都存在着相互的矛盾,可那都是"低水平"和"简约"式。唯有我们中国的个别人,不但常常专门针对自己人下手,出手还又深又狠。这一点,连那些老外都能隔着人情把我们看得透透的。

我叹了一口气,顺手在教研室的书架上找了一本书,埋头读书,再不说一句话。

汉娜的活动一直进行到了过晌,终于结束了。她还是那么兴冲冲地,怀里抱着两本书,进了我所在的教研室,和我打招呼。我们临下楼的时候,几乎大半个系里的教师都出来和汉娜打招呼,甚至,那位李老师也在其中摆手。

到了车库里,准备启动车的时候,聪明过人的汉娜直接问我:"你和那位中文女老师,既是同乡又是同行,怎没见你们交谈沟通?看上去还没有我和我的同事们之间说得多。"

我迟疑了一秒钟，心平气和地回答："她在忙，我不好意思打扰她。"

又隔了两秒钟后，我补充道："至于我们，你我之间，正好就告诉你一个词，我们是哥们儿。"

汉娜听了，嘴里不断念叨着："哥们儿，哥们儿，记住了，从前还真没听说过。"

临了她还若有所思地判断："这哥们儿好像比朋友更亲近是不？"

我哈哈大笑，却没回答她，只是脚下踩了两脚油门，我们的越野三菱一阵轰鸣，飞快驶出了南非大学。

今天可真是漫长的一天，有那么多的所见所闻。对汉娜，在两个多月里，都没有这一天知道得多。汉娜好像猜中了我的心思一样说："在这回家的路上，让我把话说完了吧。今天可是怎么了？话这么多。我的爷爷是个波兰小贵族，他有个庄园，有一片土地和土地上的农奴，这样的小贵族，在波兰其实比比皆是。他们每年所得的租税，也只够自己的生活用度，没有什么大的结余。我的父亲也是教俄语的教师。父亲对我宠爱有加，不幸的是，他早早就去世了，在我十一岁的时候，他死在哈尔科夫附近，一个叫作卡廷的地方。"

我读到过有关"卡廷森林惨案"的书籍，知道在二战期间，曾经发生过苏联内务部大规模枪杀波兰军官、公职人员、知识分子的惨案。我万万没想到，自己这辈子还能在万里之遥的非洲，亲眼见到这次惨案受害者的子女亲人。造化弄人，机缘也弄人，这世界真就如此神奇。我相信南非的其他白人，未必有几个人能了解发生在遥远的东欧、时隔半个多世纪的那次惨案，比如刚刚和汉娜在一起研讨学术的她那些同人。

不过，汉娜的叙说，好像并没有在她父亲去世的节点上停留太多，就又往下讲。声音还是那么不紧不慢，神态凝重。我知道，我的老朋友，是在今天这样特殊的日子里，叙说着她通常不肯轻易吐露的身世和心声。我认真地聆听一个女教授那漫长的生命历程，为自己能获得她的彻底信赖而感激不尽。

"俄语几乎是我的母语，而我在大学里学习的英语，成绩也很好。我说过，还是学生的时候，学校就推荐我在一些外事活动中充当翻译。如此一来，我自然而然地就认识了文森特。"

汉娜说到这里，深深地叹了一口气，接着说："我们是在英国领事馆的招待会上结识的，那时候我是波兰兼职翻译，文森特是英国领馆的初级雇员。文森特从牛津毕业也没几年，还是个初出茅庐的小伙子。一切顺理成章，那年冬天，我跟着文森特，回到了他的家乡，在伦敦举行了婚礼。婚后，文森特在领馆的雇员工作期满。似有天意，南非开普敦大学发来信息，欲聘文森特做英国语言文学的讲师。"

"那时候，我们可真年轻啊，满怀着希望和信心。文森特先走一步，飞到开普敦，和校方签下了合同。紧接着又把我也接了过来，那时候，我已经有孕在身，正怀着迈克，我的儿子。"

我心里一动，是啊，我还从来都没听老太太说起过，她还有个儿子。不过我没打断汉娜的话，还是遵循着长期以来的原则，和白人交往，他们不说的事情，坚决不问，该说的时候，他们自然就会说给你听了。

"我们在开普敦的日子，就像开普敦城市本身一样美好。儿子迈克和女儿乔迪先后出生，每当寒暑假的时候，我们就全家飞回伦敦度假，顺便看望文森特的父母家人。要知道，文森特家族可是像一棵大树一样，有上百个亲戚在世界各地来来往往。南非这里，就有文森特两个堂兄。英国人认为，南非是英格兰的后花园。弗兰克，你去过开普敦吗？好啊，你听听那些地名儿，情人坡、魔鬼尖儿、桌子山、鲸鱼湾、好望角……像童话，又像爱情小说里的隐喻，那可真是这世界上最漂亮的城市。我们一家四口，都喜欢开普敦，喜欢那里温暖的气候，喜欢那里的海滩、岛屿、山谷，喜欢开普敦大学校园里那一幢又一幢红色的楼宇，还有和园区漫荡相连、一眼望不到边的冷杉林。啊——如果不是那场悲惨的车祸，我们一家大概就在那里永远生活下去了。

"那年夏天，文森特和自己学校里的一位同事，搭伴驾车赶往约翰内斯堡的金山大学，去参加一次学术交流会议。他们在刚刚驶离开普敦的 N2 公路上，发生了严重的车祸。文森特不幸身受重伤，在医学院抢救了十个小时，最终伤重不治，过世了。"

沉浸在自己叙述中的汉娜，深深地叹了一口气，就像在水中憋得受不了，终于浮上来深呼吸一样。

"我们母子的天坍塌了，孩子一个六岁、一个八岁。大的对世事半懂不懂，天天陪着我流眼泪，小的只知道管我要爸爸。差不多有两个月的日子里，我每天浑浑噩噩，头脑不清，脚下就像踩在棉花上一样。那也是我去教堂最勤、信仰最虔诚的一段时间。主告诉了我，我和我的孩子必须活下去，我们的生命属于未来，不属于过去，过去的就让它过去，我要抚养孩子们长大。我自己先要站起来，要坚持住，做孩子们的城堡。"

汽车在返回约堡的高速路上匀速行驶，车轮辗轧着粗糙的路面，发出沙沙的声响。车身平稳，沿途的花草植郁郁葱葱，姹紫嫣红，像一幕又一幕鲜艳的布景，在车旁闪过。汉娜神情安然，平淡如水，似乎在诉说着一部属于别人的遥远历史。

"我失去了丈夫，只有自己挺身而出，支撑起孩子们的天空。开普敦再好，也是伴随着我们痛苦的伤心地。我只能挺起胸膛，做一回摩西，领着我的儿女，走出'埃及'。位于比勒陀利亚的南非大学，开设有俄罗斯语言文学专业。我鼓起勇气，捡起荒废了十多年的学业，夜以继日地复习那些课程，准备着迎接英国标准的考试。三个月后，我终于拿到了英联邦的授课资格证。我搂着两个孩子，先笑后哭，肝肠寸断。我想起了文森特，想起了万里之遥的故乡波兰，想起了伦敦，想起了这半年多死去活来的日子。

"接下来的日子也并不轻松，尤其是在拿课的学期，一周要上四天的课，大部分的课程还都排在上午。那时候我每天驾车，就行驶在这条高速公路上。开着车，满脑子里想的都是迈克和乔迪。这么小的孩子，被我锁在家里，只准备了些牛奶和面包，为了安全，不敢让他们随便动火。

"下了课，我连饭都不吃，再驾车疯也似的往家赶。冬天里最难过，有那么两个星期，气温降到了零下。我赶到家，赶紧掏出钥匙打开门，大声呼喊着儿女，迈克！迈克！乔迪！乔迪！孩子们都不作声，我的心咚咚乱跳。赶紧打开灯，才看到两个孩子，都钻进了床上的厚毯子里，像两只小猫小狗一样，饿着肚子睡着了。

"好在大学里不坐班，轮到不拿课的学期，还可以在家里备课做研究，这样就好多了。再加上，后来我向学校申请了函授教学，才终于可以和孩子们尽量多地聚在一起了。

"嗨，这样的日子过得飞快，一转眼三十年过去了。孩子们都长大了，都为人父为人母了，我才感到，自己也是真老了。"

汉娜有叙述描写的天赋，她的话能在我的想象中，不费劲儿就搭起宽敞的时空场景。然后，以她为主角的家庭剧，就在这里起伏跌宕，悲欢离合。我随着汉娜的诉说，不知不觉地就进入了她导演的剧情中，被深深地感动着。我也知道，自己之所以能成为"汉娜剧"的拥趸观众，还有一个重要的原因，那就是我也曾是一位女教师的儿子。我小时候，从记事起，就跟着当小学教师的母亲，在学校里外起早贪黑地奔忙。她说到的这些，我似乎都身临其境地经历过。我把自己的这些想法告诉了汉娜，她又是惊讶不已。然后，她问我："你的妈妈现在怎么样？"

我回答道："老人家三年前已经过世了。"

汉娜赶紧说："对不起，对不起！"

沉吟了一会儿，她又问了我一个人们常说到，但又不直接问的问题："你的妈妈喜欢你的妻子吗？"

我说："我们不在一起住，她们的关系还说得过去。"

我想我的回答多少有点滑头，但汉娜似乎没注意到我言语中的躲闪，只是长出了一口气说："如果你的妈妈坚决地反对你和你妻子的婚事，你会和妻子分手吗？"

汉娜的问题显然是纯外国式的，相当直白。这个老掉牙的问题，在我们中国国内，常常以半开玩笑的方式提出来：你妈和你媳妇儿都掉河里，你是先救你妈还是先救你媳妇儿？或者干脆直接问，生死一线，你要你妈还是你媳妇儿？

得承认，这是一个让天下所有男人都尴尬、为难，说出来也一定口是心非的问题。这怎么到了天涯海角的约翰内斯堡，还有人提出这问题。而且，还是个奶奶级的老教授提出来的。看来不管读多少书、有多大学问，人们说到底还都是血肉之躯，都不能免俗。不过，我心里隐约一动，感觉到汉娜和她的儿子之间，好像有点什么隔阂隐情，而且，这跟她的儿媳有关。也许是我想多了，但愿事实不是如此。

我们眼看就回到了汉娜的家，她邀请我吃了饭再走。我说还要回去接女儿放学，改日再聚。我一边打招呼和她告别，一边开玩笑说："从今往后，再也不能说你是我的学生了，因为你才是真正的教授。"

汉娜也故意板起脸，装作生气的样子说："怎么？弗兰克老师，一句话就开除我了吗？老师还欠我一次大考呢。"

国外的日子，在重复中不紧不慢地逝去。汉娜还是跟我学中文口语，同时又时常帮着我，校正我说英语时经常犯下的语法错误。有了闲暇的机会，我甚至还胆大包天地在这个专业教授面前，试试小时候学过的那点俄语。汉娜从来不笑话我，甚至还潜移默化地鼓励我，去修学位课程。她说："不知道中国国内的情况如何，就我所知，在波兰、英国、荷兰、南非等一些国家，关于申请学位的学习，不分年龄、性别和国籍，任何人随时都可以报名注册。"

她还说："在南非大学申请学习签证的外国学生，其中年龄最大的，是日本的一位爷爷，叫山上公孝，高龄八十四岁。赋予民众终身学习的权利，不是一句空话，是受到法律保护的。"

想想，她作为一个专业教授，并不是一心只做学问，她的头脑中也真具有一以贯之的、先进的教育思想。相比之下，我自己就保守落后，心想自己年过半百，生活的模式已经固化多年，就算累死累活修个博士，又能怎样？终于就放弃了。但汉娜的鼓励和在学业上的追求，让我记在心里，成了此生不断努力奋斗的动力。

我和汉娜成了忘年交的好朋友，我们的家庭也你来我往，走动得更亲密。

中国春节的大年初一，我们邀请了汉娜全家来做客。我们先是两家人去中国超市购物，一来可以练口语，二来让他们从根儿上了解中国餐饮制作的来龙去脉。

在超市里，见到有一家老外和我们家掺和成了大队人马，兴高采烈地过中国年，我那些国人同胞，常常好奇地瞪大了眼睛，看个不住。我们请汉娜他们吃纯中国式的水饺和炒菜，喝七十二度的北大荒烧酒。汉娜老太太厉害，能端起半两一盅的北大荒白酒，一饮而尽，然后闷住了酒气，不动声色。要知道通常他们喝的最烈性酒，就是伏特加，而伏特加的酒精度也才不过四十度而已。乔迪和我媳妇儿只喝点红葡萄酒，然后就在一块儿讨论关于珠宝钻石那说不完的话题。威利举起酒杯，还像喝伏特加一样，一口灌下去。他显然没有汉娜老到，结果高度烈酒像一条火龙，顺着他的喉咙直冲下去，把这位巨人噎得直翻白眼儿。没等喝上三杯，威利就受不了了。他说："中国人果然都会功夫，要不然，他们个头不高，身材也没那么壮，怎么能喝如此烈的老酒?"

我说:"哪儿有的事,像我就一点都不懂什么功夫,我只会广播体操。"

说完,我还依仗着酒劲儿,当着嘻嘻哈哈的两家人,做了几节第四套广播体操,给大家助兴。威利认真地观察我的动作,看样子他还是认为,那些伸展运动一类,没准儿就是中国功夫的精髓。

汉娜、乔迪还有我们两口子,四个人合起来唱俄罗斯歌曲《山楂树》,轻漫的歌声在北悬崖上我们家别墅的院子里飘荡。孩子们大声喝彩,连叫带跳。威利听不懂这民歌,但十分神往美妙的旋律,跟着用巨大的手掌轻轻地打节拍。

一个中国春节,在南非共和国过得意兴盎然、年味儿十足。当汉娜一家告辞的时候,已经是夜色浓重、凉意如水。小多米尼克怀里抱着阿丹姐姐相赠的布绒大熊睡着了。眼看乔迪小心驾着车,一路向山下缓慢行驶。那一对汽车尾灯,像两个红色的小风球,在漆黑一片的空间里飘荡浮动,渐行渐远,终于消失不见了。

汉娜的俄国语言文学水平,足以在南非大学里做专业教授。有时候,我们结束了一堂口语课,或者干脆就有意搁下手头的教和学,进入汉娜熟悉的俄罗斯文学语言专业里聊天。说到契诃夫的短篇小说,从《一个小公务员之死》《普西杰耶夫中士》到《马姓》,汉娜目光熠熠、侃侃而谈,像似又重新登上了讲坛。她对契诃夫推崇备至,甚至说他的小说才是后无来者的真正小说,他是写短篇小说一众的鼻祖。我说到美国的杰克·伦敦及其作品,汉娜不与我争论,只是弯起嘴角浅笑。说起俄国的长篇小说,汉娜挂在嘴边的是肖洛霍夫和他的《静静的顿河》。她说年轻时候,曾经和同学相约,一起去过肖洛霍夫的故乡。那时候东欧各国和苏联互相免签证,他们一行四人,东行进入当时的苏联乌克兰加盟共和国,在敖德萨登船,在黑海里航行,绕过克里米亚半岛,穿过刻赤海峡进亚述海,到达罗斯托夫。在顿河的入海口再次乘船溯流而上,沿顿河上行,一直到达了肖洛霍夫的出生地——维申斯克的克鲁日林。说到这里,汉娜神往于五十多年前的精神探求,就像虔诚的信徒回想当年的圣地朝拜一样。她说:"俄国的天才小说作家多如繁星,但是,其中最具代表性的有两个:一个是前期的托尔斯泰,一个是后期的肖洛霍夫。

这两位大师，前无古人，后无来者，至今无出其右者。"

汉娜赞美普希金，她用纯正地道的俄语背诵《致大海》《自由颂》和《假如生活欺骗了你》，声情并茂，令人产生强烈的共鸣。她还说："莱蒙托夫的《当代英雄》，是不能翻拍成影视作品的。就像你们的《红楼梦》，如今拍成了电影，就活生生把一部惊世巨作给糟蹋了。"

听汉娜讲俄罗斯文学，是一种享受。每当她一时兴起，又一次进入了她的"自由王国"，我心里都暗自庆幸，自己又得到了一次真正的艺术熏陶。这些对我来说，都是在书上不可能获得的鲜活知识，是价值无比的珍宝，不论何时何地听了，都令人欣喜异常。

然而，我能感觉到，那样热爱推崇俄国文学艺术的汉娜，一提起苏联的现实，却很不以为然。她说："二战时期，德国固然欺人太甚，跋扈疯狂，可当时的苏联又何尝不是助纣为虐，暗下黑手？相比之下，俄国来得更阴，更招人记恨。"

看那样子，汉娜从来都没忘记卡廷森林惨案。我曾试探着说，为什么那么丰富智慧的民族，竟会产生那么失败的政治？汉娜看了看我，似乎若有所思，慢慢地说道："肥沃的土地，也会结苦果子。"

"头脑在天堂里，脚步却徜徉在泥泞中。"

有一次，她递给我一张英文报纸，上面刊登有一张普京跪在卡廷惨案纪念碑前的照片。她的脸上有一丝冷笑，我没在那张脸上读出一点原谅，倒感觉着绵绵不绝的恨意。有时候，我故意谈到后期的俄罗斯领导人，她都不屑一顾。我想，在她的心里，很多俄罗斯人并不懂得自己文化的精深博大，只是陶醉于伏特加的粗人。

热爱俄罗斯文学艺术，却对俄罗斯的现实和政治不抱好感，这是我在汉娜身上看到的一对耐人寻味的矛盾。想想，似乎费解。再想想，好像又很能体谅。其实，我自己也有类似的感触。我曾经和俄罗斯人打过相当多的交道，结果常常也是喜怨参差，哭笑不得。我又不愿把自己内心的真实想法向汉娜吐露，不想在这方面再引起个"国际共鸣"来。

转过了年，眼看到了复活节。这节日是基督教的大节日，汉娜邀请我们全家去共度佳节。

汉娜一家都在，却只是缺了威利。威利是个直筒脾气的大汉，喜欢庄稼和山林，懂得枪支渔具，喜欢自由自在的园林生活。我们曾经相约出去猎跳羚，在清理猎获之余，我们俩曾烤上羚羊腿肉，举杯痛饮南非的城堡牌啤酒。我清楚地记得，高大壮硕的威利，在酒后和我谈起通常不会提及的南非当下国情时，竟然扑簌簌泪如雨下。他把一只大手搭在我的肩上，痛彻心扉地说："好朋友，你无论走到哪里，都有自己的祖国。可我……"威利难受得说不下去，眼含热泪，哽咽着摊开一双大手，耸了耸宽阔的肩膀。我没想到，这条阿菲利康大汉，竟有孩子般的纯情，竟对他的祖国和家园爱得那样刻骨铭心。

他今天没来，我略微感到一点不安，但又不好意思打问乔迪。

汉娜把自己的房子拾掇得干干净净，还特意在客厅的天花板上用彩绸装饰了一番。他们在房子里喷了花露水，屋里屋外有一股薰衣草的淡淡香味儿。

正餐还没有开始，来人都自然地散于屋里院内，随便端着酒杯搭伴儿聊天。我和女儿看到了有意思的场面，在能坐下十几个人的大餐台上，摆了几个大玻璃盘，盘里堆着很多鸡蛋。鸡蛋都被涂画了鲜艳的色彩，有普通的花纹，也有圣经故事中不同人物的画像。那么多花花绿绿、五彩斑斓的彩色鸡蛋，把节日的气氛烘托得喜庆异常。汉娜穿着黑色天鹅绒的长裙，梳着高高的蓝白色发髻，一对钻石耳坠，随着她来去的脚步，闪烁着耀眼的光芒。

她给每一个人分发彩色的鸡蛋，然后简短地致意："鸡蛋意味着生命，而且是崭新的生命，让我们感谢神的眷顾，祈求神的保佑，为圣子的复活真心庆贺。"

汉娜邀请的另外几位贵宾，看样子也都是她的至爱亲朋。不过，她并不着意地介绍我们相识，却有意让我们在活动中自然接触，相互攀谈。我们自己主动去和不熟悉的人来往，克服了初见的生疏以后，很快就互相熟稔起来。我发现这样在家庭派对中结交新朋友，还真是个不错的活动。

家宴开始前，大家按汉娜的指挥，排定自己的座位。我坐在汉娜的主位左侧第二的位置上，挨着一位和自己年龄相仿的中年人。在落座之前，他伸出手来向我示意，嘴里清晰地自我介绍，"迈克"。迈克？我赶紧握住迈克的手，也介绍自己，"弗兰克"。哦——我猛然想起，汉娜的儿子就叫迈克。抬头去看主座上的汉娜，却见她正在那里冲我挤眼儿。这老太太，原来是成心让我和她的儿子交往相熟。迈克也生得高大，但不是威利那种肩宽背厚的男人。相反倒有些瘦削，但从和他握手的力度上，我断定，迈克不但结实有力，还反应敏捷。看迈克的面孔，没有汉娜相貌的影子。我的脑子里闪过了一句，迈克长得像他的父亲文森特。迈克话不多，但笑容可掬、温文尔雅。我们轻声地交谈，他微笑着说："汉娜妈妈把你当成她的第二个儿子了。"

我的心里一热，感受到了一股久违的亲情，瞬间就充满了身心。

这是一顿非常丰盛的宴席，前菜有熏鲑鱼、渍橄榄、蓝心奶酪、黑鱼子酱……波兰式的大陶罐，里面盛满了炖熟了的牛肉和羊肉，一直到端上来还热气腾腾地翻滚着汤汁。有奶油鹌鹑、炸猪里脊、烤皇帝鱼排、热石头煎羊腿……

人们举杯相庆，互相祝福，三杯酒下肚，气氛热烈亲近，一片快乐祥和。我和迈克几乎同时想告诉对方，我知道你。没想到的是，时间不长，还没和迈克说上几句话，他就找了个机会，悄悄地向我告辞，然后，不声不响地起身走了。眼看他的母亲也随着跟了出去，我有一点不知所措，不觉间也走过去，打算向迈克说点什么。见到他们母子俩，正在小走廊里相拥告别。迈克远远地向我挥手，转身出去，不见了身影。我很是不解，大过节的，怎么就不等自己儿子吃饱喝足再走，再说你们母子那么长时间都没见相聚，这怎么点个卯就回身走了？汉娜转过身来，招呼我再次入席，随口说了一句："回去就回去吧，他家里也有妻儿在等着呢。"

儿子的妻儿，不就是你这当奶奶的儿媳和亲孙子吗？一起来过节不就得了？把我这样的朋友都能待为上宾，血肉至亲怎么反而还如此疏远了？我的心里充满了一连串的疑问，终于都没说出口。因为我仍然遵守着和汉娜交往的底线原则，她不想说的，我绝不问。作为可以互相信赖的朋友，她想说的话，想向你袒露的心迹，会在适当的时候，自然流淌出来。

威利失踪了，一米九六的彪形大汉，活生生地就在世界上不见了踪影。乔迪六神无主，搂着儿子多米尼克抽泣落泪，吃不下睡不着。一个星期后再见，就瘦得形销骨立，几乎认不出来了。据她讲，威利他们俩在津巴布韦谈好了一单生意，乔迪就先飞回了约堡，威利还有些事，要转到莫桑比克去处理一下，隔三天后也会如约返回约堡，和妻儿相聚。但是，多少个三天过去

我的教授学生　179

了，威利不但没有返回约堡，反而音信皆无。汉娜和我说起过威利的生意，先还笼统地说是珠宝生意，后来她告诉我："威利嫌按照乔迪的规矩做事，利润太薄。所以就偶尔会在安哥拉、津巴布韦、马拉维等一些国家进口少量的钻石原石。"

原石就是没有打磨过的钻石，我和妻子见过几次。我们也知道，原石不能公开在南部非洲几个国家之间随便交易，那将触犯刑律。原石价格一般都远低于成品钻石，谁都知道原石的非法交易会有相当大的利润。汉娜说到这里，神色黯然："这个威利，恨不得两年就成为富翁，劝了他多少次，就是不听。"我提到威利是不是喜欢去赌场一类的娱乐场所，汉娜听懂了我的暗示，摇了摇头，她说阿菲利康人一般都对家庭很负责任，轻易做不出抛妻弃子的事情。再说，事先也没有任何征兆，他们可没有那么善于表演的能耐。

汉娜还说："他们阿菲利康人在整个南部非洲都有特殊的联络渠道，按理应该能打听出威利的消息。"

乔迪哭着向她的母亲请求，要去莫桑比克找威利。汉娜说，莫桑比克是法语国家，治安又乱，一个女人怎么好孤身一人前往。最后，她叫上了迈克，千叮咛万嘱咐，让兄妹二人带上了政府给南非驻莫桑比克使馆的信函，搭乘小飞机，去寻找威利。

家里只剩下了汉娜和多米尼克一老一小，看着实在孤单无助，我和妻子就天天赶过来，帮着汉娜做点家务，陪伴汉娜。汉娜脸色苍白，眼圈阴影明显。但是，她却从不唉声叹气，显露出颓丧的神色。尤其是在多米尼克面前，该给孩子吃饭，还是照样用那种调配的糊状物喂她的胖孙子。多米尼克哭着要爸爸妈妈，汉娜一声不响，找来颜料和画笔，大声说："画你的乌龟去，等画好了，爸爸妈妈就回来了。"

然而，时隔一周，迈克兄妹空手而归。他们找不到威利，只能在莫桑比克警局挂失寻人。

汉娜的话越来越少，也没有心思学汉语了。不过，我还是隔一段时间，就去她家里看看。课不上了，但我们终究是朋友。她的家里出了事，我帮不上忙，也只有时常过来看看，陪她聊聊天了。

有一次，我带给她一罐斯里兰卡红茶，她一下子就认出了迪尔玛的牌子，眼睛忽然闪亮了一下，来了兴致，张罗着找来电水壶和砂糖、鲜奶。我们一起品尝着口味绵长的红茶，也不知道从哪儿起的头儿，汉娜说起了有关自己儿子迈克的事："我在南非大学教书，一晃就过去了十年。我的儿子迈克中学毕业，该上大学了。这孩子真挚热情，聪明坦诚，很像文森特年轻时候。当我问他，他最喜欢的大学是哪一类的时候，万万没想到，他的理想是上军校，而且，他还说：'实不相瞒，妈妈，我已经被南非海军官校录取了。'我这才想起来了，文森特除了我说过的那些优点，还有固执这个缺点。迈克如果性格随他的父亲，我说什么都没用，还不如随他去，要知道，我们对自己的孩子，尤其是男孩子，只抚养到十八岁，再大了就是成年人，我们就没有法律上的权利管他们了。就这样，迈克读了海军官校，毕业当上了一名海军少尉，在南非海军的一艘运输舰上做枪炮长。迈克当兵的第二年，南非海军和以色列海军进行军官训练交流，他被派到一艘以色列海军的护卫舰上任枪炮长。问题来了，他的副手朱迪娜是一位以色列女少尉军官。顺便说一句，在以色列，女子同男人一样服兵役，而且不论战时打仗还是平时训练，男女都是混编，除了睡觉和洗澡，连吃饭都在一起。

"你能猜出来，迈克和朱迪娜成了一对恋人。这些我当然不知道，迈克懂得，他的妈妈绝不会同意他娶一个犹太女子为妻。于是，就自始至终瞒着我，两个人私下里订婚。一直到了最后，朱迪娜已经有孕在身，两个人的婚事必须操办了，迈克才和我说起。按我们的习惯，正规的婚礼必须在我们的天主教堂里举行，也必须得到父母的祝福。我不能祝福我的儿子，原因只有一个，他娶了犹太人做妻子。这是我，也是我们家族的红线，我必须恪守这个原则。"

我听到这里，百思不解，这算是哪门子原则？一个堂堂教授，观念上怎么如此陈腐？世界进步、文化发达的今天，怎么还能用种族出身、宗教信仰这些意识形态的东西去困守年轻人的爱情？我没有勇气当面质问汉娜，但显然不屑于她的观点。

再看汉娜，说起这件多年前的往事，仍义愤填膺，脸都发红了。一口一个坚决不行，甚至还提到，如果儿子背着自己安排婚事，从此就不要登自己的家门云云。

实在弄不懂这些老外，犹太人怎么了？就让他们如此鄙视，势不两立。看着偏见固执，至今也绝不可能改变主意的汉娜，我自己都感到一阵虚弱。可以

我的教授学生　　181

想见，可怜的迈克当年会有多么无奈和悲苦。一边是自己挚爱的妻子，一边是年轻守寡，为自己操劳半生的母亲。我不由得问道："那么后来怎么样了？"

汉娜说："还能怎么样？迈克和朱迪娜按照犹太教义，在以色列的犹太教堂里结婚，到现在都九年了，现在他们有两个女儿。三年前听说我的眼睛不行了，迈克带领着朱迪娜和孩子搬回了约堡，就住在我这里往南四道街的街口那里。我知道迈克惦记着我，但是我不会屈服，我还是不准许那个犹太女人和她的孩子到我的家里来。迈克和他的妹妹有密切的联系，他知道我的态度，所以至今不敢领他的犹太妻子上门。从去年，他妹妹乔迪好说歹说，我才答应，只有圣诞和复活节，迈克可以来看望妈妈，其余时间一律不准许。"

我端详着眼前的这位愤慨而又痛苦的老太太，好像一下子又不认识她了，她变得那么陌生，甚至有点丑陋。她把自己那些学识和理性都丢了？那她人性中的善良和亲情呢？是一道什么坚不可摧的障碍横亘在这位母亲心里？我没法理解她的是非判断标准，但我也坚决不同意她的做法。很简单的常识告诉我，迈克没有错误，更没有任何罪过。我突然想到，半个世纪前，由那个狂人发起的虐杀犹太人的腥风血雨，原来有着深厚的"群众基础"呀！这得是多么深重的偏见。但是，汉娜无动于衷。她见我在不知不觉中露出了些许鄙夷的神色，就直接问我："你想什么呢？"

我沉吟了一下，回答她："我在想曾经看过的一部电影《华沙起义》，这部电影悲壮惨烈，犹太人对法西斯德国的反抗可歌可泣，令人泪下。但当年我看到最后的时候，见残余的几十个犹太人从下水道里钻出来，伤痕累累，蹒跚挣扎。而那些漫步在大街上的波兰人，衣冠楚楚，道貌岸然，他们竟对就在眼前的逃命犹太人视而不见，无动于衷，甚至还有告密者去向德国警察报告情况。当年我看不懂，波兰人为什么如此对待那些起义者，难道就因为他们是犹太民族？现在，我明白了。"

汉娜听了我的话，脸色灰暗，嘴里喃喃地说："那年我十五岁，就在华沙，我也见过那些起义者。我也参加了第二年的华沙大起义，为伤员裹伤。我们牺牲了两万战士、二十多万平民，苏军就是在几十公里之外，见死不救。"

按我的阅历，汉娜无疑是一位亲历过惊涛骇浪的前辈。她刚强自立、学识渊博，与人交往真诚守信、温和善良。我在内心里像尊重母亲一样尊重她。

但是我发现，她也不是完人，她也受因袭的束缚、观念的驱动。像她喜欢俄罗斯文学艺术，但对俄国人和他们的现实不屑一顾。今天，我又见识了她歧视犹太人的另一面。毋庸讳言，汉娜是一个真正的反犹主义者。我没有身临其境，也没有更多地学习过欧洲历史。但是，我现在知道了，欧洲曾经有过反对犹太人的传统。

我们和汉娜家仍然来往密切，互相关心，互相帮助。威利仍然杳无音信，乔迪又结识了新的男友。汉娜还是不让迈克的妻子来家相聚。我也只有在圣诞和复活节时能见到迈克，和他聊几句。犹太人的话题，在我和汉娜的交谈中生生被割除，我们都有意避开不去谈它。

那年冬天，汉娜不小心在台阶上摔了一跤。当时在医院诊断，说是股骨骨折，她坚持不肯住在医院里，就雇了个佣工在家里养伤。我和妻子有时出去办事，经常特意绕道过去看看她，我们还从国内寄来云南白药，送给她外敷用。时不常地，还包好了饺子给汉娜送去。老太太愿意见到我和我的家人，总是挣扎着从床上坐起来，和我们行拥抱贴面的老礼儿。不过，她的病情却拖下来，一时不见好转。

有一天晚上，我突然接到了乔迪的电话，说是汉娜突发严重的肺栓塞，在医院抢救了三个小时，最终医治无效，过世了。

我的头就像被钝物重击了一下子，登时眩晕不止。我的胃里往上泛酸水，脚步踉跄，差点就摔倒在走廊里。等到我镇定下来，开着车往医院疾驶，眼泪就像开了闸一样，飞涌而出。开始我还以为是挡风玻璃上落了雨水，就打开了雨刷。雨刷往返移动，却仍不见视线清晰，再愣神略思，才知道是自己汹涌不断的泪水模糊了视线。我踩死了刹车，把车停在小街的路边，不由得伏在方向盘上，痛哭失声。从此以后，我和我的教授学生将永远天人两隔。不管是相同的爱好，还是相斥的观点，我们都不能再在一起讨论、一起交流了。他乡异国，茫茫人海，我好不容易得遇的一位智慧长者，将再也不能向我露出她的笑脸了。

葬礼在约堡最大的天主教堂里举行，大型的管风琴，播送着缓慢的哀乐，气氛低沉凄苦，极尽哀荣。我们一家穿着黑色礼服，在汉娜亲友团的队伍里，走到汉娜的棺材前，瞻仰她的遗容。死去的汉娜化了淡妆，双手叠放在胸前，神态安详。我特意注视着我的朋友，看到她那显露些许皱纹的嘴角，仍然倔强地微微翘起。想想几年来，我们相处的往事，我的眼泪再一次止不住涌上了眼眶，视线又模糊了。

墓地在那片松林环绕的坡地上，在墓穴填土埋葬的时候，神父大声诵读圣经。完后提着圣灯，缭绕淡淡的烟雾，在四周晃动，口中念念有词。我看到了迈克一家，第一次见到了他的妻子朱迪娜，她细高挑的身材，挽着高高的发髻，五官精致。两个女儿有八九岁的样子，一左一右站在她的两侧。迈克满脸悲戚，任泪水在脸庞恣意横流。他们的葬礼上，没有呼天抢地那样的悲哀，但明显看出，那人类共通的情感，一点也不比我们少。

明明是南非洲的旱季，却下起了零星小雨，这可是难得一见的天气。莫非汉娜在天之灵，在向她的挚爱亲朋行永别之吻？我看到有不少人都扬起头颅，张大嘴巴，让这一冬天里都难得一见的雨滴，直接落进了自己的嘴里。我也学他们的样子，仰起脸，迎接了几滴天泪。细小的雨滴，无声无息地落进嘴里，有点发甜。同时，我自己的泪水，有点发咸，也无声地滴落在新翻起的潮乎乎的南非土地上。

失去了汉娜的日子，心中怅然。在和那些白人接触中，就自然而然会想起我这位教授学生。不过，再后来的日子，心下并不孤单了。我结识了一位英格兰裔的南非退役海军军官，他的聪慧刚强、真诚善良，都像他的母亲。更让人高兴的是，他打猎钓鱼的本事非同小可，并不比曾经的朋友威利差，既是神枪，又是鬼钓，每当我们俩驱车一游，渔猎所得，就足够三家人开个啤酒派对的了。

当然，要是讲迈克的故事，那就得再写一篇长文，愿意看的话，就耐心等着吧。

2022 年 9 月 2 日于三亚初稿
同年 10 月 27 日修改
2023 年 8 月 5 日再改稿

此文载《天涯》杂志 2023 年 8 月增刊

小皇上

这是郑享生的绰号,是为数不多的几个知己朋友对他的戏称。虽说是绰号,叫起来却也与他的特立独行相衬,贴切于他的生活阅历。他人又生得精致,这绰号称呼应答间,就让人感觉神形兼备,恰如其分。

时间久了,知己者随口叫一声"小皇上",他也随口应承,一点隔阂都没有。享生是个成功的商人,在社会上享有相当的声誉,在更广泛的社会环境中,大多数人都尊称他为生哥。

虽说享生身材短小,刚刚够一米五的个头儿,却不似侏儒那般头大四肢短、臃肿笨拙的样子。他浑身上下的各个部位和"零件"倒安排得很匀称,躯干、胳膊、腿儿、手、脚、脑袋瓜儿,都成比例地缩小,再加上一张脸又生得五官端正、眉清目秀。整体效果看上去,无疑成就了一个帅哥的袖珍版。所以言其小,也是小得帅气、小得玲珑。

腹有诗书气自华,享生是留美的硕士,且主修的是欧洲艺术史。据懂行的人士讲,这是一门理论性很强的学问。通常就算是那些纯欧洲的正宗老外,也难在这门课程上修得正果。享生能主修这门课,还成功拿到高学位,其聪明才智自是不一般。

我们是中年相交的朋友,在后来人间烟火的日子里,经常世俗相伴,虚度光阴。这期间,始终未见他在艺术理论上有过什么建树。倒是常见这位"小皇上"对生活本身的思索和投入,着实不凡,所作所为中常就透出了独自的品格与观念。

"小皇上"郑享生很富有,还不到四十岁,就在南非北开普省置下了几十公顷的土地,开始经营自己的庄园。他不仅开发农业,种植了大片的小麦、豆类、甘薯等各种农作物，还培植了柑橘、樱桃、西瓜等很多水果。他还积极参与商贸活动，在自己的地盘里建筑了一些仓库、写字间、加工厂。经过历年的经营拓展，他的庄园已经不再是南非历史上那种单一务农的形式，而是被他打造成了综合性的农、商、贸中心。

尽管经商成功，可"小皇上"享生还是不像一个纯粹逐利的商人业主。在日常生活中，倒显得颇具格调。他生性活泼好动，时具童心。与人相处也是坦诚相待，慷慨大度。我们这些相识相知的朋友，感觉他身上有一种天然的风度，都认为他称得上是一位真正的绅士。

他在自己的庄园里，修建了一些别具一格的设施，时常电话联络，热忱邀请南非各地的亲友，前去他那里度假游玩。相交日久，情感思想的交流也就越深，朋友们说起来，都感觉这位郑享生先生，在自己那辽阔富饶的"王国"里，俨然扮成了一位开明的君王，一个皇上，一个精致的小皇上。

我们两个相识不久，他就领着我参观了他收藏的绘画作品。那是他庄园里一个空旷的大房间，里面没有门窗，没有钟表，而且特意在建造中形成了隔音、隔光、隔断了外界一切的效果。顶棚穹隆高高地悬起来，还打了若隐若现的荧光灯。人造的星辰和月亮，就镶嵌在深蓝色的顶棚空中。那上面的深蓝色慢慢过渡到周围的墙上，就都变成了浅灰。这么大而"隔色"的空房子里，似乎干不成什么着意的事情。可若是在这里挂满了油画，成了宽敞的画展室，又实在是恰到好处。在这彻底安静柔和的氛围中，似乎充满了一种磁力，能吸引人，能让人不觉间停下脚步，全身心地举目鉴赏墙上那些美轮美奂的艺术作品。整个绘画作品的展室里，那些有意无意的漫反射光线，多一点就显得强烈晃眼，少一分就感觉暗淡生涩。一幅又一幅油画，大大小小，规矩沉稳地悬挂着，熠熠生辉，灵韵纷呈。刚开始欣赏主人收藏的画作，就能体味到他保存艺术作品的苦心和他在绘画艺术上的专业造诣了。流连于此，会忘记时间，忘记外面的喧嚣，沉浸在油画家创造的另类时空中，获得非同一般的审美享受。

"小皇上"精心收藏的，都是当代南非画家的画作。并且，其内容也只有一种题材，都是南非风光中的野生动物。一幅幅油画，大小尺寸不尽相同，表现着横卧的雄狮，成家族成群落的大象，缠绵结伴的长颈鹿，飞奔疾驰的猎豹，腾身跃起的跳羚……所有的画作，都真实生动，毫发毕现，栩栩如生。偶尔从画作上转眼，看看身旁这位小巧的朋友，却见此刻的"小皇上"，志得意满，迈着方步在前面引路，躬腰展臂，姿势优雅地相请，示意我尽情欣赏。他神情中当然掩不住那份自得，但也不絮叨多言。看得出来，这位深谙艺术理论的"小皇上"，并不是俗显自己的富有，而是真正推崇自己心中的艺术追求。并且，他还十分懂得尊重人，让别人在油画作品面前，身心投入地欣赏艺术，自己绝不随便上前打扰。

我们在他的画作展室里默默盘桓了相当的时光，一直等到从那里出来，两个人坐在家庭式酒吧里。"小皇上"微笑着，眼神中流露着鼓励我说点什么的神情。

"我注意到你的展室里，没有关于鬣狗的画作。"

我先挑了个话头儿。

"平兄心细。是啊，你喜欢鬣狗吗？"

这时候的"小皇上"起身到吧台里，在酒柜的玻璃格子之间，提起了一瓶杰克·丹尼（JACK DANIELS），再为我们斟了两份威士忌，接着用夹子往酒杯里加冰块儿。他停下手来，歪着头回答我，同时又反问。

"不喜欢，那东西看上去又丑又脏。"

"没错，艺术家是灵动的个体，但也是血肉之躯，他的创作虽说复杂万端，但也不会背离其创作心理的推动，他们表现美。你看这些动物，那种原始野性的力量、敏捷、强健，还有不同寻常的聪慧。你看那些眼睛，那些野兽的眼睛，是不是充满了灵气……"

小皇上说得入神，竟也停下了手里的动作，还眯细了自己的眼睛，学着猫科动物的脸部神情。

"看上去，这些画作都是写实的，毫发毕现，惟妙惟肖。"

我有意把话题往画作的风格上引，是想听这位艺术史硕士谈谈自己对艺术写实写意这类老问题的看法。

"哦哈，写实还是写意，这可是个永远也逃不脱的话题。其实，现在人们在一件艺术作品面前，先入为主地谈写意写实，有点头足倒置。我们不妨从艺术史的发展上诉说三言两语，知道些意念的发端，在于艺术发展过程中的变化。而不是如后来所说，画作刚一展示在面前，先就探讨关于流派风格的创立。"

"说说看，有意思。"

我鼓励我的朋友说下去。

"小皇上"呷了一口威士忌，微微晃动手里的酒杯，让晶莹的冰块儿在淡黄色的酒液中不时撞到透明的玻璃酒杯上，发出了"格楞楞"的轻微响动。

"是照相机，是照相机的发明，打破了绘画艺术千百年来的自然发展。照相机利用光学原理，自然成像，能摄取真实的影像。这样得出来的照片，不论效果理不理想，那可都是再'写实'不过了。有谁能画得比照相机拍摄的还真实？可以想见，在一帧帧与实物一丝不差的照片面前，一个世纪以前的那些大画家，是多么无助无望。"

说到这里"小皇上"笑了，好像他已经看见那些历史上的经典画家，就在自己的面前，个个愁眉苦脸的样子。他嘴角上扬，轻轻地哼了一声，明显露出幸灾乐祸的样子。他愿意看到，那些两个世纪以来的一众画家，在自己的面前抓耳挠腮，却怎么也想不出绘画艺术何以突破照相机的围剿。

"当年的画家，在照相机灭顶之灾一般的打击下，沮丧无奈，失去了以往的激情。哈哈，这就是现代科学技术打败传统艺术创作。本来一败涂地的画家们，被折磨得死去活来，完全丧失了信心。"

"小皇上"语言讥讽，似乎对那些老画家一点情面也不给。可嗔了嗔，却又转过了口风。

"他们痛定思痛，其中终于又有仰望星空者，缓醒过来，有了新的思考。他们首先想到的，就是不跟照相机比试'像不像'，却转而故意把自己的画作弄得模糊、朦胧，甚至错乱。而画作的欣赏者，那些美术作品的受众，也开始琢磨这些另类作品的意境，开始思索自己在其中所获的全新感受。终于，绘画艺术在现代科技的成果面前，巧妙地绕了一个弯儿，避开针锋相对的比较，存活了下来。"

"小皇上"说到这里，似乎很是欣赏自己的判定，再自负地总结道："至于后来的那些什么表现主义、印象派、几何派……那些'写意'的创作概念。都不是画家本身的说法，那都是依存于艺术作品的批评家们，他们为了吃饭，为了表明自己的存在，给画家们无奈的作品挂上的标签罢了。"

"画家都忙着与照相机交战，胜负难分，身心俱疲，哪里还有心思给自己编排说辞。有了批评家在那里做学问，说了那么多貌似高深的词，恭敬着往画家身上贴标签。画家高兴还来不及，乐得顺手就拉来些个主义、流派一类的概念，躲在里面充大。

"真正的艺术家，都是说不清自己的人。你说，哪里有一个画家先给自己标上哪门哪派，然后再开始绘画创作的？"

"小皇上"最后的反问，听上去十分有力度。

"照这么说，照相机发明以前就没有'写意'派画作吗？比如中国的齐白石他们怎么算？"

我不由得抢了一句。

"唉——中国的事情要麻烦一些。就像中医，还有武术，现在又来了个国画，都让人说不准。而且，一提到这些，好像国人都有一股子气儿，随时准备着跟不同观点开战，很难心平气和地讨论问题。"

"直说，就说国画。"

眼看着刚刚还志得意满的"小皇上"也耍起滑头，打算绕开主题，我就简洁地提醒他，刺激他，让他直言。我感觉到，他那些不隐晦不躲避的言论，才更具有真正的思考价值。

"这么说吧，中国画里没有写生、透视、比例、过度，甚至色彩本身这些绘画艺术的最基本理论，实在不好评说。

"不过，我还记得小时候，应该是在初中时候，学过一篇文章《王冕》。那里的文字，在夸赞元代画家王冕描绘荷花的技艺时说'那荷花，精神、颜色无一不像，只多着一张纸，就像是湖里长的，又像才从湖里摘下来，贴在纸上的……'。作者说了那么多，形容了那么多，不外是夸奖王冕的荷花画得多么'像'，就如真的一样。那说明古人还没有什么'写意'的概念，在一派画作中，还是比试着，看谁'画得像'，那时候的绘画，还是纯写实的一门技艺。你说是不是？"

这家伙没当过教师，却好像懂得启发教学，信手拈来论据，引领着别人的思路，让你不由得跟着他的思考方式往前走。

"记得小时候看《水浒》，经常就有好汉被画匠描了拿影图形，贴在城门上，让董超、薛霸那些衙役依照着画像拿人。这犯人肖像，若是画得不像，让人没法认得出来,那还怎么抓人办案?画家笔下的人物肖像,必得写实才有效用。

"那个鲁提辖不就是为了避开被逮捕的命运,才改装易服,剃了光头当和尚,让人家认不出来才好逃得性命?可见当时画作的写实性,还是判定绘画作品的唯一标准,就是看是否接近真实形象。可是,近代的百年来,把艺术发展中写意的概念就硬是往古老的中国画上面套,岂不是头足倒置?是先有了中国画,还是先有写意写实的概念?"

我的心里不得不承认,"小皇上"说得有理有据,让人信服。检讨起来,对一种艺术现象,确实不应该那么随口一说,说什么中国画是写意的、外国画是写实的云云。中国画若想获得发展,在世界艺术史上真正占有一席之地,不能人云亦云,必得有自己能说服人的一套理论才行。

我沉吟了一下,把话题又拉回到科技和艺术创作上来。因为我也确实感到了担忧,突飞猛进的高智能机器人,有可能摧毁人类有史以来的一切文化艺术:"照你这么说,科技曾经打败了艺术。以后是不是还会再次出现这样的情形?这电脑的发展不可预料,芯片的制作,都微观到几纳米了。眼看那'阿尔法'智能机器人就打败了围棋冠军。那3D打印出来的蜡模立体效果,琳琅鲜活,生动唯美。如此下去,机器人的画作,总会远超过当下的画家,人家连细胞和原子都能描绘得准确无误,甚至未来能描画人头脑中的思想也说不定呢!只要你这边一想,那边就能打印,写实写意还不是随便来?那画家怎么办?人类的绘画艺术是不是将面临又一次的灭顶之灾?"

"什么怎么办?车尔尼雪夫斯基的怎么办吗?你说得没错,随着高智能机器人的无限发展,画家这门行当,理所当然会消失殆尽。还有那些整天拿着个照相机,东拍西拍,自认为也是在搞创作的摄影人,都会消失不见。所有以实体形象为蓝本的艺术创作,都可以被高智能机器人所完成,不管你怎么想着把画作变换形式,也逃不过高智商机器人超前的创作思考。上次是照相机差点打败绘画创作,这次可是机器人彻底摧毁绘画形式。未来的世界里,将没有画家了,这样顺理成章,有什么可奇怪?"

"小皇上"的回答有点尖刻,咄咄逼人,但又引人思考,其中不由得让人感觉到他秉持真理的那种压力。可转过头再一想,人类千万年创作的那些无价艺术瑰宝,统统会眼睁睁就此消亡。这样的预言,就算是绝对正确,也让人心生抗拒，令人绝望。

"换个话题，行不行？请问你，为什么只是收藏南非画家的作品呢？"

我有意把话题转开一点，我觉出了从讨论中国画开始，就压在心上的沉重，实在不愿意把我们的对话，弄成了通常国人之间那种意识之争。我不想说那些"中华文化博大精深"一类的话，也不想陷入中外艺术的意、实高低之争。

"小皇上"听了，一扬眉毛，抬手喝干了杯中酒，晃晃头说："南非画家，他们是一座金矿，只是还未被人发现。你知道，小小的南非竟有七八个作家获得了诺贝尔文学奖，可见他们的艺术创作力有多么旺盛、有多么强大。南非绘画艺术的精深程度，并不比他们的文学创作差。我收藏的这些画作，都是南非民间深藏不露，或是露了也还没被认可的画家的心血之作。我相信，这些真正的绘画艺术，总有一天会大放异彩。你瞧瞧，你仔细瞧瞧这雄狮，这正在思考的雄狮，像神人画的一样。在这样的作品面前，我们只有臣服的份儿。"

他侧身，挥起手臂，向我展示身后墙壁上的一幅雄狮画作。他抿了下嘴唇，又重重地点了点头说："还有啊，我太喜欢非洲动物了。记得在欧洲，我流连于那些千变万化的教堂。它们集雕塑、绘画、诗歌、音乐于一身，把所有创作的极致，都融汇于教堂建筑艺术之中。真是太美啦！"

他似乎停不下来了，不断地延伸着自己的思考脉络。

"有时候回国呀，不论怎么忙，我都特意抽出时间，去潮州、汕头一趟，那里是中国烹饪美食的发祥地。你没见吗？香港、广州的粤菜，都是从那里传过去的。普通的一道烧鹅，都会着意标上出处，潮州烧鹅和广州烧鹅就是不同呢。"

听到这儿，我都不由得咂嘴。以我的经验，潮州烧鹅确实比广州烧鹅更入味，而且还不那么油。

"与欧洲的教堂建筑和国内的中华美食比着，这南非洲最让我着迷的就是它的野生动物。"

"小皇上"说着，不觉中露出几分神往，再给我们的杯子斟上酒。认真地告诉我："我曾经有过四次机会，专门去参观非洲动物的迁徙。每次都是我和朋友远程驾上越野车，随着那些动物走。在五月里，从坦桑尼亚的塞伦盖蒂，一路走到肯尼亚的马赛马拉。好家伙，当时非洲动物那规模、那数量、那队伍,铺天盖地,无尽无休。光是角马就有一百七十万只,还有斑马三十万只。瞪羚最多,有四百七十万之多。那可是个怎样的天地,还未见动物,那浓重的气味,那震耳欲聋的蹄声,就包围了你,渗透了你,就征服你了。那实在是这个地球上最壮阔、最生动、最原始的生物长征大游行了。"

"小皇上"说得动情,感慨不尽。

"嘿嘿,我最喜欢的是猎豹呢,那种'cheetah',不是花豹。一般人不知道,这世界上有十几种豹类的动物。猎豹——哎呀,干脆你就跟我来,我这就养了一只,来来,看看我的猎豹去。"

话题就像泛滥的河水,恣意横流,从美术转到动物,再从动物具体到了猎豹。眼看着"小皇上"说得急切起来,话音未落,就举杯喝干了杯中酒。起身挥手招呼我相随,抬腿往外就走。

这"小皇上"活得随心恣意,莫非真就养了一只猎豹?猎豹倒是常常看到,可把猎豹像养猫那样养在家里,还真没见过。

我随着享生离开了酒吧,他在前面兴致勃勃地领路。我们离开了主宅,绕过了两片剪得短短的草坪。到了一个单独的黄色小平房,小平房的外面都用铁网围成了宽大的院落,能见到有一些南非跳羚、斑马、角马,那些野生动物,在里面的草坪上溜达,时不时还掠几口草吃。不过,在这里面却并没看到有猎豹。这些食草的动物,一定也是享生喂养的。

再看前面那位"小皇上",却不对我介绍那些庭院里的食草动物,只是一味地疾走几步,顺手拉开了小黄房子的大门,然后,招手示意我跟上来。房子里面一进去,是一条小走廊,走廊里有三个铁门。享生走到第二个铁门,在门一侧的电控数码盘上点了几下,就听门闩"咔嗒"一声轻响,那道门就无声开启了。他回头招手示意,带着我走进了一间屋子。房间里面挺宽敞,有桌子有沙发,和平时一般的休息室差不多。朝南的一面有一排窗户,和普通的窗户比起来,这些窗子有点偏高,而且上面还蒙着细丝的铁网。这让房间里面显得有点暗,刚进来时候感觉眼睛不太适应。享生很熟悉屋里,在右手的墙壁上稍微摸索了一下,揿亮了棚顶上的电灯。

我蓦然看到,一只毛色斑斓的猎豹,瞬间就从卧着的沙发上坐了起来。那豹目光炯炯,在室内泛着暗红的光泽。看上去,它很警觉,微微地转动了两只发圆的小耳朵,伸直了两只前腿,保持着猫科动物那种典型的坐姿,一动不动地看着我们。享生轻轻地吹着口哨，两只手互相轻轻地拍击着，发出"啪啪啪"的响声，迈开脚步，慢慢地靠近那只猎豹。最后，他终于挪到了沙发那里，挨着猎豹坐了下去。我头一次见到在人的房间里，竟会有一只活生生的猎豹，不免心有余悸，没敢跟着往前走，而是缩脚停在了门前。享生的身量本来就小，现在看上去，那只猎豹显得比他大。看上去，通常那种人大猫小的和谐，瞬间就被反了过来。倒好像一个精致的小人儿，笑嘻嘻地依在一只斑斑点点的大老虎身旁。

  猎豹显然和享生熟悉得很，低下它的脑袋，在享生胸前摩挲两下。我还看出来，猎豹的头和它的身量相比，比例明显地小。端详着那只猎豹，不断地和它的主人亲密互动，我一直悬着的心，不知不觉也平稳下来。

  享生轻声召唤我过去，我就只好蹑手蹑脚地小心往他和猎豹跟前凑，再胆突突地靠着享生，挨着他坐在沙发上。我想，这大概是我这辈子和一只野生猛兽最近的距离了。再看那猎豹，还是和"小皇上"亲近着，似乎并不那么在意我，只是不经意间瞟了我一眼。猎豹的眼光冷峻犀利，让人不寒而栗。

  "这可是我从小就养到大的，放了几次让它回归大自然，可一到了晚上，它也不知怎么的，就又溜回来了。大概是我放的距离太近？嘿嘿，这打心里往外，实在也是舍不得。你看，我每天都会陪它玩一阵子，带它出去溜溜。今天这是提前过来了，你说是不是？我的吉娜。"

  享生摩挲着猎豹的头，好像自言自语，又好像说给我听，更像是和他的豹聊天。

  "尊敬的'小皇上'陛下，好兄弟，你确定这家伙不会对我下口吧？你想知道什么秘密，我都招，上级的秘密和下级的秘密我都知道，我都告诉你，只要你不放这家伙咬我就成。"

  我半开玩笑，给自己壮胆儿，讨好这位活生生就养了一只猎豹的朋友。

  "哈哈哈！不会不会，你就放心吧。有我呢，不信你摸摸，看这皮毛多光亮、多柔顺。吉娜的脾气好得很，它只是样子看上去有点严肃。你说是不？我的好吉娜。"

  胆大包天的"小皇上"兴奋莫名，还一边和他的猎豹亲近，一边不断赞美那生来就只吃肉的畜生。我踟蹰一瞬，偷偷地隔着享生，伸手摸了摸那只猎豹的肩胛。手上感觉确实是光滑油顺，还温乎乎的。被我触摸的猎豹，感

小皇上   193

觉十分灵敏，皮毛上轻轻地抖起了一小片波浪，却没侧头看我一眼，这家伙骄傲。我端详着它，这是一只成年猎豹，神态上机警专注，挺胸抬头，威风凛凛，实在美极了。它除了用自己的头摩挲了享生，就再也没有显示过多的亲热，仍然保持着那种坐立的姿态，浑身处在一种隐而待发的状态，充满了野性，就像一个缩紧了的大弹簧。

享生站起身来，从桌子的抽屉里找到一根长长的皮带，给他的猎豹拦着胸背系好了。然后牵着他的"吉娜"，出了黄色小房子，在他那庞大庄园里的甬道上散步，就像我们平时遛狗一样。短小精悍的享生，那天穿了一套白色的便装。远远地看上去，绿色的草坪上铺就了弯弯曲曲的灰色小路。小路上正有一个白衣少年，牵着一只斑斓猎豹漫步前行。那猎豹身材修长，脚步强健，动作优雅。就这样，一人一豹，悠然于一望无际的天地间。

"小皇上"享生热爱音乐，弹得一手好钢琴。他最喜欢肖斯塔克维奇，时常演奏他的作品，一首《大辉煌》，能听得一众人等身心悦动、回肠荡气。当他知道我能吹小号时，就热情相邀，一定要同我合奏几支小曲，以尽雅兴。我先还推辞："我那两下子，纯粹是吹着玩，自娱自乐，哪里能与你相合，你就别让我出丑了。再者说了，我会的都是老掉牙的那些个苏联的简单歌曲，能不能合得上你的钢琴，心里都没底。"

他说："小号是一种有灵性的乐器，声音高亢坚定，绕耳不绝，我非常喜欢。若趁晨间黄昏，水畔檐下单独吹奏一曲，真是追忆过往、抒发情怀的神往境界。放心吧，我不会在你的演奏中搅和，打扰你，只是在适当的节拍上给你伴奏一下，有何不可？啊，那些苏联曲子，《莫斯科郊外的晚上》？还是《三套车》《喀秋莎》？"

这家伙果然熟通音律，还了解器乐特性，话说得也实在。不过，我并没有完全顺着意思迎合他："郑兄所言，似也不尽然。吹了半辈子小号，我倒也有自己的感受。"

"说说看。"

那人实在真性情，直直相问。

相互越来越熟悉，越了解，我也就习惯和这位"小皇上"直抒胸臆了："小号的音色中，除了你所说的高亢坚定，其实还饱含着慨叹和忧伤，甚至苍凉和凄厉。我经常在自己的号音中追怀逝去的岁月，依恋分隔的真情，以致愁丝屡屡，心境纠缠。在欧洲一些国家里，小号甚至是墓地中葬礼上专用的乐器。"

见他着意倾听，我就讲了自己曾经历的故事："那年在波兰华沙，一位朋友特意约我在他逝去的老父亲葬礼上，用小号吹奏哀乐。我实在是有点惶恐，不知如何是好。后来朋友告诉我，只有最信赖最同命运的朋友才会获此殊荣，波兰人视危难中能出手相助的朋友为真正的朋友。这样的朋友，才能正式被邀，进入他们的陵园。甚至在那些烈士陵园门口就挂着这样的字牌，'400年来在我们民族危亡艰难中帮助过我们的，请进来……'"

我抬头看了看"小皇上"，见他还在认真听我说。

"朋友给了我一张卡片号谱，告诉我这是波兰军中葬礼的哀乐，他的父亲在五十年前，是一位波兰军中士，曾为祖国光复，而与德军交战。我提前两天就熟悉了那个号谱，不知为什么，心情沉重了许多。葬礼那天是个阴霾的初冬早晨，冷风萧萧，卷着小雪花，铺得陵园里一片洁白。我的号声在神父的祷告声中响起，好像明显缺乏往常的力道，既不亮丽，也不高亢。倒显得那么孤单，甚至还有几分凄厉。号声卷在飘荡的雪花中，几声呜咽，几声延宕。我被自己从未吹奏出来过的哀伤气氛感染，饱含热泪。"

我讲完了自己吹小号的另类故事，也表达了和享生对小号音色的不同观念。我们都没再说什么，享生只是盯着自己眼前的桌面出神。房间里静悄悄的，世界摒弃了我们之间讨论的乐音，甚至连通常的声音也被吸走了。

最后，"小皇上"好像突然想起了什么重要的事情，恢复了神态，又提起了跟我合奏的事情，一味催我去取自己的小号。我点头答应，回到车上取来了自己心爱的小号，随着他到了庄园里的琴房。说是琴房，实际上这间又高又阔的房间，简直可以称得上一座正规的排练场，里面摆着架子鼓和钢琴，还有几种管弦乐器。事实上，享生也经常邀约几个爱好音乐的朋友，在这里练习配器合奏。他的业余小乐队，还真是在南非侨界有些名气，甚至还在中国春节联欢会上获得过南非侨界的褒奖。

我谨慎地吹奏了一首《山楂树》，有些拘谨。我的演奏技艺水平不高，但自觉对音乐的情感和表现力还算有点悟性，演奏时，也比较投入。我对《山楂树》主题中表现少女在爱情中的犹豫、徘徊、伤感，还有旋律中淡然

小皇上 195

而深远的愁绪，都能把控。演奏起来，常常能进入那种神往和忘我的境界。

一曲完结，一切都又静了下来。我竟一时忘记了，旁边可曾经有过"小皇上"享生相随相伴的钢琴声，我似乎没听见他的伴奏。待我抬头看到他，正从琴键前双手优雅地收势，然后歪着头，发自内心地向我微笑。我的心里突然"咚咚"地跳了几下，我知道这样似有似无，给演奏人专心而舒适的托举，才是最好的伴奏，我应该是得遇了一个"知音"的朋友。

接下来，我们就好像一起找到了一处共同热爱的乐园，接连不断地相互配合着，演奏了很多的曲子。说实话，那些都是几十年前，我下乡当知青时候，向伙伴们学会的外国民歌，像《红河谷》《深深的海洋》《一条小路》《在乌克兰辽阔的土地上》《鸽子》《斯卡波罗市场》……也有一些中国曲子《梁祝》《病中吟》《骑马挎枪走天下》……甚至还有革命现代戏里《沙家浜》里的"朝霞映在阳澄湖上……"《智取威虎山》里的"打虎上山"。这本来都是几十年前的老曲子，是我们那一代人在精神文化匮乏的北大荒，经年累月里聊以自乐度日的东西。按说享生的年龄，比我小十几岁，应该不太熟悉。但事实证明，他弹起那架钢琴，却信手拈来，表现得十分到位。至于那些"跨代"才愿意欣赏喜爱的老曲子，天知道他是怎么反复练习，烂熟于心的。

我们在疲累之余，终于放下了手中的乐器。享生掏出手帕，擦了擦汗津津的额角，招手请我去酒吧里喝冷饮："好一个号手，情深谊长，痛快痛快！"

享生夸奖我，似乎有感而发。

"你的伴奏有水平，不急不缓，恰到好处，让人感到很舒服。我在强弱上的把握倒还凑合，但有几处节奏真是不那么准确，还多亏你帮我把握住了，还能托起来我的号音，最后吹准了节拍。"

我也很兴奋，实事求是地评价我们的本领，也真诚地感激这个在音乐修养上高我一筹的朋友。

享生笑着，却又在不觉间把话题转到了"写实与写意"的概念上来了："真正的'写意'艺术，在音乐上。你看，你今天演奏这些曲子的时候，心境和情绪和几十年前完全不同，你所表达出来的感情和气氛也就不同。虽然你手下的旋律并没有变化，但同样的音符，那表现的张力中，意境却完全不同了，这才叫写意。事实上，同一首曲子每一次的演奏，每一次的再创作，都有新的元素展示，那才在于写意的抒发。"

他意犹未尽，接着说："和绘画艺术比较起来，音乐的写意才更明显、更地道。就算我们擦去那些曲子的题目，也没关系，我们还是能用同一首曲子，同样的音符、节奏、强弱、音色，恰到好处地表现我们心中和创作者相同、不同甚至相反的微妙情绪。有无标题音乐，音乐本来可以无标题，因为它写意的缘故。在欧洲的钢琴大赛上，就有即兴演奏，即兴嘛，真是想怎么弹就怎么弹，弹出来的旋律，都是你脑子里一闪而过的意念，当然是最写意的啦！你没见我们练琴时候，好些原始的经典都只是注明第几曲、第几乐章，根本不给你起码的主题，全凭你自己弹奏表现。"

享生说得兴起，脸色都泛起了潮红。

"上次咱们谈到的绘画写意，或者说是写意绘画。和音乐比起来就不免浅薄了，色彩、线条、比例、形象，尤其是形象，当这一切都确定下来以后，一个画家要表现什么，就已经相应着确定下来了，这还怎么'写意'？我真是怀疑，那些绘画艺术的批评家只是一时兴起，就套用了音乐艺术上的概念了。音乐上的写意，才能是流畅婉约的情感宣泄，是自然而然、潜移默化的存在。说一幅具体挂在墙上，轮廓分明的画作是什么'写意'之作，实在很是牵强。"

我这位深谙绘画、音乐之道的"小皇上"，似乎有点意犹未尽，但看了看我，还是在兴头上停下了话语。

如果认为"小皇上"享生只是个文人雅士，间带着做做进出口的生意，那可是大错特错的判断。这位短小精致的绅士，酷爱刀枪，身手矫健，是个尚武刚强的壮士。

他的庄园里有一处自己的健身房，健身房连着一间收藏武器的库房。他曾经向我展示过那间收藏室，里面琳琅满目，有各种枪支、刀剑、弓弩、弹弓、飞镖……从奥地利的克劳克连发自动手枪到以色列的袖珍乌兹冲锋枪，应有尽有。甚至还有一把美制超远距离的狙击步枪，那支枪专门打一种银弹头的子弹。据说越是沉重的弹丸，在飞行中就越是准确。冷兵器中有日本佩刀、俄罗斯短剑、法国的重剑……他向我炫耀过一种越战中美军特种兵使用于近身肉搏的指剑，那指剑平时蜷在掌中，用时弹出来，随拳直刺敌人要害。

他还向我展示过一种匕首，这短刀造得不那么精致，但它的厉害处是揿动按钮，可以从匕首的手柄中射出两发九毫米手枪子弹。有了这样的武器，在战场上肉搏，能秒杀对手于近前。享生向我挤挤眼儿，神经兮兮地问："知道这匕首是哪儿产的吗？"

然后还用手指了指匕首把柄上的五角星，又用拇指点了点自己的前胸，我们都会意地笑了。是的，这是我们在外国难得一见的国产兵器。

"小皇上"收藏的所有武器，都被擦拭得一尘不染，有的还专门涂抹了均匀的油膜，认真摆放在柜子里，或是挂在墙上，乌黑强硬，散发着金属光泽，静静地藏起它们那轰然爆裂的力量。我们都知道，南非是允许购枪的，也可以收藏的名义拥有多支枪械。这"小皇上"是"枪迷"，到了南非这里，只要财力没问题，当然可以合法拥有这些武器。另外，我也知道，这里有一批军品发烧友围着"小皇上"，经常在一起聚会，每年都会去参加世界各地的军品展销，去那里收集很多难得一见的珍品。郑享生正是南非军品人里面的佼佼者，以自己丰富的收藏而让众多朋友心生羡慕。

那天享生邀约了同喜军品的圈内朋友，大家又一次参观完了享生的兵器收藏，转身出来，就聚在屋外他那标准的百米实弹射击场上。今天享生请客，招待一众人等打实弹比赛。不论大小长短，各种枪支，每人配给子弹一百发，个人可以随心选一个对手，相约比试枪法，其中胜出的赢家，进入下一轮比赛，直至最后的决赛。南非的子弹都是六个兰特一发，一百发就是六百块。这"小皇上"今儿如此重金买子弹待客，一是为上来一股子压不住的枪瘾，二来他是对自己的枪法有信心，一定要拔得头筹。

几个人操枪装弹，摩拳擦掌，个个都想一试身手，夺下魁首，以证明自己是熟稔枪支的老南非。正操练着，还没正式开场，却见我们的享生"小皇上"全副武装，摇摆着短小的身架出场了。

不过，这次骄傲的小帅哥，这一回的"小皇上"，可是大大地露了怯。他戴着一顶南非军帽，脚蹬一双小巧玲珑的翻毛皮战靴，穿了一套剪裁合身的迷彩装，一副职业军人作训时候的地道打扮。然后还挂了一身的刀枪，大号的沙漠之鹰手枪、五连发霰弹枪、老毛瑟、装有瞄准镜的狙击步枪、廓尔喀军刀、匕首、望远镜、子弹带……甚至在腰带上，还生生地别了一枚真正的德式木柄手榴弹。我们都知道，衣服鞋帽是可以量身定制，不管高矮胖瘦，只要剪裁合体，谁穿上一身军装，都会显得孔武干练、英姿勃发。眼下穿了一身特意裁缝军装的"小皇上"，果然露出几分英武，精神头儿十足。看上去就像一个小号的特战队员，像一位小将军。可是，他身上披挂的那些真正的制式武器，却不能随心所欲变小变短，以合他短小的身量。所以，在几个老朋友的目光注视之下，我们的"小皇上"成了小人马大刀枪的扮相，像一个童子军的军士长，配了一身的巨型刀枪。又像一棵小树，滴里嘟噜结了一身大瓜。这样明显的反差，十分具有戏剧性。我们都强忍着不笑出声来，盯着看这个快乐的袖珍特种兵。再看"小皇上"郑享生自己，倒毫不在意，就那么拖拖拉拉，"滴里当啷"，沉浸在自己向往的意境中，神情中仍然活灵活现，跃跃欲试。

"小皇上"自己庄园里的射击场，很是先进，靶纸挂在悬空的钢丝上，只要揿动开关，就能前后移动目标，查验中枪环数。大家进入射击位置，头戴避音耳罩，分组出枪打靶。

有黑人服务员认真统计各自的射击成绩。享生果然身手不凡，十米自动手枪立姿速射，二十秒内打光十发九毫米子弹，竟中圆靶八十二环，理当荣获冠军。要知道，手枪是最不好打的，直臂出枪，晃动不停，没有娴熟的身手和果断击发的判断，很难打出这样好的成绩。这样的成绩，被我们几个经常在一起玩枪的老手齐声称赞，惊叹不已。

长枪他就没那么好了，除了点二二的小口径，他打得算优秀，军用步枪就差一些了。尤其是到了使用那支七连发的霰弹枪，举枪抵肩时候就看出来，他操弄长枪的架势不够，有些招摇。待扣动扳机，霰弹枪像小炮似的轰然作响。我们的"小皇上"被后坐力颠得一个趔趄接着一个趔趄，小身子骨儿差点就没给震散架了。七发十二号霰弹打完，我们的"小皇上"小脸儿煞白，头发散乱，眼珠子瞪得老大。这霰弹枪就是猎枪，能打狗熊。这枪用的子弹筒比大拇指指头还粗，装药量也大，射击起来，"咕咚咕咚"地响。看来这家把式，儿童不宜。

这样的射击比赛，常常是一场狩猎的序幕。几个喜好玩枪的男人，在枪声断续，情绪高涨之际，会由"小皇上"率领着，披着一身硝烟味儿，驱动两台越野皮卡，穿越十几公里赶到享生隔壁的猎场里去猎跳羚。

干燥仓黄的草原上，蓝天白云下，有成群的跳羚飞快地跃动，从辽阔的打猎场这头转眼就跑到了另一头,像黄色的云彩落在地上,浮动不停。几个人分头驱车,哄赶羚羊群,找准时机开枪射击,用不上个把时辰,就能狩猎到几头跳铃。

枪声响过,回来慢饮两杯咖啡,就能开羚羊宴了。享生那里有地道的广东厨师,把个羚羊从头到尾,能做出一道又一道佳肴珍馐。酒酣耳热之际,庄园里又会响起"小皇上"的钢琴声。

那年春天,回国安排商务事宜。享生为我饯行,邀约了几个要好的朋友,在他的庄园里摆酒。席间,他曾谈起,打算和本地商家合作,开发钻石珠宝业务。先在约翰内斯堡城里设下门店,再逐渐扩大业务,返销国内云云。

万万没想到,时隔不到三个月,竟从南非传来了他遇难的消息。初闻噩耗,如雷击顶。怎么也不相信,好端端一个人,怎么说没就没了?不觉泪落。"小皇上"那活生生的身影缠绕在头脑中,经年不退。

隔了长久的时间,再次赶回南非,才知道事情真相。原来,享生在做珠宝生意时候,不知不觉间,得罪了当地势力,两下矛盾日深。最后,对方痛下狠手,买凶袭击他的店面。"小皇上"郑享生宁死不屈,持枪反抗,击毙击伤对方各一人,自己也不幸中枪身亡。

事后,侨界华人曾聚集八百辆车,鸣号游行,抗议民间暴力,向当局递交声明。

呜呼!想起我们的"小皇上",仍然痛彻心扉。

2023 年 3 月 3 日初稿于三亚
2023 年 8 月 7 日修改

彩虹美食

南非被称为彩虹国度,这里是世界上各种文化汇集的缤纷之地。而普通民众经常能够感同身受、领略其间的,先就是生活中东西交融、特色丰富的饮食。在国内时候,我们会说食在广州。其实,走出去万里之遥,到了南非生活一段时间,也同样会赞赏那里的独特美食,说吃在南非,一点儿也不为过。

Lamb chop(羊排)

最早和南非贸工部谈成了合作项目,把工厂设在东开普。东开普省的领导梅雅马,对我们中国来建厂的一行技术人员表示欢迎,专门设宴款待。

南非政府没有自己下属的宾馆饭店,他们少有的外事招待,都选择就近的餐饮店家,我们被请到了一处被称为"spur"的饭店。

和几位懂英文的同事议论起这"spur",说这个单词应该是马刺的意思。就是骑者的马靴后跟上装配的铁疙瘩,在骑乘时候,用它来磕碰马的软肋,刺激它性起飞奔。延伸开去,这名词也就又被扩展,有了策马前进,激励加速的意思。

有趣的是,店里店外的广告招牌,却一个马刺的模样也没画上去。反倒是有一张类似版画的印第安人头像,在饭店从里到外贴得各处都是。这个同款的头像,大小不一,生动鲜明。画上那印第安人锐眼钩鼻,无动于衷。其最具印第安人形象代表的,就是他头上偏插的几根彩色羽毛,其中那根硕大的灰色鹰翎,尤其庄重显眼。端详画上的印第安人,感觉有点神情冷峻,似乎不那么亲切随和。

仔细回忆，想起电影里，当年北美大陆上的印第安人，骑乘时候从不在马匹上搭配鞍辔。都是骑着"光腚"马背，呼啸来去，出猎、战斗。无缘无故，哪里就轻易搭上了马刺的关系？印第安人又不是正规的欧美骑兵军官，重装在身，腰挎马刀，一双长筒马靴上再镶了马刺，就是那个"spur"，一路走一路铁马刺相撞，"铿锵"作响抖威风。

这里正胡思乱想，那里的"spur"厅堂上，一众年轻的男女 waiter（侍者），不论黑白肤色，都已满面笑容地排成弧形队伍，轻启舞步，歌声妙曼，欢迎众人入席。

最先有拳头大小的面包出炉，面包温热松软，刚刚摆定，就在桌上升腾起一股浓浓的麦香。面包装在小柳条篮子里，旁边搁着一种自制的酸奶油，随你涂抹多少，横竖都是绝配，入口难忘。

面包地道，口味绝佳。但这里的宴席和国内比起来，几乎算不得真正的宴席。先说人就没那么多，缺少了呼呼喝喝的热闹气氛。再者菜也没那么多，还是分餐制，一人一份。自己吃着自己面前的食物，一下子就没有了分而食之的乐趣。偶尔才凑两句吉祥话儿，像什么为了合作成功、工作顺利一类，再举起玻璃杯中的红酒，"叮"的一声，和左右随便什么人碰杯，干上一口。

毕业于牛津大学的梅雅马，人近中年，高高瘦瘦，清秀儒雅，是南非新一代黑人领导层中的佼佼者。他话不多，常以微笑示人，再辅以亲切的手势，让人感到轻松异常。

食桌上熏鱼、火腿、色拉一类的前菜用到近一半时候，梅雅马告诉我们，他特意为中国朋友点了 lamb chop（羊排）做主菜。在我看来，西餐主菜大都也就是牛排、羊排一类，所以听着也没太在意。心想大概又是一块没煎透，甚至带血筋儿的羊肉罢了。

一直到那道主菜上了桌，用刀叉忙活着送进嘴里一块，细嚼慢咽间，竟品出软嫩鲜美，满口生香，让人情绪不由得为之一振。

Lamb chop（羊排）带肋骨，连着大块儿脊肉，看上去像小肉棒槌似的。它滋味浓重，却丝毫不油腻，外焦里嫩，还很有几分嚼头儿。Waiter（侍者）上菜时候，早就着意将普通餐刀换成锋利尖刀。这样一来，任一食客都能手执利刃，搭着餐叉，轻易就从羊骨上剥离下羊肉。再把羊肉分切成适当大小的肉块儿，佐以黑胡椒调成的酱汁入口，香浓无尽，瞬间满足了舌间味蕾。

吃过羊排，但委实没享受过如此美味。南非的"spur"，作为一间普通的连锁餐馆，竟能将一道普通的羊排烹制得如此可口，实在令人惊叹。

自此在脑子里打下了印章，南非的 spur 里，有一道 lamb chop（羊排），十分地道。以后无论请客会友，还是招待亲朋，都力主上这道美味。到时候看着同桌一众，大啖南非羊排过瘾，煞是得意，就像奉上了自家私密的肴馔。称心的是，南非无论东西南北，遍地均设有 spur，而只要进了 spur，厨下自然就有那道羊排，而且，滋味永远不变如初。

日后久别南非，似也吃过世界各地的羊排，尤其在马来西亚点过一份，那滋味很有些接近，但细品还是不及南非羊排正宗。是火候儿，还是食材，抑或酱汁有别？就不得而知了。

能烹出南非第一羊排的"spur"店，还有一例特殊。凡是来就餐的食客，如果其中有恰好赶上了自己生日者，会享受店家单独为其烤制的小蛋糕。Waiter 们边唱生日快乐，边端着蛋糕，翩翩起舞，围在幸运人前为他或她庆生。

吃羊排吃得老到油滑，知道"spur"有此规矩。也为开个玩笑，讨得吉利，常常就去冒充，暗指自己群中某人是当天生日。人家也不细究，全当真实，歌舞照常。小蛋糕上烟火纷飞，五光十色，未及开品羊排，先就搭上了一大串快乐。

Biltong（干肉条）

这个英语单词，在字典上的注释干干巴巴，可它对应在南非的实物可是风情万种。

因为业务上的来往，交往了开发银行的经理罗尔丹，日久天长成了好朋友。记得刚认识这位人到中年的苏格兰人，是一大早，他开车拉着我跑工贸部去办事。老罗高大健壮，秃顶，一看就是个贪睡早觉的男人。他双手把着方向盘，脸上还落着昨夜酣睡时在枕头上压出来的印记。我也好不到哪里去，只是顺手洗了把脸，连早餐都没来得及吃，肚子里咕噜噜直叫。

罗尔丹在驾车位置的车上左侧，放了个不大不小的塑料食品袋，里面盛了一些颜色微微发红，卷曲纤薄，像木匠推出来的刨花儿样的软东西。老罗一边开车，一边不断从袋子里往外掏那些"刨花儿"，顺手就搁嘴里，然后闭着嘴唇，上下两排结实的牙齿就像开动的小磨子，咀嚼起来。

我咽了咽口水，转头看这位经理，不知他吃的是什么。罗尔丹憋不住，端着肩膀笑了。接着就动手把塑料袋的开口打开得更大一些，冲我挤眼儿。示意我只管伸手去掏，然后也填嘴里吃。神态之间，早猜中我没吃早饭，还露出有福同享的气魄。我也就不客气，顺手掏了一把，看也没细看，扔嘴里了。嗯？是肉，干爽紧致，却又十分嫩软，牙床磨动，几下子就捣烂了。肉里的滋味爆开来，鲜、香、咸、浓的纯牛肉味道，一下子就充满了口腔，抚平味蕾。老罗点头，说是牛肉。但能把厚墩墩、粗纤维的牛肉做得如此清纯细嫩，几乎入口即化，还真没吃过。原来怎么红烧、清炖，似也不及眼下手里的这把"刨花儿"牛肉独特，如此受吃。

罗尔丹告诉我，这就是南非布尔人的干粮 biltong。biltong 这个单词，是来自荷兰语，bil（臀）+tong（肉条）。当然，实际上他们做的这种牛肉干，却也不是完全取用牛的臀肉，脊肉和腿肉也经常用。当年的荷兰后裔布尔人，来到非洲南部，岁月艰辛，风来雨去。这种牛肉干紧实耐放，热量大，顶饿强身，最是合适。随身带上一袋 biltong，种地放牧就有了干粮。就算远行征战，投入战斗，都能解决给养问题了。

biltong 是生肉，并没有经过烹饪。只是割了精肉成条，涂抹盐、胡椒、香菜、柠檬和其他香料，自然风干。时间久了，肉干外面形成了一层硬壳，分量也轻了很多。但是肉条里面还是软嫩深红，原汁原味。

和罗尔丹在早起中，只是吃了几捧 bialtong 的薄肉片儿，就已经让我爱上了这美味。后来在多次的闲居小酌，或是挚爱亲朋的聚会中，都大啖 biltong。而且，渐渐被罗尔丹之流的老朋友，手把手地教会了，用这地道的南非牛肉干，和南非 two oceans（双洋）红酒搭成绝配。那种说不清是清香酒液中的鲜牛肉，还是鲜牛肉中的琼浆玉液相混合成的滋味，让人飘飘欲仙，终身难忘。

吃 biltong 日久天长，品得深了，口味也就挑剔起来，能比较其中的不同。知道南非民间有制作 biltong 的高手，一直秉持原始配方，刻意坚持本味。这样的精品，在通常的超市是买不到的，需要到一些老店或是传统食品摊上寻找。

用羚羊肉和鸵鸟肉制成的 biltong，味道也不错，口感细嫩，风味别致。

和牛肉的比起来，少了些瓷实厚壮。

曾经在开普敦的周末跳蚤市场里，寻到此生难得的 tuna（金枪鱼）biltong。喜欢生鱼片的人都知道，salmon（三文鱼）吃得多了就嫌油腻。老饕出手，都点金枪鱼的刺身。这鱼又被音译过来，称"吞拿"。产自北大西洋的深冷海水中，肉质紧实，颜色深红，遍身无小刺，最为美食人推崇。金枪鱼肉中不像三文鱼生了一道道的白色脂肪，统是入口即化的鲜肉。可惜，金枪鱼美味，物以稀为贵，价钱也让人看着眼晕，再三思忖囊中银两，才敢换一盘来细品。

那天却意外得见了 tuna biltong（金枪鱼肉干），自然喜不自胜。双手搓来搓去，恋栈不动。练摊儿的老者笑了，持刀削了一小块儿，挑在刀尖儿上，示意我品尝。我点头致意，敏捷叼肉干进嘴。哗——要说吞拿刺身，本身并没滋味，要夹了去料碟里蘸青芥末和龟甲万酱油，在口腔里咀嚼出鲜。现在这金枪鱼肉干，进嘴就有几种滋味混起来，锦上添花，让人做神仙。我闭了眼睛品这世上实在难得的美味，惹得卖 biltong 的老者笑出了声。他笑得自豪，又打算动手刀割金枪鱼。我赶忙伸手紧摇，止住老者。然后，转身奔了旁边的酒摊。因为这天主要是民间春酒的展销集会，左右都排置了墙壁一般高厚的酒箱子。我特意从中选了一瓶 constantine（康斯坦丁）白葡萄酒，送给了卖金枪鱼肉干的老者。我向这位制作出如此美食的老者献上自己的敬意，我赞美这道人间美食。老者听我说完一番话，也有几分激动。他夸我识货，还说酒也买得恰当。吞拿终是海品，不同牛肉，当然应该配白酒。这酒里面加了蜂蜜，滋味略甜，配他的 biltong 简直是帝王餐了。说着就顺手开了酒瓶，还找来高脚玻璃酒杯，斟上白葡萄酒，"叮"一声轻响，和我尽饮了一杯。

我认准老者的金枪佳品，一下子买了两公斤吞拿 biltong，回家仔细着当宝贝冷藏下，来了贵客才拿出来，和别人共享几片。想想那位老者，曾摇头告诉我说："现在的年轻人，不愿意学习传统 biltong 的制作手艺，嫌麻烦。等到我老了，走了，这门手艺也就失传了。"

哎——如今还有我这个中国人保持着对金枪鱼 biltong 的美好回忆，笔下还能留些那美味的蛛丝马迹。按年龄算，时至今日，那位制作 biltong 的高手，那位可亲的老者，怕是早就仙逝了。再去开普敦，还能吃到 tuna biltong（金枪鱼肉干吗）？

忘不了的 biltong。

Hot rocks（热石头）

驾车在 N1 高速上赶路，眼皮儿一撩，见着路边有一块写了"hot rocks"（热石头）的牌匾，一闪而过。牌子并不显得招摇华丽，内容却着实有点耐人琢磨。平白无故，怎么就把个"热石头"字样举得那么高？想想那一带正经有几处相邻的餐馆，猜着是不是大致又琢磨出了什么新花样的吃食。可石头能吃吗？别说还是热烫的，就算是凉石头，有谁敢张嘴就咬，不要自己的牙了吗？捉摸不透，贪馋又是本性。索性下了高速公路绕过去，彻底解开"hot rocks"（热石头）之谜。

原来是一家炙烤牛肉的餐馆，那吃法倒是跟石头分不开。

一探究竟过后，就放不下这"hot rocks"（热石头）烤肉了，心里痒麻麻地等到全家人聚齐了，一车直驱热石头餐馆，拉开架势，准备享受美味佳肴。

食客盈门，刚好够我们排定了座位。waiter 是干练的小伙子，他微笑着说，欢迎光临！然后，就给我们每人发了一双薄塑料手套和一件同样材质的围裙，示意我们穿戴停当。未见桌上任何食物，先就装备得像做化学试验的学生一般，全家互相打量，忍不住哈哈大笑起来。再看邻桌所坐的各色人等好像也都如此打扮，见怪不怪，赶紧收声端坐，憋住了再无喧笑，一心等开饭。

有嘈杂连声，自厨下门里出来，一路不断，转眼到了跟前。几个穿着 waiter 制服的棒小伙，一手用铁钳子夹住了一块长方黑石头，像一块小砖，另一只手提了一块白石头片，嘴里喊着"hot hot……be careful"（烫啊烫……当心……），示意旁人小心，以免被烫着。他们手脚麻利，先把手里那块白石头片，放在食客眼前的桌面上，紧接着就把铁钳子夹着的黑石头叠放在白石头上面。白石头是常温，垫在下面隔热。上面的黑石头可是热烫异常，都直烤人脸。看那样子，这些方方正正的黑石头，被店家用什么方法，烧得滚烫，没准儿都烧红了。

一众食客，大都兴奋地瞪圆了眼睛。随即还是乐意见着这直观操作里掺了几分野性，议论纷纷。小伙子 waiter 们接着递过来吸嘴油瓶、盐和胡椒。

最后是主菜，一些被切成了方正规则的雪花牛肉。牛肉分三百、五百、七百克分量不等，随食客自己的饭量定夺，不够再加。

想要烤好牛肉吃到嘴，一切全靠自己操作，waiter只在旁边做指导。先往黑色的热石头上面涂橄榄油，这油多了不行，会溢出来，在黑石头上下左右流淌，轻烟渺渺，呛得人咳。油少了也不行，几滴下去，"吱"的一声，不见了踪影。等到肉再放上去，会被粘住，一不小心就被烤焦了。要把油壶慢慢倾倒，让热石头上均匀地涂好不薄不厚的油层，回头用锋利的刀子，片下手掌般厚的鲜牛肉，铺在涂了油的热石头上炙烤。

鲜嫩的牛肉肥瘦相间，紧实Q弹，在石头上发出"嗞嗞啦啦"的轻微响声，散发出扑鼻的香味儿。喜欢几分熟的肉，随你自己的心愿，把握炙烤时间的长短。女人坚持多烤一阵子，待肉熟得透，才撒盐和胡椒入口。我最喜生嫩肉排，所谓medium raer（三分熟），刀子切开冒血筋儿的牛肉，入口才爽。再配上红酒，人都成了仙。

再看满屋里的食客，都专注自己的分内工作，全心全意忙活自家灶上美食。有的心灵手巧，满意自己的成就，享受于口中美味。也有的手忙脚乱，折腾来折腾去，烟雾缭绕，"嗞啦"声中，倒将一块好肉烧焦了一角。切下来搁嘴里嚼，难吃得皱眉头。想想纯粹"自作自受"，也就认了。

这炙烤肉排的吃法，似乎在国内也有。记得很小时候，去东北乡镇伯父家串门。大冬天里，一家人围着火盆，席"炕"而坐。火盆里炭火正旺，一汪橘红，冒着蓝火苗子。有爷爷辈懂得吃法的老人，寻一块铁锅的破茬儿，刷洗干净，就弯弯地架在炭火上。也要在铁锅茬儿上涂豆油，再铺上薄薄的腌渍五花猪肉片儿。待肉片儿遇热，就"嗞啦"一声打了卷儿，使筷子夹起来，沾了韭菜花、腐乳汁下肚。尚记得这种吃法，叫作"吃锅铁"。因为趁热，再加上烧刀子的白干酒和蒙古热砖茶水相佐，既不显腻，又十分解馋，一家人没多大一会儿，就能吃下一大盆肉。不过，到了后来歉年的光景，连粮食都吃不饱，这种恣意吃肉的形式就基本绝迹了。再隔了几十年，日子渐渐好过了，想起来这老吃法，就充老辈儿试探着，和亲友凑在一起，琢磨着大吃心中久仰的"锅铁"。

近年的街头巷尾小吃摊上，也有见过肥壮的大汉，当庭而立于一面宽阔钢板前边，双手握一对装修用铲刀，在那铁上把面条、包菜、鸡蛋、细肉一堆条状食材翻炒得死去活来，烟气升腾。打问之下，才知道这叫作炒铁板，据说还是来自日本的餐式。

上边这两种吃法，与说的这南非 hot rocks（热石头）尽管有几分相似，但终又大不相同。南非这用的是烧烫石头来炙烤牛肉，不像国人炙烤就离不开铁。再想想，人家这是玩儿着吃，人人亲自动手，先当厨子，未等正式开动，已经嘻嘻哈哈，笑闹一团，充满快乐。这样的宴席，最受年轻人喜爱。

女儿和她的年轻伙伴们，聚会之前，就常常有人单出头儿说，hot……紧接着就有其他人附和，齐声喊 rocks！于是一众青年男女，hot！rocks！hot！rocks！像是呼喊着口号，再齐步走，开车奔那热石头餐馆里去了。

Nameless Bistro（无名小店）

女儿在开普敦读大学，我们常去她那里相聚，为了亲情也为了玩儿。开普敦是座世界旅游名城，有相当丰富的景观去处，足够人们流连盘桓。去得多了，自然也就熟悉。且不说那些打卡胜地，倒是有不见经传的美食，让人难以忘怀。

一家小店，没有名字，没有招牌，甚至连地址都说不清。却在女儿同学中传来传去，像张开了美食香浓的翅膀。这些大学生，在假期里游玩，每每还会赶去那家小店，吃上一盘 pasta（意大利面）。然后在回到学校后，竖起大拇指，向同学们赞那面里不同寻常的好滋味。

我们贪吃，再听了大学生们的传说，也不由得好奇起来。周末拉上女儿当向导，去寻找那家小店，那家被大学生私下里称 Nameless Bistor（无名小店）的平凡圣地。

先找到 Sea Point（海角）附近的那条城市主要大道，然后顺右手转向城里。地势会越来越高，在第二条 back wtreet（背街）插进一条短巷，女儿说，看看，那道蓝色的小门儿，再看那道门旁边的那只半人高的大木鞋，一准就是它了。

停好车子走过去，小店果然不像店，甚至连普通的民居都不像，只像一间小仓房。门里门外，不但没有招牌，也没有人来人往的熙攘。一左一右都静悄悄的，好像有一种力量，在这里把城市的噪声和喧闹，隔着楼房，甩到大西洋里去了。推门进去，屋里显得很逼仄，只有三两张薄木小桌依墙立着，旁边散着几把小凳子。

左手有一个类似前柜的窄平台，隔着平台有一位高瘦的老头儿，手里操弄着锅盆一类正忙。他转过身来，冲我们莞尔一笑。再抬起一只胳膊，指向一处空桌，示意我们就座。

室内略显昏暗，倒也不耽误环视。屋角、墙沿稍有立锥之地，都用来放收藏品——大小不一的荷兰木鞋。曾去过两次荷兰，知道木鞋和大风车是那个国度的象征。甚至还买回过两枚小拇指头大小的袖珍木鞋，做纪念品，挂在钥匙串上，作为自己去过荷兰的标示。眼下这小店里的许多木鞋模型展品，当然不会让人误以为进了木鞋店，应该只是店主人对故国依恋的表达吧。

墙壁显得陈旧，上面贴满了纸币，一张挨着一张。有我常见并使用过的美元、英镑、欧元……更多的倒是一些不那么熟悉国家的一元券。当然也有例外，像津巴布韦那张就印着 5000 万的数额，光是数 5 后面的那些零，都得吸足了一口气，才数得完。本为寻美食而来，却没想到，这位烹饪的高手，竟还有收藏的雅兴。这样子满墙壁上花花绿绿，尽显着全世界的钞票，让人觉得有趣。要我说，这 Nameless Bistro（无名小店），不是有个现成的名字吗？就叫万钞小吃店不是挺好。

女儿见我随口说话儿，心下生出活络，讨了我的钱包，在里边找到了一张 10 元面额的人民币，就和我商量，送给这家喜欢收藏纸币的老板，帮他增加收藏，也为我们国家在这不起眼的角落里存上一个符号。

里间正忙的那位瘦老头儿店主，又兼着这小店里唯一的服务人员。他头一次见到中国纸币，显得很有几分兴奋，但又一时脱不开手里的活儿，就大声谦恭地请求女儿，帮着他把这张纸币用胶水贴到墙壁上去。女儿略做思忖，顺手就把这张十元的中国纸币贴在了进门一抬头就能见到的位置上去了。店主端详着新收集来的纸币上面那个典型的中国人头像，有点像看一张历史照片。然后，摸了摸唇上的小胡子，眯眯笑了。

未等吃饭，就先成了小故事。

正式开饭，老板告诉我们。小店里只卖意大利面这一种食品，但是，和意大利面相拌的 sause（卤汁），却很是丰富。

通常来说，意大利面当然配意大利卤汁。而以国内的形式，这意大利卤汁，也不外乎就是西红柿肉酱和芝士蘑菇两种。前者暗红，后者灰白，又常被人简称红、白。在店里点完 pasta（意大利面），顺便告知红或白卤汁，也就齐了。

眼下的无名小店里，这位高高瘦瘦的长者，倒看不出来，竟是一位研究卤汁的高手。他说，自家来自荷兰，就用家乡的典型食材，调制了奶酪、鳕鱼、猪肉等为主，不同口味儿的卤汁。甚至还自制了一种纯蔬菜素食的卤汁，其中有豌豆、胡萝卜、洋葱、土豆。不喜欢油腻的朋友可以试试，口味也不错。店主还提到，开普敦这里印地裔不少，曾经向他们请教，还学得了两种印度卤汁，那当然别有风味，但看上去红艳艳的，吃起来要比欧洲菜辣。说着，老者还皱起眉头，表现被辣的样子，惹得大家都笑了。

女儿说，店主认为，真正的美食，来自风味不同的卤汁。千变万化调制的汤汁，决定了食物的口味。至于面条本身，倒并没有什么大变化。

这观念听上去有道理，仔细再想想，也符合吃意大利面的实际，越发一心只想着意品尝老者的手艺。急中生智间，似又生小主意，于是探问："可否做一盘意大利面，在上面浇盖俄罗斯口味的卤汁？"老者听了，竟频频点头，还冲我挤眼儿。似乎正中下怀，这下子得着了他显示本领的机会。转身为我们一家各自选定的三种口味，去小后间里忙了。

无名小店里，荷兰大爷烹制的俄罗斯卤汁十分地道。牛肉菜汤，浓稠香溢，颜色粉红，配了西红柿、土豆、圆白菜、胡萝卜、洋葱……尤其是不可或缺的红甜菜和大张的香叶。热气腾腾，浇在意大利面上，令人馋涎欲滴。

女儿也走偏，要的是日本口味的酱汤素菜卤汁。这实在有点出人家的难题，因为荷兰大爷只能根据自己多年所做笔记中的文字，照葫芦画瓢，沾上些意思也就相当不错了。事实上，他几乎没见过日本人，更没去过日本，见识品尝过真正的日本酱汤。

一顿饭下来，老头儿在我面前，得了一连声的夸赞，胡子都翘起来。到了女儿那里，他就一声 sorry 接着一声 sorry。说自己一个正宗荷兰人，还是头一遭调制日本汤，做得不好，请原谅……女儿笑嘻嘻地安慰荷兰大爷，说自己是中国人，也是第一次品尝日本汤，已经很好了云云。临了，她还认真地给这位卤汁大师写下了两道中国民间最普通的北方面条卤子的菜码配比：肉丁茄子和黄酱豆角。卤汁大师如获至宝，张大了嘴笑出声，连连说："今儿晚上，我就做试验。自己先品尝，等到觉得能打 A+ 时候，就打电话给你，让你试吃，评定水准……"

时过廿年，那间小小的卤汁面店还在吗？那位卤汁老师傅的肉丁茄子和黄酱豆角的中式卤汁可是令顾客满意？

Fried Kingklip（炸鳕鳗）

炸鱼店就在 Stellenbosch（斯坦林布什）大学西北角，挨着山边。店面实在很小，只有三五米的宽窄，屋里连可坐下来就餐的桌椅都没有。来买炸鱼的顾客，一律都是 take away（打包带走）。不过，看起来卖炸鱼的生意还不错，许是因为赶上了中饭的时间，香气缭绕的档口，竟还排起了几人的小尾巴。

隔着顾客的身影，能清楚地看见屋里的摊档，有一只长方形的不锈钢锅，里面金黄色的橄榄油正在沸腾翻滚。

人到中年、略显谢顶的摊主，着了杏黄色的围裙，还戴了护目镜和橡胶手套。他把一大块四方的鱼排，先是撒上细碎的香料，再去一个大面盆里沾满了黏稠的面糊。然后，瞅准了就把鱼排立着放入油锅里，刚下油锅的鱼排，发出"嗞啦——唰唰"的响声，转瞬就变成了金黄的颜色。鱼排在油锅里一个挨着一个，被木铲子拨过去，轮到最远处的，也就是炸熟的了。炸好的鱼排，一个接一个地被摊主用铁夹子夹起来，在有很多小洞的大盆里控控油儿，就浇了金红的酱汁，包在又厚又硬实的纸袋里，收下三十七个兰特，递给了顾客。

鱼排热气腾腾，拿着还有点烫手。走不上十步八步，路边就有长条的椅子，坐下来，手掰嘴咬，就能享受一顿正宗的南非炸鱼了。

这里渔产丰富，吃鱼吃得挑拣。那些中午就从大海里赶回来的小渔船，在码头上纷纷卸下了渔获，接着就在岸边的鱼市交易。买鱼不用说也知道，就是买鱼身上的一小部分。

在那些水泥板砌成的鱼摊子上，卖鱼人手持锋利的鱼刀，三下五除二，掐头去尾，顺手剔除了两侧主刺，剩下的部分还不及整条鱼的三分之一。这才叫鱼排，也是整条鱼中最肥嫩、最整装的一块鱼肉，烹制时候再也不用收拾，连一根刺都没有。

眼下手里的炸鱼，是 Kingklip，翻译成中文，叫鳕鳗。从前知道欧洲北海里面出产鳕鱼，那是十分名贵的深海冷水鱼，价格也贵得出奇。这鳕鳗和鳕鱼一字之差，应该也算沾了鳕鱼的名分，算那贵族鱼的亲戚？猜测一定不差，因为一入口，滋味真是好极了。

先看掰开的鱼肉，雪花般白，隐约透着横竖的纹理。能轻易就成形了麻将大小的鱼肉块，蘸了酸甜口儿的酱汁，塞进嘴里大嚼，很实在很满足，很有匀称的节奏感。当然，最享受的还是那很难言说的滋味，那里有鲜美和甜蜜，有弹性和滋润。真真就是我从来没吃过的纯鱼的味道。无葱无姜，不烹不饪，没有红烧、清蒸一说。大海里捞上来，收拾收拾就油炸，鳕鳗还带着大海里的原汁原味。

看着总有一斤多重的炸鱼，不咸不淡，鲜嫩可口，顶菜又顶饭，被我当场在那所大学校园里吃了个干干净净。从此，这道 Fried Kingklip（油炸鳕鳗）就被我牢牢记下了。细想想，这鱼有些像在国内早就断了供的野生东海大黄鱼的滋味。

女儿就在这著名的大学里读书，我自然是常来常往。每来必食炸鳕鳗，感染得一家男女老少，日后都成了炸鳕鳗的爱好者，得机会就买几份，全家过瘾。虽说日久天长，却从来没吃腻过。后来"鳕鳗群"越聚越大，人人都喜欢起这道炸鱼来。年轻人还在鳕鳗上轻点柠檬汁，稍加绿芥末，再配上南非 KAAPZICHT（桌山）白葡萄酒，品尝飘飘欲仙，竟成了女儿家待客必备的佳肴。

偶尔在另外的地儿，也见到有小店里卖炸鱼，兴冲冲地买来品尝，却总没有最先前在开普敦斯代林布什大学校园里那家的好吃，滋味永远差那么一丢丢。

Nandos（烤鸡）

在南非的土地上，无论是倘佯在上千万人口的大城市，还是漫步在千把人的小乡镇，常常在举首环顾之间，就见着一块招牌。招牌不及一张长条桌子大小，上面永远画了一只公鸡。那公鸡的画法，显然属于简笔、抽象一类，夸张中涂了几分幽默，颇有动漫风格，让人一眼见着，就能牢牢记在心里。公鸡挺直了全黑的身子，瞪圆了眼睛，顶着彤红的鸡冠子，当庭而立。黑公鸡的旁边，写了 Nandos（烤鸡）这个无人不知的词儿。

招牌所示，就是南非大名鼎鼎的 Nandas 烤鸡店。

我最早是在二十世纪九十年代，就品尝过这家纯南非的鸡店。推门而入，鸡店里面设置简单朴实，空气中弥漫着浓郁的香味儿。我和朋友忙了一上午，早就饥肠辘辘，口渴生烟。刚刚坐定，就一人点了一份烤鸡套餐。我们的套餐，是最普通也是最实惠的。上餐很快，两个饥人未及催促，人家 waiter 已经端来了两盘快餐。食物眼看着热气腾腾，摊在眼前，历历在目。有一只鸡，个头不大，只有斤把重的样子。鸡远没有国内那样肥，在皮下积了颤嘟嘟的油脂，让人未等张嘴就嫌腻了。想来这 Nandos 店里，在选取食材上要求严格，用的都是年轻的童子鸡。只是，盘子里的烤鸡，造型不太讲究，就那样劈叉拉胯地仄歪着。不像中国烹饪的各式整鸡，像烧鸡、扒鸡、白斩鸡……都规整地收翅叠腿儿，卧在食器上，像睡着了一样，讲究个形体美。

饥不择"形"，就别那么挑拣啦。我们各自守着自己的那份食物，先扯下一条鸡腿，狼吞虎咽。嗯？这鸡肉软嫩细腻，入味香浓，还真是好滋味。而且，不咸不淡不油腻，简直能吃到饱。不远处的 waiter，隔着桌子示意我们，刚才上餐时候，曾一并上了他们店里自家调制的酱汁，可以浇在鸡肉上，丰富口感，锦上添花。哦，不说倒忘了，记起他刚才还特意嘱咐，说是那酱汁里面，添加了被称为"peri-peri"（佩里佩里）的辣椒。所以酱汁很辣，得悠着点，不要一下子吃太多。

我们两人，着意少取"佩里佩里"酱汁，涂在鸡肉上面。好家伙！果然辣得人大汗淋漓，口腔里着火一般，赶紧着冰可乐往下灌着去辣。

人到中年，走南闯北，虽说是北佬，倒也见识过许多辣椒。云、贵、川加湖南、湖北，无辣不餐。也曾和那里的人比着吃辣，不以为意。海南岛不食辣，但却产一种"米椒"，个头只有米粒般大小，却能把人辣得昏过去。

没想到，如今在南非，还能见识到和海南"米椒"一较高下的辣椒王。辣中进食，一只斤把的烤鸡，在"嘶嘶哈哈"的刺激中，转眼就进了肚。再吃些配着的炸薯角，一顿饱饭令人心满意足。

临出店门，再向 waiter 打听这 Nandos 酱汁里的辣椒来路。年轻人告诉

彩虹美食　213

我，这辣椒产自莫桑比克，那里干旱炎热阳光足，生长一种 bird-eye chilli（鸟眼辣椒），个头很小，辣度却奇高。怪不得，让人想起海南"米椒"，这不，这"鸟眼"辣椒做成的酱汁，连颜色都和"米椒"像似，都是橙黄色。懂辣的人都明白，那些鲜红浓稠的辣酱，倒没什么可怕，可碰到橙黄颜色的小东西，就得多加小心了。

Nandos 的鸡好，辣酱汁更来劲，出得店门来，再抬头看那只招牌上的黑公鸡，似乎见它有那么点示威的神情，挑衅说道，怎么样？可敢再战？鸡肉美味，酱汁火辣，傻瓜才不来接战。几年里，嗜 Nandos 成瘾，上百次大快朵颐，也上百次辣到嘴里发麻。

看到有关资料显示，这款 Nandos 美食，几经易手发展，都闯进欧美市场，在欧洲大陆，随处都能见着那只南非黑公鸡了。真是好事情，祝它顺利。

Panarottis（比萨饼）

这也是个遍布南非城乡的食店，而且经久不衰，广受欢迎。说比萨饼无人不知，任谁都能唠上几句。不就是从意大利传开来的带馅烤面饼吗？是，在咱中国老早就有馅饼，只是国产馅饼的馅儿被包在面团里面，而意大利比萨饼，都是把馅儿铺在面团的上面，就这么点区别。

不过，这南非的 Panarottis 比萨饼，还真是很有自己的特点，让人不由得流连回味。

先说这比萨饼皮薄料足。这里的比萨饼面皮，不像在美国、欧洲，甚至那个正宗发明地的意大利比萨饼城。那些地方的比萨饼面皮总都有些厚，让人感觉着面多馅少。

这南非的 Panarottis 比萨饼，从来都是下边的面皮薄薄的，比起我们在老家常吃的面片儿、饺子皮都厚不了多少。可上面摊的馅料却是满满登登，又厚又实诚。烤比萨饼的大师傅，戴着高高的白帽子，满面红光，用那种薄铁铲子驮着，把比萨饼从宽大的烤炉里撮出来，散发出浓郁的香气，让人垂涎欲滴。馅料有香肠小西红柿、牛肉松露、羊肉蘑菇、火腿橄榄……各种不同的搭配口味。肉多菜少，颜色搭配也漂亮，一看就认定是不可多得的美食。

优质奶酪是这种南非比萨饼的灵魂。吃过几次就知道，不管是什么口味，馅料里永远都缺不了 cheese（奶酪）。而那些比萨饼 cheese（奶酪）的滋味，风格各异，浓郁细腻，左右了眼前这份比萨饼的根本口味。这可不是我们一时就能理解的，得吃过那么十几次，在不知不觉中才顺了口。不然，我们中国人就认为，那不太令人喜欢的 cheese（奶酪），只不过是从牛奶里提炼出来，好像一成不变的东西，类似豆腐渣，还总有点臭烘烘的小气味。

这比萨饼店里，就有一种单纯的"玛格丽特"披萨，只放奶酪和洋葱、橄榄等素菜，凸显店里本来的真味。每当拿起一瓣三角形的比萨饼，看着那些被拉成洁白绵长细丝的奶酪，就食欲大开，忙不迭张开大嘴，去接那些热乎乎的奶酪，再狼吞虎咽。

这比萨饼个头大、分量足，最小也有八吋，再就是一尺、一尺二，这里说的是英尺。最大的 big on family（家庭码）也不知道究竟有多大，反正是一个大人双手围不过来那么个大圆家伙，足够两个壮汉吃的了。

不仅如此，比萨饼店里还隔三岔五就弄个名堂，来个买一送一。等你吃完先前的一张比萨饼，回身人家就用硬纸板的盒子，又给你装上了一模一样的另一张比萨饼，让你带回去给家人享用。有的家庭在周末开 party（聚会），时常就开车过来店里，买一张家庭码大比萨饼。如果恰好赶上店里搞活动买一送一，提上两个纸盒，香喷喷带回家去，都能获得亲友一小阵子的欢呼。

Panarottis 比萨饼店里，还有一项惊人之举。他们竟然敢不怕亏本，定下周四这一天，交付一个最基本的比萨饼钱，就可随意食用的规矩。对于很多人来说，这可是个大便宜。我也曾随大溜，去占过这个便宜。

原本不大热闹，甚至有点显得冷清的星期四傍晚，比萨饼店里却人群如潮，进进出出，一派繁忙景象。人们携家带口，呼朋唤友，来大快朵颐，把美味的比萨饼吃到撑。

外国人在中国开了个必胜客，里面也卖比萨饼。可是那种比萨饼面皮比鞋底子还厚，圆周上更是围起了一圈面疙瘩，还没等吃到嘴，心下就疑惑起来，这是吃比萨饼还是吃烤饼？不由得就想起南非的 Panarottis 比萨饼，恨不能像孙悟空，就手七十二变，给他们变出来一份馅料足、面皮薄、个头大的南非 Panarottis 比萨饼来，请同胞们品尝。然后告诉那些厨子，应该做怎样的真正的比萨饼，才有资格在中国开个比萨饼店。

Eisbein（德式脆皮肘子）

约翰内斯堡有个 water front（滨水区），那里有一个好餐馆。餐馆里只卖一道菜，就是 Eisbein（德式脆皮肘子）。这个单词翻译自德语，有"冰腿"的意思。据说，德国人从前用猪肘子里那段骨头做滑冰鞋，后来就把这词拿来做了这道美食的名称。

如果非要准确地用英语表达这道德国菜，有点麻烦，German style crispy elbow 四个单词排起来，成了对德式脆皮肘子的注释词条，这对学习来说，准确无误。但对一心想着解馋的众食客而言，还是 Eisbein 简短易记，也实用。到了约堡 water front，要找那家店，直呼一声儿"艾斯傍"，立马就有人帮你指路。

肘子本身就是好东西，是猪身上最令人属意的一段好肉。肥中裹着瘦，外面的肉皮颇具弹性。我们在国内时候，像什么扒肘子、炖肘子、清蒸肘花、红烧肘子……没少吃，感觉饱足解馋。那时候，一般人家办红白喜事，只要是个说得出的席面，总有一道肘子作为硬菜端上来。

在南非头一次品尝这道德式脆皮肘子，果然名不虚传，风味别致。先说那肘子皮，被烤得金黄酥脆，用餐刀剥离一片搁嘴里嚼，香弹生津，"咔哧咔哧"直响。待咽下一大团丝滑浓郁，再顺手端起德国瓦伦丁啤酒畅饮，那滋味，那感觉，真是飘飘欲仙，夫复何求。

肘子皮当然还可以和肘子肉合在一起下肚，因为经过了腌制、烹煮，再加上烘烤，肘子肉已经软嫩紧致，只略微咀嚼，即满口生香。吃上几口之后，会觉着有点咸、有点油腻。就去把餐叉上的肉涂了盘子中的绿色苹果酱，这苹果酱是酸头儿，略带甜味。合了紧致而软嫩的肘子肉，立觉像是在口腔里刷了一层仙妙的味觉。再接再厉，肘子加啤酒，大军催迫，直驱腹地。最后闹了个酒足肘子饱，在美味的记忆中留下了不灭的印记，还未等离去，已经惦着下次何时续这脆皮肘子的缘分。

这家店的老板，戴着金丝边的眼镜，说话文质彬彬。看上去不像食店老板，倒像大学老师。聊起来，却被我说中了，他真就在金山大学里教过书。后来时运不济，转行经营了这家脆皮猪肘子店。因为本来祖上是德裔，还自幼得了长辈的真传，烹饪的手艺纯正地道。日久天长，这 water front 的德式脆皮肘子做出了名气，引得八方来客品尝不断，成了约堡一处必去的景点。

教授老板在营销上，也有自己的一套。按他的规定，一人一次，若能吃下一只 1.5 公斤以上的肘子，即可免餐费，还另赠送名牌 T 恤衫一件。

风传有高大的白人壮汉，吃下了一整只大肘子，获得免单和奖赏。我心下十分羡慕，又有几分不服气，暗自打算比试一番。那天先是在健身房里做各种有氧运动，疲劳自己，也同时把肚子折腾空。接着再就地来个蒸汽浴，结果大汗淋漓，感觉整个人都像一只肉空桶了。收拾收拾，就直奔了 water front 的 Eisbein 店。

一切如前，眨眼工夫，一只 1.5 公斤只多不少的"艾斯傍"，就摆在了眼前。因为是挑战猪肘子的食量，就自然引起了店里人们的关注。我气定神闲，先不着急动嘴，把自己所有的动作都放慢节奏。用刀叉把那只 1.5 公斤的脆皮肘子横切竖割，分成麻将牌大小的肉块儿。接着给肉块儿均匀地涂好苹果酱，放下刀叉搓搓手，以示进入预备状态，就像蹲在起跑线上的运动员。

我在教授直视的目光下，风卷残云，狼吞虎咽。有备而来，又势在必得，事先还做足了功课。我的挑战，在意料之中获得了成功，当我把猪肘子里那两块骨头剔得干干净净，"当啷"一声丢在空盘子里时，我知道起码有实实在在的 2 斤半以上分量的肘子肉进了自己的肚子。这无疑是我此生最大的一次肉食量，想着都有点不敢相信。然而，眼前那只大肘子真就不见了。而且，眼看着教授抬了抬鼻梁上的眼镜，把抹布丢在桌子上，腾出手来鼓掌，引逗得旁边一众看客也拍起了掌声一片。

教授老板还冲我竖大拇指，然后招呼我过去店堂后面，用防水笔在一件 T 恤衫上写了几个字"Chinese Tiger（中国老虎）"双手送给了我。那意思，是对这个头不大的中国人，竟能吃下大只肘子的赞许。这件很有意义的 T 恤衫，被我穿了三个夏天，最后肩背上都破出小洞，才被我依依不舍地扔掉了。在那三个夏天里，我曾经多次指着自己衣服上的英文字，吹嘘自己的绰号，给别人讲怎样吃掉一整只德式脆皮肘子的故事。

南非的许多城市里都有 water front，像德班、布隆方丹、开普敦……那些水边景点里也大多有各种餐店，但是唯有约翰内斯堡的 water front 才有这道美食，这道发端自德国，但在南非被继承丰富了的德式脆皮肘子。

后来在美国和澳大利亚也曾吃到过这道菜，但那滋味简直没法和南非的比。感觉着明明一道美味，竟给做成了胶皮鞋底子一般的垃圾。你可能不相信我的话，但是，如果你有机会去品尝两次，你就知道，我说得一点都没错。

Amlet（西式蛋饼）

南非有许多大型的宾馆，如果入住那里，可以享受免费的早餐。早餐里通常都有煮蛋、熏鱼、奶酪、香肠……当然还有一贯的面包、牛奶做主食。偶尔，能赶上一道现场烙制的 Amlet（西式蛋饼）。

刚听到这名称的时候，觉着好玩。因为这饼的名称和莎士比亚悲剧中的 Hamlet（哈姆雷特）相近，只是少了一个字母 H。这 Amlet 的读音，成了阿姆雷特。我诚心寻开心，走到那架燃气灶前，开玩笑跟那位忙着烙蛋饼的侍者请求："请给我也来一份哈姆雷特。"

我故意把"阿"读成"哈"，等着看侍者的反应。

人到中年的侍者，先是愣了一下，旋即反应过来，笑眯眯地反问我："先生是要王子还是蛋饼？"

我们二人相视，忍不住哈哈大笑。勤劳的侍者在说话开玩笑间，并没有停下手里的工作。只见他手法麻利地舀了一勺蛋液，倒在那只平底锅上，"嗞啦——"响着，再用一支刮板轻轻地把逐渐凝固了的蛋液摊成一张又圆又大的蛋饼。接下来，他再往蛋饼上撒各种配搭的馅料，有火腿丁、腌渍牛肉、豌豆、青菜……锅子下面的火力看样子不大，蛋饼和撒上去的馅料被慢慢炙出了香味。香味淡淡地飘过来，让人闻着，突然有了一种亲切熟悉的感受，这很像是在老家时候早餐吃的煎饼餜子呀！

尽管食材不同，但方式却相似。正向众人供应蛋饼的侍者，无论如何怕都想不到，眼前这个中国人，他那么仔细观看蛋饼的制作，又急切把蛋饼端在盘子里，是因为思念故乡的类似食品，想着把它们在嘴里认真比较一下。

Amlet 外嫩内爽，家乡的煎饼餜子是外酥里香，这不一样。再就是中国煎饼基本是素食，一大清早，人们还不那么习惯大吃荤腥。Amlet 里面虽说也有新鲜蔬菜，但还是有一半多的肉食，吃着油水大，十分瓷实，这一个巴掌大的蛋饼吃下去，这一上午都能饱着。

从此具有了相当的经验,在上档次的宾馆里享受早餐时,先不着急吃,而是耐心地寻那一道 Amlet,那道软嫩香浓的蛋饼。再配上一杯真正的奶茶,徐徐饮下。这一天里,还未等出门,就先做了神仙。

你若是遇上了我说的这种时机,吃蛋饼喝奶茶之前,还别忘了,跟侍者可以开个莎士比亚式的小玩笑,让餐厅里多出来几波笑声。

Beverage(酒水)

南非的酒和饮料品牌成百上千,数也数不过来。有人在这里生活了一辈子,有事没事时候,偶尔开了一瓶酒,品品口味,还真是相当地道。再看看那酒的色泽,闻闻气味,也是那么遂心。待再按住酒瓶细瞧,才知道,原来眼下喝的就是南非本地出产的酒。甚至,那产酒的地儿,几乎就在家居几公里以外那山腰上的酒庄,想想有趣,这简直就是在喝邻居的酒。

Wine(葡萄酒)

在国外,如果单提酒(wine),一般就是指葡萄酒,指红葡萄酒和白葡萄酒。前面提到过的 Two ocens(双洋),还有 Pinotage(匹诺塔吉)、Kleiin constantia(克莱因·康斯坦尼亚)、Ne derburg(尼德堡)、Kanonkop(炮台)……名目繁多的品牌,都是南非出产的红葡萄酒。白葡萄酒也一样,前面说的 Two ocens(双洋),还有 Ajaya(安吉亚)、Benguela cove(本格拉)、Mulderbosch(穆德堡)、Kaapzicht(桌山)……各种口味、各种风格的白葡萄酒琳琅满目。

南非的葡萄酒都出产自西开普地区。

当年驾车从约翰内斯堡沿高速公路一路南下,满眼里尽是南非高原的古老和苍凉。应该是在伍斯特附近,公路延伸进去一条五公里的长隧道。待车子驶出隧道,再张眼一看,世界为之一变,地势上,显然大大降低了海拔,一改平荡辽阔而为高低错落,参差交替。灰蒙蒙的远方,有山峰奇巧,巍峨耸立起来。山间有峡谷,有溪流,有大片的冲积平原,所有丰美的景色,都亦步亦趋,正缓缓转过来。

有零星黑人少年,平举着纸板箱,依次站在路旁。车子驶近,看得清楚,那纸箱里是一嘟噜一嘟噜的葡萄。葡萄又圆又大，颗粒饱满，挂了白霜儿，一汪水儿似的颤颤欲滴。少年人伸出一只手，张开五指，翻了两下，要价十个兰特。这简直就是天上飞来的鲜果子，还便宜得近似水价。买下放在车座间，本打算再走百里，到酒店里洗了吃。不想那葡萄却生出大朵浓郁的清香，从纸板箱里透出来，实在诱人。耐不住摘了，你一颗我一颗，随手找纸蹭蹭，扔进嘴里。小乒乓球般大的葡萄粒儿，在口中爆浆，香甜浓郁，水灵灵的感觉瞬间征服你，就像干渴的人，一下子饮了满口的琼浆玉液。有人惊叫："哈，这葡萄甜极，才吃两粒，手指都粘到一起。"

后来知道，葡萄酒就是这晶莹饱满的葡萄自然发酵酿制，心中豁然。这世间万物，真是万变归宗，顺理成章。眼见得西开普不尽的山川间，成片成坡的葡萄园，纵横交错，相连阡陌，铺到天边去了。那红如宝石白如钻的葡萄酒，哪能少得了？有满山遍野的上佳葡萄，才能酿出芳香、微酸、深沉……的南非葡萄酒。

据说，是很早的一批法国人移民来南非，看中了西开普那里温润、肥沃的土地，最先开垦了那里，种植了比波尔多还大的葡萄园。不论什么品牌、什么包装、什么价位，南非产的葡萄酒品质都不错。

旅居得时间长了，入乡随俗，家里也弄了个盛酒的架子，把几十瓶葡萄酒存下来。总是放上一段时间，把酒"困一困"，那口味才更醇正更绵长。市上有能盛五升的方形纸质容器，内里就是南非普通红酒，品质也很好。打开下面的小笼头，"哗哗哗"一股琼浆瞬间斟满高脚玻璃杯，阖家举杯，老少皆宜。

南非是世界上第八大葡萄酒的出口国，它出产的酒，风味独特，物美价廉，十分受人欢迎。

Beer（啤酒）

和琳琅满目、品牌繁多的葡萄酒比起来，南非自产的啤酒品种不多。而其中最著名、口味最佳者，当属 Castle（城堡）啤酒。

自认生长在中国最早的啤酒之乡哈尔滨，对啤酒了解一些。十九世纪末，有俄国人在哈尔滨的香坊建了啤酒厂。想来清朝末年，哈尔滨就有相当地道的德国口味啤酒可饮。这啤酒资格，怕是除了山东的青岛，还没有什么其他地方能比。

　　小时候到"小秋林"俄人店里，给老爸打鲜啤酒，两升灌了三瓶，升杯里总会余富横着两指高那么个底儿。手里再没什么家伙什盛下所剩啤酒，扔了实在可惜，干脆端起来量酒的升杯"咕咚咕咚"喝了个底朝天。俄人店主看着这七八岁的小屁孩当堂痛饮，先是惊得瞪大了黄眼珠儿，转而就伸出大拇指盛赞："小孩，巴里稍一，哈啦少！（大大地好！）"

　　打小就练着喝啤酒，长大一路喝过来，啤酒中的妙处自在心中。那色泽金黄，泡沫丰富，刚盛到杯中，都能听见酒沫翻腾，气泡窜动，"唰唰唰"地响个不停。端起来略闻闻，新鲜苦香，大口饮得，先有清爽，再复"刹口"的感觉，十分满足。

　　记得当年北京还有"五星"牌啤酒，但喝着和哈尔滨鲜啤比起来，就差得远了。曾出国到俄罗斯喝啤酒，口味不对，不知怎么，好像有一股石灰味儿。广州的珠江啤酒，也试着喝过，觉着细腻有余，缺了几分甘洌。瞥了眼挑毛病，就有限的经验，始终认为故乡的啤酒天下魁首，一直到在南非见识了 Castle（城堡）啤酒。

　　Castle（城堡）啤酒，是南非市面上最常见、销量最大的啤酒，也最受酒客欢迎。它色泽金黄，清澈透明，口味适中，既不浓烈也不寡淡。倾进大杯中，"唰唰"作响，瞬间生成大团雪白的泡沫。举起酒杯，就灯下观赏，能见细小的酒珠儿，像透迤的金链子，在酒中漂荡，扑面放出独特的清香。听说这酒是用特等的金大麦和南方星啤酒花精酿而成。

　　一杯下去，我就服了，这简直就是哈尔滨啤酒的亲兄弟！那气味，那口感，几乎一模一样。甚至，还比故乡的酒多了几分精致和妩媚。是的，酒也显美。家乡的啤酒是野妹子，这万里之遥的南非啤酒是淡妆美人呢。

　　Castle（城堡）啤酒，有瓶装、罐装，瓶装又分大小，那种小瓶装最是受用，握在手里很得劲儿。瓶口还是螺旋式，逆时针一拧就松了口，很方便，连开瓶器都省了。罐装适合放在车里出门，打猎钓鱼，走哪儿喝哪儿，顺手一扯开口，仰脖子就灌了。

　　可不是我一个人喜欢"城堡"，在南非的日子里，和那些白人黑人酒友说起来，没有不伸出大拇指夸赞这南非第一啤的。有一次，正赶上了足球世界杯在南非举行。也曾去看了现场，但眼中球赛虽说紧张激烈，总觉着嘴里寡淡，没过啤酒的瘾。于是，四个人相约，竟从周五下班，一直喝到了星期天的晚上。其间喝得困了就睡，睡醒了继续喝着城堡啤酒看球赛。我在家里把电视投影放好，随时跟踪足球播放节目。然后把洗澡间里的一个浴盆腾出来，铺一层冰，摆一层啤酒瓶，铺一层冰，再摆一层啤酒瓶，高高地堆起来。开喝之后，缺冰加冰，不断添酒。卫生间里冰融成水的细流，"咚咚咚"轻响着，流到下水道里，两三天都没断过。

Amarula（阿玛如拉大象酒）

在南非的聚会上，细心的主人，常常会特意为女宾备上一种甜酒。这酒斟出来，颜色洁白，看上去有些黏稠的样子，闻闻透着一股浓郁的芬芳。

这酒会被小心地倾在杯中晶莹的冰块儿上，待浓稠的酒液在冰上溶化、稀释，散发出酒香，女宾客们优雅地浅酌慢饮。口中是甜蜜、芳香，酒中还渗出奶油的细腻和满足，让人欲罢不能。稍顷，就见几位太太、小姐都桃花缀腮，眼神精光，成了飘飘欲仙的天姿国色。

看看盛酒的家伙什，褐色的玻璃瓶上标了酒精17度，写了Amarula的字样，其他似乎也没什么特殊。噢，商标上还画了一头迎面而来的大象。初次喝这酒，心中多少存疑。常常在这时候，备酒待客的老南非，会说起一段有意思的酒话。

这就是大象酒。

说是南非高原上，生长这一种Marula树，被人们称为大象树，大象树上结大象果，大象果一旦成熟了就芳香四溢，引来了大象。大象最爱大象果，因为这果子除了能填肚子，还能在大象肚子里发酵成酒。大象吃大象果，常常吃到酩酊大醉，脚步蹒跚，伸直了象鼻子，醉卧高原峡谷，一睡就是好几天。就像人中寻酒讨醉的力士，聪明的大象，竟也有追求迷蒙刺激的灵性。可大象再聪明，也逃不过人类的掐算。当人们懂得了大象的醉因，就不费劲儿破解了其中的秘密。

据说大象对自己所吃食物的消化，只在肚子里完成了三分之一，就被排出体外了。于是，人们就从大象的粪便中，挑拣出那些还未完全消化的Marula果籽，再添加上其他各种材料，酿制出了大象酒。

这酒易得，南非街上随处可见，不但好喝，还有趣。

Cream soda（奶油苏打水）

如果天热出汗，劳顿口渴，可以在超市、餐馆、饮料店中找到一种可爱的饮料。从冰箱里拿出来的瓶、罐表层，瞬间就汪了一层霜。打开来，"哗哗"响着斟到玻璃杯中。透明中就升起了一截鲜艳，蓝得近绿，像极了国人喜爱的翡翠。饮料中还不断漂浮出"哗哗啵啵"的小粒气泡，就像针尖大的水晶球，在蓝色的海水中穿行。

等到这漂亮的蓝色饮料进了口，那种清爽、甘冽、香甜的感觉，瞬间就把疲劳热燥一股脑儿地赶走了。就算这股玉液下了肚，它还留给你的口腔绵软、细腻、余香盘绕的奶油味儿，这味儿久久不去，让人留恋回想。

这就是风行世界，也遍布南非的奶油苏打水。

Ice cream（冰淇淋）和这 cream soda（奶油苏打水）比较着看上去，似乎只有一词之差。心中一动，和小女稍加讨论，就买回来几杯奶油苏打水，放进了冰箱的冷冻柜里面。我们猜想，耐心地等上一个小时，应该就能吃自己冻成的冰淇淋了。没料到，我们的实验没有成功。奶油苏打水，并不能直接被冻成冰淇淋。它变成了硬邦邦的一大坨，虽说还是漂亮的蓝色，但附着一层厚厚的白霜，在盘子里滚来滚去，用叉子都没法撬下一块儿，让人无从下口。

又听说这苏打水的比重要大于那些白兰地、威士忌、伏特加等烈酒。于是就在自家厨房里实验着，看能不能调制成鸡尾酒。这次花了九牛二虎之力，最终竟获得了成功。把又细又高的香槟酒杯洗净擦干，先把咱这 cream soda 轻轻靠着杯壁缓缓倾进杯中一指左右的高度。然后选透明的龙舌兰酒（tequila），品质越好越醇为佳，也是轻缓地倾进杯中，让它浮在奶油苏打水的上面。再是金色的黑麦威士忌，漂在龙舌兰的上面。一杯蓝、白、金三色的鸡尾酒就做成了。看上去十分漂亮，拿在手里把玩耐看。

Rooibos（萝卜丝茶）

按照正规的汉语翻译，是把这种产自南非的药茶译为"路易波士"茶，再或就简称为"博士"茶。可我知道，华侨华人们随口说起来，都称其音译的"萝卜丝"茶。这样称呼无疑让人感到亲切好玩儿，当然也容易记住，虽说这种 rooibos 和真萝卜没有一点关系。

这 rooibos 有红灌木的意思，是一种豆科针叶状多年生灌木。它产于南非西北山区，早在几百年前，就被当地的矮人族所喜爱，当作不可缺少的饮料。

后来有医学界的人士，经过试验研究，认定这"萝卜丝"茶中没有咖啡因，低丹宁酸。甚至可柔软皮肤，对皮肤病有一定疗效。更进一步的研究表明，这 rooibos 的提取物，还具有抗菌、抗氧化、抗过敏、降血脂、降血压等功能。

南非、日本、瑞典、俄罗斯……很多国家的科学家，都对这种植物药茶进行了研究，均得出了利好的结论，致使"萝卜丝"茶风行至今。南非当地人都对这药茶的功效深信不疑。我就亲眼见过，有做母亲的，把这药茶装进布袋里，垫在婴儿屁股上，说是她的孩子因此而从不得幼儿最易患上的湿疹。

通常人们可以在任一超市、便利店里买到袋装的 rooibos 茶，最普通的是以 Lipton（立顿）品牌营销的产品，那包装的样子很像立顿红茶。"萝卜丝"茶用开水冲泡当然可以，其实，就是用温水，甚至用冷水泡也行，其结果都一样，这也是它比其他茶叶更方便的优点。不论条件如何，要想喝"萝卜丝"，只要有水就可以。

"萝卜丝"茶泡出来的水，色泽金黄，晶莹通透。我曾故意用透明的大玻璃杯盛好温水，再把小袋装的"萝卜丝"茶丢进杯中。静静地观察，能看见清水中的茶袋里，向外慢慢地渗透了深黄色的丝缕，渐渐地就弥漫在透明的清水中。像越来越浓厚的云彩，遮蔽了晴空。不知不觉间，一大杯"萝卜丝"茶就呈在面前。

这茶气味很淡，不经意地抽鼻子嗅寻，几乎就闻不出来味儿。仔细闻，也能闻到又细又淡的气味儿，就像后院子里干草的味儿，有点甘，有点清新。

品着也淡，倒不难喝。细细回味，突然觉得有点像国内那种中药饮料王老吉的滋味。当然也可以在茶里放点糖，或是放那种不含糖的甜味剂。

喝过的人，大多称赞这普通而又神奇的南非药茶"Rooibos"，感觉对自己的身体有好处。

人称南非为彩虹国度，意指这里是多重文化相包容、相交流的福地。人们由于历史的原因，从非洲、欧洲、亚洲不同文化地域来到这里会聚。其实大家在日常的相融相交中，推在最前边的文化使者，常常就是一日三餐中的美食，谁说一顿美餐不就是一次心满意足的文化交流呢？

南非的餐饮文化很发达，意境宽阔。全世界的口味，在南非都能品尝得到。这里写到的，不过是自己亲身经历、为数不多的几种美食。如果谁去南非旅游，一定还能发现和上面提到的不同的美食，就祝美食游南非的朋友顺利成功！

2023 年 5 月 21 日初稿于海口

2023 年 8 月 12 日修改

小　镇

南非是个美丽的国度，只要驱车疾进，迈开脚步，就能发现，那片国土上，处处风光。

我曾在北部的克鲁格国家公园里驾车游览五天，日夜与狮子、大象、羚羊、狒狒、鬣狗、长颈鹿等一众野生动物为伴，也曾站在好望角的灯塔下，眺望印度洋和大西洋交汇的波涛。南非东岸沿海那一串珍珠般的城市德班、东伦敦、伊丽莎白、乔治……让我留恋，中北部的布隆方丹、约翰内斯堡、比勒陀利亚，因为常常置身其中，更是让我难以忘怀。

然而，我还是愿意在回忆中提到那些精致的小镇。以我之见，那些小巧但满溢着情趣的小镇，就是南非文化的细胞和基石。若真是打算了解南非，一定要去那些小镇走走看看，回头再想想。就像在海滩上漫步，别忘了弯腰拾起看似不起眼儿的贝壳，你会发现，每一只贝壳的纹理上，都闪动着光彩。

Simon's Town（西蒙小镇）

顺着公路从开普敦向东南出发，穿行在开普敦大学后身的杉林中和辽阔的原野上，不到一个小时的车程，渐近海岸。还未到好望角，就会先进入这西蒙斯敦小镇，华人华侨都简称其西蒙小镇。从世界地理的角度说，这小镇坐落在南大西洋的东岸。

小镇景色优美，鲜活搏动。蓝天上白云缭绕，经年阳光灿烂。花草树木，绿茵遮蔽，艳丽盎然。小街那一条主道两侧，斑斑点点撒了些衣饰醒目的游人。有咖啡店，支上蓝白相间的遮阳棚，把自己洁白的桌椅摆在门前。有大团大团的咖啡香味儿，从店堂里涌到街上来，在一左一右飘荡。有些小小的古董店，正当营业，古香古色的厚门庭镶着大块圆弧形的玻璃，玻璃被店主擦得光鉴照人，上面挂了一块木牌，木牌上写着古老的花体字"open"（开业）。

公路紧傍着海岸，穿城而过。和公路相依平行着的，是那条通往开普敦的铁路。地势实在有些狭窄，眼看那铁路顺着海岸边，离着涛涛白浪的大西洋近在咫尺。"呜——"的一声鸣响，真就有坚实沉重的火车，在小镇边上呼啸着一掠而过，远看着就像从海里升腾出来的巨蟒。

这里也是南非海军的司令部所在地，甚至有一所海军军官学校，就设立在小镇的近郊。走近了瞧，皇家海军那种 navy（深蓝色）和舰船涂装的灰色，时不时就跳入眼帘。但是，却从来没见过驻扎在这西蒙小镇的海军部队有过什么真正的军事行动。

好看有趣的是，在小镇边缘稍微安静的一侧，有一家名为 Mineral World（矿产世界）的加工厂。刚刚接近那处高大的厂房，就能清楚地听到"哗啦哗啦"的声响。近前能看到几个巨大的圆滚铁笼在不停地旋转，笼子里有很多五颜六色的石子，被淋着水翻来覆去地打磨，看上去亮晶晶的，不断发出闪光。

这工厂也属于旅游参观企业，自然有人引领着你一路往前走，一边走一边讲解。到了另一大间厂房里，没了响声。那些在笼子里滚动的石子，都被打磨去了棱角，更加圆润光滑，透着各自不同的光泽，被装在巨大的口袋里，满腾得上了尖儿。有黑、红、黄色玛瑙，有白、紫、灰色的水晶，有兰青的绿松石，有淡绿色的葡萄石，有红色的石榴石，有宝蓝的青金石，还有碧绿的孔雀石和褐色镶金条纹的虎眼石……

加工厂里的专业技师告诉我们："这些石子都很漂亮，经过加工可以镶嵌在首饰、家具、用具、衣着……上面，作为装饰。但是，请记住，现在你们看到的这些，都不是真正的宝石。真正的宝石，要有标准条件，其他的不说，先就得有超过 7 的莫氏硬度。钻石的莫氏硬度是 10，也是最高的硬度。眼前这些石子，都达不到 5 到 6 的硬度，所以说这些还都不能算是真正的宝石。如果心下喜欢，随你可以称其为半宝石。顺便说一句，玻璃的硬度是 5.5，我们当然不能因其剔透明亮，就称其为玻璃宝石。"

技师说完，还告诉来参观游览的所有人："如果谁愿意花费十个兰特，就可以用自己的右手，在这个石子堆上抓一把，抓到手里的漂亮石子就是你的了。"

参观石子加工厂的人们兴奋起来，喊喊喳喳地议论不休。好嘛，这下子谁的手大谁就占便宜了。人们说笑着，扑到石子堆上，把手张得最大，狠狠地收拢五指，抓住那些放光的彩色石子。然后，举在眼前端详。哟呵，这么漂亮的石子，可不就是宝石嘛！从前在生活中常见到的那些首饰，也就是镶嵌了这些石子才那么贵重，什么宝石非宝石的，那有什么关系？

到了人们出钱去缴费的时候，看看手里那区区十个兰特，就又遗憾起来。十个兰特就买了一大把，可见这东西不那么值钱。原来以为漂亮好玩的，就都是宝贝。现在才知道，宝石和非宝石完全不是一回事。刚才人家说啦，真正的好品级钻石，一克拉就要二千美元呢，一克拉只有五分之一克重哟！这两下比较，可不天地之差吗？原来这里边还有这么多讲究。到了这里才知道，漂亮的不一定就是宝贝。

这 Mineral World，不愧称为矿产世界，人家实话实说，加工的就是漂亮的石子，不是宝石。以后再到那些号称珠宝的摊儿上，可不能听他们吹嘘哄骗了，不能再上那个当，付着宝石的价钱，买了普通的石头。这世界上的石头多了，恨不得哈腰就能捡起一块，但真正的宝石并不多。稀少、美丽，最最重要的是硬度，硬度一定要足够高的石头，才能称得上为宝石。

眼下手里这一大把，玛瑙、水晶、虎眼石、绿松石、石榴石、孔雀石、葡萄石、青金石……严格说起来，还都算不上真正的宝石。人们喜爱这些石头，它们也确实具有相当的装饰性，那就好好玩。只是要在心中确知它们的价值，不要把它们和真正的宝石弄混了，不要受那些市场上的小贩欺骗。我好像也懂得了点知识，本来的一些石头子，被国内的一些人玩出了些许神秘，遮蔽了本来的品质。

临了在石子加工厂的一个大厅里休息，大厅的一面墙上，悬挂着一幅大大的世界地图。地图呈凸凹的立体感，陆地部分着黄绿两种颜色，侧面有一排圆扣子似的按钮，怎么看着都和普通的地图不一样。有年轻人好动，趁着闲暇工夫去大地图一侧按那些圆扣子似的按钮。

不料，大地图竟在按钮撅动时"唰唰唰"闪动起来。众人都不由得惊讶，纷纷转过头来，细看那幅大地图。就有导游和懂英语的同伴慢慢把大地图上边的名称读了出来。原来，这是一幅标注世界珠宝钻石产地的地图。在这个世界，哪里产什么宝石，都被标示得清清楚楚。只要按下标示着某一种宝石的按钮，地图上面就用一种颜色的小彩灯密密麻麻地点亮一部分地域。比如我们着意按下 diamond（钻石），就有最密集的白炽小灯，在南非高原的中部闪亮起来。

人们好奇，年轻人把不管是什么品种的宝石，都按着它的英文名称标示按下去。结果，一幅五彩缤纷、闪闪发光的宝石世界地图，就像活了一样，展示在大家的面前。我和几位中国同胞，仔细地观察地图，眼光盯在祖国的地域上。我们太想立即看到，中国都出产哪些名贵的宝石。可是，我们最后不得不失望地叹了一口气。钻石没有，蓝宝石没有，红宝石还是没有……我们好像不出产什么宝石，这样的事实真让人沮丧。

这可是一家专业的石子加工厂，这样的地图一定也具有科学、实验的权威性。事实上，在几十年的经营管理中，这幅地图也一定会经受知识性的检验。全世界的游客来这西蒙镇游览，都会进这家 Mineral World（矿石世界）参观，花十个兰特买上一大把的漂亮石头。任谁都会对这幅地图可能不准确的部分提出异议，就像我们眼下也想说出来的疑问一样。怎么我们那么大的国土面积，真就不产宝石吗？我们不服气。

然而，事实就是事实。我好像又突然懂得了，自古以来，我们一直珍惜把玩的那个"玉"，不过就是漂亮的石头罢了，我们不出产硬度达标的宝石。

其实，绝大多数的游客来到这西蒙小镇，都没太在意这座矿石工厂。他们关心的热点，倒是在于可爱的企鹅。没错，本应该是在南极才能观赏到的憨态可掬的海洋生物。

出小镇不远，有一处著名的 Boulder's Beach（巨石海滩），那里常年聚集着成群的企鹅。这些企鹅个头不大，站直了身量，大约都不到一米。体重最多能有十斤八斤，那都算分量很重的了。南非企鹅脊背黝黑，肚皮却是浅白，还零星撒着斑点。它们还都长着一双大脚片儿，脚杆以下乌黑乌黑的，所以又称斑点企鹅，或是黑足企鹅。这些小身量的企鹅，都是南极各种企鹅的近亲，是在遥远的时代里，顺着海洋的冷流，追逐食物，来到这南部非洲沿海的。物竞天择，不断进化，如今的它们，早就已经成了南非的本地物种，再

小　镇　229

也回不去那冰雪覆盖的南极老家了。

这里的企鹅不怕人，甚至在饥渴难耐的旱季时节，忍不住到西蒙小镇里来，成群结队到居民家中讨要吃喝。人们面对着蹒跚而行、"吱吱"唤饿的小企鹅们，也总是善心大发，想办法给它们弄吃弄喝，让它们满足之后，再送一程，回到它们的海滩去。这样人鹅相处的和谐场景，让外来的游客不觉慨叹。

2000年前后，有海难发生，装载在巨轮上的重油，汹涌泄漏。

大片的海域遭污染，原本碧蓝的海面上，漂浮着乌黑浓重的油层。千万只懵懂的企鹅，还照样在自己的海域中生活，游动潜浮。结果，个个都被重油糊住了身子，漂在海面上，生死难测。

好几所大学的学生们，联合众多的年轻人，展开了救护企鹅的行动。它们奋不顾身，往返污染的海里，救回垂死的企鹅。再费力清洗油污，喂食这些受害者，让它们重新获得生机。当获救的小企鹅被洗净了身子，喂得饱饱的，重新放归大海的时候，人们都欢呼庆贺起来。

这西蒙小镇，和开普敦近在咫尺，却保有不同的文化特色，非常值得一游。

Lambert's bay（兰伯茨贝小镇）

出开普敦，向北进发，沿N7号公路前行。一直到Clanwilliam（克兰威廉）转R364公路，再有不到二十分钟的车程，就到达了大西洋南非西岸的兰伯茨贝小镇。

听有的同胞说起，这小镇盛产龙虾。到了旺季，龙虾大量上市，十个兰特就能买一只活蹦乱跳的龙虾，然后烧烤、白灼，任由你烹来大快朵颐。在海南时候，有机会吃龙虾刺身。那些晶莹透明的龙虾肉，不用经烹饪加工，只是配了几朵百合花瓣相衬，隔着薄膜伏在冰块儿上，托盘呈来。龙虾肉蘸了日本的龟甲万酱油和青芥末，再点两滴柠檬汁细品，不啻人间一大美味。只是那些"红龙、青龙"，都是自澳大利亚进口，价格相当昂贵。动辄三五百元一斤，吃一只大龙虾，少不了一千以上的银子。想想，谁都不敢轻易出手请这种龙虾的客。现在知道有这等好事，就急着找时机，到这生来还未经历过的"龙虾小镇",一探究竟。

冷不丁一看,小镇一点都不起眼儿。纵横几条短街上,几乎没有车辆行驶。一两家小型超市,也没人来人往。抬眼就能眺望到的海边沙滩,也空旷一片,冷冷清清。倒是见到一幢又一幢的漂亮小房子,沿着海岸排过来。一看就知道是度假民宿,可眼下那些民宿也都唱着"空城计",无声无息,不见人影儿。

好不容易找到一家快餐店,来点一杯咖啡闲坐,顺便和店主人聊着,向他打听情况。三言两语间,这才知道,我们来得不是时候。这里位于南半球,时近七月,却是冬天,气温较低。这里的龙虾,要到八月份以后,赶上南非的春夏,才会有大西洋的龙虾,洄游到这里交配产卵,而且越聚越多,一直到圣诞、新年,甚至延宕至来年的三月。到时候,满镇里要接待从世界各地前来度假品龙虾的游客,沙滩上遍是烤龙虾的烟火。就连剥剩的虾皮,每天都得用铲车推到深坑里掩埋。

咖啡店主越说,我们就越遗憾,搓手擦拳,抓耳挠腮。看我们的样子,店主不由得笑了笑,又好心相告:"不过,你们也不白来,上帝派了另一种生物在这里等你们观赏。现在倒是看鸟的好时机,你们可以租一套 b+b 家庭旅店住一夜,明天一早去 Bird Island(鸟岛)上去看鸟,现在的住宿费倒是便宜。"

我们的心情瞬间为之一转,把心思从龙虾挪到了海鸟上来。鸟虽然不能吃,但也为我们喜欢,有了鸟抵龙虾,我们总算没白来,空驶这两百来公里的路程。谢过好心的店家,很快就赶到一家民宿,订好了房间,早早休息。

又是一个响晴的早晨,我们起床后赶到昨天那家快餐店,简单地对付了一顿早餐。然后,按照店家的指点,开车到了一处不远的海岸停车场,再下车徒步登岛。

一公里远处是有一座小岛,据说就是鸟岛,但眼下还看不到任何鸟的影子。有一条围堤弯着,从脚下的海岸伸了过去,搭在那座小岛上。我们一行数人,就走在这条围堤上。看那样子,这围堤好像是新修成的。从前如果上岛,大概要乘小船摆渡过去才行。

海风不大,但也吹得衣襟抖动,"啪啪"作响,风中充满了浓重的海腥味儿。看上去近在咫尺的小岛,却也让我们沿着围堤走了十几分钟,才算真正地登了上去。小岛应该是珊瑚岛，因为处处都能看到那些裸露的白色石灰质岩石。一眼就看见，有几只张开了双翅的大鸟，在不远处腾空而起，还不断发出"啾啾"的叫声。

应着那边的鸟叫声，近旁竟也有类似的鸟鸣响起，只是声响要小多了，还显得小心翼翼。收起远视的目光才发现，原来那轻轻的鸟鸣就在脚下，我们逶迤而行的这条小路旁边，竟落满了密密麻麻的大鸟。那些鸟都耐心地趴在用树枝和羽毛搭就的粗糙的巢上，发出警告的叫声。它们一边叫，还一边瞪着乌溜溜的瞳仁，用严厉的眼神盯着我们，伸开翅膀，守护自己身子下边的鸟蛋。我们惊讶不已，又不敢发出大的声音，小心地捂住了自己的嘴巴，互相示意，蹑手蹑脚地往前走。

如果只是看那些鸟的身子，大约也就家鸡大小，但看它们伸开的翅膀，实在令人惊讶，竟都有近两米的长度。而那些伸开的翅膀下方，是两列乌黑的主羽。那黑色的线条连绵不断，一路从主羽画过来，又在鸟的项下、嘴角、尾巴，甚至眼圈儿都细细地描。和这些黑色的线条相衬的，是鸟头和脖子的淡黄，是眼睛黑瞳周围的蓝，是蓝灰的大脚蹼，是灰色的尖尖的喙。好漂亮的鸟啊！想想它们在海天一色的蔚蓝中振翅飞翔，不就是一幅生动的风景画儿吗？

岛上唯一的小路，眼看着就到了尽头，把我们引领到一处小房子里。开门进去，原来是一处鸟类介绍的迷你型展馆。馆里清净无人，一切都由着自己。看了展板上的简介和照片、标本、模型，对这座鸟岛有了全面深入的了解。

这岛上的鸟类，除了零星少数的贼鸥，基本上都是塘鹅。塘鹅又称鲣鸟（morus bassanus），是大西洋上的一种大型海鸟。我们看到的是塘鹅中的南非海角塘鹅，这座兰伯茨贝小镇，正位于大西洋非洲西岸的兰伯特海湾，所有的南非海角塘鹅，都聚集在这附近的三座离岸小岛上。

这塘鹅逐沙丁鱼群而生，飞行能力超群。有记载说，南非的海角塘鹅，随着洋流追逐一拨一拨的沙丁鱼，竟能飞出去七千公里，到达澳大利亚海域。怪不得它们都有那么大的翼展，原来是用来搏击长空风云的神器。

展馆的里间，有一处宽敞方便的观鸟台，台上竟还配备了三脚架支撑的单筒高倍望远镜。四周静悄悄的，阳光明媚，海水深蓝，台上只有海风掠过的轻响。观鸟台位于半地下，对这万千塘鹅的鸟世界，没有一丝惊扰。

镜头拉近了海滩上密密麻麻的塘鹅群，数不清的鸟在活动、来往、交流、争吵……发出嘤嘤嗡嗡的震动。能看到有成年的母鸟在哺育它们的孩子，梗着鸟脖子，从嗉囊里反刍上来亮晶晶的液体。小鸟统是黑灰色，就算个头长得都快赶上它们的爹妈了，一身的羽毛还和成年鸟一黑一白那么反衬着。幼鸟伸着自己的喙，到老鸟的嘴里去啄食那些反刍的液体。据说，那些液体都含高蛋白，有丰富的营养，是有利于幼鸟生长的最佳食品，不亚于哺乳动物的奶汁。

再移动望远镜的镜头，突然能看见有一群塘鹅扇动着长长的两翼，飞旋起来，像海滩上骤然飘起的小朵白云。白云快速地漂移到海面上，再分散开来，一个接一个地坠下，接连不断地冲进海水里面去了。这是塘鹅在捕食海里的沙丁鱼，那些沙丁鱼被大西洋的寒流驱动，眼下正聚在兰伯特湾这里繁衍。

尽管有望远镜，但距离还是有点远，还不能很清楚地看见塘鹅在水上水下的活动。有趣的是，这小小展馆，就好像懂得游人的心思一般。就在身后，有反复播放塘鹅生活、捕食、交配繁衍的视频的荧屏，这下子可看得太清楚了。

那些觅食沙丁的塘鹅眼光敏锐，能在空中几十米的高度，就盯上水面以下几米的鱼。它们选定位置，在空中迅速收拢长长的双翅，伸直了脖子，大头朝下，"扑通扑通"，接二连三地坠进大海，就像一枚枚小型炸弹。每一只瞬间入水的塘鹅，都在嘴边甩出一串长长的亮晶晶的水泡，像水晶的珠子，在涌动的海水中向上飘荡。因为事先就盯准了自己的目标，所有自空中飞身而下的塘鹅，像安装了精确制导的飞弹，个个都能百发百中，啄了水下五六米深的鱼儿。再转身朝上，摆动两只脚蹼，飞快地浮上水面。

透过望远镜看那些活生生的大鸟，欣赏着旅行家拍摄它们的精彩画面，让人不由得心动，越来越喜爱起这从前不大了解的塘鹅来。悬空二三十米，从天而降，自由落体，骤然入水。那勇气和聪慧、灵巧和技能，绝不输那些跳水健将。人类的十米跳台，已经是室内高台跳水的极限了。像塘鹅这样的跳水，入水的即时速度，已经超过了一百二十公里每小时。在这样的高速下冲击水面，是相当危险的。何况入水后，还要紧急下潜，尽全力捕鱼。塘鹅本为空中鸟，飞行才是它的强项。可看着它在水中左冲右突、一杀即中的矫健身手，又绝不逊色于一个优秀的潜水员。

南非海角塘鹅，就凭着大自然赋予的神技，在这波涛连天的大西洋里顽强地生活下去，繁衍下去。

白头鹰是美国的国鸟，它强悍神勇、雄心勃勃，立在悬崖峭壁上，一声长啸，鹰击长空，成为美国精神的象征。要我说，普通平凡的海鸟塘鹅，又何尝不可做南非的国鸟？它顽强坚定，美丽聪明，色彩斑斓，有神技在身，不是同样可以象征这南部非洲大地上的彩虹国度吗？

我们细心观察塘鹅，议论纷纷。在这兰伯茨贝的鸟岛上，几乎耗去了整天的时光。

返回开普敦，年轻人选择了另一条 R27 号公路，途经南非西海岸自然保护区。眼看着车行的左侧，就渐渐展现了一望无际的水洼湿地。长天辽阔，水草繁茂，自然环绕的湖面，平静坦荡，像铺过来的大小镜子。这就是有名的 Bergrivier（贝赫勒菲）湿地的大片水域。前边那座公路桥，伸开长长的两臂，拉住了两边水岸，我们的车子停了下来。路旁有特意设置的凉亭，凉亭里也有供休憩的桌凳。和别处凉亭不同的是，这里铺设了两条长长的木栈道，像两条触角须子，伸到前方浓密的草苇中，足有百米不止。我们选其中左侧的那条平整但狭窄的木道，逶迤而行，不觉就排成了伶仃的小队伍。

四周是那样安静，只有微风在耳边轻轻掠过。当我们聚集在木栈道的尽头，用手拨开遮挡在眼前的几根绿色芦苇的修长枝条，眼前浮现了神奇的景象。

隔了三五十米的对岸浅滩上，有数不过来的火烈鸟，成群结队，徜徉在岸边的浅水中。火烈鸟都生着长长的脚杆，不惧岸边那点水的深度。忙碌着的火烈鸟，缓慢优雅地抬起自己的脚，再向前探着，缓缓地迈步，把脚掌轮换着探入水中。火烈鸟的脖子又细又长，高高地竖起来。鸟头的形状很特别，就像一种着意刻画，但又让人读不懂的符号。我们知道，它那厚实的喙根前额，是为了杵在浅水的泥沙中，像锄头那样在水下豁一道小沟。然后，再从翻腾上来的泥沙中，寻觅那些水生物来吃。

所有的火烈鸟都呈粉色。一团又一团鲜艳的粉，聚在一起，傍着绿草和清水，就像从天而降的祥云。

火烈鸟群的行为，总有些缓慢悠闲，好像并不在意几十米之外的人，就那么我行我素、亦步亦趋。天气有点热，阳光照射在镜子般的水面上，激起了缭绕的氤氲，给鸟群罩上了透明的波纹。于是，那些粉色云彩就在氤氲中飘动起来，飘着飘着，祥云果真就拔地而起，升腾弥漫，奔着西边的天际而去。

无数的鸟儿振翅高飞，在水面上"噼噼啪啪"踩出了轰动的鼓点儿。再加上翅膀振动的气流声，整个水面上嗡嗡呖呖，简直就像起飞了一架巨型客机。

粉色的祥云飞快地飘向夕阳的方向，去迎合那漫天的彩霞。它们飞得越来越远，也就越来越小，渐渐就完全融进了五彩缤纷的天空。

本来是冲着龙虾来的，却因为时令不及，一路来去把心思都用在了塘鹅和火烈鸟上。以后再听有国人同胞说到"龙虾小镇"，我知道，他说的就是那座 Lanbert's Bay，大西洋南非西岸的精致小镇。可它在我的心里，却是一座"塘鹅小镇"，甚至还是"火烈鸟小镇"。

Hermannus（赫曼努斯镇）

从南非北部的约翰内斯堡，搬家来到开普敦。时间没多久，就听人说起，距这里没多远，有一小镇，能在那里清楚地观察到鲸。说到鲸的人，时隔半年，还保留着相当的惊喜和满足。甚至夸耀地告诉我，她当时和那些世界第一的巨兽，距离那么近，伸出手去，竟然能摸到它那光滑的水淋淋的皮肤。

听着人家说起观鲸，我的心里不由得充满了羡慕和急切。我自小时候就在很多的书页里，读到过有关这些巨鲸的记载和描述。鲸仍旧是哺乳动物，只是生活在海洋中。它们带自己的幼崽，同样也需要给自己的孩子喂奶。可在鲸的身上，却找不到喂奶的乳头。原来，鲸的腹上有一道乳沟。每当幼鲸需要哺乳时，鲸妈妈就会浮到水面上来，翻转身子，肚皮朝天。幼鲸也会浮上水面，它用嘴巴拱在母鲸的那道乳沟里，这一刺激，母鲸就分泌出来乳汁，溢满在乳沟里，就像把牛奶倒进食槽里一样。幼鲸埋头在妈妈的乳沟边，尽可吮吸那些乳汁了。

记得还有提到，说是鲸的乳汁极具营养价值，是牛奶的很多倍。期待以后人类会在辽阔的海洋，建设很多鲸的牧场，用南极磷虾一类的海洋饲料喂养、放牧那些乳鲸，让它们给人类提供鲸乳这样新一代的营养食品。

我也曾在新西兰、美国、阿根廷等地海域见到过那些巨兽。但那大多是在乘船做海洋旅行的途中，看到的也只是它们宽阔的脊背和偶尔探出水面的巨鳍。印象里，感觉它们都行动缓慢，但又无所畏惧，在大洋的惊涛骇浪中，坚定地依着自己千百年来固定的路线游行。

观鲸要等候适当的季节，只有在南半球的6—11月份，那些巨鲸才会成帮结伙地从南极一带的海洋里，长途跋涉，游到南非的海域里来。在这里觅食、休养、交配、繁衍。它们在这里逍遥半年，养得个个膘肥体壮。到了南半球的夏季，过了12月份左右，鲸家族就会拖儿带女，举家迁往澳大利亚，已到南极一带的海洋去了。

眼看着终于到了6月，我们急不可待，偷闲一个星期日，开车急匆匆赶往赫曼努斯，我称其为观鲸小镇。清晨就从开普敦出发，沿着N2高速公路疾驰，一个多小时就到了。原来，我们的居住地，距离那些大鲸的家园，竟如此之近，简直可以称之为比邻而居。

鲸群的到来，没有太精确的准日子，说哪个星期日就到，或是哪个该来的日子还没到。但有一点是不变的，就是那赫曼努斯镇的号角声。

6月的南非，气候就像北京的金秋，天高气爽，金风鼓荡。我们在那座小镇的大停车场上下车，一路漫步在这十分相似于荷兰古镇的石头街道上。也不知道什么时候，在哪个方向上，"呜呜"的号角声传了过来，在耳边萦绕。越是接近那条临海的长街，号角的声音就越发响亮起来。

转眼就在花草艳丽的街角处，见到了吹号角的人。他穿着灰色的衣裤，上身再套了一件红马甲，身材壮硕，笑容可掬。手里握着一截长及肘臂的黑褐色管子，时不时就把那支管子举到嘴边，吹响它。于是，那号角声就闷声闷气地在小镇里响起来。听着让人想起，在电影里面那些牛角、海螺一类吹响的声音。

我们好奇地迎过去，去看那有趣的号角人。他也不忌讳，还冲着我们招手，故意再把那根管子凑近了嘴边吹响，似乎特意只吹给我们听。大家也高兴接近这位和蔼的号角人，和他热情地打招呼。我甚至上前去摸他手里的那根管子，感觉似乎很光滑，还有些弹性，不是普通的铁、木制品。号角人告诉我，说这是海带的梗做成的号角。是吗？海带切成丝，拌凉菜、炖汤滋味都不错。可万万没想过，这东西还能做成号角。想起来，就在几十公里之外的 See point（海角），见到过巨型的海带，就像一棵棵浸在水中的大树，随着风浪摇摆，站在岸边的礁石上，隔着海水看得一清二楚。现在联想那附着在礁石上的海带梗，能从中选出材料，做成这特殊的号角，也是不足为奇了。

身扮古装的号角手还告诉我们，他是这镇上负责报告大鲸什么时候到来的观察员。号角声就是信号，大鲸们昨天刚刚到达这里，他吹响号角已经一天了。他还抬手，指向远处的海面说："你们好运气，实在要算今年最早的一批观鲸客。"

站在鲜花环绕的临海长街上，向大海举目远眺。海面平静，晶莹碧透，和同样色彩的天空，早没了界线。好像大海不知道什么时候，已经延宕到了天上，还飞驰过来，就悬在头顶上一样。可是，无论怎样努力，还是看不到这海天间，哪怕有一丝大鲸游动的影子。

我们听从号角人的建议，迈开脚步，再前行一大段白沙相伴的沿海路程，来到了一丛陡立的黑礁石崖。这里有一小块平场，临海砌了一溜矮石墙，一左一右还设置了两台高倍望远镜，构成了方便的观鲸台。脚下的海涛汹涌澎湃，轰响着在崖下摔得粉碎，泛起白色的成片泡沫。

再远远地望向海湾，似乎能在蓝色海水的平面中，隐约可见那么三两凸起，缓缓地浮动，就像大乌龟的壳，大概这就是鲸的脊背吧？

待心急火燎地凑近那架望远镜，把自己的眼睛贴近那一对镜头，透过它们再看到的海湾，就被神奇地拉到了眼前。噢——原来海水没那么平静，水里那几处凸起的鲸背，骤然间也增大了无数倍，少说也有几头水牛的规模了。看着那些原本凸出在水面上游动的鲸脊，一下子都沉了下去。水面上空留下搅动的漩涡。在毫无预料的瞬间，那条大鲸突然从水下窜出来大半条身子。那水淋淋的鲸，颜色灰黑，肚皮却发白，比房子还大，就那么悬在空中，除了尾巴，展露无遗，好像着意向人展示它自己的完整身躯。虽说知道这是隔着望远镜在观察鲸，但那庞然大物还是令人震惊，不由得抬头离开望远镜，后退了一步。现在，不用望远镜，也能看清那条大鲸悬在海面上的雄姿了。

须臾，这庞然大物旋转着身子，轰然落水，溅起了瀑布般的白色浪花。

座头鲸！年轻人中发出了不由自主的叫声。不待别人问起，他又抬起手，遥指着远处说："看那一对胸鳍！"

人们在各自的脑海里尚存着视觉残留，是啊是啊，这鲸真的有一对巨大的鳍，就像粗壮的手臂一样，对称地生长在身子的两侧。噢——认准了这一对胸鳍，就能断定，我们看到的，是一头在海面上跃起的座头鲸。

座头鲸自娱自乐，水上水下地窜动，悠闲嬉戏。在自己的天地间来去自如，旁若无人。骤然间，它又沉下自己的凸起鲸背，一头扎进深水里，却调皮地举起了自己那条分叉的尾巴，让它高高地露出海面，好像着意要把刚才水下未曾显露的部分也展示无遗，让人看到自己的全部一样。那条大尾巴，能赶上一艘帆船的大小，正水花飞溅，频频扇动，似一只巨大无比的黑蝴蝶，要振翅飞翔。

从水下传来清晰的叫声，声音里有些像牛叫，又像拨动的金属弦，光滑而空灵，只是怎么也不像这庞然大物的叫声。竖起耳朵再仔细听，竟然听出了几分震颤的恐惧，让人身上起鸡皮疙瘩。这是鲸的叫声吗？它们用这声音来吓唬别的海洋生物，还是向自己的情人示爱？水里的座头鲸，全然不在乎我们的想法，只是一味叫着，声音不觉间远去。

时近中午，望远镜里那几头座头鲸，不知为什么悄悄游到远处去了。是怕热还是嫌弃人？不得而知。有小镇里的船长来揽生意，告诉我们，下午可以乘他的船，开过去，近距离地观鲸，甚至还可以用手去触摸那些大鲸鱼。

年轻人高呼赞同下午乘船观鲸，所有人只好妥协依从。大家就在小镇里吃了一顿简单的午餐，略做歇息，就再依时赴约，来到小镇码头，鱼贯登上小船。轻启马达，那艘不及二十米长的两层小游船，"啵啵啵"一路驶进了海湾。

先听到了鲸鱼的叫声，现在离得近，那些叫声就更显得清晰响亮。和上午那些叫声比较，那鲸鱼发出的声音里，早就没有了吓人的动静。倒突然感觉着，好像它们在歌唱，而且还统是高音。又有点像年轻时候，遇见的小兴安岭森林中的闯山人，隔了林海山风，互相"喊山"应答。

留了大胡子的游船船长，笑着告诉我们，可以轮流着来到船甲板的边沿来。你看你看，他伸手朝水里的近处指着，提醒我们。噢——也不知道什么时候，我们的船沿，已经跟那只二十来米长的大家伙挨上啦！正有一只座头鲸，就在我们的船侧，和我们伴游。它似乎也一下子就看清楚了船上的我们，像是正式报告自己的到来，在海面上略约一沉一浮间，座头鲸露出了头顶上的气孔，从那里喷出了一股向上的水柱，发出"呼哧哧"的响亮声音。那水柱雾气缭绕，像喷泉一样，足有两层楼那么高。

我们举起手，罩在头顶上，试图躲避鲸鱼喷出的水汽，"叽叽喳喳"，一阵子惊慌。那鲸鱼却不声不响，瞪着一只眼睛，隔着透明的海水，好奇地观察这些慌乱活泼的小虫子。那只鲸鱼的大眼睛又圆又亮，堪比我们脑袋的大小，一眨不眨，就那么和我们所有人的眼睛默默对视。

轮流到船沿去，是为了保持游船的平衡。如果一船人都到一侧去亲近鲸鱼，恐怕船身会偏斜，发生危险。我们轮流地赶到船沿，果真能伸手去摸那个超大朋友的身子。它的皮肤厚墩墩的，丝滑如缎，涂着一层海水。就在这皮肤下面，是几十吨的肌肉、内脏、血液……据说它的舌头就有好几吨重，一个婴儿都能在它的血管里爬行，它一口就能吃下半吨磷虾……可眼前身旁这头庞然大物，就那么安安静静地伴随着我们的游船，像屋里的小猫小狗，像草地上的牛、羊一样，又温和又乖巧，俨然就是一只懂事的宠物或是家畜。

有生以来头一次，跟一条座头鲸如此亲近。好像事先约定好了，来见一位朋友。只不过，这位朋友是一位巨人。座头鲸聪明异常，它显然明白自己身旁发生的一切，而且还享受着与人类的相处，快乐坦然，透迤相随。就这样相依相靠，足有一个多时辰，巨大的座头鲸才离去，才不动声色地下潜，游离了我们的船，在不远处再"呼哧哧"喷出那种独特的水柱，哼着亮丽的歌声，越来越远。天色渐晚，它大概去找它的家人了。

听船长说，这里有时候还会看到蓝鲸。那家伙比这座头鲸还大上几倍，浮上水面时，简直就像一座小岛。还有露脊鲸，这种鲸和座头鲸有点相似。据说这种露脊鲸，最多能活二百六十多岁……

我们背依黄昏，驱车返家，离这神奇的 Hermanus 观鲸小镇越来越远。人们还在心里惦着那些可爱的大鲸，有孩子小声地问，那些座头鲸也回家了吗？

Durbanville（杜班维尔）

出开普敦向东，沿 N1 高速公路，驾车驶过情人坡，遇 R301 国道，左转下公路，前行三公里，就到了 Durbanville（杜班维尔）小镇。按南非的市政规模，这座五万人口的城镇，倒也不算太小。女儿婚后曾经在这座小镇定居了好几年，一直到外孙女儿长大上了小学。

这样的小镇在南非星罗棋布，数不胜数，千姿百态，各自承载着自己不同的历史文化。

小镇南北主街长不及三两公里，驾车一脚油门，穿行过去也用不了五分钟。一路上，两侧的花圃、教堂、学校、商店……相应建筑都规规整整，古香古色，大多还延续着200年前的风格。

街上行人不多，步履悠闲。街心小花园里，有白发老人坐在石凳上，倚着手杖打盹。也有老奶奶，把面包屑撒在石桌上，看着黑色的小山雀跳来跳去啄食。赶上课间休息，能得见身穿墨绿校服的孩子们，在没有围墙的校园绿地上追逐玩耍。恍然间，能忘记自己是身在2000年的非洲开普敦远郊，眼前的街景和建筑，似乎还定格在两个世纪以前的欧洲城镇。

东西横街三五道，漫步其间，就能更深入地了解这座小城。

牛津小街上有一支"迷你"消防队，只有两辆消防水车。十人八人的消防员队伍也不断了操练，精气神儿十足，正跑来跑去地演习。看样子，应该是一支正规老到、有实战经验的队伍。

从消防队横向里拐过路口，就是警察局。警察局也小，通常只有三五个黑人警官当班，办理些证明、文件一类的文案工作。后院里倒是停了两台白色蓝字的警车，看那样子也经常出警务现场。但几年住下来，还真未听见那种"味儿——"的刺耳警车笛声，绕小镇的大街小巷骤响。

City Hall（市政府）是一座灰色的房子，显得半新不旧的样子，就辍在一道短短的横街上。若充民居，它显得有点大，但作为小镇的"市政厅"，委实又有点太小。没有衙门令人打惧的威势，更没有遍布小镇四周那些酒店景点的富丽堂皇。通常我们都称这里"灰房子"，从未称其镇政府一类的官名。灰房子的建筑设计，像一个哑铃，中间的把柄是走廊，走廊里有几间值班镇议员的小办公室，接待来访的公民。来去少见里面有人，总是静悄悄的。倒是那"哑铃"两头的凸出部，是两间办事厅，经常人来人往。左手那间常去里面缴交水电费，右手那间五年去一次，更换交通车辆的驾驶牌照。

杜班维尔小镇，就像俗话说的那样，麻雀虽小，五脏俱全。沿街过去，超市、诊所、健身房，银行、酒吧、图书馆、幼儿园、中小学、旅行社、Spur（南非牛排连锁店）、Hamburg（麦当劳汉堡连锁店）、Nando's（南非烤鸡连锁店），越近镇中心，各种吃食就越密集，一家连着一家。

哎——还有一家门庭上，挂着分明写着中国字的招牌，还说是专门烹饪粤菜。推门进去，来迎的却是位老白，一句普通话也不会说。不管怎么，后面厨房里"嗞嗞啦啦"地响，似乎能闻到熟悉的气味儿，也倍感亲切。稳稳坐下，点一份干炒牛河，还真有几分广东锅气，只是酱油搁得有点多，略咸。

女儿家大门前有一处空场，被市政建成了街心花园。茂密的草坪被剪成了"板寸"的样子，平整中泛着绒嘟嘟的绿。珍珠鸡妈妈，领着它的孩子们，排成小队伍，横过草坪。母鸡发出"咕咕咕"的口令声，小鸡"叽叽叽"地不断应和着母亲。它们的羽毛在太阳下闪动着黑白分明的光泽，就像有成小片的珠子，洒在草坪上，还相连着滚动不停。

也时常有花鼠、黄雀、乌龟甚至豪猪来凑热闹，它们可不光是在草地上闹腾，除了觅食和在那台饮水机上解渴，这些小动物有时候还霸占小花园里的秋千、滑梯、平衡压板，像召开小动物运动会一样，在上面窜来窜去，一心淘气，一直到我那两岁的小外孙女，大声地吓唬它们，争夺自己的玩闹场地。这些毛茸茸的小东西才一溜烟逃窜，它们匆忙中慌不择路，又一个不小心，闪身避到女儿家的院子里去了。

女儿家的院落相当宽敞，前后总有三千平方米大小。院里守护的三条大狗，一听到什么动静，就前后奔跑，上蹿下跳，吼声如雷。机灵的小动物，急中生智，夺路而逃。该藏的藏，该飞的飞，早隐了身形。

只剩腿脚慢的豪猪，暴露在光天化日之下。可豪猪有豪猪的绝招儿，它们见大狗气势汹汹杀将过来，就埋头撅屁股，亮出后背，支起一片钢针尖刺。通常情况下，大狗都识趣止步，歪着头琢磨这潜在的危险，猜猜数声。也有时候，有狗骤然发出了"藏儿、藏儿"的悲鸣。不用说，就是那条不经世事的青年狗，真下口去咬豪猪了。结果豪猪毫发无伤，大狗的嘴巴上反倒镶了几根尖刺，疼得它不由得失声大叫，赶紧找主人帮忙。年轻的主人一边用钳子拔那尖刺，一边抱怨这狗，怎么比自己还年轻气盛？压不住火儿。

游泳池的边上，有一棵柠檬树。这可真是一棵高产的树，整年都有椭圆形的金黄柠檬，果实累累，挂在树梢上。吃是吃不完的，连摘也摘不过来。

偶尔会有熟透了的果子，"咚咚"轻响着，就掉在了地上。小外孙女在院子里玩耍，见了地上的柠檬，就都当成一个个金球，抬起自己的小脚丫，把它们踢到游泳池里去了。金柠檬"扑通扑通"掉到水里，却并不沉没，只是在那些透明得发蓝的小浪花里漂荡，就像这一方水波里，也开放了半池子鲜艳的黄花。

更大的一片水洼，在三两分钟车程的小镇西北。那里的水世界，虽说只有两个足球场大小，却是大雁、野鹅、水鸡、野鸭……那一众水禽的天下。大雁的小脑袋上，生着一对金灿灿的眼睛。野鹅跟家鹅没什么两样，也动不动就大惊小怪，"咕儿呱，咕儿呱"的叫声响彻湖畔。它们看上去比家鹅还肥壮，但却能在水面上扇动翅膀，用大脚丫"啪嗒啪嗒"连续不断地蹬水起飞！真难为这些大鹅，像重型轰炸机起飞一样，就那么忽忽悠悠地飞上了蓝天，还在水洼上空旋着兜圈子，翅膀摩擦空气，发出"唰唰唰"的震动声，像一股骤然刮起的强风。

水鸡浑身乌黑，体形比家鸡略小。头顶和腮下隐隐能见到几点鲜红的肉冠，颇像半大的小黑鸡。可水鸡有在水面上不沉的本事，并且会像鸭子那样游动，来去自如。甚至能学着野鸭的样子，把自己尖尖的嘴探进水里找吃食。待它们上岸后细瞧，原来人家的鸡脚趾间，竟生就了蹼膜，那蹼膜虽不如鸭鹅水禽那样厚满，但在这水洼上下觅食生存，是足够了。

如果在水洼的一处岸边，突然就围上了一群水鸟，还"叽叽嘎嘎"兴奋地叫个不停，那就是有人投喂它们。小外孙女最愿意喂那些水鸟，常就站在它们喧闹的身影中间，一点也不害怕，只是忙碌得不行，抛撒那些备好了的面包屑。大鸟张开翅膀，东奔西跳地啄食。它们可不要一个不小心，腾空而起，把我那正喂食的小外孙女就那么驮起来，也一飞冲天啊。

夜里起了风，带着点湿咸气味儿的海风，不断从十公里外的大西洋东岸吹过来。檐下棚隙间，"呜呜"地响，像是不断地絮叨着什么淡然的事情。年轻人似有所动，在低声商量着，做好了准备。

一大早，天还阴着，通向大西洋海岸的道路，被风吹得光滑平整，一尘不染。车子微微跳动着，十几分钟之后，就停在了海岸旁边的车场里。还没下车，就能看到海岸近处有很多的沙石杂物和黑绿黑绿的宽大海带，堆积成片。这都是昨天一夜间，海上大风扫荡的结果。眼前的海滩，已经不是平日里白沙碧水、阳光灿烂的面貌了。我们几个鼓鼓劲儿下了车，就在那一片混乱、拉杂、散发着腥气的海滩上寻觅。远处的海面，还在泛起雪白的波涛，像一道道散兵线，不断涌向脚下的沙地。

"嘿！瞧这大家伙！"

女儿话音未落，手里就举起了一只黑色的贝壳，那贝壳几乎都赶上她的手掌大小了。其余的人赶过去细瞧，哗——这不就是 mussel 吗？是啊是啊，翻译过来的学名叫贻贝，我们老家称其海虹子。这黑色的贝壳，长大了有点呈三角形，里面的贝肉丰盈水嫩。从北方的大连、威海一直到南方的福建、海南，都盛产这种普通的海产品。若吃海鲜，除了主菜，比如龙虾、海参、石斑鱼宴席，店家永远会配几只贻贝给你充盘。

老早见过海虹子，甚至就在沿海的焦岩上，亲手用小刀撬下过海虹子，烹了下酒。但是，那些都小，至多比拇指大些，就已经不得了。真没见过这么大的海虹子，竟然赶上了大人手掌的个头。

"嘿！这儿也有！"

"你看你看，这简直就是一大串！"

杜班维尔镇近旁的大西洋东岸上，海虹子又大又多。原来，这里海水营养丰富，在近海的海带一类水下植物上吸附着生长的贻贝，大多时候都没人采摘，个个都往极限个头上生长。昨夜里一场大风，那些海带一类的水下植物，都被连根拔起，再被海浪涌到海岸上。那些大海虹子，也被随带着抛到岸上来了。我们兴奋惊喜，贪婪地捡起那些个头大，端在手里都沉甸甸的海虹子，"啪嗒啪嗒"响着，磕碰着，扔进帆布袋子里。不及半个时辰，就装满了口袋。

两个人合伙，费劲儿抬起装满海虹子的口袋，装上车子的后备厢。汽车都显得沉重，微微颠动，一溜烟返回了杜班维尔的家中。把那些贻贝挨着个，用刷子刷洗干净。着大焖罐坐小火儿，清水白灼，连盐都不用放。眼看满锅的清水，慢慢翻滚，由透明而转成乳白。那些贻贝经滚水一烫，"啵啵啵"地就都张开了壳。不用任何蘸料，只是去泳池旁边那柠檬树上摘几颗成熟的果子，用小刀切开，就手挤出柠檬汁，淋在大盘热气腾腾的贻贝上，就可以大快朵颐，吃得汁水淋漓，鲜美无比。

在杜班维尔的西北角上，有一个方圆相当宽敞的高尔夫球场。穿过了那个球场，再登上那道小坡，就是大名鼎鼎的 Durbanville Hills（杜班维尔山）。这是一处南非著名的葡萄酒庄园，这里出产的葡萄酒，就以酒庄的名字为品牌，Durbanville Hills（杜班维尔山）葡萄酒远销世界各地。相隔十年之久，在中国海南的超市里，竟见到了这熟悉的葡萄酒，不觉心情畅然。一气就买下五瓶，先打开紧紧的瓶塞儿，把那深浓厚重的红色液体，斟满晶莹剔透的玻璃高脚杯，再举起杯，透着灯光欣赏那微微飘荡的红宝石。不待饮下一滴，先自迷蒙陶醉了。那气味，那色泽，那挂在玻璃杯壁上淡化了的酒液，把人瞬间就拽回到十几年前的南非，拽到杜班维尔山去了。令人神往的回忆，让人欲仙欲醉。待再微倾酒杯，让那琼浆玉液浸过唇舌，从牙缝里渗进口腔，哎哟——那醇正地道的杜班维尔山的滋味，那熟悉的紫葡萄间杂些许黑樱桃汁液，再经自然发酵，蓬勃而出的酒香，一下子就弥漫了故人的灵魂。慢慢细品着，让那红酒顺着喉咙浸润下去，再嚼着舌头咂酒香，等待那分外喜爱的余味儿，啊——来了来了，那淡淡的薄荷般的凉爽和清香来了。是它，正是它呀，那一万多公里之外的老朋友，曾经岁月相伴，而今却又他乡重逢。从前我是客，现在我可是主人？你可还是你，带着你几百年的风尘，和不变的滋味。

我很快就启程，先后送给两位好友 Durbanville Hills 酒去，我告诉他们，请尽心品这美酒，它有生命。还告诉他们，这牌子上写有法国出品的字样，没有错，但它真正的产地在南非，在我曾居住过的杜班维尔镇西北的那座小山上。我和他们举杯，说起那小山和酒的故事。

每逢周末，山庄的大门敞开，旗帜飘扬。顺着山庄的前门空地上，摆了一溜蒙了雪白亚麻布的长桌，桌子上立着晶莹剔透的高脚玻璃杯。喝洋酒的杯子是有讲究的。单说喝泡沫酒和喝葡萄酒的杯子就不同，前者细长，后者膨大如拳。这里摆放的酒杯，正是饮用葡萄酒的大杯。大杯子排成一路纵队，从桌子这头排到那头。杯中还都斟满了红、白葡萄酒，像在玻璃杯中凝住了的珠宝。桌角那里，还特意备置了熏鱼、奶酪、香肠、biltong（牛肉干），任来品酒的客人取用。这一切都是免费的，来的都是客，只为给 Durbanvell Hills 名牌酒造势。

常有人为喜爱这杯中珠宝，略贪杯已致醺然，笑口常开，恣意神往。甚至都有美女，纤指捉酒，脸缀桃花，笑声荡尽山谷。每当这请客的酒会结束，人们总会大箱小捆地往自家车上搬酒，购足了心爱的琼浆。这诚心诚意的酒客里，当然就有我。

杜班维尔小镇，和那些有景观特色的其他小镇比起来，似乎更普通。可一旦生活其中，日子久了，就知道，这里正是最典型的南非小镇。

Stellenbosch（斯泰伦博思）

女儿十九岁那年，在约翰内斯堡的 Brescia Hose School（布雷西亚女校）高中毕业。她喜欢珠宝设计专业，打算报考一所南非的大学，深造而成为一名珠宝设计师。和其他年轻的孩子们一样，她说自己最好能上一所离父母远，越远越好的大学。那时候的南非金山大学，近在约堡家门口，但那里没有她喜欢的这个专业。倒是她的一位美术老师，帮着找到了一所大学，叫作 Universteit Stellenbosch（斯泰伦博思大学），学校就坐落在距开普敦不到五十公里的 Stellenbosch（斯泰伦博思）小镇上。那位老师年轻时，曾有一个闺密，读过那所大学的艺术系美术专业，对那里有所了解，认为是一所好大学，建议女儿报考。消息传来，我们大人觉着有点远，让女儿孤孤单单一个人去上学，有点不放心。女儿却高兴得直要翻跟头，还没深没浅地高呼："哈哈，正中下怀！"

在南非上大学好像很简单，女儿把自己在中学的成绩报上去，就在家里听消息。暑期还没过，大学里真就来了消息。有几张表格需要女儿填写，还要写一篇小论文，讲讲自己对于珠宝设计专业学习的设想。最后是用手头的废弃罐头铁皮和铁丝，动手做一件具观赏性的工艺品。女儿心灵手巧，不消几日，就把这几项作业完成了。

Stellenbosch（斯泰伦博思）大学艺术系珠宝设计专业的录取通知书，在几天之后就被送达。举家高兴之余，开始为大学生准备行装，我们决定一家三口，驾车赶往那座开普敦远郊的小镇。送女儿送到大学里，眼看着她开始自己的新生活。

我曾仔细研究过地图，计算着这来去的路程。从约堡至开普敦，沿着 N1 高速公路，大约有一千六百公里的行程。减掉开普敦至斯泰伦博思镇的五十公里，约堡到那所大学所在的镇里，大约在一千五百五十公里。这样长的路程，如果当天赶到，怕是有点紧张。为了稳妥安全，我们决意在中途的"大湖"那里停歇一夜，第二天再走完剩下的路程，到达学校。

一路顺利，我们一家三口再加上学生必备的行李、杂物，在第二天下午驶近了目的地。车子的速度很快，始终保持着一百二十公里的时速。能感觉到地势在发生变化，我们从平坦的南非高原，渐渐降下来了。见到了陡峭的山峰，和山峰间长条的河谷。大自然的色彩，也从黄褐斑驳，一点点变成了苍翠鲜活。那些河谷越来越宽展，以致连成了片，都栽种了一眼望不到边的葡萄树。打开车窗，能感到扑面而来的山谷里的风，悠悠荡荡，湿润而温和。车窗外，不时闪过黑人小孩子，就站在公路旁边，手里举着硬纸板盒子，里面盛满了大粒的葡萄兜售。把车速降下来，再遇到有卖葡萄的小孩子，就顺手买了来。擦了擦水汪汪的大葡萄粒，扔进嘴里，哗——甜蜜蜜的，水分还多，细吧嗒着品，葡萄还带有一股清香的滋味。

按地图指示，车下高速，在弯曲狭窄一些的国道上游荡。再放慢车速，放眼在路牌上寻找，按说，Stellenbosch 小镇应该就在这附近。

最先入眼的，竟是路边的一个大家伙。看上去像是一个比房子还高大的木桶，木桶的上下还盘桓着一些抬杆、塞盖、木槽子一类的东西。这大家伙浑身都是木材的本色，受力的部分，还装配着锻打的铁条、铁框。看那样子，像有些年月的老器物，而且是用来做工的。我们停下车，走到路旁的大木桶前，端详着这从未见过的大家伙，十分好奇，倒把寻找学校的事儿，一时间忽略了。

有穿着工装的人，见我们盯着那个大木桶瞧个没完，就笑了笑，凑过来。告诉我们，这是一百年前的老物件，是当年酒场用来榨葡萄汁的大桶，这里盛产葡萄酒。

至于大学嘛，看着没？顺着这大桶旁边的路进去，就已经是大学的地儿了，要办什么事，一直往里去，十分钟的车程，就是大学的学生中心。

我们觉着有点奇怪，大学怎么连个大门儿都没有？更没有砖砌的高高围墙，或是铁栅栏。没有游动往返的扎武装带的保安，也不见欢迎的横幅，更没有喧嚷兴奋的人群。心怀着好奇，轻踩油门，向前走。就这样，我们像路过一个安静的村镇一样，头一次进入了这个著名的大学。

接下来就到了艺术系，有两位高年级的学姐，热情地接待了女儿。没几分钟就办完了她的入学手续，然后还带着新生，在这幢古香古色的大楼里转了转，连女儿学习的座位和实习工间的台案都一一交代清楚了。让我们略感惊讶的是，珠宝设计在艺术系里尽管算是个小专业，可女儿班级里只有六个同学，委实还是显得少了一些。我们在国内读大学，一般都是每个班级三十人左右。

住宿的问题要学生自己解决，学生的联谊组织会热情提供可行的信息。女儿只是按着号码打了两个电话，就确定下来了自己的住处。我们赶过去一看，原来是四个女生合住一套房子，每人一个房间，中间是一个大厅共用，条件相当不错。

有一页提供给新生的简短资料，翻过来是整个学校的平面图。我们在这街上的小吃店里随便吃了顿午饭，剩下的时间就是按图索骥，在这座一眼望不到边的大学校园里游览。学生中心、图书馆、体育场、大礼堂……各个院系的教学楼一律敞开着大门，我们甚至都信步钻进机械工程学院的仿生专业实验室里，见识了那些古怪的设计。医学院有点远，据说这里是全世界第一例心脏移植手术成功之地。我们还注意到，学校里那些小街上，有很多普通的欧式房子的大门上，钉有光灿灿的铜牌。靠近了仔细瞧，原来是些前副总统、部长、科学家、艺术家……都是这所大学里培养出来的精英之士，曾经在这里学习深造的故居或场所，是被保护的纪念地。

女儿从此在这里学习四年，我们也就不断地往返这所大学接送探视自己的孩子四年。等到女儿毕业，我们对这所大学已经有了相当深刻的了解。

Universiteit Stellenbosch（斯戴伦博思大学），原来是一座古老的大学，早在1886年就成立了，距今已经一百多年。她在南非大学中的排名，在开普敦大学和金山大学之后，位列第三。大学拥有十个学院，从医学院到军事学院，设有一百五十个专业，在校学生达到两万七千多人。

我们还知道，在不到十年前，这所学校还只用阿菲利康语（南非荷兰语）授课，英语授课还是近几年的事情。这里的图书馆，是南非阿菲利康语关于文学、哲学、历史和艺术、科学等所有学术研究中，图书资料保存最完好之所在。越是在这所桌山脚下古香古色的校园里漫步、了解、交流，我就越发认定，这里正是南非阿菲利康人的文化基地，也是他们极力维护的文化堡垒。那些荷兰人，在两百多年前，升帆南下，横穿大西洋的惊涛骇浪，在非洲最南端落脚求生。他们在生存、发展的进程中,始终保留了自己的文化,发展了自己的文化,有这座大学可以证明。他们至今还生生不息,和其他南非民族一道奋斗向前。靠的就是文化的延续和传承,阿菲利康人了不起。比较起来,这里也是这个世界上,阿菲利康文化天然而唯一的文化宝库了。

至今还有清晰的一组小照,无意间深深地印在脑子里。在校园里的主要街道上,常见一位年岁五十多的绅士,须发斑白,一身运动装,骑了辆自行车,车把上一条软绳,另一端拴着一条黑色拉布拉多狗。就这样在林荫道上,迅速无声地来去。打问之下,原来这位还真不是教师,而是一位纯学生。他在这里已经读了三十年的书,取得了五个博士学位。国外实行的是终身教育,只要愿意,七十岁去大学里读书,也没人笑话你。国家提供给你的教育条件和待遇,和那些年轻人没什么两样。在这样令人身心舒展的大学校园里转上两趟,一定会被迷个七荤八素,没准真就身不由己,做了白胡子的老学生。

女儿上了大学,学习自己热爱的专业,如鱼得水,迅速"游进"了同命运人的快乐海洋。每当看着那些无忧无虑的年轻人,就在桌山脚下的绿茵如画中来来去去,在斯泰伦博思大学里就学上进的样子,心中常常升起无限的羡慕和美好的祝愿,孩子们平安快乐!斯泰伦博思大学蒸蒸日上!

如果说斯泰伦博思镇是个大学城,那只说对了一半。因为这可爱的小镇,不仅书声琅琅,还到处迷荡着酒香。这镇里,真有一半的人,有近三万人,从事着葡萄酒产业的工作,从葡萄的栽种管理到成千上万瓶葡萄酒的灌装。

二百多年前,在法兰西的一拨胡格诺派新教徒,受当地天主教的歧视排挤,被逼无奈,他们只好相约逃离,从法国的波尔多(盛产葡萄酒的地方)乘船沿大西洋东岸南下,一路来到了好望角。再登陆开普敦斯泰伦博思一带,他们欣喜地发现,这里的地形、光照、湿度和故乡十分相像。于是就尝试在这里栽种葡萄,结果一举成功。再用这和波尔多同样的葡萄酿制成酒,也毫无二致。说到底,是法国人带来了法国的葡萄种植技术,也带来了法国的酿酒技术。时过百年,就有了大批的南非法国葡萄酒,畅销全球。像现在的Two ocens(双洋)红、白葡萄酒系列,就出产自这里。

产葡萄酒的酒庄,星罗棋布,坐落在斯泰伦博思镇的四下里,那些山谷、河套、小丘,像左格丽、罗谢尔山、杜尔茨、乔丹……差不多有上百家很有名气的酒庄，在一望无际的原野上，像绿色海洋中的白色珊瑚岛。酒庄既是酒场，也是酒店，更是庄园。平日里耕种、侍弄葡萄园，到了葡萄成熟的季节，就采摘成果酿酒。而酿酒的季节，也正是世界各地游人来访的日子。

前面说到的那个大学城边上的大型木制桶形装置，就是酿酒工艺第一步——榨取葡萄汁的器具。据说，把一筐又一筐的新鲜葡萄，扔进大木桶里，然后让少女们赤脚在葡萄上踩踏，饱满的葡萄纷纷爆浆，深红的葡萄汁就顺着木桶下方的木槽流淌出来，再经过滤澄清，就装进橡木桶里，楔上木塞子，滚进地下酒窖里发酵。用带皮的葡萄榨汁，再直接酿制出来，就是红葡萄酒。把皮儿剥下去，再榨汁酿制出来的，就是白葡萄酒了。白葡萄酒也不是纯白，都略微有点淡淡的浅黄。

真正的斯泰伦博思镇，在酿酒的季节里，连风中都带着新鲜的樱桃、薄荷、葡萄、橡木……那些大自然里最美的气味儿，就像天然的香水喷洒过一样。

一半大学一半酒，才是真正的世外桃源。早期来到的荷兰人和法国人，把这斯泰伦博思小镇变成了诗一般的仙境。在这里能一心求学上进，又能轻松得饮琼浆玉液，过的不是神仙日子又是什么？就算大唐的李白来到这里，尽情饮酒作诗，怕都不会再去天涯漂泊了吧？

打开南非地图，开普敦就像个小太阳，背靠桌山，面临大洋，放射出缕缕光彩。而那些不得见的光线，就是这座世界名城在东、北、西方向上一二小时的车程，目的所指就是那些可爱的小镇。

如果真有机会，能游历几个这样的小镇，你的心里就会一辈子记挂着南非，再也忘不了。

2023年6月13日初稿于海口
2023年8月13日修改

枪　友

在南非，个人可以配枪。人们玩枪，通常都搭伴，引一二也有相同喜好的伙伴共进退。一起选购枪支，练习射击，结伴出猎，直至有难同当。如此结伴弄枪，一能共享乐趣，说起枪就有无尽的话题。再就是万一遇到意外，伙伴间能有个互相帮助救护的机会，不至于孤身一人，空对刀枪阵仗，势单力孤，到头来束手无策。

我的枪友是大洋，是个不到三十岁的中国小伙子，身高一米九二，膀大腰圆，胳膊腿儿粗壮，整个身条长得像一棵树。和南非那些老白汉子比起来，他的身材都大出一圈，几乎能把他们装下去。在华人华侨的普通男人堆儿里，大洋更是绝对可称为"第一条"好汉了。

嘴上喊来喊去，大洋大洋，听着由树而想象，都在心里以为是大杨大杨，是一位姓杨的大块头，像一棵大杨树。其实，大洋姓钟，全名钟大洋，无论名姓，均与杨树无关。和他日久相熟，枪刀一致，一天说不上随口喊了多少次大洋名字。心中总有的形象意念，先是魁梧身材，彪形大汉，再就是想象中的大海，一片汪洋。

大洋在日本学习过料理手艺，精通寿司、板烧、sashimi（生鱼片）……一系列日本美食的制作。当年学徒生活结束，本事在身，大洋打起背包，携一柄师父所赠"关村六"名厨刀，浪迹天涯。先是南北纵横，了解祖国各大菜系。再游历欧美，拜访名厨，探讨西餐精髓。2000年前后，小伙子在南非开普敦，放下了自己的背包，把酒敬天，大呼"此地甚好"，终落脚非洲。

外人看热闹，以为他找到了工作的好机会，在一位热爱日本料理的法国人寿司店里做了大厨，收入颇丰。内行看门道，和大洋知近的人，知道他发烧枪械，看中的是南非玩枪的深度和自由。眼看着枪店里，从意大利经典的伯莱塔，到奥地利的clok17新款，各式自动手枪；从美国制式步枪M16，到以色列的微型乌兹冲锋枪；从匈牙利的猎豹，到加拿大的大灰狼c14，几多狙击步枪。似乎全世界的好枪，都自由自在地聚集在南非，在那些安静、宽敞，一派绅士风度的枪店里摆着、挂着，琳琅满目，光彩照人。

大洋旅行过的国家，大都不可以随便让人配枪。更有几个极端的去处，甚至腰里掖把刀都算违法。有些个地区，倒是可以玩枪，但又限定了各方面的要求，让爱枪人不能尽兴。而今南非，拥有摆弄枪械的绝对自由，这让懂枪爱枪的大洋心满意足。于是，他每每在空闲里，便由着性子逛枪的世界，流连忘返，偶遇精美佳品，还击节赞叹不已。

还有锦上添花，南非备有齐全的射击场。政府有规定，枪手在持枪期间，要不断练习射击术，熟练掌握自己手中的武器。那些射击场里不断举行有各种比赛，让各路枪手一试武艺高低。到时候，枪声乍起，硝烟刺鼻，很是刺激过瘾。

在南非玩枪，绝不似别处纯玩，这里地处南非高原，猎场星罗棋布。很多枪友亦兼猎友，逢时狩猎。到时越野车、狙击枪、大耳猎犬，轰然出动。"乒乒乓乓"一整天，羚羊、角马猎获了半车。这样的生活，正是大洋梦寐以求的，他慨叹，夫复何求？

最终，大洋迎娶了开普敦当地一位穆斯林姑娘为妻，居家过日子。看这结果，他滞留南非，似还有更深的情由。但我只一味承认，全在枪的引力，才招来这半生不离的枪友自天而降。

大洋后来从开普敦一路北上，到了我居住的约翰内斯堡。在北门外开了一家寿司店，自主经营，自食其力。因为手艺好，做出来的日本料理地道纯正，很快就被广大食客认可，被认为是亚裔圈里首屈一指的金牌店家。

常有城里的各色人等前来品尝大洋的料理，寿司店里高朋满座，气氛热烈。大洋又善饮，深谙中外酒道，忙着忙着，时不时搁下"关村六"，让其高徒操刀伏案，自己大踏步下落"民间"，和相熟人等痛饮几杯。他对老白一众海量酒徒，自有招法，常在案下藏几瓶高度白酒，以备不时之需。老白通常喝白兰地、威士忌，一杯一口，须臾就能饮下半瓶。然后还精神焕发，颇显兴奋，言语间多了几分豪横，少了几分平日里的绅士风度。

这时候，大洋常常选相熟者，近身相陪，冷不丁亮出北方产的七十度

"闷倒驴"白干酒。大洋先自满饮近二两的杯酒,再为老白斟上同样酒量。老白见到水样的中国白酒,不以为意,常常也就仰着脖子干了。不想此酒烈度远超洋酒,一路好似燃烧,直陷心腹。眼看着高高大大的老外,两眼发直,神态木然,全力憋住了酒气,脸儿越发地白了。甚而就有吞了七十度酒,身子直接出溜椅子下去,醉翻在地的状况。

见识了大洋的纯正日本料理,再深层领略大洋的中国烈酒,各路饕餮食客、酒肉狂徒,不但不嫌弃,反倒越发喜欢他。

也忘了具体在什么时候,喜美食而又好酒的我,自然而然,就掺和进来,成了大洋的座上宾。二人相处越发亲近,就不分你我。在大洋忙于灶上工作,而店面又来了拼酒"踢馆"的朋友,一时应对不开,就由我出山做一阵抵挡。我身材远不及大洋壮硕,又戴着眼镜,一副书生模样,引得老白酒友常就"轻敌",不大以为意。

结果,不想晶莹的"火水",竟如此猛烈。他们又不大习惯细品慢酌,只是一味地干杯。眼看着面前的一介小中国人儿,却慢条斯理吞咽"烈火",脸不变色。结果自然明显,虽说不是十字坡,但转眼麻翻一条大汉,放在桌下醒酒,倒时常就有。这时候,我和大洋才得出时间论枪,商量什么时候出猎,什么时候练枪,什么时候练完枪再出猎。

说到根儿上,我和大洋交好,引为知己,吃喝全在其次,最终还在一个"枪"字,我们是至交的枪友。

记得买第一支手枪,就听从了他的建议。他说他已经有一支美国的柯尔特,我最好是买一支南非本地产的维克多。这枪口径九毫米,可以和他的柯尔特互相换用子弹,两种枪型交换着玩。维克多手枪装弹十发,射程二百米。握在手上,不经意间能感受到设计者的人性理念,那枪身上各种曲面,和手掌紧密相贴,十分契合,真正体现了"最好的工具就是肢体延伸"这样的定义。维克多枪型精致,合手实用。打实弹时,枪声清脆,不抖不跳,从无卡壳臭子,是把好枪。事后在电影里,竟然见到英国警察使用这款手枪的镜头。由此联想了南非手枪的品质,一定是相当优秀,才被英联邦警方选中。回头就告诉了大洋:"听你的建议,选对了防身的手枪。"

次枪友是 jack(杰克),杰克祖籍爱尔兰,几代以上,老早就定居南非,是真正的南非人。和英伦三岛上其他族裔的英国人一样，他们在自我介绍籍贯时候，都从来不说自己是英国人，只说"我是苏格兰人""我是威尔士人""我是英格兰人"，杰克永远说："我是爱尔兰人。"

和杰克的相知相交，似也是天意缘分。

那天，是个乍暖还寒的周末。我和大洋正好有点闲暇，凑到了一块儿，相伴到约堡北郊的一处射击场去练枪。射击场还很新，宽阔规整，设施先进。我被分到六号站位，七号已经有人，大洋就分到了八号。那几个位置我们都熟，都是场里划定的手枪十米立射的专用场地。

进射击站位，先戴好防震耳机，再备枪，验枪，装上弹夹，拉栓上膛。叉开两腿，双手握枪，眼睛、准星、靶纸，三点成一线击发。待射击结束，按电钮，回靶纸，仔细观察自己的头枪射击结果的偏正，以待调整。接着推靶纸过去，再次击发，击发……这一系列的动作，都依照着多次学习训练的规程，渐次进行。

手枪射击和步枪、猎枪不同，不管你臂力多强，也不论你瞄得多么准，伸直双臂，持枪在手，你眼中的手枪，永远都会感到晃动。这种轻微的晃动，是根本克服不了的，这是手枪枪身短小和人体生理条件在客观上造成的。

手枪就那么一点点大，没有长枪枪托的依靠，人身体上又有呼吸、心跳、视力等情况的制约，再加上外界的风、温度、光线诸多因素的影响，要想打好手枪的成绩，绝非简单的事。一般情况，射手先要稳住心态，克服紧张激动的情绪。再就是在客观存在的"晃动中"，寻机果断击发，常常凭感觉扣动扳机。

射击场里，军人出身的手枪教练也是再三教导，手枪是近战武器。当交战用到了手枪的时候，目标明显，双方顶枪对峙，再次或多次出手的机会不多。不可能像电影里那么从容，打来打去，好几个回合都伤不着人。手枪实战中，反倒是眨眼间，枪响人倒，再无相搏的机会。所以手枪射击时，最好是养成准确果断，抢先开枪的习惯。

阳光灿烂，微风荡漾。我们虽然戴了耳机，但终究距离近，还是能听见射击场上响起的清脆枪声，只是不那么炸耳。我们还都按着老规矩，瞄准靶纸，不紧不慢，一发接一发，把自己枪里的九毫米子弹不断打出去。

突然，我清楚地听见，就在隔壁近处的七号位，应该就是我和大洋的八号之间,传来了"啪啪啪……"连续击发的枪声。七号枪手的射击速度很快,枪声连成了串儿。听那样子,如果再快点,都赶上连发的冲锋枪了。隔壁这样的手枪速射,连续打光了几个弹夹才消停下来。

紧接着就能看到,枪手按动了电钮,靶纸飘飘荡荡,很快就顺着导轨移近前来。我稍微偏点头,转眼就能清楚地看见这位枪手的靶纸。不想,眼光一扫之下,靶纸上面那超乎寻常的射击成绩,让我目瞪口呆。眼见比笔记本还小的手枪靶纸上,中心一小片上聚集着密密麻麻的弹着点,甚至在最里面大约九环十环的区域,都有被子弹反复击中,掏成了洞。

虽然还没见到大洋,但我相信,他一定也将隔壁这把神枪的成绩看在了眼里,也一定会像我一样,面对着那张十米速射的靶纸,眼珠子都长长了。

不大一会儿,摘下耳机,能听到隔壁枪手有动静,似乎要结束自己的练习。想想就赶紧几响打空自己枪里的子弹,退膛、验枪,收拾好。一时间里,六、七、八,三个站位朝后的小门几乎同时往外推开了,六号和八号的两对眼珠儿,像探照灯似的,聚焦在七号枪手的身上。

第一眼就能看出来,枪手是个正宗地道的洋人老外。黑色贝雷帽下,不经意间露出了一绺金发。大眼睛蓝瓦瓦的,充满了和善的笑意。第一眼也能瞬间就断定,这是一位袖珍版的小老外。他的个头和就近的大洋比起来,几乎差半截子。比我这"中等个儿",还矮一头。这样的身材,在牛高马大的老外人群中,委实不多。对我这黄皮肤来说,倒难得显出自己的几分身高优越,这感觉让我心满意足,甚至瞬间就生出那么一点点自豪。

不过,这精致的小洋人老外,浑身上下的装束,却是真正的"武装到牙齿",披挂满了吓人的利器。左边腰侧捆着一柄正宗法兰西长剑,剑鞘厚重,剑柄上的金属装饰件闪闪发光。按说这剑应该吊在胯外,或许因为身高的原因,才改成捆在腰侧了,要不然这剑非拖拉到地上不可。眼下胯上倒也没闲着,别了一把宽身薄刃的廓尔喀军刀。这刀刃朝内,外形像狗腿,所以又被我们中国人称为狗腿刀。狗腿刀厉害,方便劈刺,在战斗中能保持较大的力度和精准,令人生畏,这刀也是英国军队中最彪悍善战的尼泊尔部队专配的战刀。小洋人右侧腰里还有一把"卡巴",是美军陆战队专配的制式军刀。看过不少电影里,都对这刀有过专门镜头的展示,切铁丝网,锯钢筋,抬手戳穿汽油桶。这可是一把削铁如泥、实用合手的好刀。

几把刀剑，已经让小洋人阳刚气加身，同时也颇显沉重。再细看，他全身背负的火力，更是不可小觑。身后斜背一支 M16 美式突击步枪，再横着大背一支五连发短柄霰弹枪，脖子上挂着以色列乌兹冲锋枪。双手提着的是一把沙漠之鹰大手枪。右腿的膝盖处，还别着一支点二二口径的袖珍"掌中雷"。肩膀上，竟还一左一右挂了两颗真正的柠檬式手雷！

我猜刚刚在场内射击时，他就是使用了自己手中的那把沙漠之鹰大手枪。这枪又大又强，俗称小炮，没有相当的握力，很难操纵自如。再看小洋人，果真长着一双和他身材不相称的大手。

我和大洋像看战斗片电影一样，被眼前的小个子老外吸引，不错眼珠儿地观察他那些精品武器，那些刀枪手雷，密实覆盖了他原本的一身卡其军装，只剩头顶黑色贝雷帽和脚下同色的军靴，还能看到他人的本来样子。除此之外，我们眼里看到的，简直就是一个行走的小型精品武器库。我们十分赞赏这位小战士、小突击队员、小特种兵、小神枪手……说到底，这才是一位真正的刀迷、枪迷、军品迷呢。

表面上看着精致细弱的小洋人，披挂着满身的武器，大大方方地伸出了一双大手，眨着善意的蓝眼睛，分别与两位射击场邻居相握，口里称："杰克，爱尔兰人。"

我赶紧上前握住杰克的一只手，和大洋一样心情，巴不得喜获新友。未待相熟，话题直接就探问，何以练得如此快速神枪？从此，三人玩枪在一处，成了不可分离的枪友。

杰克金发碧眼，身材矮小，大概也就一米五的个头。他是个修理汽车的技师，二十年下来，手里略有积蓄。最后在约翰内斯堡的 Edenvale（伊登维尔），盘下了一家修车行，当上了小老板，自主经营。和其他这样的修车行一样，他那里也代卖二手汽车。

杰克酷爱刀枪武器，人过中年，就更随心所欲，每天摆弄他那些宝贝，反倒不大过心自家的生意。结果家里家外，过日子做生意，全靠着他的妻子 Ophia（奥菲娅）打理。

和杰克相比，奥菲娅却生得十分强壮，还比杰克高出半头。她是个情绪型的女人，忽冷忽热，喜欢起自己的丈夫来，不管不顾，极尽温情，嘴里小鸽子、小豆子、小公马……逮着什么可爱的动植物名称，就都往杰克身上贴着用。最后情极所至，口称我最最可爱的小战士，大踏步跑过来，张开臂膀，用宽大的怀抱一把搂紧丈夫，在杰克的小脸上亲吻得连声响。杰克被抱起来，高高离地。他躲不过妻子连珠炮吻，又羞于有外人在场，只顾使劲儿地踢蹬双脚，把那双几近袖珍的小战靴都甩脱了一只。

待到奥菲娅遇事不顺，心情烦躁，她就经常无故指责杰克，找茬儿贬损丈夫。什么小个子、矮强盗、比尿壶高不了二寸的小坏蛋……还一边骂，一边眼睛朝下，两个嘴角朝上，一副不可一世，彻底瞧不起人的样子。弄得杰克恨不得地上有个缝儿，赶紧钻进去。每当这种情况出现的当天晚上，杰克常常会按响我家或是大洋家的门铃。开门一看，杰克文质彬彬地站在门前的台阶上，低头绞扭着两只手，低声说："so……"

我们于是赶紧恭迎枪友进屋，该招待吃就吃，吃饱了就在沙发上铺好铺盖，该睡就睡了，权当什么都没发生过，一切正常。接下来发生的事情，常常也不大会在意料之外。刚过了半夜，奥菲娅那边电话就打过来了。都不用听话筒，就知道那些小动物、小植物的称呼又灌了杰克一耳朵，温情脉脉，情意绵绵。我们的小战士放下电话，沉浸在爱情的沐浴中，嘴里哼着爱尔兰情歌，没羞没臊地向我们告别，一转身就出去不见了踪影。相信奥菲娅的越野车就在大门外等着，杰克飞到老婆怀里，又踢蹬自己那双小战靴呢。

我们三个枪友，相处亲密。日子久了，无话不谈，互相都有更深的了解。有一点好像有点奇怪，我们三个热爱武器的枪友，年轻时候都极力想着要参军服役，可就是一辈子都没当成兵。平民老百姓，比军人还喜欢枪械，怪不得人家称我们是发烧友。不是发了烧，烧得都有点糊涂了，谁无缘无故，没完没了地弄那些个刀枪器械手榴弹？这些玩意儿在正经过日子的国人眼里，都是多少带有杀气的物件，难免出了危险甚或造成伤害。不过，事实证明，玩枪的男人有胆量面对危险。枪友之间的情义，也不比战友之间差。古时候，腰挂三尺剑，当为大丈夫。现代人身上带枪，也都是好汉子。

那次去猎羚羊，三人同行。大半天下来，一人一只，接连猎获三只跳羚，满载而归。最后是老规矩，验枪、退弹、收拾一番，结伴打道回府，回家准备 barbecue（烧烤）加啤酒。不想，我的那把立式双管霰弹枪，也不知道突然犯了什么邪，却怎么也打不开。当时也不知道，自己一时怎么想的，竟掏出了折叠猎刀，重重地敲打枪管后部。这是非常危险的坏办法，在第三还是第四下"啪啪啪啪"地敲打时，枪响了。好在还是枪管朝地，一筒16号霰弹，"轰"的一声，都打到土里去了。因为只有一只手持枪，没顶住那股子后坐力，枪托后震，生生顶在肩上，像狠狠挨了一棒子，整个人一屁股坐在了地上。更糟糕的是，左手敲打枪身的猎刀，"砰"的一声，飞起来脱了手。一飞而过的刀身，转眼就打碎了我脸上的眼镜，划伤了我的眼角。我只感到眼前一模糊，热乎乎的，脑袋发晕。知道自己的意识还算清醒，但是想睁开眼睛已经不可能了。血流如注，糊住了半张脸，还弄得哪儿都是鲜红一片。我心里发慌，想到一定有血管被割伤，如果如此流血不止，最后是不是会要了我的老命？

先是杰克飞身而至，抹了抹我脸上的血，仔细观察我眼角的伤口。接着就掏出他通常都备好的急救包，紧紧地压在伤口处。这时候大洋也赶过来，找到一条止血带，两个人再一起忙着，在我的脸上绕过头紧紧地勒了一圈儿。白色的急救包很快就被血染红了，但是，看上去，渐渐地血还是被止住了。

谢天谢地！被枪响震飞的猎刀，是平着扫过了眼角。这要是竖着来，直接刺进去，怕是非开了瓢儿不可。那样，我这条老命恐怕立时就交代在这异国他乡的荒野上了。

两个枪友不顾一切救护我，大洋抓住我的一条胳膊，一用力就把我扛在肩上，就像电影里在战场上扛起负伤的弟兄一样。杰克回身拿好我们的枪支和背包，紧跟在大洋的身旁。其余的一切，他们都没去管顾，只是一心快步赶到大洋那台丰田越野车旁。大洋让我在车后座上倚靠好，用双臂稳稳地搂着我。杰克灵巧地跳到驾驶位上，接过大洋扔给他的车钥匙，点火儿、轰油，一股子猛劲儿，驾车疾冲出去，像一匹骤然冲出栅栏的野马。

杰克熟悉道路，越野车性能极佳。他驾车不走通常绕行的正规公路，只是不顾颠簸摇摆，穿行在小道、水洼、林间、田野上，一心计算着，怎么才能更直接、更快地赶到 Pretoria（比勒陀利亚）的医院。

医院里急诊值班的医生皱着眉头，先把那条肮脏的止血带用剪刀清除掉。接着招呼下手的护士，做好缝针的准备。大洋歉意地说，我们为了搭救朋友，也没顾忌，胡乱地就这么做了止血……不想，医生举起一只戴了薄橡胶手套的手，摇了摇说："你们的止血带做得非常好！实用又安全。如果不是你们及时救护朋友，他会因失血过多危及健康。现在没事啦，你们放心吧！"

我躺在手术台上，晕晕乎乎地闭着眼睛，等待医生的缝合手术。听见了医生的话，一股热流涌上心头。我轻轻地叹了口气，仍然闭着眼睛，却在手术覆盖的白布下面，伸出双手，紧紧地握住了我的两个朋友。

又是一次相约出猎，我和大洋住得近，先就会合在一起。可是，左等杰克不来，右等还是不来。直接打过去电话，平时做事干净利落的小战士，这次不知为什么，在电话里说话支支吾吾，含含糊糊。我这里抱怨，是不是又被奥菲娅揽在怀里了？大洋却定着眼神犯寻思。须臾，大洋严肃地说："不对！杰克从不如此，别是他那修车行里出了什么意外？走，咱们赶紧过去看看。"

说完，我们开着已经备好枪弹装备的越野车，一溜烟直奔杰克的修车行。

没用上二十分钟，我们就飞快地赶到了杰克那里。临进车行前场，见到不远停着一台奔驰560，样子高贵豪华。我们知道，杰克这里大都修那些中低档小车，像这种高档车，一般很难见到。我和大洋里对视了一眼，心中觉出了不寻常。停好车，我们又不约而同地提上了枪袋，推门进屋。

屋里有杰克夫妇，还有一个修车伙计。三人似神态落寞，情绪不高，都沉默不语。和他们当堂相对的，竟是三个男人。那三人中有一个身材略矮，却身居C位，一看就是头儿。另外两个，年轻力壮，显然是充保镖马仔的角色。三人衣着华丽，上衣都是红绿相间的大色块儿，下面白色绸裤，皮鞋擦得锃亮。来人的肤色都明显比南非本地人黑得多，神态严肃，气势夺人。眼一搭就能看出，来的这几位绝非善类。

我和大洋本来不知道杰克和这几个不速之客间有何过节，但是，眼看着当下他们双方的对峙，于杰克不利。也就没多想，两人再对了对眼神儿，甩手置各自的枪袋于屋里修理案上。先是"唰唰"拉开袋子上长长的拉链，紧接着就取出分解的步枪和霰弹枪，熟练地装配起来。一阵子"喊哧咔嚓"有节奏的声响过后，两支长枪跃然而立，连子弹都入了弹仓，就差再"哗啦"一声，推弹上膛了。我们俩并没就此停下来，接着干活。从腋下抽出手枪，退弹夹，拉枪栓，"哗啦哗啦"响着再验一遍短枪，接着再摆弄各自的猎刀。如此的三段式，干净利落，费时还不到两分钟。又因日常玩枪，熟练应手，给足了满屋子里人视觉、听觉、感觉上充分的想象。可以想见，杰克一方在精神上得到多大的支持,而相对峙的另一方,瞬间就泄去了多少霸气。

大洋挺了挺宽阔的胸膛,露出笑脸,大大方方地对那几个来人大声说:"杰克是我的朋友,他开个车行讨生活不容易,日常里有什么做得不到的地方,还请多多包涵。什么事情都可以商量,咱们找个去处,坐下来好不好?我请客。"

再看那几个人,似乎才从一种状态中缓醒过来。小个子那位还故意露出了笑容,口中念 sorry,言过几天再来商量事情,然后抽身就势告退。再听院子里,奔驰车点火启动,轰然作响。接着再掉头,车轮摩擦地面,"吱吱啾啾"地尖叫,冲出院去,越走越远了。

屋里剩下了自己人,气氛顿时轻松下来,人人都长出了一口气。杰克上来握住大洋我俩的手,把事情的来龙去脉一一道来。原来开这修车行,杰克还有一个合伙人凯利。凯利是奥菲娅的一个远房表弟,杰克夫妇想着帮助这位经济状况一直低迷的亲戚,所以才拉帮着,让他也参了小比例的股份。凯利一心想快点发财,翻身当上富人,就带上自己的分红和向表姐借贷的钱,赶到北面的邻国莫桑比克去做走私的生意。不想,才几个回合下来,凯利就连老本都赔了个精光,还欠下大笔的高利贷,被人家追讨。凯利被逼无奈,说自己在杰克车行里有股份,应诺债主用股份偿还债务。这才引来了债主委托的黑道人物越境来寻,纠缠不休。

今天我们身为枪友,冲了那几个不速之客的场,也只是临时平复了表面的矛盾。那些社会上的恩怨债务,哪里就会因为这一时强弱的局面就被放弃。试想未来不久,那些人还会转回来纠缠。杰克和奥菲娅夫妇,思来想去,决定核算账目,跟合伙人凯利分手,自己单独经营。后来索性连修车行也关闭了,待日后时机恰当再选址,重打鼓另开张。

这一篇儿就算翻了过去,日子又回归了平和安稳的老状态。杰克、大洋和我们三人,又都一心玩枪。杰克的枪法还是那么精准,每半月一次的出猎,还是收获满满,那些羚羊肉就算送给大家,也还是吃也吃不完。后来,大洋面对着成堆的羚羊肉,灵机一动,特邀杰克相助。两人反复试验,终成一中西餐合璧羚羊肉排,引远近无数饕客争相来品尝,竟成了一道佳肴,名气远播。

在旅居南非的第八个年头，我奉调返回国内。当时心中最难过的，就是和大洋、杰克的告别。三角枪友，原本牢固和谐，友情深厚。如今生生崩缺了一角，我们心中无奈而又怅然。分别之际，我们举杯痛饮，泪笑交替，心情沉重。三个老爷们儿，又拥抱又拍肩打背，似有人要赴刑场一般悲伤。

回国后，虽然相隔万里，但我们之间，仍旧互通电话、微信。时值年节，还互发视频祝福健康平安。在第三年快近圣诞的一段时间里，我在差不多一个月间，失去了大洋和杰克的音讯。不论我怎样呼唤大洋和杰克，那边就是毫无音信，急得我恨不得立马飞过去，一探究竟。

终于，枪友们的消息来了。所谓人生无常，我万万没想到，刚刚这没通消息的一月有余间，我的枪友们竟经历了一场生死祸端。不幸中之万幸的是，他们还都活着。

大洋在自己的寿司店里遭到了袭击。三个歹徒，身上暗藏了利刃短枪，伪装成食客，混进店里。趁大洋和徒弟不注意时，突然出手。歹徒心狠手辣，出手即奔要害，招招致命。大洋毫无防备，一瞬间即中枪，还挨了两刀。但他为了保护家人，保护自己的事业生命，宁死不退，大喝一声，爆发全身力量，奋起反抗，竟夺刀在手，反身刺中歹徒。最后伤重，跌倒在地。

缘分天注定，人情既神灵。谢天谢地，那天下雨，生意清淡，来客不多。杰克和大洋相约，抽空到他店里探望，还一起商讨周末出猎事宜。不想，正赶上大洋遭难。爱尔兰小战士杰克，眼见亲人般的好枪友，转瞬即受伤倒地，心痛如刀割。他怒不可遏，狂叫一声，甩手出枪，"乓乓乓"，连声枪响，接连射中两个歹徒。

说时迟那时快，眼看着黑白双方混战，刀枪相向，也就三两分钟的工夫。已经是伤亡惨重，血迹遍地。好一个杰克，毙伤歹徒各一，转身就赶过来救护大洋。上次我受伤就知道，他有相当的战伤救护经验。眼下就赶紧急救止血，注射强心药物。一边现场忙着，一边给警局、保险、急救中心拨通紧急电话。他还告诉在家里的妻子奥菲娅，赶紧驱车过来，带上一应紧急所需。

大洋失血过多，伤情严重，危在旦夕。他家里孩子老婆，哪里见过这等血腥祸事，只是胆战心惊，一味颤抖啼哭。奥菲娅挺身相助，像老母鸡一样，把大洋家人都揽在自己怀抱中，百般安慰镇定，最后把他们都接到自己家中。

大洋昏迷三天三夜，输入大量血液，竟致血库告急。杰克挽起袖子大声请求："我是 O 型万能输血者，请抽我的血液，以救我的朋友。"结果获得同意，两张洁白的床间，连上了晶莹透明的管子，殷红的爱尔兰血液，源源不断地涌进大洋眼看苍白虚弱的身体里去了。

我们终于相通了电话，了解了这段惊心动魄的惨案，还特意互发视频。对于我来说，真是太想看看枪友们历经劫难，还活下来的样子啦！

大洋瘦了几乎一半！连那张标准的国字脸都变得瘦削苍白，只是眼睛还是那么明亮和善。他说，平哥好呀！看着没，现在我可是半个爱尔兰人喽！这血管里流淌着的，都是杰克的血呢！说着，大洋还一把搂过杰克的头，两个人脸贴脸地笑给我看。杰克笑得眯细了蓝色的眼睛，因为留了唇髭，看上去略显苍老。我在视频上和他们挥手问好，说不出来话，泪如泉涌。

2023 年 4 月 16 日初稿于海口
2023 年 8 月 15 日修改

老侨大哥

老大哥姓柳名奇,祖籍广东顺德,自幼就来到南非闯荡谋生。他人到中年后,在约翰内斯堡开鸡肉批发店。虽说与我萍水相逢,但却关系融洽,日久情深。

我们的相识,应该是在一个半官方的联谊会一类聚餐中。那还是2000年前后的事,我受托将一家华南地区的电视机制造厂迁往南非东开普省,再行组建生产。当时和南非贸工部的洽谈都已妥当,合作协议也签下了。接下来,就是我回国,安排工厂设备拆卸、装箱、发货,海运到这边德班港的一应具体运作环节了。这些工作,说起来也是相当繁杂,让人费神费力。

长城饭店里的宴席,规格相当高,半认识不认识的各路来宾,都频频举杯,互相敬酒。我因为事务缠身,静不下心来和大家融洽交流,一心只想着自己那摊工作。再说,刚来两周,这又要往回返,和在座的各位还不怎么熟悉,显得有点格格不入。

有人从餐桌后面绕过来,轻轻拍打我的肩头。我扭头一看,见到一张笑眯眯的圆脸。来人是一位半大老头儿,六十岁左右的年龄,五短身材,十分敦实。他穿着一套深灰色的西装,一看就是特意着正装过来参加聚会的。我赶紧站起身,口中念道:"老大哥,可有何见教?"

眼前的老大哥,却不说什么,还是笑微微地,用手从一旁拖了把椅子过来,挨着我坐下了。同时,又伸出双手,往下压着,示意我也坐下来。他张口说话,嗓音粗重,而且是一串又一串的广东话,我瞪着眼珠子用心听,但还是很难听懂他的话。

老大哥见我尴尬的样子,不觉"嘿嘿嘿"地笑出了声儿。眼看着有人要赶过来,做他的翻译。却见这位老哥哥摆手,显出几分倔强,拒绝了别人的帮忙。老大哥最后又坐端正身子，用一只粗壮的大手在自己嘴巴上抹了一把，费力地用普通话说："你，做事，嗯，做事。他们，嗯，懒惰啊懒惰！"

这下子我听懂了，他是在夸奖我，而且语意夸张直率。褒贬间，批评那个"他们"，大概泛指他反对的工作风格，但言语间却未曾考虑做周全的斟酌，一桌上的客人都做何想。我赶紧再起身作揖，显得谦虚乖巧的样子，连连说虚话儿："不敢当，不敢当。"

那位老大哥摆手，也不续下文，只是举起高脚酒杯，"叮"的一声，和我轻轻碰了杯，接着就把杯中的红葡萄酒一饮而尽，然后竖了竖大拇指，回到他的座位去了。接着，隔了桌子，向我递过来那招牌式的微笑。看来，这位老哥知道我的事情，对我表示赞赏。临别，我们交换了名片，我才知道，这位老大哥叫柳奇。在南非老侨中，是个口碑不错的企业家。

迁一座工厂到万里之遥的非洲，当然不是小事，工作要精细到一颗螺丝钉都要考虑好。而所有设备的重中之重，就是那排满了精密仪表的信号源，它可称为电视机厂里整条生产线的大脑。其他的工件设备，我可以用普通的集装箱发运，但这些信号源精密仪表，必须做保值保险的随机空运。因为它们经受不了历经近一个月，跨越印度洋，沿赤道运行的高温高湿环境。信号源一旦发生损坏，整个工厂就将停产待修，就算能修，也难找配件，难保证这些原产于日本东芝系列的仪器仪表的高精密度了。

我在厂里忙着装运设备，又为这信号源的来去费脑筋。情急之中，猛然想到了这位柳奇，柳大哥。对，就求他帮忙，帮助我们把这批信号源仪表接一下，再找适当的仓库暂存一段时间，等到安装调试时运去新工厂。说起来，我和这位老大哥只有一面之交。可不知为什么，心里却对他保持了充分信赖。我拨通了南非的电话，接电话的正是柳大哥。打过招呼之后，他还是操着那粗重生硬的普通话，说了两个字："我听。"

我不厌其烦地把事情的来龙去脉说了一遍，然后请求他帮忙。这回他又说了一句英语，也是简短得不能再简短了："No problem."（没问题）

这句英文，是当时我能听懂的极少的几句中的一句。我很高兴，但又多少有点担心，也不知道这位老大哥，是不是真懂得了这项工作的重要性。

飞机在万米高空上平稳地飞行，耳朵里能听到那巨大的引擎，在发出

"嗡嗡"的响声。印度洋上空，万里无云，高速飞行前进的飞机，因为失去了周遭的参照，感觉就像悬挂在空中一样。我不知道，我前一周空运发往南非的那批信号源仪表，命运最后究竟如何。

过了安检，刚出机场，一眼就看到了柳大哥。他这次穿着自己平时的工装，一头斑白，还是那副敦敦实实的身材，老远就高高举起手朝我挥动不断。再相见，已经是上次分别几个月之后了，我们却感觉到了彼此的亲近，好像一下子就成了多年不见的老朋友一样。

老大哥也是不多言，用生硬的普通话和英语掺和着，和我聊天："follw me（跟我来）。表，都好。"

我只能一再表示感谢，然后搭上他的车，往他的店里赶。终于到了他的店里，老大哥笑着让我闭上眼睛，随他上电梯。再拉着我的手，走了一段走廊，最后停在一道门前，让我睁开眼睛。柳大哥随手拉开眼前的那道厚门，门发出"骨碌骨碌"的轻微响声。我感觉到一股隐约的温暖气流，正徐徐地在脸前环绕。然后就见着了我日夜担心的信号源仪表，它们都规整地排列在专用的架子上，像新的一样，闪闪发光，一尘不染。柳大哥还抬手指着门旁墙上的温度计和湿度计说："25，20%。"

我知道，他说的是这个用来搁置仪表的库房里，一直保持着25摄氏度的恒温和20%的湿度。这也正是仪器仪表放置时候最适合的条件，可见，老大哥完全理解了我所嘱咐的事情。也精心做了认真的安排。

我欣喜异常，有了这些仪表信号源，我们在南非东开普开设的新厂，就能很快正常投产了。迁厂事大，在这重要的环节上，能得到老大哥的鼎力相助，还那么认真踏实，我的心里很受感动，不由得转过头来，冲着老大哥竖起大拇指，按他的口语习惯说："您，做事，好！"

然后再伸直胳膊，往随意的那个方向抢了一下说："他们，懒惰懒惰！"

话音未落，我们两个已经互相拍打着肩膀，仰起头哈哈大笑。我们的笑声是那样爽朗痛快、无拘无束，洋溢着无限的信赖、赞赏和挚友间才会有的亲近。

从此以后，柳大哥的家和他的店，成了我们的中转站。无论是人员还是物资，是从中国来南非，还是从南非返回中国，都在约翰内斯堡柳大哥这里落脚。其中所涉大小事情，都不客气地请他帮忙。柳大哥也从不推辞，总是一心一意，帮助我们把事情做好。以致到了最后，东开普厂里的事情告一段落，我们还是习惯性地来往于他那里。就算什么事情都没有，哪怕到他那里坐坐，听听他那好玩儿的普通话，也都成了习惯。

等到两年之后，我也把家搬到了约堡，我们的关系就更亲近了。用我的话说："谁说咱在异国他乡，孤悬海外？有了柳奇大哥，这亲戚朋友就都全了。"

对柳大哥的帮助，我们曾执意付些费用给他做补偿，但柳大哥却坚决不接受。没办法，最后我们把他家从电视机到录像机、光碟机、传真机……一直到他店里、家里的电子门铃，都给置办一新，再安装好，还负责日后的全部维修保养，如此一来，心里才算稍微安稳些个。

柳大哥在约堡南郊的 Bany Herrzog Ave 有一幢别墅，那里安静整洁，院子里有草坪泳池，十分宽敞。通常来了常住的客人，都会到那里落脚，到时候可以自己开伙。柳大哥自己却不大回到那幢别墅去，不知道是因为工作还是多年养成的习惯，他常年都住在市区自家的店里。

柳大哥的店可不是一般的店面，这是一幢褐色的五层大楼，位于约堡西门里 downtown（市中心）的 Fordsburg（福特堡）。在 Dolly Rathebe Road（多莉萝丝比路）和 Mint Road（造币厂街）两条街道相交叉的十字路口。楼房比较大，总有三千平方米以上，呈 L 形，在两条街上都有门面。

柳大哥做的是肉鸡的批发生意，供应着几乎半个约堡肉店里的肉鸡。每天都有卡车从屠宰场把处理好的光条肉鸡，源源不断地运进来。也有来拿货的车辆、人员，赶到这里批购整箱整箱的肉鸡，到商店和市场里去零售。甚至，还有莱索托、博茨瓦纳等邻国的批发商，不远上千公里，用冷藏车来取货。

这幢大楼里多半的库房都安装了冷冻设备，以储藏那大量的肉鸡。库房都很大，我曾经帮着柳大哥检查库房里的那些制冷设备。在炎热的夏天，穿了厚厚的棉衣，提了强光电筒，一直往深阔的库房里面走。感觉着，就好像回到了故乡的冰天雪地里一样。柳大哥一辈子都没见过北国的冬季，想象不出千里冰封的世界是个什么样子。他听我说起老家比这冷库里还奇寒的趣事，饶有兴致，还笑着说："好好，好做事。"

他的意思是，如果在我老家那里，满世界都是冷库，就算在露天地里干他这一行，也会方便。

柳大哥和妻子、女儿住在五层楼上。在五楼的大厅里，有柳大哥特意供奉的父母遗照。那是一张翻拍的照片，摄取的是大及真人的一对夫妇头像。两个人脸色朴实淡然，头饰和发型大致是清末民初时候人们的普通样子，男人光头，女人梳着发髻。柳大哥说这是他父母的遗照，广东老家那边称"先人板板"。父母在他三岁和六岁的时候就先后去世了，供奉父母是大礼道，不能忘记父母的养育之恩。每当年节假日，柳大哥都会更换那照片下面供奉的水果、点心等祭品，还上香燃蜡烛。有几次，也不知是什么祭日，看到他就那么静静地跪在父母遗像下方的供桌前，双手合十，一声不响，陷入了深深的思虑中。

五楼大厅的另一面，有一套带卫生间和办公室的房间，是供他最知近的亲友来往间临时居住的。我有幸在来往于约堡时候，经常住在那里，享受过如同家人般的待遇。也因此和柳大哥越交往越深，成了无话不谈的挚友。

柳大哥还带着他的妹妹一道生活，妹妹离了婚，有一男一女两个孩子在身边。妹妹每天也在店里，帮着柳大哥打理生意。赶上我也在店里临时小住，一家子开饭时候，也是热热闹闹。他们家一共六口，再加上我，七个人围着大餐桌开饭。广东人吃饭都是先喝汤，冬瓜海螺汤、苦瓜老鸭汤、香菇鸡胗汤、鲍鱼莴笋汤……喝完了汤，一人面前的盘子里就上了一只鸡，鸡是炖鸡，软烂入味，十分可口。只是肉太多，就算最小的鸡，煮熟了也有一斤以上的分量。实在为难，不知能否一气吃得下去。可抬头看看，他们一家子，连十多岁的小孩子都算上，面前的餐盘里，都放了一只鸡，好像人人都能吃得下去的样子。见我神情上很有点惊讶，大嫂就解释道："这鸡新鲜，煮得也好，都能吃得下，试试看。"

我听劝，尽力而为。别说，不知不觉间，真就把一只炖鸡干掉了。只是，再也不能吃哪怕一筷子另外的食物。别的来人，也有见识过柳大哥家炖鸡的，说起来都有同感，人家是做肉鸡批发生意的，自然会挑最好的食材，给自己烹饪鸡肉吃。

在往后的岁月里，我曾经邀请柳大哥及家人到海南来玩，请他们吃当地的名菜白斩鸡，可他们见满桌子只上了一只鸡，竟有些不习惯。我看着柳家人迟疑着不动筷子，恍然间明白了始末，赶紧大声召唤服务员，再加上几只白斩鸡来。我的朋友们这才释怀，随后动手，大啖白斩鸡肉，还连声夸赞，这鸡好吃，不下他们店里的炖鸡。

柳大嫂来自香港，会说国语。我习惯称她陈大姐，看样子她比柳大哥年轻很多。通常她都帮着柳大哥，处理一些纳税类的文案工作。大哥的孩子亚玲，是个九岁的小姑娘，还没有我女儿大。后来我女儿过来读高中时候，亚玲正好上初中，两个女孩子，因为两家人来回走动，也自然成了好朋友。不到两年，亚玲就成了他们家里国语说得最好的一员。柳大哥的妹妹柳大姐，也在香港读过书。她在工余时间里，心思都用来培养自己的两个孩子。大的女儿叫麦瑞，上中学了，是个品学兼优的好姑娘。小的男孩叫尼格拉斯，淘气得不行，我们都叫他小胖子。我曾送给过小胖子一架照相机。可这小家伙，竟趁我洗澡的时候，招呼我，趁我一转身的工夫，用我送他的相机拍下我的正面裸体全照。然后一转身，哈哈笑着，跑得不见了踪影。过后被我扯住，拉出胶卷曝了光，再狠狠地教育了一顿，尼格拉斯自此见了我，就表现得乖多了。

晚饭后，常常就是柳大哥看电视的时光。他会给自己准备些坚果、薯片、糖果一类的零食，一边看电视，一边往嘴里填那些食品。有时候，他看着看着，吃着吃着，就不知不觉间，身子一歪，靠在沙发的抱枕上睡着了。说睡，但睡的时间又不长，至多半个小时，人就又醒过来，晃晃头，接着看，接着吃，再接着看……

也不知道从什么时候起，我启发柳大哥，把看电视改成喝红酒了。南非的红酒很好，又便宜。我和柳大哥，忙完了一天的活计，吃过晚饭，就坐在一起，打开一瓶 Two Oceans（双洋）红酒，细品慢酌。日久天长，我们之间已经毫无顾忌，有啥说啥。柳大哥的身世和过去的经历，常常就像一条小溪，哗啦哗啦地流淌着，让我沉浸在从未进入过的另一个世界。至于他那"做事"和"懒惰"式的国语，倒在我们的交流中，越来越不成其为障碍。不知道是他跟我接触多了，国语水平得到了提高，还是我跟他接触多了，耳朵习惯了他的说话方式。总之，老大哥嘴里说出的口语，不论掺杂了多少国语、英语、广东话，我都能听懂，还理解得相当有深度。我曾做过实验，把柳大哥的话，经自己整理写出文字，再拿给大哥看，以证明其准确性。大哥一边透过花镜端详他话语的文字形式,一边点头认可道:"是是,就是。"

这说明两点,一是方块字可了不得。一个黑龙江的工程师和一个广东的企业家,一起初相比着,好像比英国人和法国人的区别都大。但只要两下里都懂这方块字,就能像乡亲似的彻底沟通。再有一点,我这文字表达的能力好像还说得过去,要不然,人家大哥那里怎么竖大拇指赞道:"冇错。"

世居南非的华侨原本不多,追根溯源起来,还不到二百年的历史。在一百多年前,这里发现了大规模的金矿。当时的白人矿主,雇佣当地黑人到矿山做工,下井采矿石。时间不长,问题出来了。那些在高原丛林中能撵上羚羊的猎人,对这种地下深处狭窄空间里繁重的体力劳动,似乎永远适应不了,而且对单调的工人生活越来越反感。矿洞里的歌声舞声口号声,一天比一天膨胀喧嚷,金矿石的产量却一天比一天少。生产黄金的效率低下,工作中还酝酿着危险不安,这让金融资本家们急得抓耳挠腮,摇头叹息。

有在中英鸦片战争中了解了中国的白人,出主意说,到中国去招聘工人,中国人很能干。于是,最后就有了一万多名中国人,在清朝末年跨洋过海,来到这个陌生的国度来当掘金工人。在中南两国的关系史上,也就有了第一批南非华侨。梳着长辫子的华工,果然吃苦耐劳,老实本分。他们一心挣钱,从不惹是生非。眼看着生产效率成倍地提高,那些白人雇主又少操了心,也就十分待见那些华工。待合同期满后,就有很多华工就地留在了南非,生活下去。

到后来,有一个时期,南非的白人政府,不知道出于什么考虑,还曾着意拟定了有关法条,遣返了一批落脚南非的华侨。不过,天长日久,在最早的那批华侨中,很多人都已经和当地人婚配生子,就获得了居留权。再后来,留下的那部分华侨,在以后的岁月里繁衍生息。他们又陆续接纳了中国广东的一些亲戚故旧也迁来南非。如果在南非听人说起"老侨"这个字眼儿,那就是指这部分华侨。"老侨"不过万把人,他们的祖籍都是广东。

到了 2000 年前后,中南两国建交。开始有很多大陆同胞,经过各种途径来到南非经商创业。华人华侨的人数,在几年之内就猛增到了三十万人之众。这后来的华侨,常被称为"新侨"。

"我,老侨,呵呵呵……"

"你，新侨，都是侨，不分……"

上面这大段的说辞，都是来自柳大哥的口语。虽说他的口语有进步，但还没脱离"好，做事……"一级的水平。区别在于，他的话我已经完全能够听懂，还能把这话中包含的意思大段大段地表述出来，成为他的"代言人"。于是，就有了上边这些他说我写的内容。至于下边这些文字，本质上也是如此，我写下他说的内容，只是，我使用了第一人称，换个角度试试，看是不是更有亲和感。

民国三十一年，日本进了我的老家顺德。那年我才九岁，还不懂得国破家亡的道理。只是感到每天都乱哄哄的，人们都不正常干农活儿了，个个都是神情慌张，忙忙叨叨，不得安宁的样子。

我命苦，三岁就没妈，到了六岁，爸爸也患肺病过世了。我从此就跟着叔父过日子，到了九岁，已经能放牛、割草、生火、做饭，还能帮着叔婶哄孩子了。

叔叔一家开始跑反，就为了躲日本人。怕呀，虽说还没见到他们人，但是凡听说的消息，都是日本人杀人放火，奸淫掳掠，残害咱们中国人的事。老实本分的乡下人，一家老小，早都被吓得心里发抖了。

和叔叔一家人躲日本跑反，一跑就跑到了香港。呵呵，那时候的香港可没现在那么神气，那时候它也不过就是个城镇的样子，记忆里甚至比顺德都大不了多少。不过，香港有码头，用现在的话说，那里才是真正的深水良港。鸦片战争后，英国为什么只租咱们的香港小村镇？他们可不傻，看看现在的中国沿海港口，哪一个的航运条件能赶得上香港？记得当时出去外面，帮着叔叔家跑街，顺路就到了中环码头。好家伙，那水上停了那么多的大轮船，有的大船都赶得上一个小村庄了。还有军舰，都涂成了深灰的颜色，看看那上面的大炮，那炮筒子都赶上饭锅那么粗了。

我们顺德柳家是当地的大户，来到香港投奔的也都是本家。人多世道乱，一天更是闹哄哄的。大人们都像失魂落魄的样子，愁眉苦脸，打不起精神。各种坏消息还是像长了翅膀一样满天飞，说是日本哪天哪天，就要攻打香港了。日本人来了先抓半大小孩子，抓去烹了吃……

我有个姐姐，大我十岁。她三年前远去南非，嫁了个华工后代。叔叔眼看着自己这一家子生死未卜，实在没法再管我的事，也是为了我好，最后打定主意，让我到南非投靠姐姐。后来知道，我这儿前脚刚刚离开，还不到三个月，日本就真的占了香港。你看，这一切都是命吧。

叔叔人托人，求到一个广东籍水手，他趁着黑夜，偷偷接我上了一艘他在上面工作的巨大货轮。水手把我藏在暗处的煤舱旁，随着船行离港出关。那个又高又瘦的水手也姓柳，他话很少，常常喝得醉醺醺的，只要站在他的身旁，就能闻到一阵阵浓重的酒味儿。这个水手是船上的司炉，就是抡起大铁锹，不断给锅炉的炉膛里加煤的工人。那时候船都烧煤，很少有现在这样烧柴油的机动船。水手工作在底仓舱里面又热又闷。

我上船的时候，虽说是半夜里，但大船已经生火待发，好几个工人都打着赤膊，挥汗如雨地干活儿。同姓的叔叔，用一种像毡子一样的厚布，把我裹起来，放在船底层的锅炉近处，再隔了庞大的煤堆。从不大的舱门那里，是无论如何都看不见，里边深下还藏着一个九岁小孩子了。天蒙蒙亮的时候，能听见有人下来舱底检查，经过简短的对话，就上去了。看来，我是很轻易地就躲过了。大船轰隆轰隆地起锚，震动整个船身，有强烈的水声传到舱底下来。汽笛长鸣，我离开了故乡，离开了祖国。这一去遥及万里，经六十余载，成了世界流浪者。

底舱锅炉间，高温高热。我裹在那毡子样的布里，竟能承受。事后水手柳叔告诉我，那是一大块石棉毡，有隔热的功能。通常都用来包裹烟酒、西药一类，逃过路上各国的海关，到时候卖出去，赚两个小钱零花。石棉布能隔热，我得以挨着锅炉安全藏身。可这有限的空间里，热浪一阵接着一阵，让人喘气都费劲儿。我知道自己的处境，不想给水手叔叔添麻烦，一心忍耐。等到时过半天，船行大海，水手叔叔把我扛在肩上，爬到甲板上去透气，我已经呼吸困难，浑身瘫软，像一只垂死的青蛙了。

我就那么瘫在大船的后甲板上，天是那么蓝，像刚刚擦洗过一样。海也是那么蓝，蓝得发绿。船甲板像一张够不到边的大床，还微微晃动。我清醒过来，深深地呼吸，新鲜的空气让人精神振奋，如获新生。时间稍微一长，那没完没了的晃动又让人头脑发晕，眩晕引起了恶心，恶心感还越来越强烈，根本没法控制。我一个翻身，呕吐在甲板上。这一番折腾下来，我觉着自己已经变成了一个任由船身晃动的空壳，一点力气都没有了。恍惚间，能感觉到水手叔叔用壶往我嘴里灌水,我大口大口地吞咽那些清凉的淡水。刚刚感觉好受一点,一股恶心劲儿又上来了,一个翻身,又把刚刚喝下的水吐了个一干二净。

也不知道过了几天,我都昏昏沉沉地似睡非睡。多亏了水手叔叔,一直照应着,给我弄鸡蛋和牛奶,让我坚持着吃下去,保证身体所需的营养。我这辈子,人苦命贱,从小就遭过睁不开眼的罪,可回想起来,在轮船上那两个多月,就像重新又活了一次似的。我终于还是站起来了,水手叔叔陪着,帮我洗了个澡,要不这浑身都是馊臭味儿。看看自己的身子,原来就瘦,现在更像是一只皮包骨头的小狗。水手叔叔见了,都直劲儿摇头叹息。

我知道自己应该报答水手叔叔的救命之恩,就跪在地上,给他行了大礼。叔叔本来也喜欢我,在以后日子里更是待我如亲人一般。我腿勤,不睡懒觉,每天给锅炉间里的几位苦力船员送水。还用凉水浸了毛巾,给忙着工作的人擦汗。没用了一个礼拜,那么大一条船上,我无处不熟悉,像在家里一样了。就那么跑上跑下的,连玩带干点杂活,外带着传话带消息,成了水手们的小跟班。船上的日子是单调而枯燥的,我在大家休息的时候,还把家乡的粤剧唱给大家听。其实,我哪里会那个粤剧,只是听过些,依葫芦画瓢地连哼带喊,比画罢了。只要能讨大家的喜欢,我就去忙活:"做事,嗯,好。不能懒惰懒惰。"

货轮一路停吉隆坡、孟买、毛里求斯、马达加斯加……在印度洋上一路自东向西航行,历经两个多月,到达了南非的伊丽莎白港。我站在前甲板上,把着甲板栏杆,眼看着码头靠近,长长地叹气,渴盼着能见到分离了三年的姐姐,我在这个世界上唯一的亲人。

水手叔叔领着我,找到姐姐的地址,把我交给了姐姐。他没有时间耽搁,就转身赶去船上,那艘船还要赶到开普敦,然后开去巴西。我紧紧地抓住叔叔的手,泪如雨下。要不是水手叔叔一路上照看我,这条小命,真是说不上就丢在哪一片海水中去了。我后来一直跟这位水手叔叔保持着联系,一直到二十多年后他去世,这期间我经常给他寄点钱,帮补他的生活。他后来娶了个马来亚女人,一直生活在马六甲,我曾特意去看望他。

姐姐的变化很大,冷不丁一下都让人认不出了。这才三年,她就生了一男一女两个孩子。再加上每天都要生火做饭、洗衣缝补,我那姐姐弄得蓬头垢面、衣衫褴褛，看上去就像四五十岁的婆子一样，哪里像是刚刚二十岁的少妇。和姐姐叙完了家乡的破败、叔叔一家的遭遇，我几乎没提自己这一路在船上遭受的艰辛，眼看着姐姐家的贫寒现状，我根本没勇气述说自己那点困难。

原来就知道，姐夫比姐姐的年龄大一些，但还是没想到，他原来年近五十，和姐姐竟相差二十多岁。姐夫瘦小，脸色灰暗，秃顶，头发已掉了大半。他是当年华工的后代，身上有毛里求斯印地裔的血统。好在他还会说广东话，和姐姐我们能正常沟通。看起来，姐姐在这位姐夫的心目中，还是蛮有地位。实话实说，其貌不扬的姐夫，是个心地善良的人。

姐姐家里的孩子，一个两岁，另一个只有一岁。我来到伊丽莎白之后，先就帮着姐姐照看这两个孩子，抱起这个，放下那个，洗脸、穿衣、换尿布，哄睡觉，喂牛奶，一辆小车推着他们俩。这样能帮姐姐姐夫挤出时间，做点生意，也好赚钱糊口。

姐姐家住在南非伊丽莎白的杂色人区，这里和城中心的白人区，有着大约五公里的距离。相比之下，反倒是距离黑人区近些，但也有两公里的远近。那个时期，有色人种的居住地被严格限定在不同区域，是不可以随意变更的。我们一家，就是利用这点方便，做做小生意。说起生意，不怕你笑话，也和乞讨差不了多少。

我们先赶到白人区的边缘地带，那里有专门卖给我们杂货的小型批发货栈。我们在那里买进一些生活必需品，像十公升的整桶煤油、成条的骆驼牌香烟、大包的糖果、大瓶的可口可乐、大袋磨好了的咖啡和茶、成捆的针头线脑、过期的废报纸、大包装的火柴……总之，生活中看着不起眼儿，但又离开它不行的日用杂货。

我们用一架破烂的手推车把这些杂货拉回家，接着就开始分装。把平时收集的玻璃瓶洗净擦干，灌装进去五百毫升的煤油，再用纸团塞紧瓶口。把散装的水果糖一粒粒分开来，用报纸包好。把那些咖啡和茶也用报纸糊好的口袋分成十五克或是两盎司的分量。那些白色的火柴，都分成了五根一小袋。过期的废报纸，都裁成书本大小见方，当作厕纸。我们把这些杂货分成小包装，卖给黑人。黑人都很贫穷，手里没几个小钱，甚至有时候不名一文。但他们也得生活，也得用这些东西，于是，就到我们这里来买小包装的日用杂货。这样花钱少，也能解决实际问题。日子长了，熟悉的顾客还可以赊账。到了每个月末，我就去黑人的村庄里，一家一户去收欠账。

那时候，大部分黑人地区还没有通电，他们照明都使用煤油灯。煤油是供煤油灯必不可少的燃料，黑人贫穷，有时候两三家合起来，才买一小瓶煤油，省着用。他们用自己手里的几个小钱，买一小包的咖啡或是茶，煮来品尝。买一根香烟，或是买一粒水果糖，对于他们来说，那都是很享受的事情。没准儿到时候，就有要好的亲朋上来与你共享，合着吸那支烟，轮换着吮那粒糖。火柴和针线，都是黑女人作为家庭主妇来购买。火柴都是在存留的火种实在用完了的时候才来买，一根火柴能给好几家甚至整个村庄生起炉火。一根缝衣针，一小团棉线，都能当成日用杂货商品，供应给那些黑人。

这下知道，当年那些华侨是多么艰难，多么尽心尽力地做事了吧？是啊，不做就没饭吃，少做慢做就供不上过日子。那些细小、繁杂、沉重、琐碎的活计，有时候都让人烦死了。可又没有办法，只能咬咬牙，长长地叹气。可叹气归叹气，还能有什么办法？我就像一匹拉车的小马，间或往远处撩一眼，还未等看个清楚，就不得不在生活的无形鞭声中拉紧套绳，拼力继续前行。每天还是抱起小外甥，替姐姐看孩子；拉起手推车，风雨无阻地去进货；在昏暗的油灯下忙活……这样的日子转眼就过去了好几年。我也不知不觉间就长大了，成了一个十六岁的少年。我觉出了自己身子挺结实，干活有劲儿。不过，看上去，我的个子一直不高。

有一个白人，我称他为杰克先生；他开着一家不小的批发货栈，专门向黑人区里的商店分卖稍微大宗的货，像成坨的冻肉和成箱的香肠、成打的肉鸡、成袋的面粉和马铃薯……如果在买卖中运货量不太大，单雇一辆机动车不划算，这时候他会找我，让我用手推车给他送一趟货，杰克会付给我不菲的酬劳。他说："给你的钱里，不仅仅是送货的运费，里边还有信任。"

因为我没有一次出现过不守时、短少了斤两一类的差错。

杰克还说："你这小孩儿，做事踏实，值得信赖，以后一定会有不错的未来，你得保持住这些天生具有的好品质。"

我不能完全听懂杰克先生的话，但我知道那是在夸奖我，于是以后再碰上他委托送货的活计，就更加倍小心，认真去做，从没出现一丝差错。

结果，我发现在杰克叔叔那里送货赚钱的机会越来越多。而且，赚下的钱，渐渐就比帮姐姐做那种零散小生意赚的多多了。

我先是拉着家里那辆破旧的手推车干活，车子破旧，各处用铁丝、绞线缠绕着，在颠簸的道路上走起来，"叮叮当当"不断发出响声。

那一次，我送货回来，到杰克先生那里打招呼，准备回家。先生却挽留我，说正赶上下午茶的时间，不妨在他那里喝杯茶，吃两块他太太烤的小松饼。我见先生诚恳相约，一时拿不定主意，最后，他的太太也来笑脸相迎，实在不好推辞，就坐了下来。这还是我头一次在一个白人的店里，和店主人一起喝茶。

闲谈间，杰克先生说："可以买一匹骡子，再定做一驾马车。到时候你成了一个车夫，在这些货栈和零售店之间送货跑运输，不是可以赚更多的钱？"

我听了这话，一时愣住了。是呀，我要是当上车夫，赶马车送货，那马车装货可多多了，那赚的运费可不就多了不是？我受到了启发，心里高兴，恨不得蹦起来。但是稍微冷静下来一想："好嘛，买骡子，还买马车，这得花多少钱呐！我和姐姐一家，费尽了全力，也不过混个温饱而已。哪里有钱买车买马？"

想到这里，我又沮丧起来。杰克先生笑了，和他的太太相视着点了点头，然后跟我说："买车买骡子的钱，我可以借给你，也不要你还。我们合作起来做生意，我出钱，你出人。等到赚了钱，你先还上买车买骡子的成本，然后再两下里五五分账，你看好不好？"

先生的话像一阵清凉的风，在我的脑子里飞快地掠过。我明白了，这是杰克先生看我不错，诚心帮我呀！这哪里还会不好，这简直就是天大的好事！我毫不犹豫，当场就答应下来。一直到回家见了姐姐，我这脑袋里还有点晕乎乎的。姐姐姐夫当然为我高兴，支持我接下这份飞来的美差。

就这样，我成了一个送货的车夫。我从姐姐家里搬出来，住进杰克家的一间小仓库里。每天天刚亮，我就起床，忙着把自己拾掇一番，再把那匹黑色的大骡子牵出来饮了水，顺手就把早餐也准备好了，再招呼杰克先生夫妇起床。

我穿上杰克太太特意缝制的墨绿色号坎，那上面还专门绣上了杰克货栈的标志，那是一颗金色的太阳，正放射着光芒。我赶着那匹大骡子，用那辆崭新的红色马车拉满了日用杂货，在伊丽莎白的郊区往返穿梭，每天从早到晚忙个不停。我当时是那么兴奋，那么有劲儿，那么自豪。一点都不知道累，心里就像也升起了一个小太阳，随时都能感到生活的温暖和无穷的力量。

这样的日子过了又是好几年，我和杰克先生分账所得相当丰厚，足以让我瞠目结舌。我把赚来的钱分成三份儿，一份儿送给姐姐，报答她拉扯我长大的恩德。另一份儿给自己添置了西装、手表和一辆小汽车。最后还有一份儿钱，那在当年也是一份巨款，我没动这笔钱。我在朦胧中意识到，我还应该有机会，还可以用这笔钱去寻找更大的生意做。好多年以后，我才知道，这时候，钱在我的意识里，已经不叫钱了，那叫资本。我在思考的，是下一步的投资。

没多久，我们就把马车换成了小卡车，因为认真工作，值得信赖，我们被委托运输、转送的货量成倍递增。那些成宗成件、数量庞大的货物，在货场里堆得像小山一样。杰克先生给我出主意，成立了一家运输公司。我对运输送货这一套业务已经非常熟悉，用这种方式赚钱，也相当稳定。但我的心里还是有些躁动，我希冀着自己有那种产销一体的企业，来生产、经营、销售。

我二十八岁那年，机会来了。有一家在约堡经营肉鸡的批发公司，因为经营不善，日益衰败，愿意出手转让。我亲自跑来约堡，仔细了解这家公司。然后回去和杰克先生商量，得到了他的支持。最后，我倾尽自己的财力，盘下了这家公司。当时，这宗生意处在低谷，客户流失，资金短缺。我接手后，拼尽全力，亲自操劳在第一线上。起早贪黑，从来都没休过节假日。苦干了三年，终于让这家公司的生意走上了正轨。后来，这后来就摆在眼前，你都看见了，还算可以吧！

这大段文字，来于柳大哥的口述，主要是说他自己的亲身经历。当然，还是经过我的整理。我可不敢乱说，既没添枝加叶，夸大其词，也不敢大事化小，给人家淡化了情节。这一点我心里有数，因为成文当时就给大哥看过。他点着头，还连着说："冇错，冇错。"

南非国情复杂，有一阵子社会治安出了问题，时有偷、抢、劫、掠的恶性案件发生。在闹市当街经营，又有些财务实力的柳大哥，免不了被抢劫伤害的经历。

老侨大哥　　275

那次出事，我是最先得到的消息，心里忐忑不安，就怕柳大哥吃了什么大亏。驾车紧赶，只用了二十分钟，就到了他的店里。抢匪早已得手，抢了柳大哥家中保险柜里的大宗现金，呼哨而去。柳大哥的妹妹柳大姐，披头散发，满脸泪痕，浑身颤抖着，靠在柜台里边。两个黑人帮工满脸血迹，慢腾腾地拾掇着一片狼藉的前厅。

柳大哥的太太陈大姐，眼神呆滞，眼泪在眼圈里打转。但总算断断续续，把事情的来龙去脉说了一遍。抢劫发生得很快，前后也不到二十分钟。三个劫匪，其中一个先是假装批发肉鸡，一步步地就进了店堂里边来。柳大哥感觉着有点不对劲儿，试图阻止劫匪的时候，已经来不及了。另外两个人已经飞身闯进了后屋，拔出刀枪，胁迫家人，还随手拉下了店堂闸门。

歹人认准了柳大哥是一家之主，就对他下手，折磨威胁他交出家里的现金。他们甚至知道，柳大哥家里有保险柜，内里有大量的现金。他们用钳子拔柳大哥的牙齿，用开水浇柳大哥的后背，最后还威胁要等上学的几个孩子回来，一并都弄死。兴许是恐惧于对孩子的威胁，柳大哥最后屈服了。他说出了保险柜密码，劫匪如愿以偿，迅速撤离了。

我从来没经过这种事，眼看着朋友被骚扰伤害，心中又恨又怕。但还是撑住了，安排完报警，接着找柳大哥。陈大姐说，柳大哥被折磨得很惨，现在也不知道人到哪里去了，喊遍了库房和各个房间，也没见他人影。

我一边呼唤着"柳大哥——"一边在这座五层大楼里仔细寻找他。地下室里没有，一层一层的库房里没有，犄角旮旯儿里都找遍了。最后，我在最高的楼顶盖上，终于看到了柳大哥的背影。他十分令人担心地站在顶层楼板的边缘，形同石像，一动不动。我的心再次沉了下去，我不敢再大声呼唤他，也不敢快步接近他。但又为他担心，一时不知道怎么办才好。犹豫了一下，我还是小声地招呼他，轻轻地迈步接近他。我的呼唤，好像把柳大哥的心思从远方找了回来，只见他那微微抖颤着敦实的肩膀，终于平静了下来。我听见了一声长长的、深重的叹息。终于，老大哥转过了他的身躯。啊——那是多么令人痛心的一幕！大哥脸庞黑紫，血迹斑斑，浮肿的眼睛眯成了一条缝儿，都让人认不出来了。一丛凌乱斑白的头发，在楼顶的风中抖动。我的心都不由得颤抖起来。按说我也在年轻时候，见过"文革"期间人被折磨的惨状，但还是被眼前这非人的伤害震惊，人对人怎么就能下得去这么狠的手？

泪水不由得夺眶而下，我赶紧上前两步，紧紧地抱住了自己饱受摧残的亲哥哥。

劫匪们对柳大哥造成的心理伤害，显然要比钱财上的大得多。这次事件，让他消沉了很长一段时间。本来起早贪黑，一心忙活，总是乐呵呵的柳大哥，变得沉默寡言，无精打采，对什么都提不起兴趣。我和几个朋友约好，轮流着每天都过来一趟，帮他照看一下店里店外，提高了些戒备。大哥又买了两条杜宾犬，拴在明处，以图震慑那些歹人。几个月过去了，倒没发现再有什么不良的迹象。从此往后，大哥的店里，都是晚开门、早打烊，谨慎从事，一切以安全为上。柳大哥的情绪，随着时间的逝去，也慢慢地恢复了许多。

中国和南非正式建交，是在 1997 年 12 月 30 日。临建交前，柳大哥得到了确切的时间，还知道在当天有简略的建交仪式，会升起国旗，奏响国歌。记得柳大哥每每和我说起这事，就不免津津乐道，显出几分激动。他还指定我，到时候陪他一起去比勒陀利亚，看建交升旗。我还开玩笑说他，老大哥已经持南非护照几十年，最多算是个爱国侨商，哪儿来的激动不已？像要娶媳妇似的。他只管嘿嘿笑个没完，还用手指点我："懒惰懒惰。升旗……"

我知道他很看重这个日子，也看重那个仪式。说归说，眼看到了日子，柳大哥头天就打电话来，千叮咛万嘱咐，叫我可别迟到。第二天一大早，电话又响了，还是那番老话。我开车赶过去，接上老大哥，驶上 N1 高速公路，驱车直奔六十公里以外的南非首都比勒陀利亚。

柳大哥和陈大姐，两个人今天都仔细收拾打扮了一番。尤其是柳大哥，一改平日里牛仔裤、格子衬衫的普通穿戴，特意穿上了那套深灰色的西装，打了深红色的领带，脚下是一双三接头的黑皮鞋，这可是他在正式场合的典型着装。斑白的头发，打了发蜡，梳成了标准的三七分。老大哥的脸上，也抹了奶霜一类的化妆品，看上去连那些皱纹都好像平整了不少。身上洒了古龙香水，弄得香喷喷的，俨然一位欧洲绅士的模样。老大哥满面春风，浑身上下洋溢着从里到外的喜悦。陈大姐穿了一件墨绿色的连衣裙，把头发挽成了高高的发髻，穿了高跟鞋，提着洁白的真皮手袋，一手挽着柳大哥的手臂。

我的情绪似乎也受了传染，兴高采烈地开车，拉着这两位老华侨，就像送他们参加一宗盛大的婚礼一样。

天却不作美，一早还光灿灿的太阳，不大一会儿就被不知从哪里飘过来的大片乌云遮住了。又是几阵劲风，把那些云彩聚拢得越发浓重，眼看着就当空飘落了密集的雨丝。

等我们赶到新建的中国驻南非大使馆时，雨势小了很多，但还有亮晶晶的细雨丝，在微风中斜斜地闪着光亮。当时的建交升旗仪式，并没有受小雨的耽搁，如期举行。柳大哥被安排在我的前几排，我能看到他那敦实的后背。

国歌响起，激越高亢的铜号声音，清脆地在这万里之外的异国他乡响起来，听上去让人心情激动不已。银光闪闪的旗杆下，那面红旗随着乐音冉冉升起。所有的人都在向国旗行注目礼，仰起头，看着红旗飘向了晴朗起来了的蓝天。

我的目光扫过了前排的柳大哥那敦实的后背，突然停了下来。我分明看到，大哥的后背在颤动，那是一种对自己强烈情绪的控制。我的目光和柳大哥身边的陈大姐回头时的目光相遇，陈大姐一手紧紧地扶着柳大哥，一边用眼神示意我，过去帮扶老大哥。我赶紧跨过两排椅子，站到了柳大哥的身边，伸手去扶住他。我的手臂一下子就感受到了柳大哥身上的抖动，就像有电波传到了我的身上一样。柳大哥转过头来，对我笑着摆摆手说："冇细，冇细（没事，没事）。"

再看老大哥的脸上，虽说满面笑容，但是，已经泪如雨下。

柳大哥从来未向我谈起过什么"爱国"一类的话，他好像天生也不会说那些话。但我深深地理解了，一个在异国他乡漂泊大半生的老华侨，他们对祖国深刻热烈、忠贞不二的感情。

日子像旋转的车轮，周而复始。命运好像事先就把人的何去何从早都事先安排好了，八年之后，我已经完成了在国外的工作任务，准备回国了。

临行前，柳大哥安排为我饯行。他拿出了珍藏的美酒，准备了大量的鲍鱼、鱼翅、吞拿等各种海鲜，当然还是少不了他的特产——新鲜的肉鸡。我们互相敬酒，互相祝福，祝福我们的友情长存，祝福我们的家人都平安。我还专门提到了大哥的心脏，年岁大了，心脏有房颤的症状，千万要小心。不可为生意上的事情再操劳了，实在不行，就把这店盘出去，该退休就退休，经济财务上自由，总还是可以颐养天年了。

回到国内后，我们之间没断了互相的联系。年节假日，自然免不了相互问候。就是平日里，我们经常在电话里聊天，他还是使用他那十分有特点的混合语言，我还就愿意听那别人很难听懂的"柳语"。

那年的冬天，陈大姐给我来电话，说柳大哥因心脏问题，住进了金山大学医学院。我赶紧让女儿从开普敦开车赶到约堡，去探望柳大哥。女儿回话说，这次住院是因为部分心肌梗死，当时还很危险。不过，眼下装了两个支架，病情大缓，人已经能下地走路了。我再给柳大哥打过去电话，不敢多说，只是简单祝愿他早日康复，到时候我会赶到南非去，再和他相聚。老大哥在电话里嗯嗯啊啊地答应着，一再说："冇细，冇细。"

万万没想到，这竟然是我们这一生中最后的通话。噩耗在两天之后传来，柳大哥不幸仙逝。我手持电话，一时怔住，脑子里一片空白，竟然没有悲伤、怀念、痛苦的情绪，只是感觉着，自己好像被一下子抽空了。总有几分钟的光景，那些正常的悲痛才像刀像针，猛然地刺向了我的心怀，犹如万箭穿心，那么深，那么重。这种刺激，是自父母亲去世以来，最类似最真实的一次。我感到气虚，虚弱得要跌倒。当我从一种眩晕中，勉强撑住身体，最后靠在沙发上萎下来的时候，我才知道自己已经涕泪滂沱，哽咽气短。南非八年，我有幸交下了这个好朋友，如今，这亲哥一样的朋友，永远地离我而去了。

我们的生命，原本像风中各自飘荡的丝线，离得那么远，几乎相隔着两个世界。可那精细的线，竟最终能稳定地重合，平行合并着延续了十年。这得是多么神奇的缘分呀！如今那两条丝线又分开了，一条悄然泯灭，一条还在风中飘荡。人过中年的我，早就懂得，每一个生命都会死亡，人生将在百年之后彻底消亡殆尽，到时候没人会记得世上曾有过那一个"我"。尽管如此，每当挚爱的亲人飘然而逝，仍会在我的心里刮起一场感情的风暴，我还是被刺痛、被暴击，伤痕累累，痛不欲生。我泪眼婆娑，不思茶饭，就是放不下对柳大哥的思念。十年间，我们相处的场景仿佛时时重现，就在眼前。

两年之后，我有机会再赴南非。在开普敦女儿家里盘桓了些日子，心就烦躁起来，像是有一种无形的力量钻进了我的心灵深处，催迫叩问着我，没完没了。我几乎天天都回想自己曾在南非的岁月，而一想到过去那些日子，就必然联想起柳大哥。和柳大哥相约相处的十年异国岁月，就像一部纪录片，在脑子里，一幕又一幕，无尽无休，总也演不到那个"完"。最后，我决定赶到两千公里之外的约翰内斯堡去，到我们曾经共同生活共同经历过的城市去，去给柳大哥献上一束花、烧上一炷香。

女儿担心我一个人太孤单，也决定陪我一起走这条回忆之路。动身之前，我们先就打开了谷歌地图，在特定的区域扫描。现代科技帮我不费吹灰之力，就将目光盯准了约翰内斯堡里的 Fordsburg（福特堡），在 dolly Rathebe Road（多莉·罗斯比路）和 Mint Road（造币厂街）相交的路旁那幢大楼。房子还在，格局也没怎么大变。可一看却感觉陌生起来，那几乎三天两天就跑一趟，熟悉得不能再熟悉的建筑，一看就没有了原先的滋味。那些一楼门市里新建的服装店、小吃部，甚至银行的取款机，都那么平常，又那么硌眼，硬生生贴在褐色的楼盘上，就像给死人化了妆。

驱车急奔二千公里，身临其境，将自己置于那个永远不忘的环境里。心中陡然升起浓浓的悲凉，人去楼不空，可再看同一处环境里面的人脸，没有一张是熟悉的，是亲切的。连空气都生硬，脚步声都刺耳干涩。那个敦实的身材，那张微笑的面孔，那一顿一顿的"柳语"："冇斯边个？冇细冇细……"

好像骤然响起在耳边，再细听却又没了只言片语。鼻子一酸，泪就止不住成串地滚落，湿了胸前的衣衫。逝者如斯，空余幸存的人，一怀忆念的情分，也没人能懂了。

女儿倒能联系到柳大哥的女儿亚玲，两个人在电话里聊得那么亲热。几年不见，小亚玲已经从金山大学的财贸学院毕业，在一家上市公司里充任助理会计师。柳大哥的外甥女麦瑞，也从医学院毕业，又考上了英国医科大学的硕士生，在伦敦深造。眼下她正好回南非来休复活节的假期。柳大姐不在了，在她哥哥逝世后的第三年，也因病去世了。柳大哥的夫人陈大姐，去了美国，跟她的哥哥嫂嫂生活在一起，每年都会赶来南非，和亚玲母女相会。

那是约堡最大的墓地，在里面开车都要二十分钟，才能来到柳大哥的墓碑前。偌大的墓园里面，苍松翠柏遮天蔽日，阳光透过树木的枝叶，把晃动的斑斑驳驳洒在车身上，洒在那座不高的花岗岩石碑上。我鞠躬默哀，给大哥碑前献上大捧鲜花。然后就势曲腿坐在墓前平整的草坪上，眼看着碑石上柳大哥的名字，心中涌起悲哀的波涛。

时光渐渐逝去，阳光淡然。心中追怀的情绪也越来越平缓，像小溪流水，消失了激荡的起伏。起风了，高大茂密的树木微微摇晃着身子，轻轻地发出

"沙沙沙"的响声，像是提醒我，时间不早了。我站起身，长叹一声，再次给大哥鞠躬，最后慢慢转身，永别了，我将终生铭记的老侨大哥。

女儿女婿和亚玲夫妇发起了一个小 party，麦瑞还约了她的弟弟尼格拉斯，就是那个淘气的小胖子。现在，他已经成家，娶了个南非姑娘。在那个 Bany Henzog Ave 的小别墅院子里，大家纷纷举起酒杯，为了友情干杯！环顾了一圈，看到的都是当年那些孩子，如今也都成双成对，长大成人。眼前的一幕，让人不由得感慨。我和柳大哥这两根丝线，一根断了，一根飘零，但我们无意间捋出来更多的丝线，那些结实光亮的丝线，又再丝缕、重合、平行地接续起来，让人世间接续传承着真挚的友情。

2023 年 6 月 30 日初稿于海口

2023 年 8 月 16 日修改

太 阳 城

　　在南非，无人不知太阳城。言说起来，还都个个眉飞色舞、津津乐道。搬来约翰内斯堡没多久，就被这"流言"拱得心火炽盛。于是，干脆寻个三两日的闲暇，载上全家，驱车直奔那话语间被叙述得无比美好的去处。

　　出约堡一直向西，国道虽说不如高速路宽敞，但也相当平坦坚实，容车速如飞。一路百公里之遥，再向北一转，行二十多公里，就进了 Rustenburg（勒斯滕堡）。缓缓穿城而过，保持着向西北的方向，再行八十多公里，就到了太阳城。

　　后来知道，从约堡向北，沿 N1 高速公路，绕过比勒陀利亚的城边，经南非大学，再转向西行，贴着 Brits（布里茨）镇的南边儿，一直向西北方向，也能到达太阳城。

　　这两条路线的里程不相上下。因为我们在约堡的住所，在北门里的 Northern Cliff（北悬崖），紧挨着 N1 高速路，所以后来再去太阳城，大都选择北行比勒陀利亚这一条路。

　　这一路上，能见到一望无际的柑橘园。南非盛产这种清香鲜美的水果，个大汁水足，在超市里出售十分便宜，而且历来都是成编织袋、十公斤的大包装。记得有一年十月里，去太阳城玩儿，一路上见到大片的柑橘园里，金黄色的果子都成熟了，却不见有采摘的机械和工人收获。原野里，柑橘树下，铺满了金黄，足有半米的厚重。让人心痛不已，又不得其故。

　　这条路上，还须经过一个大水库。车子就在水库的堤坝上行驶，满眼里波涛颠簸，晶莹闪烁。有游人在岸边扎营，或着颜色艳丽的泳装在沙滩上晒太阳，或操帆板踏浪，远近交错，像水面上飞舞点水的彩蝴蝶。水库对面，依山而立的庞大工厂群，据说是一座核动力发电厂。后来把其中的核反应堆迁去了某个国家，整个工厂就废弃下来，静悄悄、灰蒙蒙地坐落山水一方，不动声色。从堤坝尽头，山侧的隧道钻出来，太阳城的路程就只有三十多公里了。几脚油门，再抬头，已经能见到太阳城在高原上闪闪发光。

公路仍向西北延伸，一百公里之外，就是南非和 BOTSWANA（博兹瓦纳）的边境线。我们曾经驱车过境，到那个据说在非洲经济中称第二的国家。过境不用签证，只需出示南非工作签即可。BOTSWANA（博兹瓦纳）的首都 GABORONE（哈博罗内）就坐落在边境线以内不到五公里的地方。

还是回头来说太阳城。

这里是南非富豪梭尔科斯纳花巨资打造的度假村，后来归于美国拉斯维加斯太阳集团旗下。这个太阳城全部占地二十五公顷，足可称城。他们在设计时，先就编撰了一个故事，说是在很久以前，还是远古时代，这里曾经是一座华丽辉煌的城市，在后来的历史进程中，这座城市由于国家衰亡、民族凋零，也跟着就破败。地震纷扰，火山爆发，再经年风雨剥蚀，埋没于山野草莽中，成了一座历史上失落的古城（Lost City）。

经历了漫长历史进程的失落，丢失的城市宫殿终于被人们发现，于是有人就在原址上大兴土木，再造了往日的灿烂。这故事编撰得很有想象力，说起来容易上口，听的人也无不展开联想。当然，关键还在于，当下展示在人们眼前的 Lost City（失落之城）能否吸引人。这一点，太阳城的设计者果然做到了。

太阳城地域中，有一百二十万株植物，均是从南非各地移植而来。由此打造了绿树成荫、遮天蔽日的人造雨林。一进入太阳城，青山绿水让人眼光为之一变，再也不是满目南非高原上那几乎一成不变的荒漠和干涸。水美林丰之间，到处活跃着非洲动物，长颈鹿和羚羊，雄狮和斑马，水牛和河马……阳光普照，空气却温和湿润。

小丘起伏，溪水环绕，哪里是一个世外桃源能比得了的。

太阳城里共有四座酒店，都是五星级以上的标准。它们之间相挨相连，主体风格又不尽相同。The cabanas（卡巴纳斯），附着运动中心和儿童娱乐中心。The Sun City Hotel（太阳城酒店），连着大型餐饮和聚会中心。The Cascades Hotel（瀑布酒店），房间里就通连着大型泳池。The Palace Hotel of Lost City（失落城皇宫酒店），直达户外各个活动场所。

我们最愿意住在那家失落城皇宫,一进入酒店内部,就见到室内那些家具、摆设、装饰,甚至房间、走廊、电梯间里,都刻意地用木、石、金属精制了非洲动物题材的装饰。有铜猎豹在床头跃起身形,有石头大象用自己的长鼻子举起壁灯,有狒狒张开手掌,在指缝间泄下滋润的水珠儿,有铁羚羊在墙角竖着一对白犄角……就连桌子上的记事簿,都搭着金小鸟的扣拌,浴巾绣了非洲水牛的身影,睡衣缀了珍珠鸡的斑点……记起宾馆门前,就有仿真大小的铜牛羚,趴在喷水池旁。抬眼环视,这宫殿的顶层都设计有象牙、盾牌、铁矛等非洲原始图腾。几处楼顶凸起了绿色的圆拱,细看那绿,可不是普通油漆涂上去的颜色。那是铜饰经风雨剥蚀,锈透的氧化层,那墨绿中经意凸显着苍凉的品位。

年轻人好动,不声不响地就都换上泳装,窜出去了。有很小的双人橡皮舟,在两米宽的小溪水流中,被牵引到三十米高的小丘顶上去。然后,再顺水流荡漾,自由自在。猛然间,地势陡然急降,飞流直下,小舟载着一声又一声惊叫,当头疾进,迸射出纷扬的水花。到了最后,橡皮舟索性真真就飞起在半空中,再纷纷坠入碧绿的深水潭。

这玩法一定令人生瘾,从山顶到水下被折磨了一番的年轻人,竟无怨无悔,相携再次登船,又浮着溪水,一只一只排到小丘顶上去了。

我在下边水旁,向上看着那一叶飞舟,都眼晕心跳,从来就没敢试试,甚至连想都没敢想过,自己怎么从那近三十米高的水上,飞坠到深潭里去。再看,竟有连小舟也省了的胆大包天者,就那么光着身子,顺着水道一滑到底,还在最后时刻,从U形的出口飙出来,悬在空中翻跟斗。这帮家伙,比我小时候玩起来,可是疯狂得多。眼下的我最大的探险,也就是试探着走到水潭边沿,站在水浅的地方看热闹。那里有宽敞的水中吧台,上面各种饮料琳琅满目。对着吧台,也有遮了凉棚的水中桌椅。戴着大草帽在水吧喝上一杯冰镇啤酒,惊叹于年轻人在水道上冒险,是我最大的享受了。

我敢去的是另一个水池,在那里游泳冲浪。这不是一个普通的游泳池,不那么长宽有致,循规蹈矩。这是一处依着人造岩壁扩展开来的巨大水池,呈贝壳状的三角形。越是接近三角的顶端,水就越深,水的颜色也就越深,蓝得发了绿。而越是漫到三角对边宽阔的边缘,水就越浅,白到透明。浅水边上,都是金色的沙滩,沙滩上有彩色的遮阳伞,伞下有服务人员随时端上冷饮和冰激凌，为你消暑解渴，和那个水吧的规矩一样，只需出示房卡即当付账。在这里漂着，游着，享受着，一切都那么稳定、那么自在。

谁料想，不知道什么时候，从三角形大水池的顶端，岩壁那里，不声不响就涌出了大浪，浪涛来势汹涌，与海面上的真实一般无二，竟达三米之高。巨大的波浪从岩壁那里毫不犹豫地压过来，一波又一波的蓝色小山，顶着雪白的泡沫，轰轰发出响声。没做心理准备的人们，兜头来上一家伙，个个都遭"灭顶之灾"。人们惊叫、诅咒、抱怨之余，赶紧从大浪里挣扎着，上蹿下跳，逃到浅水里去避难。待沉静下来，却不知为什么，又念想起刚才的惊险，心里痒痒，倒盼着再来上那么一家伙，让大浪彻底再把自己拉扯、压迫，直至淹没掉。于是，就弓起身子，咬紧牙关，迎着大波浪，认定那处岩壁的方向，一步一步迎上去。

事先能预料到的"灭顶之灾"，似乎没有那么可怕。不过，还是让人感觉到了在陆地岸上完全不同的体验。成吨的水就那么兜头压下来，把你深深地埋了，耳朵里"吱儿吱儿"地叫，还能听到波涛轰隆轰隆的吼声。上面又厚又重，幸亏是水，能让我们屏住呼吸，承受住这一切。还能在最后关头钻出水面，甩甩头发，笑出声来，和别人打招呼。好家伙，想象着，如果是那高高耸立的岩壁，突然间意外滑坡，沙石土壤就那么从上面压下来，怕是这一众水池里的人都成肉饼了。当然那只能是想象，人家开凿垒砌的设施，坚不可摧，万无一失。惊而无险的人工浪涛增添了乐趣，让满池的泳者越发地喜爱，都一心追寻新鲜的刺激，乐不思返。

太阳城里的水世界固然好玩，可那陆上也有令人惊奇的去处。

在山石谷地间正走着，鸟语花香，温和湿润，令人心旷神怡。再过了一道看上去斑驳老旧的城门，来到了一道桥上。前后左右，都是非洲动物的雕塑。大象、雄狮、猎豹、水牛……各种非洲猛兽，就那么镶嵌在陡峭的山崖石洞间。围成了一圈儿的猴子，顶着道路桥边的花坛。

先是狮吼象鸣，声震耳鼓。接着就有晴天旱雷轰响，只闻闷雷激荡，连缀到脚下的深层，"轰隆轰隆"，像是有大铁球在地心里滚动，震得地皮儿都颤。再看周围的山崖石洞，凡有缝隙的地儿，往外冒出了<u>丝丝缕缕的白烟儿</u>，伴着那漫山一股一股的烟气，空中传来了"呼啊呼啊"的巨大声响。整个世界好像在巨雷声中颤抖，在呻吟，在大口地喘息。

动物的吼声和地心里滚动的雷声,烟雾间的呼声,还夹杂着金属挤压、摩擦的噪声,声音越来越大,令人心惊胆战。

抖动从脚下开始,从略有感觉,一点点地蔓延、扩大。地面在抖,桥梁在抖,山石在抖……那早就掺杂在一起的震耳欲聋的轰响也在抖。抖动越来越剧烈,幅度越来越大,到了最激烈的时候,简直就是在颠簸,人们就像畚箕上被簸的小豆子,不由自主地晃动。有火焰耐不住折腾,"呼呼"响着燃烧起来,冷不丁就吐出长长的火舌。

天地为之变色,太阳城一片烟火,眼看着就会被一场大地震摧毁了。然而,世界没有毁灭,盈满欲缺,眼下的太阳城像所有的事物一样,在闹腾得最厉害的时刻,一切开始回返。吓人的巨大喧嚣声,终于还是逐渐减弱下来。颤抖的地面、山崖、桥梁也相应着一点点渐弱了晃动的幅度,渐渐平静下来。火光熄灭了,只在石壁上留下了烟火熏黑的痕迹。

这里是在演示一场狂暴的变迁,不用文字,不用图片,但用人工打造的自然灾害现象暗示你,这丢失了的城市,是怎么在一场火山爆发和强烈的地震中消失殆尽的。

阳光普照,温和湿润,鸟语花香又都回来了。人们长长地出了一口气,笑容再现。周围的环境重新安定下来,桥还是那座桥,山崖还是那片山崖,石洞还是那几孔石洞。连那些野生动物的石雕也都再次凝固下来,再不做一点晃动,发出一丝声响,就像从来都没发生过那些可怕的灾难。丢失了的城市,毁灭了的宫殿,穿越了时光,再次矗立在非洲大地上,雄伟辉煌,熠熠闪光。

有小型直升机,像大眼睛的蜻蜓,就在时光之桥下不远处等待游人,然后载起他们,做二十分钟的太阳城空中鸟瞰。飞行的空域其实远大于太阳城地域,飞行员大声告诉我们,目光所及,已经是南非皮拉内山国家公园,高大的金合欢树,成片成片,浓荫遮蔽。艺高人胆大,飞行员驾驶着直升机,旋着向地面俯冲,眼看都快刮到树梢了,再拉起机身。我们连声惊叫,就觉着心脏也跟着飞机的上下剧烈地起伏。眼看着机身下方惊起了三五只长颈鹿。平时在地面上看着无比高大的长颈鹿,在机身下方成了羚羊大小的形状,晃动着脖颈上的美丽斑纹,飞快地逃走。它们起伏着跃动,一耸一耸,在莽莽苍绿中,成了一道褐白相杂的波浪。

晴空万里，不见一丝云彩。直升机故意悬停在千米高空，像稳稳地挂在天地之间。飞行员笑嘻嘻地，从机窗向外放出去三只气球。足球大小的氢气球微微晃动着，向上升腾。飞行员拉起直升机，发动机有力地轰响着。他瞅准了机会，就那么用飞快旋转的机翼叶片，"噗噗噗"，接连不断地把飞机上方的气球一一打得粉碎。刚刚还在碧空万里间，有了那么红、蓝、黄的几点飘动，瞬间消失。

太阳城有小剧场，场里经常有各类表演，当地的华人称之为"秀"，应该是英语 show（演出、展览）的音译。见到有年轻的驯兽师，把狮子、老虎驯得大猫儿似的。让坐着不敢站着，让跑就不敢停下来。驯兽师手里都拿长长细细的杆子，懂行的人说，野兽眼睛都只注视人身上那最突出的部位。眼下这些个老虎、狮子，也一样盯着人手里的杆子，好像也都惧怕那又细又长的家伙什。说万一有的家伙犯了野性，张牙舞爪去扑咬的，目标也大多是人手里的杆子，不会直接冲着人身子下口。

这也都是听人说，当时看驯兽表演，心下也有那么几分替驯兽师担心。有一次离得近，看得真切，果然见着有一只精壮的斑斓猛虎起身反抗，挥舞起爪子，和驯兽师对抗。它发出了低沉的咆哮，眼珠子瞪得老大，咧开大嘴，露出白森森的獠牙，连尾巴都直竖起来。场下观看的人们，禁不住都感到惊悚，不约而同发出了低沉的呼声。好在大部分的猛兽倒还听话，驯兽师镇定地稳住大局，最终也把那叛逆的老虎驯服了。

记得有白颜色的一对老虎在太阳城里表演，让家人孩子们看了稀奇。那虎身上该是黄色的地儿，统统淡化成了白色。两只老虎，浑身上下都是像斑马那样披着黑白相间的花纹。这老虎漂亮，有点像中国画上水墨丹青的虎。驯虎师专门介绍了几句："这白老虎的起因，是在繁衍过程中基因发生了突变，生成这样，倒也没什么神秘。"

在南非的野生动物园里，也曾见到白犀牛、白孔雀，甚至白色的猕猴。也不知道，这些是否也算"基因突变"的动物。

有世界大力士的锦标赛，就在太阳城里举行。不知道是不是嫌剧场里面太小，不够大力士们折腾，他们的比赛搬到了室外的小广场上进行。身强力壮的各国大力士，搬运硕大的石头球，抬起汽车，拖拉又高又重的卡车……

见到有亚裔模样的亚军，我们都在场下为他欢呼加油。待事后上去打问，原来竟是来自蒙古国。蒙古就蒙古，不管怎么也是赛场中唯一的亚裔。铁塔般的蒙古大力士，他的故乡和我们内蒙古不就差一个"内"字吗？

和南非其他各处的游览景点一样，太阳城这里也有赌场。赌场就在地下一层，里面装潢得金碧辉煌，高阔的顶棚造成星空夜晚的样子，无数星辰在夜空中闪烁。地下是绵绵软软的花色地毯，走在上面，连一点声音都没有。整个赌场里面，却从未见安设窗子和挂钟。有人猜测，说是赌场赌场，就是想着让里面的赌徒忘记时间，也忘记了外面的天地世界，在里面一心滥赌。这说法听上去有道理，但到底真假，也没人说得清。

在所有公共场所里面，赌场的服务都是最好的。那些年轻的 waiter（服务员），目光精道，脚步勤快，像似滑行在赌场的空地上。还没等你招呼，就有漂浮着冰块的可口可乐放在托盘上递过来了。想要啤酒也行，咖啡也行，都随你，而且不收一分钱。

赌场里的游戏机都设计得光彩明亮，还不断哼唱出热烈动感的音乐，看上去就让人赏心悦目，跃跃欲试。没错，这一切的目的，都是为了诱惑你上去试试手气，赌一把。而绝大部分进去赌场的游客，都万万不会在赌场里发财，哪怕捞一笔小钱。原因也简单，人心永不满足。就算有时候小赢一把，但没人能管得住自己心里燃烧起来的那欲望的火苗："再来来，还能赢，刚才不就赢了吗？一准还能再赢把大的……"

输了的人也危险，他心中也有欲望燃烧的火焰："再来来，总不可能净是输，接下来就是时来运转，总得把本钱捞回来是不？"

无数人在赌场里拼搏，闷声不响，全神贯注。这里成了另一个世界，灯光闪烁，乐音不断，却沉默而荒凉。

见到有老年夫妇，应该算是极少数的幸运者。他们在另一处"桌子"上赢了钱。"桌子"是指那些蒙了绿色天鹅绒的台面，那里有 21 点、美国扑克、百家乐、轮盘赌等各种方式的赌钱玩法。从赌博上说来，这边的"桌子"，比那边的游戏机似乎更高端，更具技术性。

那对夫妇看上去是亚裔，但他们不说普通话，只是从始到终都讲英文。近看他们的"桌子"，是 21 点的玩法，他们得到了三张黑桃 7。三七二十一，他们手里拿到了最好的点数，当然赢了庄家。另外，场上有奖励规定，拿到三张七的人将获得大奖十万兰特，他们发了。

赌场里开始红灯闪绿灯亮，喇叭里播放着贺词和欢乐的乐曲。赌场里的经理也出来了，旁边是端着香槟酒、端着十万兰特现金、端着高档奖品的一众服务员相随。旁边看热闹的人们，纷纷露出了惊羡的表情，为那两位幸运者鼓掌。

可这样大赢的游客委实九牛一毛，而输才是常态，至于输了多少，人们大都闷在心里，不告诉别人，从外部的神态上也掩饰得严谨，丝毫看不出来。不过，对于赌场里久赌必输的铁律，绝大多数人还是认得清醒。所以，也就都最多小试两把，一旦失手，就赶紧揣住口袋逃了。当然，也总有一意孤行，输掉了底儿的赌徒。那些人大多脸色苍白，双眼无神，行若飘尸。听说还有躲在卫生间里痛哭失声者，他为自己沉湎于赌博，不能自制，最后失去了血汗钱而追悔莫及。然而，悔之晚矣。

时近傍晚，是游客们找到自己中意的餐厅，坐下一饱饥肠的时候。太阳城里，有南非最有名气的餐厅饭店几十家。当至爱亲朋围坐在一起，举起酒杯，恭祝健康快乐时，太阳城的太阳，常常正坠在遥远的西边，把它最后的光芒照在酒杯上，发出了红宝石般的色泽。

2023 年 7 月 3 日初稿于海口
2023 年 8 月 16 日修改